OXFORD NOTES
—— 典藏版 ——

牛津笔记

张力奋 著

学林出版社

谨以此书
献给我的父母张锡康、徐贤芬，妹妹张驰
妻子毛隽，儿子Tommy

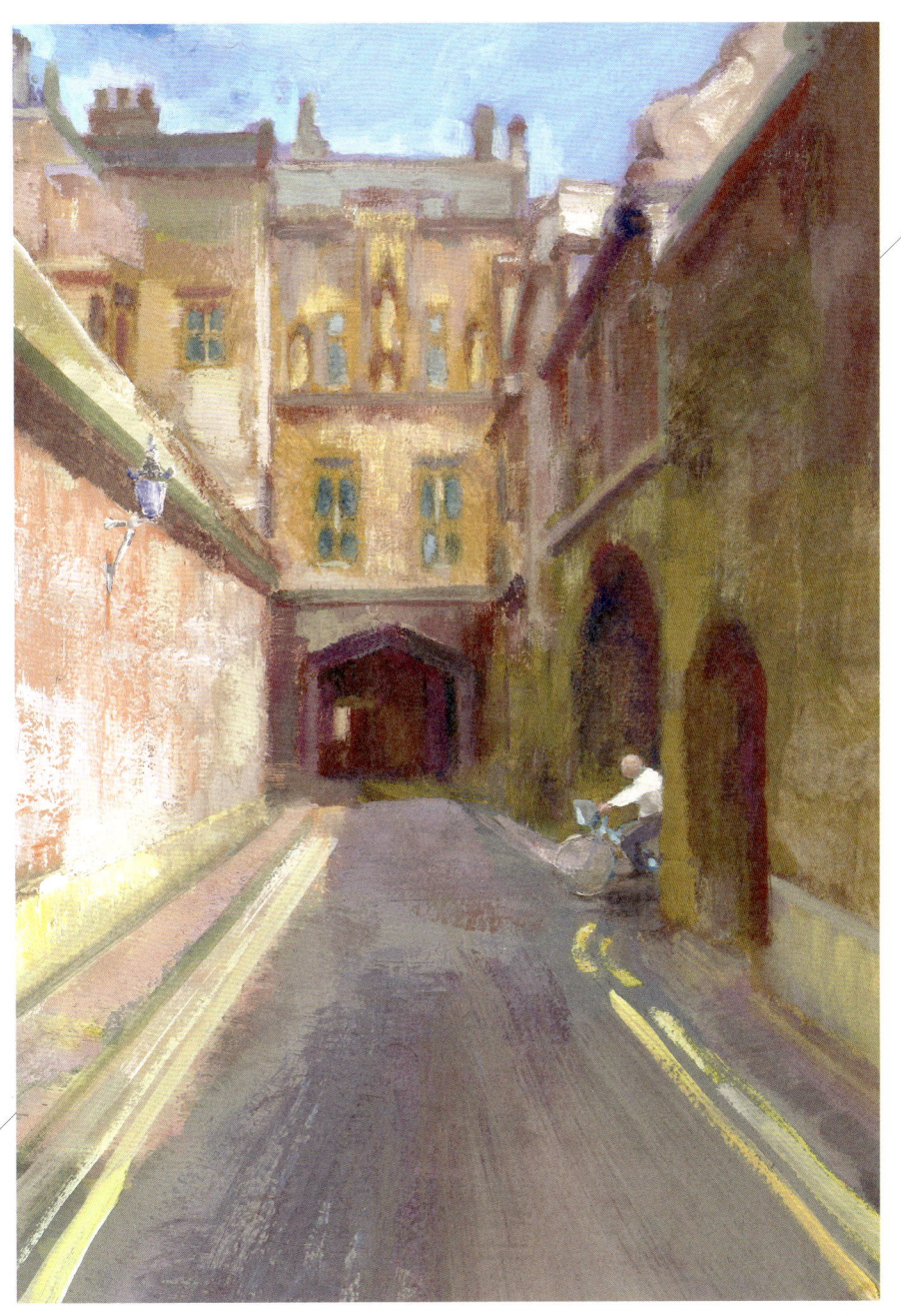

新学院正门,张力奋骑行牛津　　韩辛 绘

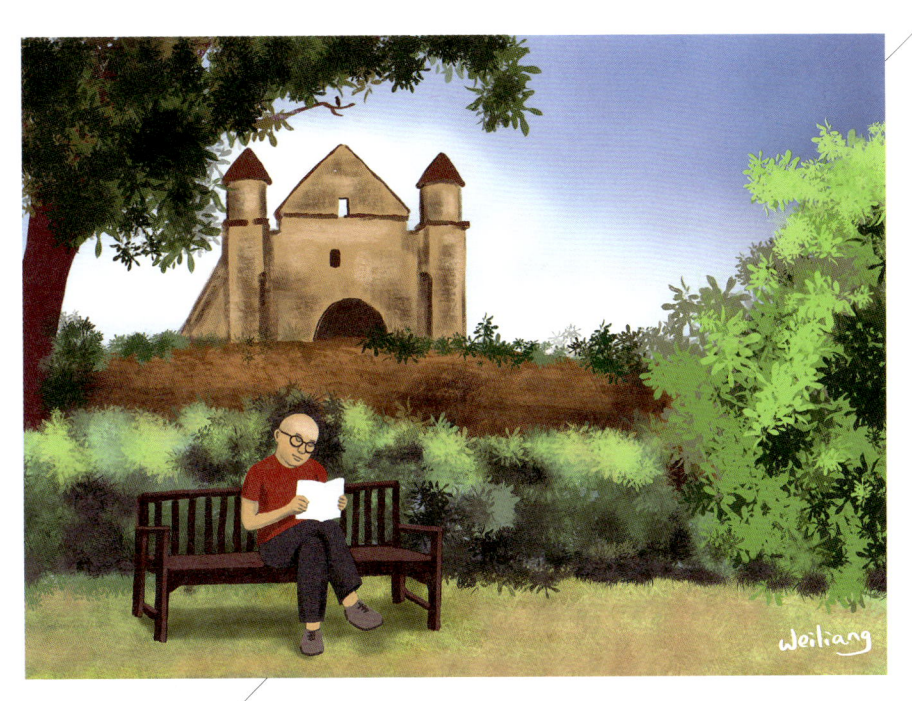

张力奋在新学院　　聂伟亮 绘

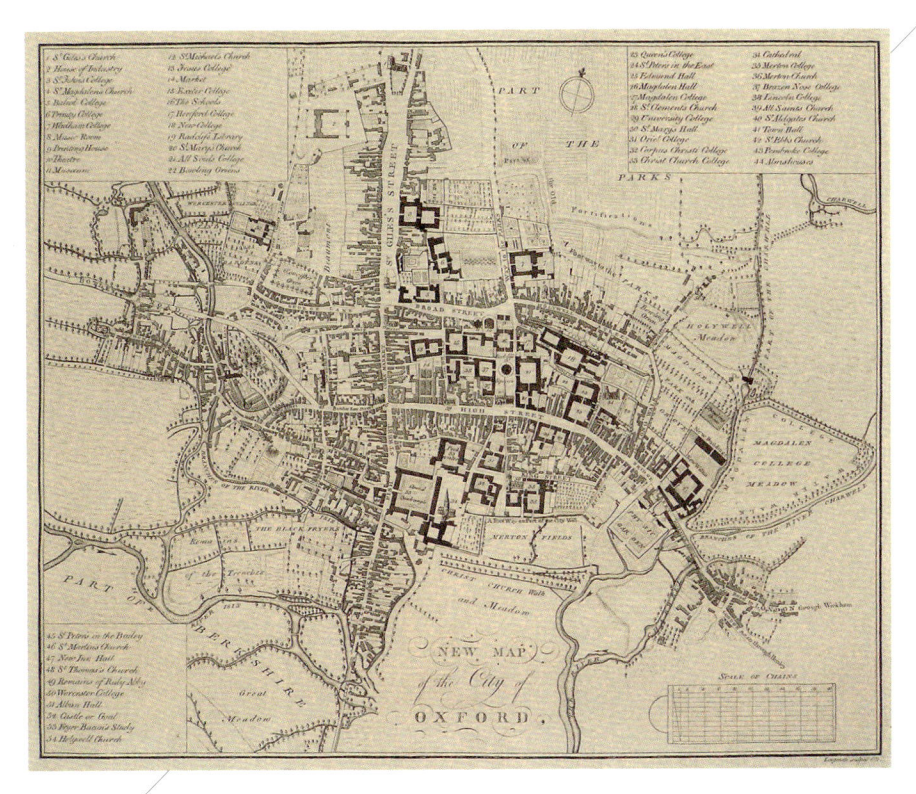

牛津大学手绘地图

再版代序

2020：隔离与断片

（一）

《牛津笔记》初版3个多月，要再版，当然高兴。据说卖得不错，书评不少，都很鼓励，还多次入围国内年度好书榜，我没想到。好几回，邂逅素不相识的读者，或找回了失散多年的老友，更是惊喜。有位宁波的读者喜欢此书，订购了100册分送爱书的朋友。对写作者来说，这是难得的礼遇了。书出版后，有签售会、读书会、音乐朗读会。写书累，其实签名也不轻松。在杭州良渚签售时，堆满书的桌子扛不住，居然塌倒，颇有喜感，只好自嘲。很多读者要我把书题签给他们的孩子，有的在英美留学，有的快要出国，但遭疫情阻碍。有的还在小学，家长要我写几句鼓励的话，为日后考牛津"讨个吉利"。我最享受的是读者与书评人提的问题或见解，他们读出很多我的潜意识以及我的性情与内心。趁出典藏版的机会，一并作答。

　　文字这东西，易造成错觉。一位老朋友读书后微信我："一个人，心得多静才能写出这样的韵味呀！……"不少读者觉着我的文字"静水深流"。其实我是急性子，加上有点完美主义，心静更难一些。不过，我作文时，乐于编织自己的精神庇护所，躲进去暂别外边世界的喧嚣。现在一早醒来，我们把自己挂在朋友圈和社交网络上。不知不觉间，它们肢解了我们的时间，平庸了我们的情趣，挫败了我们曾有的定力与自律。我们忘记了等待的美感，变得焦躁、无耐心。当关闭手机和微信，我对世界的体验才变得真实些。若笔端仍能流出一些宁静文字，无非是在负隅顽抗，强弩之末，缓解日益恶化的焦虑和内心分裂罢了。

　　不少书评提到，《牛津笔记》兼有中国士大夫笔记或英式散文的意趣。对那种文字，我确实是心仪的。我出生在荡涤一切旧式文化的年代，士大夫和英式文字早不走运，是诅咒的对象。我们20世纪60年代生人的语言习得，始于语录、口号标语以及军事化的修辞表达。集体记忆中，我们握拳吼叫，那时的语言以粗鄙暴力为美。《牛津笔记》只是我人过中年后试图找回曾遭贬、失落的日常语言，平实、干净而温情，发自内心与直觉。胡适、林语堂、周作人那代人丰沛的，正是我们稀缺和饥渴的。

　　有读者问，在牛津写这本笔记时，有没有想过出版？我想过的。一开始它就不是秘不示人的文字。多篇书评提到，此书可爱在人性的裸露。我自认最多裸了一半，不敢以全貌示人。书中的事实部分，我倒是认真核查过的。在牛津的几个月，除了每天记流水账，几乎所有的收据、出行票证都留底备查。我对自己的记忆不自信。对旧事，翻过当年的日记、笔记，或找旁证、资料。毕竟学的是新闻，懂得"事实"两字。

前不久，我在复旦上通识课，讲题是"我们的语言出了什么问题？"学生来自全校各系，不少是理工科本科生。作为过来人，我告诉他们，尽早忘却高考作文的文章做法，告别"中心思想"，忌用陈词滥语和大话，弃用无生命的成语，远离形容词，说自己的话。无论生活，还是文字，平实的，让我觉着安全。

（二）

书中提及的"文字速写"，很多读者感兴趣。这是我多年来即兴的写作练习。对文字，我既感其魔力，也知其局限。若没有手把手的演示，仅用文字说明让孩童学用筷子、系鞋带都是件极为艰难的事情，更何况讨论抽象、形而上的概念或思想。文字速写，于我是对少年时代母语先天不足的补救，它或限于自然主义的意识流记录，但磨炼了我对真实世界的触觉，对文字的敏感。对愈加依赖互联网的生存方式，我虽抱有警觉，但又陷入其中。极度媒介化的生存方式已变成一种"文化的肌肤"（德克霍夫语），只能借由它的毛孔汗腺体验世界。惟因如此，面对真实世界以五官呼吸自然山水与人性，才是"皮肤下"的血肉生命。

在世界各地旅行时，我时常在黄昏的大街上看路人。每个人都匆匆归途，不知他们有怎样的人生、家庭，会回到一个怎样的家。在布拉格、耶路撒冷、佛罗伦萨、哈瓦那、圣彼得堡、赫尔辛基，路过居民楼窗下，我总好奇窗里的人和生活。记得在巴黎住在老城酒店，推窗就是人家的天井和窗，像是上海的弄堂。窗台上有鸽子，惊了飞起，但不走远，落在隔壁窗台和水落管上。一次，我见到窗内有男人走动。沿街楼房的灯光，无论惨白、柔黄，都让我有难以抑制的好奇心。如果老天爷把我抛在此地，我能生存吗？旅行本身，就是体验的速写。

下面抄录一则"速写"，记于美国旧金山半月湾。

2016年9月2日　半月湾，海滩，下午15:20。

骑车。闷雷声，风裹着，近海岸。合唱低声部。油锅的滋滋声，节奏。由远及近。突然很猛烈的一击。威胁。

十多只鸥鸟，停在海滩的边缘。潮退时，沙滩泛光。鸟儿自在，听任漫卷而来的潮汐吞没它们的细爪。缩着脖子，并不言语，盯着眼前的海沙，希望潮水捎带上晚餐。

太阳反光。刺眼，疼。天际线上，宽银幕。舞台上，布景是超现实主义的：由浅蓝到浅绿。细长一条，浪翻卷白浪，内卷着，滚向前。云遮太阳，海上现出一片金色光区。云一走，跳跃满目金点。

右侧海滩，应该是一对父女。女孩十一二岁，玫瑰红外套，正奔向海边，踩水。见浪冲来，尖叫奔回父亲。她追赶海鸟。鸟不在乎，只是小碎步挪开几步，不跟孩子计较。旁有刚挖好的沙丘城堡。

我左边，原先只见一对小夫妇坐着。从背影看，放松的样子。女着黄衣。短短十多分钟，跑拢来十多位散步者。沙是白的，颗粒粗。一根巨大漂流木搁浅，底下暗流。赤脚，提鞋走过。

一不明年龄女士，太阳镜、灰衣，有些神秘。不走直线，像在低头寻东西，挎布包。

太阳眼睛一闭，海边立时降温，风烈了，像有开关。左侧远方的白灯塔，开始模糊。一只大鸟，低低从头顶掠过，只是滑翔，看得见它的眼珠。降落前，闪了数下翅膀，在沙上跳几跳，落地。海水咸味。野黄花甜味。

自行车掷于沙滩。头垫在车轮上。突见身后十多米处，大大小小上百个沙坑，每个坑都趴着一只海鸟。像是一个集体，我靠近，它们撤退，飞后几步，总保持着等距离。它们的安全距离。它们中间，也有牛顿？

大自然，最神奇是光线和声音。太阳说落就落了。海平线上，最后一点橘红落下，天幕玫瑰了。

（三）

2020，很糟糕的一年，还没怎么用，就在隔离或隔离的焦虑中度过了。世界成为疫界。疫界重新划分了世界。岁末，《剑桥英文词典》公布了 2020 年度词：quarantine（防疫隔离）。数据说，此词是《剑桥词典》当年搜索量最多的词汇，击败了"封锁"（lockdown）和"全球大流行病"（pandemic）。

7月下旬，滞留美国 7 个多月后，我由休斯敦飞纽约，再从肯尼迪国际机场转机回上海。休斯敦登机前，一位七八岁的女孩子没戴口罩，我上前问她母亲是否需要口罩，她摆摆手，谢谢我。纽约的老同学怕我住机场旅馆感染，帮我在新泽西订了酒店过夜，次日再送我上机场。五星级酒店前台说，客房率还不到 10%。候机大厅人迹冷清，只有中国东航柜台前挤满了人，彼此打听着核酸检测和健康码。候机时，我留意了肯尼迪机场一侧的起降，二十多分钟里，仅见一次起飞。这本是世界上起降最繁忙的航空港之一，现在它迫降了。空港是现代世界秩序的意象，此刻我只感麻木。

登机后，航班未准时起飞。问了空姐才得知，一位中国外交官登机时遇到了麻烦，美方正在小房间对他盘查询问。特朗普治下，中美关系已跌至建交四十年来的冰点，一直认定"坏也坏不到哪里"的中美关系还是跌破了底线。过了十多分钟，航班起飞，那位中国外交官没有登机。在此两天前，美国刚关闭了中国驻休斯敦总领馆。很快中国回击关闭了美国成都领馆。

这几年在休斯敦过春节，应邀去中国总领馆出席过新年联欢晚会，吃地道的水饺、烤鸭。休斯敦是1979年邓小平访美时设立的首个中国总领馆。航班上，我戴两个口罩，双保险。孩子为我准备的防护面罩，操作复杂，我放弃了。有的乘客穿着防护服，从头裹到脚，像化学武器部队。座位上，每人两包干点。裹着白色防护服的空姐仅露出双眼，对我说，干点不大好吃。若不吃，途中就别脱口罩了，忍一忍，到上海就好了。夜间抵达浦东国际机场，十多个小时飞行，人近极限，昏睡中有些兴奋。这是第一次以这种方式回到故土。下机时，机舱内比平时沉默许多。在机场接受核酸检测后，防疫人员把我和一位留学生送往隔离点，整个大巴仅我们两人。到隔离点已深夜，双方签收，把我们交接。隔离14天，7天酒店，7天家中。这或是出生后我独处时间最长的一次。家门外走廊上，装了探头和红外探测仪，贴了布告，怕隔离者溜走。大疫之下，信任变得奢侈而可怜。每天防疫人员上门测温，其间里弄干部、民警造访，地区防疫干部电话询问。一切有序。我问当地朋友，这样密集的防疫措施，国家要用多少预算。回答"不惜成本"。隔离结束当天，确切时间应是晚间7点整。刚过7点，一纸盖了红印的证明书送达，我"解放"了。

滞留休斯敦半年多，除每周去超市一两次，雷打不动的是跑宠物店，为家中的蜥蜴、树蛙买口粮，如蟋蟀、蚯蚓。蜥蜴不好伺候，只吃活物。蜥蜴本身身价不高，蟋蟀却要价40美分一只。在美国，法律规定，宠物店是日常生活必备，疫情期间也必须开门。疫情暴发后,美国人和当地华裔的情绪也变得格外敏感。某日,一位复旦老友沮丧地说,刚从银行回来,平时很客气的经理表情异常,有点打发他。我叫他别太敏感。他说,他的感觉是对的。

在美期间,我最冒险的出行是接连两天采访黑人乔治·弗洛伊德的告别仪式和葬礼。其时,新冠病毒已在德州蔓延,我犹豫了几天,怕出门染上。最终记者的职业本能胜出,我前往现场。弗洛伊德是休斯敦人,在明尼苏达谋生,被一白人警察跪喉9分多钟后身亡,56岁。美国各地爆发BLM(Black Life Matters)抗议运动。

6月7日,我排队步入赞美之泉教堂大厅,悼念者每人相隔一米。弗洛伊德躺在金色棺木中,着灰色西装。因灯光或化妆,脸色灰白了些,神情安然,像是睡着了。他的棺木比常见的长很多。他身高6.6英尺,相当于1.98米。他的男性亲属在一旁为他守灵。正在竞选总统的前副总统拜登也到场吊唁。吊唁者中黑人为多,也有不少白人,共数千人。几位黑人领袖在外面大声讲演,高亢而富韵律,让我想起马丁·路德·金的"我有一个梦"。不远处,一个黑人小伙子在草坪上突然单膝跪地,握紧右拳伸向空中,凝固了。我和一群白人太太聊天。她们举着自制标语牌,表示与黑人兄妹团结一心,反对种族歧视。当日酷热,组织者备了矿泉水,现场有鲜花卖。我买了印有弗洛伊德肖像的纪念口罩和T恤。他并非天使,曾犯事入狱。中学时,他家住在休斯敦以毒品、枪击事件出名的贫困带。但他在光天白日下丧命，激怒了美国民意。

次日下午是他葬礼，在休斯敦纪念花园墓地。午时12点，我赶到墓地外，已有数百人聚集。当值警察多半是黑人。落葬仪式原定下午2点开始，因上午追思会超时3小时，马车载着棺木抵达墓地时，路灯已亮起。一黑人青年与黑人警察发生肢体冲突遭逮捕，一时空气紧张。下午气温高达41摄氏度，随身携带的一盒万金油融为液体。人近中暑，只能用冰水浇头降温。周边至少四人因高温晕倒，被抬到树荫下。在现场，我取下口罩散热，一时忘了新冠的事。身边是纽约飞来的法新社记者。不远处，一对白人父女。女孩仅五六岁样子，在父亲怀里，嘬着手指。弗洛伊德的男性家属身着黑色西服，烈日下坚持随马车步行完最后一英里。很多人觉得，有过前科的弗洛伊德只是受害者，并非英雄。但很多黑人心目中，弗洛伊德是殉道者。次日，我前往当地医院做紧急核酸检测。阴性。

10月份，我从上海坐高铁到武汉，去珞珈山上武汉大学做讲座。1月下旬武汉紧急封城后，我曾许愿，大疫过后一定要去武汉，上黄鹤楼留个影。一位武汉出租车司机告诉我，他已习惯外出戴口罩，感冒也少了，不戴反而不自在。一位记者朋友陪我上黄鹤楼，途中武汉终于又堵车了。她说，武汉人现在耐心许多，对堵车不再抱怨、摁喇叭。再堵，总比死城一座要好。听到此，我有些哽咽。黄鹤楼前，我得知为感谢全国人民支持，湖北决定2020年向外省游客免费开放所有景区。一场大疫，让城市一切可炫耀的魔力变得苍白、死寂和绝情。看到武汉又有了人气，市面兴隆，餐厅开始等位，活过来了。

离开休斯敦前，决定将喂养的二十多只蜥蜴全部放生。我将玻璃缸搬到后花园，轻轻打开门，期待它们重回大自然。5 分钟、10 分钟、15 分钟、20 分钟……毫无动静。最后一只绿蜥蜴爬至玻璃门边，探了探头，又缩回去。无奈之下，我掀开顶盖。渐渐地，它们犹豫良久后，慢慢爬出，生怕是个骗局。它们不敢投奔大自然，是惧怕吗？短短几个月，难道它们的野性、生存直觉已退化？玻璃缸里，它们失去了自由，但不愁饱食终日，免除了捕食辛劳。与野外的同类相比，它们的体态明显肥硕不少，甚至有肥胖症嫌疑。它们有自己的生存与"制度选择"吗？

（四）

我对 2021 年也无特别憧憬。不仅因为新冠大疫，更因为世界的分裂，常识的倒塌。若干年后，历史学家不知如何评价 2020 年。中国是当下世界最安全的地区之一，健康码与旅行追踪已是常态。一些省份因几例疫情，就宣布进入"战时状态"。这让我担心，密集强势的管控是否会使日常生活失去本意。正常的社会，一定是风险社会。美国疫情的失控，令我想起爱德华·霍普（Edward Hopper）的画，空旷、孤单、黎明前的清冷，纽约街道的大峡谷，迫使我重新思考两种制度下风险与日常生活的边界。

《牛津笔记》出版后数月，书中我的忘年交布里坦爵士因病在伦敦去世，享年86岁，未能熬过2020年。傅聪先生因新冠肺炎也在伦敦离世，也是86岁。与他仅一面之缘，但印象刻进脑海。他一生内心挣扎、悲悯。他说话时声如宏钟，有回声，激动处多是"唉"和"唉呀"的喟叹，伴之沉默。去世后，对他的悼念追思在中国刷屏，但也被不少年轻人骂上热搜，指责他当年"叛国"。如果他在那里听见，除了长"唉"一声，会说什么。2020大疫，也让"隔离"这个词脱了敏。我们越来越习惯在线上（Online）日常生活，在微信朋友圈和App上觅友、相恋、亲热或反目。互联网赋予了人类从未有过的便利、选择和自由，也在急剧放大人性之平庸、人性之恶。

2017年底，中国大学人文代表团访英，在牛津开学术研讨会。这是客座后半年重返牛津。复旦去了几位教授，包括我。研讨会上，我的演讲有关清末思想家、中国新闻之父王韬和他的英国合作者理雅各（James Legge）传教士、翻译巨匠、牛津首位汉学教授。理雅各生于1815年，1897年与王韬同年去世。王韬当年留亡苏格兰，成为在牛津演讲的首位中国人，都得理雅各之助。

会后我想去拜谒理雅各的墓，就在离牛津城数英里外的沃尔佛考特墓园（Wolvercote Cemetery）。一早，空气里憋着雪象，暗灰天色，压着刺骨的寒。早餐时，与外文系褚孝泉教授说及理雅各，他有兴趣同行。这是牛津城外最大的公共墓地，足有数千个墓碑，灰白一片。雪花开始飘落，帽子顶上全白了。我们毫无目标地东奔西突，匆匆扫视每一个碑文。雪大了，眼前数米，已成白雾，墓地散发着死气。我们缩着脖子，准备撤退但心有不甘。见到一所小屋，撞见一掘墓人。他给墓地管理处打了电话，查了花名册和墓碑位置，把我们带到理雅各墓前。我问了他名字，给了他一些钱致谢。理雅各当然不知道我们去看他。扫墓的事，是念想。光有念想还不够，还得受累，才是诚意。大雪弥漫日，趔趄找墓地，向先贤鞠躬，也是对自己的辛苦致意吧。

写牛津，免不了说及大学。近日中国有大学宣布已成为世界一流大学，哑然。奖章不能自颁。大学为知识与思想而立。王国维倡导"独立之精神，自由之思想"，燕京大学校训"因真理，得自由，以服务"，大学的光芒与存在感在此。

张力奋
2021 年 1 月 31 日　上海　复旦

这本碎片式的随笔录，得到很多读者与朋友喜爱，给了他们片刻愉悦，甚至"若受电然"之悟，出乎我意料。不过，我猜想，在当下这个混沌而喧嚣的世界，人们渴望安宁、纯粹与庇护，文字虽脆弱，一栋纸屋，毕竟还住得下疲惫的心，度风雨后的时光。

说 明

为方便读者，外国人名、外国书籍及报刊在本书首次出现时，加注了外文原名。之后则省略。书中提及的所有人名，书尾有索引备查。

序

牛津大学在1685年迎来了第一位来自南京的中国客人沈福宗，他为牛津大学博德利图书馆的中国藏书编制了目录。沈先生之后，诸多才华横溢、富有观察力的中国友人都曾到牛津大学考察交流。我所在的新学院（New College）于1379年建院，正值英王理查二世时期、中国明朝洪武年间。虽然学院与中国早期交集甚少，但若追本溯源也有些年月了。

承前启后，我院有幸于2017年迎接力奋博士访学。力奋很有才华，好奇尚异，很快融入了牛津这个有些古怪的地方。他1988年来到英国留学，早就是个"英国通"了！从英国的教育到时而晦涩的英式幽默，从美食美酒到政商各界，力奋都拿捏有度，游刃有余。在院士休息室里，幽默常伴着力奋，大家都喜欢与他交流。

力奋是一位优秀的记者和作者，这点众所周知。《牛津笔记》也将展现力奋在文字之外作为摄影师的才华。他的照片捕捉到了牛津的梦幻与现实，荣光与弱点，是牛津真善美的诠释，直戳心灵。

我曾旅居中国多年，这段经历让我认识到英中文化有一个相似之处——那就是崇尚"入乡随俗"。"入乡随俗"让我们既正视与前人的差距，又期待未来，在尚学、求知的环境里探索我们的学问。力奋是这种精神的代表。

我院有件中国青瓷器，于中世纪来到英国，是历史上最早抵英的瓷器。如今丝绸之路重启，本书作为英中文化的完美纽带，从深度和广度两方面诠释了英中文化各自的深邃与相辅相成。世界各地通过交流，相互学习，才能打造更美好的未来。

牛津大学新学院院长

杨名皓

（何流　译）

PREFACE

Over the years, Oxford has had a distinguished record of Chinese visitors with keen, observational eyes and inquisitive bents. The first of these was Shen Fuzong, a native of Nanjing, came here in 1685, and catalogued the Chinese books then held in the Bodleian Library.

In such a tradition is Dr. Lifen Zhang, a traveller full of curiosity, who spent a spring in New College in 2017. Our College was founded in 1379, during the reigns of the English King Richard II and the Chinese Hongwu Emperor in their respective domains.

Lifen adapted so smoothly to the sometimes eccentric ways of our Oxford Senior Common Room; and we very much relished his ready wit and his scholarly conversation. He is a Chinese who got to know the United Kingdom as early as 1988, and, since then, has become expert on many things British — from our educational system to our sense of humour, from our love of food and wine to our social and political issues.

His Oxford Notebook reveals that he is not only an insightful journalist and an intriguing writer, but also a skilled photographer. His images capture the essence of Oxford, our dreams as well as our realities, our foibles as well as our achievements.

The years I spent in China have led me to believe that there are many commonalities and congruences between Chinese and British cultures, not least of which is to value a "sense of place". That sense of place allows us to cherish our past as well as to look forward, and to recognise that learning in a learned atmosphere underpins time scholarship. He has divined the essence of our place.

One of our treasured possessions is a Celadon bowl, the earliest piece of Celadon to arrive in England, in the Middle Ages. How and why it travelled to Europe will never be known.

But today, the Silk Road once again is assuming its historic importance. At either end of it are two cultures which can only benefit from the richness of exchange and the depth of insight which Lifen Zhang epitomises for us in this beautiful volume.

Miles Young
Wardon, New College, Oxford University

爱丁堡。在时间面前，我们并不平等。唯一平等的，我们都是时间的仆人。

自序

文字的东西，如同记忆，脆弱且不可靠，常带主观与偏见。这本笔记就是。就文体而言，它有点混血，夹杂着自述回忆、新闻、随笔、速写、言说和游记。我在私域与公共时空穿梭，时间跨度近半世纪，涵盖了我的生命史。我在上海出生、受教育、成人，26岁赴英留学并在伦敦工作多年。迄今，我在中国与西方生活的时间几乎完美地对半两分。本书以2017年我去牛津大学客座的日志为主线，记录或回忆的多是我生命体验中的碎片。裸露的生命记忆，多半零碎，不见雕琢，直至尘扬灰灭，终被遗忘。我不相信宏大叙事，所谓的宏大叙事，至多是日常与生命的记忆之墓。

我到牛津客座一学期，东道主是牛津赛德商学院，客居在1379年创立的新学院。2016年初，我回到母校复旦大学教书，心却难静下来。做了二十多年新闻,世界即时无定,事件永远在路上,生活无常,躁动是常态,性灵已板结坚硬的壳。在牛津的几个月,我重新放逐自我:读书、写作、泡图书馆、听音乐、散步、会友人、逛旧书店,随心而为。或是怀旧起了感应,深潜多年的记忆、故事时而浮出海面,引诱我把它们打捞上来,晒在太阳底下,最后串成此书。每个人的内心,都有敏感的隐秘处,有时自己都不知它的行踪,它在不可知的某一刻现身,惊吓或感动我们。它可以是故地、旧情别恋、童年、月台、旅途、一张发黄的旧照片、一纸家信、一本无封皮的书。个人意识与存在,无非都靠记忆。有记忆,你和你的世界就存在。国家也如此。

我是 20 世纪 60 年代生人。有个说法,这代中国人颇为不幸:生于"三年自然灾害"的贫困时期,被剥夺了童年,"文革"裹挟了我们的启蒙教育。不过我算幸运。1988 年去英国那年,我 26 岁。之后的 20 年,我在遥远的西方远观中国渐渐展开的全球化(政策、行为、语言和心态),体验中国人重建国家认同,见证"中国制造"进入欧美中产家庭,实地报道"中国崛起"。书中诸多故事与细节,来自我多年实地采访、报道中国的原始记录。我很庆幸自己的记者生涯与这个特殊的"中国年代"偶合相遇。希望读者在触摸这些"碎片"的同时,能多少感知中国与世界的脉动与情绪。

这是本有关文化的书。谈论文化有相当风险,这个词本身就可能让很多读者倒了胃口。文化的定义多如牛毛。在我的词典里，文化的真髓，一是思考方式，二是做事习惯。我在东西文化各走了一大圈，有所悟，有所得，也有百思不得其解的困惑。留学时，我的博士奖学金（中英友好奖学金）有三个来源：船王包玉刚先生、中国政府和英国政府。留英在我身上留下了不同的文化印痕，让我对故土中国有了新的体认。我希望成为一个世界公民。

码了大半辈子字，越来越明白语言的局限、狭隘和操弄。语言是个笼子，自出生起，我们甘心自愿地钻进去，没有选择，以它为家园，当它的囚徒。有些语言诚实朴质，吸着地气，有些虚妄如空中楼阁，更有些美艳如朝花，内中却是败象。这么多年，我一直警惕和抗拒语言的作弄，结果还在这个笼子里挣扎。语言是不可抗力。我们活着，就是语言的动物，难以逃脱。但我们不甘心，总想创一些新词，说一些新话。

浸润在难以挣脱的互联网空间，我深知"碎片"叙事的先天局限。我愿承受这个代价。日记、随笔的"碎片"记事，至少赐予我两样东西：开放的叙事，以及对日常琐细的包容。过去100多年，中国的史书多充斥着宏大的表述，却常常与历史与记忆没有干系。我希望这个看来"碎片"的叙述，得以记录再普通不过的日常。本书中，除了很多已挂在墙上的历史伟人与我们为伴，你还会邂逅牛津一些名不见经传的中国留学生、学者、管家、园丁。我相信，每个人的生命都值得记录。若干年后，这部文字可能成为有趣的历史见证，一个有待挖掘的社会学样本。

近年中国出了不少纪实类的好书，有原创，也有译著。一大缺憾是，它们都没有索引。有的译著，原版有完整索引，但中文版却删除了。没有索引，给读者和研究者带来诸多不便，也不合国际规范。本书不是什么重要著作，但为阅读的便利，并对书中提及的人物表示尊重，特别编制了人名索引备查。

我是个纪实摄影者。大学读新闻，使我懂得现场是无可取代的，记者为真相记录而存在。本书中，每天日志几乎都配了我在牛津拍的黑白照片。拍黑白照片，是我的主观偏好，因为它赋予我对这个世界一种新的体验、一种源于陌生的美感。司空见惯的五色世界，当它降解到单色，反而让我们看见和体验更多，这是很奇妙的。我们似乎对世界变得越来越熟，是因为接近它的成本越来越低。互联网正把世界拉平，不仅是地理和空间上，而且我们认知、趣味的地平线正变得一览无余，甚至平庸。比起文字，摄影的视觉体验要自由、狡黠许多。我喜欢文字与影像合伙，这样，世界便更有肌理、更暗潮涌动、更像寓言。

2020年初，我刚抵达美国休斯敦开始寒假，即传来中国新冠肺炎疫情暴发的消息，人口千万级的巨型城市武汉只得封城应对。万里之外，我立即自我隔离，提早取消了所有的春节聚餐。中国以举国之力控制住新冠疫情后，全世界近200个国家先后出现疫情，有的关闭国门，航班全数停飞，地球村几近短路。隔离后，足不出户，天地当然小了许多。但隔离也放大了眼睛，刺激了五官。平时从不留意的日常器物突然长了灵性，有从未感受的新美。写作之余，我每天在家里寻找器物、光线、色彩、角度，留下了上千张照片，取名"隔离与放大"系列。

写作和隔离都与孤独相伴，幸好家中花园有不少野生动物出没。窗外的湖里，有刚冬眠苏醒的鳄鱼、红龟，夜间总有鲇鱼扑通一声翻跳出水，水面上时有知更鸟掠过。湖对面的邻居有福分，每天有1米高的长脚白鹭飞抵湖边，静等猎物出现。前院，燕子相中了车库的屋檐，叽叽喳喳闹着筑窝。一开门，都是它们喜悦的叫声。这几个月，家里多了个常客，一只黑白猫，每天跑来要吃的，很快就自拿绿卡在家中过夜了。猫对人示好，一是在你腿边不断来回蹭，二是喉咙口发出咕噜咕噜的声响。猫蹭你，是它在扩大地盘。蹭了你，你就是它的了。妻子认为猫蹭人示好或是与人共生的进化结果。猫一定会发现，蹭人后发生的事常常对它有利，比如主人开始抱它，给它好吃的，或放它出门。进化漫长，渐渐地这种条件反射就强化到它的意识和行为中，终成天性。如果猫蹭人，人没有反应或有恶感排斥，久而久之，这一习性是否也会渐渐退化？我们在伦敦生活时曾有只猫，跟它很像，叫Benny。现在它就是Benny了。

休斯敦所处的得克萨斯州地处亚热带，多蜥蜴（Anoles），自家花园里至少就有六七种，分绿色、褐色。某日，一只绿蜥蜴自投罗网，跳进屋里。之后我又在花园捉到多只，与儿子 Tommy 合作，索性养起来观察，平均每天 1 小时，并作田野记录。人疲惫时，观察它们，成了疫情期间最快乐的事情。我发现，蜥蜴的习性、群体行为与人类同样有趣、出奇。它们的智商常让我跌破眼镜。观察蜥蜴数月，我对人性与自然有了更切近、平和的理解。作为地球上最有科学研究价值的爬行动物，蜥蜴是进化的活标本。我和 Tommy 将把几个月的观察记录、现场照片与视频整理出来，希望为孩子们写一本有关蜥蜴习性与大自然的小书，作为对他们疫情隔离的补偿。

世纪之交，我曾陪老父亲坐皇家加勒比游轮游欧洲诸国，从伦敦启航，经由阿姆斯特丹、哥本哈根、斯德哥尔摩、赫尔辛基、塔林（爱沙尼亚）、圣彼得堡、哥德堡，最后返回伦敦，全程 11 天。开航当天，挪威籍的船长有接风酒会。他说，这条邮轮上，游客加上船员，超过 6000 人，使用 69 个国家的护照，其中一位来自中华人民共和国。父亲知道说的是他，有些激动。回伦敦的前夜，船长向旅客道别。他说，"11 天的旅程即将过去。虽然宗教不一，语言、生活习性、食物有异，我们在这条封闭的船上和睦相处，没有不愉快，没有冲突。如果我们的世界能变成这条邮轮，人类就有未来。"

船长此番感言，有无诺亚方舟的暗示，我不知道。圣经创世记的这条大船因上帝的神明而建，逃脱一场足以使人类灭顶的洪灾，拯救人类和陆地生物。据说，诺亚方舟花了120年才建成。后来，我拟就一条有些戏言的"邮轮规则"：世界上最棘手的双边或多边会谈，比如G8峰会，应一律在国际邮轮上举行：各国领袖们上船后，邮轮驶至公海，航行大洋上。在船上，他们无从躲避，必须就重大问题或冲突找到解决方案。最重要的规则是，无解决方案，则不准下船，继续漂泊下去直到理性的曙色出现。人类比我们想象的更具蛮荒之力，可将自己送上月球。但人类也比自己想象的脆弱，最神奇的传播技术恰恰诞生在沟通几乎失效的时代。世界的心智出了问题。人类正进入一个冲突的疫情期。方舟已在港口。

张力奋　记于休斯敦

2020 年 5 月 13 日

目录

2020：隔离与断片（再版代序）/ 001

序 / 015

自序 / 021

2017　4月　April

17日	18日	19日	20日	21日	22日
001	008	018	029	037	044
23日	24日	25日	26日	27日	28日
053	057	063	072	080	086
29日	30日				
094	102				

2017　5月　May

1日	2日	3日	4日	5日	6日
111	122	128	133	139	148
7日	8日	9日	10日	11日	12日
154	161	169	177	185	193
13日	14日	15日	16日	17日	18日
199	206	216	225	231	239

19日	20日	21日	22日	23日	24日
246	*250*	*256*	*261*	*266*	*272*
25日	26日	27日	28日	29日	30日
278	*284*	*289*	*293*	*300*	*307*
31日					
314					

2017 6月 June

1日	2日	3日	4日	5日	6日
320	*326*	*331*	*335*	*340*	*346*
7日	8日	9日	10日	11日	12日
352	*361*	*369*	*374*	*380*	*386*
13日	14日	15日	16日	17日	18日
394	*405*	*410*	*417*	*421*	*425*
19日	20日	21日	22日	23日	24日
436	*440*	*446*	*458*	*463*	*471*

鸣谢 / *476*

附录 / *480*

人名索引 / *514*

1727年，物理学家牛顿（Issac Newton）去世。这具他的遗容石膏像现存爱丁堡大学，近代医学重镇之一。爱丁堡颅相学会有2000多个面容石膏像收藏。信托人规定，即便科学冒犯了民意，也绝不允许遣散或销毁这些收藏。

2017年4月17日　周一
伦敦　晴

　　几声风笛飘来，提醒我，要告别爱丁堡了。据说风笛源于中东。不过我记忆中，它只属于苏格兰高地的旷野风啸。音色像中国唢呐，高亢如军乐出征，嘹亮得如同金属的光泽，哀婉时也可呼天抢地。风笛的气囊如肺，靠簧管振动发声。音乐的记忆，多半与第一次听到它时的场景有关。二十多年前，去苏格兰佛特威廉的黄昏途中，远处风笛声，若有若无，掠过莽原。风笛就此与苏格兰绑定终身。人生，单行街上的旅行，一站站向前，月台上相逢与离别。跋涉久了，或对人世间漠然，或心生感恩。

　　离开爱丁堡前，突然有种莫名的冲动，想去老城的皇家英里大道（Royal Miles），看一眼站在那里的大卫·休谟（David Hume）和亚当·斯密（Adam Smith），没有特别的理由。两尊青铜雕像,立于老街两侧,相隔数十米。高等法院门口,是休谟,披着罗马袍,坐在高昂的基石上,骑士般潇洒,脚背裸露,已被旅客摸得发亮,手握巨书,低眉沉思中。亚当·斯密,他站着,左手挽在胸前,上身前倾,似乎在与人辩论。太阳逆光刺目,把斯密的面目打得模糊,只留下轮廓的光晕。这两位18世纪苏格兰启蒙学派的巨子,早年就惺惺相惜。斯密终身未娶,与母亲相依为命,因体弱多病,早早把后事托付给休谟,特别是身后受理他的遗著。未料1776年休谟先亡,斯密为他送葬。发表《国富论》后,这位伦理学教授令英国和欧洲知识界疯狂,用他"看不见的手"摘得经济学鼻祖的桂冠。他的"有限政府"学说,开始驯化利维坦。18世纪的苏格兰,有爱丁堡和格拉斯哥双城记,是新思想的麦加,甚至比伦敦前卫,如哲学、法学和医学。格拉斯哥大学奠定了近代临床医学、解剖学的基石。苏格兰思想启蒙运动,一时天才成群出现。除了斯密、休谟,还有弗格森(Adam Ferguson)、里德(Thomas Reid)。

前几天,应邀去爱丁堡大学讲演,题目是《社交媒体与中国日常生活》。近百位听众中,多半是爱丁堡当地的教授、政府官员、商人、学生,也有听众从斯特灵远道赶来。苏格兰与中国有些缘分。19世纪中叶,中国新闻之父、改良派思想家王韬为逃避清政府通缉,曾辗转到苏格兰避难多年。19世纪下半叶,辜鸿铭曾在爱丁堡大学留学。末代皇帝溥仪的英文老师庄士敦（Reginald Johnston）就是爱丁堡人，据说溥仪的英语也带丁点苏格兰口音。

我问听众，谁使用中国的微信，居然哗哗举起一片手臂，目测至少有六成。为记录这一意外的发现，我只得请听众帮忙，再举一次手，让我拍照留存。维多利亚时代，英国民间热衷东方的中国茶、丝绸、瓷器和皇家园林，现在轮到腾讯的微信。

前天，我由贝尔法斯特飞回爱丁堡。起飞时已入夜，青紫的云层，裹住万家灯火。这是我第一次去北爱尔兰，大不列颠王国（United Kingdom）最敏感的一块疆土。走在福斯路（Falls Road）上，我有片刻的幻觉。这条长达1600米的街道，曾是BBC新闻中出现频率最高的路名之一。北爱尔兰血腥冲突中，它是天主教社区的精神圣地。他们决意脱离英国，追求共和，捍卫爱尔兰独立。一街之隔，是另一条举世闻名的街道——尚基尔路（Shankill Road），新教社区的堡垒，忠于女王和大英王国。1968年，北爱尔兰局势恶化，简称"The Trouble"。接踵之间，两条街道成为对抗、恐怖和血腥的代名词。

沿街，有块墓地。背靠的高墙上，一幅蒙面枪手的巨幅壁画，斑驳褪色。一位老头，精瘦骨感，正埋头清扫墓碑。墓园中的花草，因为背阴，凋零得快，闻得见残花的死气。我上前跟老人打招呼，他没正面搭理，只是浅浅抬抬头，手指戳了戳墓碑，愤愤地说："他们死得太年轻。我守了一辈子墓，也老了。"他表情有些变形，眼窝深陷，满是悲愤和无奈。北爱尔兰停火了，重获和平，他却失去了战场以及生存的意义。他为爱尔兰独立而战，一生定格在这条街道上。我问他，去过隔壁的尚基尔路吗？他尴尬一笑，说去过几次，夜间偷偷进去的。90年代中叶，我刚到BBC工作，正是北爱冲突最恐怖的岁月。贝尔法斯特和伦敦德里，爆炸、暗杀事件频频，同时殃及伦敦，时间久了司空见惯，以致麻木。死亡只是新闻中的数字游戏。

那年头，记者到贝尔法斯特采访，视为战地。代表爱尔兰共和军的新芬党，成了撒切尔政府的死敌。其党魁是灰白胡子的亚当斯（Gerry Adams），经常在BBC新闻中露脸，抨击英国政府。唐宁街10号极为恼怒，撒切尔把新芬党的媒体曝光称作"暴力的氧气"，但碍于言论自由，无法对新芬党禁言。最后英国最高法院作出一个黑色幽默的裁决：对亚当斯的所有采访，无论电视广播，必须由第三者配音，可见其人，不可闻其声。亚当斯养活了一批靠他为生的配音人。与形象相比，政治家们似乎对自己的声音更在乎，更敏感。撒切尔夫人（Margaret Thatcher）上任后，专门请了声音教练，让她的高音变得柔和、亲民些。1998年，《星期五和平协议》签署，北爱终告停火，人们重新听到久违的亚当斯低沉的原声。

正如历史上的帝王宫殿、古堡和墓葬日后成为人类文明的奇观，当年北爱敌对社区的隔离带，现在已是游客必到的景点。停火已近20年，仍有1300起谋杀尚未结案。今人不知，20世纪初，贝尔法斯特已是繁华且有品位的欧洲都市，造船业鼎盛一时。1912年"泰坦尼克号"就在此下水。后来，宗教暴力与疯狂渐渐毁了这个城市，将其推向血腥。临行，我赶了个早，沿着拉甘河散步。贝城仍在睡眠中。太阳刚露脸，河面如镜，晃耀金色波光，漫射开来。岸边红砖墙下，有零星的晨跑者，享受失而复得的和平。

回到伦敦家中。回国后，房子一直空着。跟宠物一样，房子得养。主人不在，房子会失落，坏得也快。前年，我将多年的藏书从伦敦海运上海，近70箱。运抵复旦大学时，搬家公司告诉我，重量2吨多。书架不够，只能临时找库房安置。书是读书人的十字架，背上了就很难卸下。伦敦的书没完全搬空，留了些。走道、窗台、洗手间、楼梯角落，东一摞、西一摞，像撒狗粮。有书在，感觉安全些。随手抽出一本，翻几页，也是满足。

一早，去家边上的公园散步。晨雾已升起，停在齐腰的半空，不往上走。一见太阳，刹那间就散了。地平线远处，三三两两的遛狗人，慢慢变大。他们多半是被狗儿女拽出被窝的。共处久了，狗越来越像主人，除了性情，有时面相也越来越近。主人善，狗多半也善。主人心急，狗也暴躁。主人害羞，狗也不擅搭讪社交。对狗，英国人通常很友爱，有时比对自己的同类还仁厚。一位老太太推着婴儿车走近。婴儿车里，端坐着一条狗，耷拉着头。老太太解释说，狗儿已上岁数，患类风湿关节炎，已恶化，跑不动了，只能用婴儿车推它外出溜达。若它情绪好，愿意下车，就走几步，不乐意，就坐着兜风。这些年，我至少向数百个狗主人请教过狗的品种、身世、脾性，听过真实或明显涉嫌美化的狗故事。英国人热衷谈论的日常话题有天气，还有狗。对天气，他们是宿命论者，深知无力掌控，索性就停留在谈论的美学层面，至少没什么后果。对狗，英人有真实的生命体验。聊狗对英语颇有长进，妻子在中学、大学被迫学俄语。初到英国，英语茫然。一天散步，她问一温婉的老妇人，您的狗什么种？老太郑重介绍："She is a bitch！"妻子觉得耳熟，心想怎么骂街了。再向老太求证。老太太重复："She is a bitch！"（她是条母狗！）

新学院。到牛津客座的第一个留影,自拍。我手中举着照相机,计划记录牛津的学院日常。

2017年4月18日　周二
伦敦—牛津　晴

上午，复旦学长程介未开车送我去牛津。他比我年长。80年代，我们同在复旦念书，我读新闻系本科时，他从苏州大学考到复旦，在外文系读英美文学硕士。我们又先后赴英国读博士。他在诺丁汉大学，读比较文学，专攻法国解构主义大师德里达（Jacques Derrida）。我在莱斯特大学，读社会传播学。念完博士，两家移居伦敦，做过多年邻居。出国前，他已经去了华东化工学院（现在的华东理工大学），加盟新创立的文化研究所。该校有一位思想开明、推崇人文的院长陈敏恒先生，立志打造中国的麻省理工。80年代，中国曾有三位风评甚高但颇具争议的大学校长：除了陈敏恒，还有武汉大学刘道玉、武汉工学院朱九思。可惜，他们已被淡忘。

往牛津路上，车窗外，漫漫田野往后倒去，我有些怀旧，跟介未说起当年出国的旧事：1988年7月初，从上海坐绿皮列车到北京，妻子随行。记得到车站送行的，除了父亲、妹妹，还有大学朋友高晓岩、高冠钢、顾刚、何斌、叶铮。月台上，颇有古意的悲情。车轮慢慢滚动时，居然与电影里蹩脚的离别镜头相似，觉得此生再见也难。当时，去英国只有北京—伦敦航班，一周仅一个航次，且得中途加油。开放初期，留学生稀有，国家极为礼遇，颁公务护照，外加300多元置装费做西装，当时是笔巨款。我随带两只市面上最大尺寸的行李箱。为防行李爆开，绑了箱包带，像是英格兰的十字旗。都说英国物价极贵，能想到的都带上了，洋插队而已。一位留美的女同学王维写信叮嘱，买袜子，就买同一种颜色的。比如，一律黑色。丢掉几只，也永远配得上。我觉得有理，照办了。这个习惯一直保持到现在。

查了当年日记，行李箱里，除了四季必备的衣物、被褥，清单如下：手帕、游泳裤、干电池、圆珠笔芯、音乐磁带（中国民乐）、国产胶卷、毛笔（墨汁不敢带）、日记本，还有信纸、信封和中国邮票。早出去的留学生告诫，英国的国际邮资很贵，可让回国同学捎信，事先贴上中国邮票，回国时丢进机场信筒即可。回国前，大家都会喊一声，当个邮差。信纸必须找最薄且不透墨迹的，可以正反两面书写，字尽可能小，避免邮件超重。中国人好客，出远门总要带点礼物，送导师和异国友人。那年头，中国实在没啥可带的，还得不占托运行李的重量。最后,剪纸成为首选。包装虽粗糙,却是地道中国手工。同辈的留学生家中,或许箱底还能翻出当年没能送完的剪纸,夹在半透明糯米纸里,色已半褪。这是集体记忆。

晚上航班。妻子和大学同学张小国、周长新到机场送行。北京机场安检时,手提行李中海关查出一把厨房用菜刀,可剁骨头,有些重量。海关念我头一次出国,不懂规矩,决定宽大处理。他们给菜刀套了个透明袋,标上我名字,移交机组,伦敦降落前交还我。中途先在中东沙迦补足航油,印象中只有免税店满目的黄金饰品。又在瑞士苏黎世经停,飞伦敦。万米云端之上,忽见曙色,从微明到喷薄,深紫、橘红、粉彩、橙黄,到天鹅绒蓝。天穹尽处,可见地球伸展的曲面。飞近英吉利海峡,漂亮的国航空姐提着装有菜刀的透明塑料袋,像在展示艺术品,边走边找主人。乘客好奇,转头张望。我尴尬地举手,领回宝刀。四座惊叹。这把菜刀,作为留学的纪念物,跟随我到过剑桥、莱斯特和伦敦,于我有恩,一直留着。

首次坐国际航班,对一切都好奇和珍惜。下机时,我把省下的塑料餐具、饼干都放进了背包。1978年改革开放之初,时任副总理谷牧率政府代表团访欧,也是他"第一次出国",全程35天。很多高层官员带回了免费的酒店盥洗用品,甚至餐巾纸、手纸,与家人、同事分享。

四月的英格兰,如喂饱睡足的婴儿,地气回暖,田野一天天变绿,先浅后深,养眼的季节。满地金黄色水仙

（daffodil），树下、路边、湖畔、林间，跑遍你的视野。茎上花蕾，像个小脑袋，微风过时，颤颤地摇摆。水仙一入眼，香气弥漫，春天就实实在在降临了。不过，T.S.艾略特（T.S.Eliot）不会同意。他在《荒原》中说："四月是最残忍的月份，孕育着丁香，在死去的土地里，混合着记忆和欲望，拨动着沉闷的根芽，在一阵阵春雨里。"

牛津的客座邀约原本定在冬天，我推迟到春日。在英格兰住了二十多年，仍难以忍受冬日的苍白。一早伴着昏黄路灯出门，下午4点就着昏黄路灯回家。严冬，日照吝啬，人的智商、情绪都弱，至少我如此。

车里，正播着BBC新闻，哈里王子（Prince Henry）的独家访谈。英国王室的字典里，袒露情感是禁区，代表脆弱。这次他一吐为快，不再委屈自己。20年前，戴安娜王妃（Princess Diana）出殡前夜，我在她官邸肯辛顿宫（Kensington Palace）守夜采访。大铁门前，漫漫烛光，花海如山。平时内敛的伦敦人，踩着月色，默默穿流，有的索性在海德公园铺个睡袋，等候拂晓。白金汉宫前的"红色大道"（The Mall）上，13岁的哈里捏着一支玫瑰，外套显得过大，与父兄走在他母亲的灵柩后。那天，地球上数十亿人在电视上目睹了这场大众传播极盛时代的葬礼。碰巧，87年前的今天，英国新闻史上爆出过"今天没新闻"的奇事。1930年4月18日，广播的幼年时代：晚上8点45分是BBC例常的15

分钟新闻,只听得男主播报告:"There is no news(现在没有新闻)"。一首钢琴曲后,转播了正上演的瓦格纳(Richard Wagner)歌剧《帕西法尔》(*Parcifal*)。那是BBC问世后第九个年头,新闻供应竟然中断了。

我留学英伦,得益于现已很少提及的中英友好奖学金(Sino-British Friendship Scholarship Scheme),也称包玉刚奖学金。1984年《中英联合声明》签署,1997年7月1日中国对香港恢复行使主权。祖籍宁波的船王包玉刚爵士有意设立奖学金,纪念香港回归。最后三方出资:包玉刚家族1400万英镑,中国政府1400万英镑(当年中国外汇储备薄弱,这是笔巨款),英国从其海外援助预算划拨700万英镑,并承担奖学金的属地管理。奖学金总额3500万英镑,为期10年。1987年启动,到1997年香港回归终止。

国门渐开。1984年,大陆留英学生800人。1986年增至1400人。1986年6月,时任中共总书记胡耀邦访英,在唐宁街10号首相府与撒切尔夫人、包玉刚爵士正式签署奖学金备忘录。按照章程,奖学金分三类:博士研究生、访问学者、高级访问学者。其中70%授予科学/工程学科,25%颁给社会科学与人文科学,最后5%留给医科。每年350名到420名中国研究生及学者将获奖学金,其中博士研究生100人,10年培养1000名博士。中英奖学金应是中国历史上规模最大的留洋计划,规模远超始于1909年的庚子赔款奖学金。十年间庚款共培养近 500 名留学生。其中 80% 攻读理工科，余下 20% 攻读法政、文史哲和经济。两大奖学金，时隔近 70 年，政制变动，由民国步入人民共和，但科学救国、救亡图存的理念一脉相承。出国前的初夏，我住在复旦教师单身宿舍。入夜，最真切的是走廊或窗外传来打字声"啪啪啪啪啪啪啪"，年轻的同事正准备出国成绩单或联系欧美大学，敲醒夜幕。当时，中国还在钢板刻制和油印时代，打字机是稀罕之物。啪啪击键声，那个时空，已成绝响。

车抵牛津城，近晌午。窗外闪过谢尔登剧场（Sheldonian Theatre），拐入霍利韦尔街（Holywell St.），往前百十米，是我寄宿的新学院（New College）。我向门房报到，牛津的门房，向来是要地，英文叫 Porter's Lodge。今天当值的看门人，瘦高个，英语纯正，客气地说，知道我今天抵达，递给我一个蓝色塑料圈，中间有片金属，这是房门钥匙，名叫 Fob，像旧时上海点心店的筹码。我入住的是萨克楼（Sacher Building）。往左，沿着学院的古城墙，拐个角就到了。它是这所中世纪学院唯一的现代建筑：三层，两门洞，彼此相通。我住中区，二楼，二室。

房间，约 10 平方米，一张大书桌、单人床、沙发椅、衣柜、写字椅、记事板。墙上有三排简易书架。通透大窗，正对着斑驳城墙。房间虽现代，视野却古老。很幸运，我有独用的卫生间和淋浴，这在 21 世纪的牛津仍是礼遇。英式精英教育，从来受新教隐忍精神的浸染，这是英国版的"苦其心志，劳其筋骨"。20世纪30年代，牛津学生宿舍仍只能用"原始"两字形容。最惨的是寒冬，楼里没厕所，解决内急得跑几十级楼梯，出门穿越方庭，冲进目的地。为防万一，床底下藏个便盆，就地处理。那年头，英国劳工便宜，各学院雇了不少小帮工（Scouts），帮着打理宿舍。

20世纪60年代初，牛津扩招学生，宿舍吃紧。一位叫萨克（Harry Sacher）的校友，为新学院捐了这栋楼。1964年落成时，时任牛津名誉校长、英前首相麦克米伦（Harold Macmillan）赶来剪彩。新闻照片上，他多半一脸苦相。牛津名誉校长（Chancellor）由师生表决产生，是终身制，做到归天。20世纪牛津名誉校长中，除了麦克米伦，还有前任哈利法克斯勋爵（Earl of Halifax），"二战"前的英国外相，也是张伯伦（Neville Chamberlain）对纳粹绥靖政策的始作俑者。麦克米伦当校长26年，去世后，由前工党财政大臣詹金斯（Roy Jenkins）接任，后来他还出任了欧盟主席。詹金斯2003年去世，末任香港总督彭定康（Chris Patten）胜出，一直到现在。传统上，作为一校之主，名誉校长都是牛津校友，事关血脉和身份政治。哈利法克斯和彭定康，读的都是近代史，詹金斯读PPE（政治学、哲学、经济学），麦克米伦则攻读古典学（拉丁语、古希腊、古罗马）。

萨克楼的外观很普通。依牛津的传统和古典品位，它是立不起来的。牛津的辉煌塔尖,让这栋纯粹的功能主义建筑显得简陋、不入流。不过,英人是入世与出世兼容,该实用时则实用,是其国民性的精髓。

乔治街(George St.)。我和介未找了家意大利餐馆。伙计先送上自制的柠檬汁,一小杯。我点了香煎三文鱼,介未要肉食。饿极,每一口边际效益都高。下午,学院发展部(Development Office)的乔纳森约在门房等我。所有英国大学都有此部门,主管募款、推广、校友联络、校际合作。他做向导,陪我在学院转一圈。他说,新学院的名字,已误导天下数百年。其实它很古老。建于1379年,创始人是温切斯特(Winchester)大主教威克姆(William of Wykeham)。14世纪中叶,欧洲流行黑死病,即鼠疫,死了数千万人。欧洲人口减少将近一半。英国虽有海峡隔离,仍未能逃脱厄运,大批教士在瘟疫中暴亡。对黑死病,教会归咎于"神谴",即上帝对世人罪孽的惩罚。教会决定办学补充新血,传播福音。新学院的全名,是牛津温彻斯特圣玛丽学院(The College of St Mary of Winchester in Oxford)。信息不畅,建院后发现同城已有学院以圣母玛利亚命名,即奥里尔学院(Oriel College)。为求区分,改名"New College",这一叫就是600多年。

我们在一株巨大的紫藤(Wisteria)前停下。它盘缠着,攀缘在一栋老楼的屋顶,爬满三层高的墙面,跳过了窗台。春天是花期,淡紫色,蝶形花冠,垂沉下来。有阳光,它就怒放,讨你的喜悦。乔纳森说,学院现在有600多位学生,其中400多位本科生,200余位研究生,70多位院士(Fellows)和导师(Tutors),涵盖文理生物医学各科。在牛津,它是个大学院。穿过礼拜堂,是布满各式石雕的回廊,有垂直构图的怪兽或穴怪(Grotesque),也有历史上的杰出校友。他说,学院对牛津历史的贡献有三:它最早采纳哥特式方庭建筑(Quad或Quadrangle),与中国四合院神似,中间怀抱一方草坪,四围是建筑;它最早招录本科生;它是牛津唯一有古城墙穿越的学院。

他邀我去他办公室小坐,就在前庭那栋老楼,六百多年了。踩着松动的木楼梯,脚底吱吱作响,不知是哪个世纪的回声。窗外,林立的牛津塔尖,在蜜色的午后阳光下沐浴,洗过一般。乔纳森赠我一册院史图集,多是历史文献和老照片。我又掏15英镑买了《新学院600年史》。回到宿舍,门房送来一台冰箱,让我储藏鲜果汁、鲜奶。谢过门房。

黄昏,外出觅食。路过拐角的小烟纸店,照例是印度人开的。门前的报栏上,居然有《晨星报》(*Morning Star*)。其前身是英国共产党机关报《每日工人报》(*Daily Worker*),1930年创刊。英国最左倾激进的政党报纸,编辑路线仍追随英共的传统纲领,撰稿人多为共产党人、社会党人、社会民主党人和宗教人士。刚到英国时,好奇读过几期,很多熟悉的术语和口号。未料想,时过20多年,它还健在。报价1英镑,买下一份留存。今天走路,17698步。

新学院巷。牛津最初是神学院,培养教士,传播基督福音,但最终成为人文与科学的殿堂。

2017年4月19日　周三
牛津　晴好

　　英国首相特蕾莎·梅（Theresa May）昨天突然宣布，将于 6 月 8 日提前大选。2016 年英国公投脱欧（Brexit），震惊世界。民意分裂，执政的保守党内部争斗加剧，女首相只能赌一把。没有充分政治授权，她将难以启动脱欧的"离婚"谈判。大选宣布后，英镑上扬，但市场的情绪很难判断。倾向保守党的《泰晤士报》(*Times*) 看好保守党，认定其"将是压倒性胜利"。工党色彩的《卫报》(*Guardian*) 则认为首相多此一举。英人读报，如同侍奉自己的足球俱乐部，多半从父亲世袭，属超稳定结构，从一而终。读什么报，大致可判断其政治和价值取向，甚至生活方式的喜好。You are what you read。读什么，你就像什么。

　　昨晚去 Tesco 超市，买了牛奶、鲜果汁、巧克力、饼干、水果,加上几听可乐。我一直有比较中英物价的喜好。按当下汇率,篮子里所有食品都比中国便宜很多。一品脱鲜奶仅40便士,合3元人民币。这些年,英国通胀低,物价是稳定的。餐后,回房读书。城墙上的路灯,不知何时亮起。几声悲苦的鸟叫,贴着城墙而过,树梢沙沙生风,静得可怕。刚开学,尚不见学生踪影。兴许他们就在附近的酒吧。读书不够十页,困虫袭来,只能灭灯睡觉。我有开窗睡的习惯。窗外,高约4米的城墙,私密,窗帘是多余的。

半夜3点醒来,索性起床去花园走走。4月中,夜凉。穿过楼前石洞门,是后花园。正面有座矮山坡,叫"Mound"。作为语言,英语纯度不高,多种语言杂交,但英国人爱咬文嚼字。查过词典,其词义颇杂,此处用法,应作"假山"。院史记载,此假山建于维多利亚年代,缘由不明。都铎年代,英国大户人家,稍有身份的,多热衷在私家花园里师法自然,移景一时风行。他们迷恋中国江南园林、拙政园的山石荷风。

学院小径,碎石铺成。脚步过处,后跟带出沙沙声响,回头张望,似被尾随。从前野外走夜路,我只能唱歌驱鬼。有些莎士比亚(William Shakespeare)剧目此刻在此上演,很合适。城墙上挂三两盏油灯,几声打更,哈姆莱特与鬼魂对话,没有更完美的幕景了。走到前方庭(Front Quadrangle),草坪左侧是院士们的书房卧室,有扇窗还亮着灯。我直行穿过礼拜堂,壮着胆去回廊,被黑暗的恐惧挡了回来,浑身起鸡皮疙瘩

（Goose Bumps）。鸡皮疙瘩，其实应该直译为"鹅皮疙瘩"。不过听起来，鸡皮疙瘩的确更惊悚些。

昨天去回廊散步，发现一部分被封了起来。一问才知正施工换瓦片。从门缝偷看，高大的石窗上挂满了本色布帘，阳光透过花园的树，漫射进来。窗帘，如舞者，随风而起，半透明，飘至高处，在半空停几秒，再缓缓回落，似有灵性。这个回廊，近年成了全球网红打卡地。电影《哈利·波特》的主要外景地，魔法餐厅在基督教堂学院（Christ Church），另一处就在这个回廊花园。

不远处，有手电筒光，摇摇晃晃射过来。靠近后，对方喊话，是守夜的门房。我自报山门，说睡不着，散个步。黑暗里，他呵呵几声，说是闭路电视上察觉可疑人影晃动，特披衣看个究竟。他关照说，夜凉，回吧。

在学院住，标准待遇是住宿加早餐。想加晚餐，再额外交钱。早餐是 8 点到 9 点，就在院士专用的休息室（Senior Common Room，简称 SCR）。英国的大学，不论新旧，都有 SCR，供教师喝茶、读报、聊天、会面，有点沙龙的意思。一张巨大的餐桌，席上已有三人，两男一女，应该都是本院院士。彼此介绍后，我点了餐，他们继续聊天。一会儿，身着黑马夹的侍应生端上英格兰早餐：咸肉、土豆饼、香肠、煎蛋、刚烘烤的全麦面包。大餐桌中间，有个篮子，搁着黄油、各式果酱。旁边是鲜奶、咖啡和鲜橙汁。

1167年，英王召回在巴黎读书的英国学者，在牛津创立英语世界最早的大学。1209年，一名牛津学生练射箭，误杀一位本地女子，爆发一场市民与学生的血腥冲突，就是史书上"市民与学生"（Town and Gown）之恶斗。结果，数名学生被绞死，一批牛津教授和学生出逃，最后在剑桥另创新校。

牛剑两校，其灵魂是学院制。没有学院，牛剑就不存在。在这里，无论学生还是教师，均有两个身份，一是他们从属的系科（Department），如物理系、生物系、数学系、哲学系、古典学系、历史系。另一身份是住宿、生活的学院（College），比如，三一学院、圣约翰学院、新学院、基督教堂学院。牛津现有38所学院，6所学堂。每个学院，都是独立王国。它们出身各异，贫富有别，性格也不同。牛剑的传统向来更看重学院，等同于出身或身份，是终生的荣耀和资本。其次，才是专业。到了21世纪，牛津虽有改良，但仍像一个部落，守着其独有的语言、惯例和传统。餐桌上，英式的经院辩论，多是无伤大雅的知识角力、文人调侃、自黑。我想起以《两种文化》（*Two Cultures*）一文出名的C.P.斯诺（C.P. Snow），他的小说，写的多是剑桥，飘动的学袍，鸡零狗碎、发噱、无厘头的学院政治。

餐后，有些院士留下读报。老沙发，松软得陷进去。当天的报刊，放在靠墙的茶几上。右边是报纸，有《泰晤士报》（也称《伦敦时报》）、《卫报》、《每日电讯报》（*Daily*

Telegraph）、《金融时报》(Financial Times)、《纽约时报》(New York Times)、《世界报》(Le Monde)，加上几份牛津当地报章。左侧是杂志，《经济学人》(Economist)、《旁观者》(Spectator)、《自然》(Nature)、《科学家》(Scientist)、《国家地理杂志》(National Geographic)。它们是上百年来英国知识精英的维生素，一早准时服用。

早餐室，一大间，50 平方米的样子。左边窗台下，有咖啡壶、咖啡杯、饮用水。那张古旧书桌，是维多利亚年代的秘书桌。桌上两端，立着若干小抽屉，里面分别是学院的信笺、信封、聚餐邀请函、留言条。墙上是知名院士的肖像、学院方庭的雕版画（lithograph），错落地陈列着。最出名的自然是出自荷加斯（William Hogarth，18 世纪英国画家）之手。赶得上早餐的，多半是住在学院的单身院士。按惯例，院士婚后，得搬出学院。吃饭权（Meal Rights）是终身的，任何院士，即便荣休，只要学院在，就有你一只铁饭碗。

妻子在莱斯特大学读物理博士时，曾在学院当过副舍监（Sub-warden），待遇是免费吃住，包括家人。职责之一，晚上 9 点前赶走最后一拨微醺的学生，锁上酒吧。沙发坐垫下，她常常掏出一把把女王头像的硬币，都是学生酒后从裤兜漏出来的。在英国，警察叔叔不管捡到的零钱，学院只能设了个慈善基金。晚餐时，住学院的教授和我们读博士的几位坐上高桌（High Table），学生则坐下边。舍监先阿门祷告，随后是汤、头盘、正餐、甜品。餐桌上一位英国朋友自嘲说，有些民族活着是为了吃，比如法国人、意大利人、中国人，英国人吃饭，只是为了活着。菜虽单调，但高桌上的等级和仪式感，毕竟对虚荣的我们有所补偿。那时，儿子四五岁，好动，不懂高桌的规矩与庄严，时常中途跳下，围着长长的餐桌奔跑。我满脸尴尬，退席捉拿逃犯，英国教授们则假装视而不见心里骂娘。按惯例，每周五晚餐是英国国菜——炸鱼薯条（Fish and Chips）。公平地说，英式炸鱼薯条可以很美味。若鳕鱼新鲜，一出油锅就上桌，表皮金黄、肉质弹牙，抹点番茄沙司，入口即化。英人相信，炸鱼薯条最好用旧报纸包，才好吃。究竟它与报纸上的油墨有何化学反应，我没有深究。日常生活的文化，不用说太艰深的道理，入乡随俗就是。

中午，去格罗斯特集市（Gloucester Green），牛津最古老的露天市场，已吆喝了两百多年，有蔬菜摊、水果铺、二手书店、花店，还有世界各地的小吃，泰餐、印度餐、马来亚餐，当然还有中餐。今天我是奔鞋油、鞋刷而去。旅途一周，皮鞋脏得发灰。萧伯纳（George Bernard Shaw）曾说，男人是否绅士，看看他的皮鞋就知道了。我绝非绅士，但男人的皮鞋还得擦亮的。我请地摊老板帮我挑盒鞋油、两把鞋刷。他还主动打了折。一丁点的善意也可走很远。英国人很看重鞋。20世纪初，在其殖民巅峰期，很多鞋厂的销售员从英格兰出发，远涉非洲开辟新市场。其中两位分别给制鞋业中心曼彻斯特总部发电报。一份电文说,这里完全没戏,没有一个人穿鞋!另一份电文:太好的消息!这里还没有人穿上鞋!

小吃摊里,有位兰州大叔在卖酱牛肉,一小盒,5英镑,看着都馋。还有一家老地图摊位,以国别、地区、年代检索,买下一张20世纪初世界政治地图,还是帝国殖民时代。这个集市由几所学院怀抱,贪嘴的学生午时花上5个胖子(pounds,英镑的谐音,跟留学生学的),站着要个快餐,就打发了。集市背后,是牛津长途汽车终点站。想上伦敦,一抹嘴就走了。

中国人对英国有刻板印象,要么雾都伦敦,要么以谈天气为业,要么都是绅士。英人则认定所有中国人都是李小龙,都会棍棒武术。当然,刻板印象也不全是坏事。记得读书时,有一回在夜深的伦敦街头,我曾稍稍摆出武功架势,小吼一声,吓退过几个酒后寻事的混混,满足他们对东方的想象。

下午,去赛德商学院(Said Business School)报到。它是我这次客座的邀请方,也是牛津七百多年历史上最新的学院。1996年设立,刚过20岁生日,比剑桥嘉治商学院(Judge Business School)还晚几年。牛津以人文见长,对新学科,历来谨慎保守。它推崇古希腊、古罗马,仰望哲学星空,深信它们才是知识之源、人类之道。赛德商学院问世,得益于英籍叙利亚裔企业家赛德(Wafic Said)捐资7000万英镑。Said通常译为萨义德,或赛义德。商学院译成赛德,是否有意淡化阿拉伯或中东色彩？赛德出身贫寒，做中东烧烤发家。赚得第一桶金后，介入多个产业，终成亿万富翁。对他的捐赠，牛津起初有争议。反对者认为此公财源不明，捐款一度搁置。在对财产作了独立审计后，牛津在争议声中收下了支票。赛德商学院的建筑，看似现代，仍有牛剑方庭院落的影子。中间，长长的庭院，不过没铺草坪，代之以碎石。尽头是古希腊式露天剧场（Amphitheatre），可演戏、开音乐会、举行典礼。

图法诺（Peter Tufano）院长不在。秘书说，他正在中国。这几年，与他见面多半在国际会议上，如瑞士冬季达沃斯、中国夏季达沃斯、博鳌论坛、北京高层发展论坛。一位英国教授开玩笑说，这年头，如果校长、院长要出国，多半就是指中国。来牛津前，图法诺在哈佛商学院任副院长。他有意办一所新派商学院，将美国的企业狼性，嫁接到牛津。他甚至设了COO（首席运营官）一职，把商学院当公司运作。

回学院，我从正门进，在新学院巷（New College Lane）里。昨天走的是后门，在霍利韦尔街。巷子很窄，隔壁是高冷的万灵学院（All Souls）。左拐往前，是女王学院（Queen's College）。巷子藏得深，游客很少光顾此地。穿行的多是学生，听见铃声，即见骑车学生从巷子尽头杀出，如入无人之境，带风而去。傍晚，我去学院礼拜堂（Chapel），听唱诗班晚祷（Evensong）。学院晚祷，每周五次，18点15分开始。上帝的空间也有等级：Chapel是小礼拜堂，Church是教堂，

Cathedral 则是大教堂了。礼拜堂最小，是小社区的祷告场所，比如村落、学校，或贵族大户。教堂的规模更大些，有专任牧师。大教堂，如圣保罗大教堂、威斯敏斯特大教堂、温彻斯特大教堂，则是英国国教重大典礼场所，大主教席位也设在此。

以前听说过"新学院合唱团"，好像与剑桥国王学院合唱团齐名。1379 年，唱诗班与学院同日成立。牛津剑桥的学院，神学院的印记很深，延续至今。通常一个学院的标配是，方庭建筑（Quad）、餐厅（Dinning Hall，简称 Hall）、礼拜堂（Chapel）加上图书馆。牛津最出名的学院，得数莫德林（Magdalen）、三一（Trinity）、基督教堂学院、贝里奥尔（Balliol）、新学院。这些旅行指南上有名的学院，都收门票，新学院收 4 英镑。若有晚祷，下午 5 点半后，前来晚祷的信众免票。三三两两的人，在城墙下、树荫里。衣冠端正的多半是当地人，风尘仆仆的是旅人，有的还拖着行李，想必晚祷后就披着夜幕告别牛津。

梅是英国历史上第二位女首相，首位是撒切尔夫人。中国人给外国人取汉名，三字最顺，如丘吉尔（Winston Churchill）、戴高乐（Charles de Gaulle）、张伯伦、撒切尔、尼克松（Richard Nixon）、蓬皮杜（Georges Pompidou）、杜鲁门（Harry Truman）、施密特（Helmut Schmidt）。单名两字也成，如里根（Ronald Reagan）、列宁（Vladimir Lenin）、科尔（Helmut Kohl）、普京（Vladimir Putin）、铁托（Josip

Broz Tito)、盖茨(Bill Gates)。此外,用词最好有点洋味的陌生感。19世纪,中国第一代译者曾有同化外族的念头,比如把美利坚开国元勋华盛顿(George Washington)译成王喜堂,这一尝试似乎不很成功。中国人最不习惯单音节的外国人名,比如梅,像一只单腿的椅子,怎么都坐不稳。无奈之下,只能加上"姨"字,弄舒坦了。若是男的,就叫梅伯、梅叔、梅爷。梅姨好运气,是历史上不多未经大选当上首相的。2016年6月,英国公投结果脱欧,时任首相卡梅伦(David Cameron)最终为此背书辞职。保守党内竞争,把梅姨送进唐宁街10号。梅姨生在牛津,父亲是牧师,家教谨严,书读得不错,一个本分学生。她考上牛津,成了撒切尔的校友。撒切尔读化学,梅姨读地理。在世故的英国知识圈,地理向来属于"soft subject",属"易读的学科",较易拿到学位。梅姨热心政治,滚打政坛二十多年后,已是保守党内资深的"母狐狸"。她真正进入公众视野,是出任内政大臣后,做事强悍,言谈有锋芒,比如强行取消外国留学生毕业实习免签,对中国投资欣克利角核电站(Hinkley Point)踩刹车。内政大臣一职,足以让任何天生的自由主义者变成坚硬的保守派。

这些貌不惊人的英国社会党人让我明白一件事,政治是众人之事。他们很平凡,但有执着信念。

2017年4月20日　周四
牛津　小雨，春寒

今天要搞定自行车。到了牛津，没自行车出行，无异于废人一个。1988年夏，我因雅思考砸（真实水平也大体如此），抵伦敦后即被奖学金委员会送往剑桥补习英语。当时花了10英镑，弄来一辆破车走街串巷。查牛津学生社交网，破车要价80英镑，世道已变，索性去车行买。一早天阴，下了莫德林学院桥，找到考列街（Cowley St.）的自行车行，竟然有几十款新车。市场是个贪婪怪物，永远在揣度需求、趣味和你的钱包。在车行走道上试骑了十多辆，不知不觉中，预算已升到300英镑。完美主义开始冒泡，最后以行车安全为借口，挑了辆蓝色运动车，加上车灯，付出350英镑。银货两讫前，技师特别检查了刹车等要害部位，放行了。

出车行，下起小雨。刚骑至高街（High St.），只听后车位"咔嚓"一声,原来是挡水板夹进车轮,彻底折了。我掉头骑回车行,技工见我脸色难看,说换个金属挡水板,结实,不收钱。交车时,他说真没问题了。一个月后,再来彻底保养一次。

骑至玉米市街(Corn Market),雨停了,风中有湿意。我下车推行,不远处,两男一女,正招呼行人,旁边支一小旗,上写"British Socialist(Militant)Group Oxford"(英国社会主义激进派牛津分部)。我上前看个究竟,一大胡子老头凑近,轻声问:"Are you a socialist?"(你是社会主义者吗?)已很久没人问我这个问题,我一时语塞,脑中浮现地下党秘密接头的镜头。见我尴尬,老头并不着急,耐心等我反应。我憋出一句"Kind of ..."(就算是吧……)他松了口气,兴奋起来:"糟糕透顶的特蕾莎·梅要提前大选,你知道吧?"我点头。他接着说:"我们党要反击她,支持科尔宾的工党,维护劳工利益,助工党赢得大选。"我问他要一份党刊,刊名《今日社会主义》(*Socialism Today*)。封面上,是工党现任领袖科尔宾(Jeremy Corbyn)。老头递我杂志,顺势问:"能捐点钱吗?"我摸摸口袋,有信用卡,无零钱。他有些失望,说没事。他停了停问,要不今晚来参加我党动员大会吧,就在牛津市政厅。他的邀请有点突兀。我说得先回学院。若赶得及,争取去。他边收拾摊位,边叮嘱了几遍:今晚 7 点半,市政厅见。

我决定赴约。去市政厅路上,我在想象今晚的景象:在英国这个资本主义腹地,劳工政治集会,台上布景应有镰刀斧头。台下,数百蓝领、左翼知识分子高呼口号。终场时红旗挥舞中应有欧仁·鲍狄埃(Eugène Pottier)的《国际歌》"从来没有救世主,也没有神仙皇帝"。

7点15分,抵市政厅,一片肃静。门房老头瞟我一眼。我说,参加社会主义党团集会。他努努嘴,示意上二楼。牛津市政厅建于18世纪,以完整保存地方档案出名,包括地契、地方法规、人口普查数据。即便在战时,牛津各类档案从没断线。大厅告示栏里,贴着今晚的三项议程:英国共产党牛津支部大会、英国工党牛津支部大会、英国社会主义(激进派)牛津支部大会。

二楼,一间大会议室,亮着灯,无人迹。忽听得大理石台阶上急促的脚步声,五六名男子上楼,彼此不言语,神情凝重,拐进另一间会议室。看他们严肃的神情,我猜是英共党员。过7点半,大胡子老头终于现身。他伸出双手欢迎我,自我介绍是该党牛津支部召集人。又过数分钟,陆续到了五位,三青壮,两年迈,包括一位轮椅车上的老先生。我身份不明,有点尴尬,就自封特邀观察员,坐在长会议桌的尽头,正对会议主席。老头一再邀我坐前面。我拱拱手,谢绝了。

老头先介绍与会代表,宣布议程。他旁边那位中年男子,眼神镇定,有革命者气象,原来是上级特派员。最后介绍我,来自革命圣地中国。大家鼓掌。他环顾会场,歉意地说,今天到场人数虽不多，但都是本党精英。非常时期，一起谋划大事。

今晚四项议程：一，十月革命百年，回顾俄国革命的成功经验与教训；二，比较列宁与特朗普（Donald Trump）的异同；三，支持科尔宾的工党，打击反动保守党，力争赢得6月大选；四，支持宝马（BMW）牛津组装厂罢工行动。在议会民主的发源地，无论资本家还是工会，对议事规则、程序正义及其仪式感的尊重，已溶于血脉。可以小猫小狗几只，做事必须规矩。

俄国十月革命历史回顾，由一位年轻党人陈述。他分析了列宁与布尔什维克在沙皇俄国夺取政权的背景，特别是无产者联合起来的历史动力。言谈间，他对前首相布莱尔（Tony Blair）的新工党极为反感，斥其为"软骨头修正主义"。不过他对苏联的垮台未作评议。我最好奇的是有关列宁同志与特朗普之比较。隐约听出，他们把特朗普赢得美国大选与列宁十月革命成功，视为同等历史意义的大事件，且都让世界跌破眼镜。红场上列宁有灵，不知作何感想？他的英国信徒将他与大资本家特朗普相提并论，我几次按捺住提问的冲动。

务虚后，转入实质议程：如何应对保守党提前大选。代表们似有共识：工党应抓住良机，鼓动民众，反对政府财政紧缩。我注意到，轮椅上的老党员已睡着，沉重的头颅歪向一边，有轻微鼾声。见我有相机在身，召集人老头悄悄打手势，暗示我抓拍老头瞌睡。两位年轻党人抨击英国主流媒体对科尔宾的不实报道和诋毁,导致工党支持率趋低,特别点名《泰晤士报》《每日电讯报》。他们对科尔宾有所期望,又无信心,很纠结。

会议已近两小时。每次讨论开无轨电车,上级特派员同志都会看表,委婉提醒。老先生在轮椅上睁开眼,发现议程早已过半,急忙道歉,说他近日正服用新药,副作用嗜睡。说罢,双手转着轮椅,告辞了。等到最后一项议程,已9点半,有关当地罢工事件,牛津郡有一家宝马汽车厂,以生产Mini Cooper闻名于世。近来德国总部企图削减工人退休金,工会强烈反弹,宣布大罢工。今晚必须决定现场声援的日程、口号和宣传品。那位开货车的年轻党人表示,预定日期与他上班冲突,改日再去罢工现场(Picket Line)。末尾,召集人宣布当日募捐结果。见状,我忙起身,递上5英镑,一张英格兰央行刚发行的新纸币,正面是伊丽莎白女王,背面是英国劳工阶层并不喜欢的保守党首相丘吉尔。老头惊喜,接过捐款,今天共募款9英镑60便士。我的捐款虽微薄,但至少救了场,没让老头更难堪。

他恳切的目光投向我,坚持要我说几句。我说就提几个问题吧:今晚为何到场的党员很少?身为工党领袖,科尔宾在本党国会议员中支持度过低。工党有能力对抗保守党吗?主席扫了代表一眼说,今晚出席率是低,但到场者都是本党精英,以一当十的意思。对我质疑科尔宾获胜的概率,年轻党员似有共鸣。特派员依旧矜持,不介入,只是听着,等散会。

老头问我,可否帮他们拍几张照片,用于宣传。他们排成一列,在会议桌上打开社会主义党(激进派)党旗,作为前景。每人胸口举一张标语牌,上书"Defend the Rights to Protest"("捍卫抗议的权利")。底部,有该党官网网址。

临别寒暄,我问了他们的职业:召集人老头是医院看门人。代表中,一电工,一货车司机,回顾十月革命的是位 IT 男。得知我在牛津做访问学者,他们言语有些刺耳。我说,牛津不是左翼思潮的堡垒吗?IT 男愤愤然说,牛津院士都是不中用的软骨头。走出会议室,老头神秘地告诉我,今晚很有历史意义。牛津三个政党在同一晚上召集紧急会议,历史上是第二次。第一次是在"二战"爆发日。我问,用市政厅开政党集会,要什么手续?是否收费?他说,市政厅向党团免费提供会议场所,是纳税人的福利。唯一限制是,原则上每月一次,提前申请即可。

走出市政厅,牛津夜色已是深蓝,肚子咕咕作响。穿过玉米市街,顶头有家日本料理"ITSU"连锁店,居然还没打烊,排着长队。ITSU 近年出名,与一件大新闻有关。2006 年 11 月,苏联前间谍利特维年科(Alexander Litvinenko)在伦敦一家 ITSU 店被人下毒,三周后归命,英俄外交几近破裂。到了门口,一问排队学生才知,每晚 9 点半,ITSU 所有食品半价。这些学生是熟客,总在这个时辰买消夜。他们抱着挑中的料理盒,等着付钱。挑剩的,多半是贵的。学生永远是穷的,乐趣也在其中。我拿了盒三文鱼生鱼片,一盒三文鱼饭,几包芥末,鲜酱油,筷子刀叉,仿佛重回学生时代。白天,牛津属于游人,晚上由学生接管。宽街(Broad St.)上多是夜归的飞车侠。最有情调的,当然是男生后座有女生的,温情得很。牛津生骑车,不论男女,都属于苦力型,一路猛蹬,始终高速。也有耍车技的,双手脱把,手插在口袋里,一时有复旦的幻觉,馄饨茶叶蛋。牛津夜,最能骗人。塔尖朦胧中,拉开中世纪幕布,你会心甘情愿地误入幻象。

  回宿舍,吃生鱼片一盒。

大学是需要围墙的，就像开闭门会议。有了围墙，建立游戏规则，思想就有庇护所，一方天地，天长日久，百花怒放。

2017年 4月21日 周五
牛津 阴阳天

昨晚，巴黎香榭丽舍大街发生恐怖袭击案。枪手向警车开火，一名警员丧生，两名警员受重伤。三天后，法国将举行总统大选首轮投票。欧盟要求伦敦永久保障在英大约300万欧盟公民的养老金、就业及社会福利。

早餐时，发现书桌上有本《牛津大学考试条例》，2015年版，足有两块砖厚，共1083页，涵盖所有专业，从本科生、硕士、博士资格考试、考场规则，到论文答辩、时间、要求、论文篇幅、字数、评审细则。我在朋友圈晒了该书封面，几位牛津毕业生留言，提醒我去亚马逊查看书评。对这本千页巨制，牛津人多半是自黑挖苦。有个书评，称它是"A Real Page Turner"（可译成"手不释卷"）。牛津的规章过于刻板、繁复，中国大学的校历又太过随意、简单，常临时更改，比如论文递交或答辩时间、毕业典礼等。中国的大学教授，疲于奔命的是填表，申请各路研究经费，信箱里几乎每周都有研究申请邀约。在海外多年，我填表格的能力退化，索性放弃。

学院的后花园，有条长木椅，几乎每天都会挪位置，像行为艺术。有时，一早在花园中央，下午跑到树荫下，黄昏又面朝夕阳。白天，学生上课，花园里只剩下我。路过宽街，埃克赛特学院（Exeter College）院墙外，斜靠着一长列广告牌，都是牛津的海报。牛津是古城，严禁张贴广告，木牌海报成了一景：将印好的海报贴在木板上，四个角用订书机啪啪一敲，就成了流动的广告。本周有话剧、古典音乐会、讲座、书展、歌剧、教堂唱诗、合唱，长长一溜。牛津好玩的事，盯住这里，就逃不了。

早餐时，一位女院士打探我的来历。我说，原在伦敦FT，已回到上海教书。她说，你认识罗宾·兰·福克斯（Robin Lane Fox）？我说，罗宾是FT园艺专栏作家，我读他的专栏，但不认识他。她说，罗宾在我们学院待了一辈子，是古典学导师，主讲希腊、罗马，刚退休。这学期，古典学导师紧缺，又把他请了回来。牛津盛产怪咖，罗宾即是一例。他在学院的第二顶帽子是园艺院士（Garden Fellow），很难把一位研究亚里士多德（Aristotle）、贺拉斯（Horace）的古典学究与花工连在一起。前不久，读过一篇他的专栏，看似谈花草，细听说的是生存，他写道，种花，教给人智慧，不能教条。上了年龄，就得学聪明，不要太相信所谓的规则或原则。最好的园丁，是70岁的脑瓜，加上30岁青壮的身骨。

近年来，中国知识界引用颇多的一段话，"大学，大师也，非大楼之谓也"，出自留美的清华校长梅贻琦。不过它有被误读的嫌疑，似乎除了大师，大楼对大学无关紧要。梅先生执掌清华，正是民族危难、百姓颠沛、大学流亡之际，谈大楼当然奢侈。其实，大楼对大学，正如教堂对基督教，天地自然对心灵，没有大楼，大师何处栖息。关键在于，大学的楼不是一般建筑，得像大学，有知识之庄严，人格之崇高。静水流深，思想方有家园。没有学院的塔尖、方庭、礼拜堂，没有绿荫怀抱，没有博德利图书馆（Bodleian），没有阿什莫林（Ashmolean）博物馆，没有植物园，牛津就只能剥掉了衣裳裸奔。近年，中国的大学新楼林立，多半面目雷同且平庸，不见性灵，何谈愉悦。想到它们还要粗陋地立在那里很多年，实在不堪。一所大学，若没有大师，已很遗憾。若连一栋有品位的建筑都没有，那就是罪过了。

这几年去过一些国内大学，其新建筑虽庞然大物，但与大学无骨血之缘。不过，有两处例外一直铭刻在心：汕头大学图书馆，李嘉诚先生捐的，台湾建筑家陈瑞宪设计。我去讲课，同仁陪我去图书馆一游，令我激动。这个图书馆是你在汕头多留一天的美好借口。它既中国，又现代。听说概念取自中国线装书，外观造型有线装书盒的味道，内部空间有传统书院和园林的意象。一个世界级的图书馆,汕大与有荣焉。还有一处,是杭州中国美术学院象山校区,王澍教授的作品,有景有山水有修竹,还有一块供学生写生用的稻田,一片齐人高的向日葵。这个园林风情的校区,乡土但有书卷气,用的是收集来的老砖老瓦、夯土墙、水泥抹灰。虽是新校区,但已做旧,与当地水土糅一起了。去过两次象山,喜欢它的自然、低调,像个读书、放空的地方,不动声色中有惊喜。过去多年,中国的大学忙着合并、扩充、挖空心思把创校年份往前推,更名时名头越大越火。一些真正有历史传承的大学从此消失,如杭州大学。好大学有水土积淀,不是靠合并、改名整出来的。若急于宏大改名,麻省理工学院早已是"美国科技大学",伦敦政经学院非"英国政经大学"莫属了。

众人不知,牛津的学院最小心呵护的是草坪,规矩也多。是否允许踏足代表着特权和荣耀。有些学院严格规定,只有导师可踏进草坪,有些仅允许学生在毕业仪式时象征地走一次。制定有关等级的游戏规则和仪式感,这方面英国人是好手。启蒙导师则是东方中国了。我们的祖先,曾经很有品位的。也有牛津生不喜欢学院的高墙,嫌它割离了外面的市井。叛逆的年龄,围墙总是可恨和诅咒的。我的 FT 前同事、专栏作家凯拉韦(Lucy Kellaway)就是一例。牛津在读时,她痛恨学院城堡式的封闭,觉得是个囚笼。二十多年后,她应邀回母校演讲,突然醒悟自己如此庆幸,曾在阳光烤成金蜜色的围墙里,享受思想的芬芳。

昨夜给隔壁几位同学留言，自报山门。今天收到205房间Jimmy的问候。他读数学和哲学，本科四年制，今夏毕业（Finalist）。他约我有空泡酒吧。

夜读。去年开始回母校教书，突然发现读书的定力弱了很多。读不了两小时，已觉疲倦。职业生活的日常，是忙碌、零碎、为了结果疲于奔命，受制于生产流程。天长日久琐细已成定势。一旦回到学校，换了个活法，反而不适。一直渴望有一天可以任性读书，读到天昏地暗。现在真来了，原来自己是半个叶公。

80年代的复旦，是个温软的存在，即便在最抽紧的时期。坐落在上海的东北边隅，我们在校时复旦还是上海郊区户口，粮票油票布票糖票都比上海城里人少一截，但骨子里却小资。复旦人低调，相信专业主义，对仕途为官似乎兴趣缺乏。即便政治上有野心，身段还软、腼腆，不至于穷凶极恶。图书馆要占座，讲座总是爆满，文理之间亲密无间，即便那时根本没什么博雅教育。复旦人喜欢赶点时髦，但不到张扬的地步。1981年，中国女排首次夺冠，我们在校园狂欢半夜，最出格的事也仅是烧了自己床上的棉被棉絮。记忆中，这是一所对学生友爱的大学，在围墙里培育知识、个性和自由。"自由而无用"，复旦的民间校训是新闻系学妹李泓冰最早落笔的。复旦人当然有用，只不过对有些东西看得不那么重，定力落在自己的专业志趣上。据说，美国知名大学大陆背景的终身教授中，复旦校友最多，至少说明复旦人的心思不那么活络。

这次在北爱尔兰、苏格兰、英格兰多所大学讲座，时而想起当年的复旦校长。我进校时，陈望道校长已去世，"文革"后首任校长是大数学家苏步青，有学生调皮，背后称他"数不清"。与众多大牌教授一样，他时而现身在校园，脚蹬重磅黑皮鞋，灰色中山装，纽扣一直扣到喉结。有一回，我走在苏校长后边，校道上有废纸，他随手捡起。接任他的是半导体物理学家谢希德，中国第一位女大学校长，幼时患过小儿麻痹症，腿脚不便，每天从市中心等校巴上班。1984年，我大学毕业，还是国家分配工作的年头，我想出去当记者，校方要求我留校，心情郁闷。某日，我为班级毕业纪念册的题词，敲开复旦宿舍苏校长的家门。那天，他满面红润，兴致好极，留我聊大天，对我的学业他没有过问，反而对我的体形有兴趣，说我太瘦（我自小有"绿豆芽"绰号），一定要吃好，否则以后如何养家。他说他一个人就养活十口之家，八个孩子，加上太太，身体底子必须年轻时打下。他证明说，年轻时，有阵子，他每天炖一只童子鸡。苏校长活到101岁，这道数学题已有证明。

1750年霍布斯（Thomas Hobbes）全集首版。这位17世纪的公共知识分子相信，个人应把自然权利转让给政府，而国家作为"人造物体"，也受因果规律制约。

2017年4月22日　周六
牛津　晴

《太阳报》(SUN)，传统上多半与保守党站边。今天却对它大加讥讽：两年前保守党曾有不加税的大选承诺，现在刻意不提了。头版大标题是"Pay and Dismay"，把梅姨的姓 May 嵌进了 Dismay，以示不满。《太阳报》，1964 年创刊，小报型，英国发行量最高的报纸，对英国蓝领选民影响极大。此报标题最擅长文字游戏，或搞笑，或刻薄讥讽，入木三分。报载，昨天女王伊丽莎白二世（Queen Elizabeth Ⅱ）91 岁生日，去了跑马场。女王爱马，喜欢小赌怡情。可惜她押的马未能胜出。

明天，法国大选投票日。马克龙（Emmanuel Macron）对决勒庞（Marine Le Pen），目前咬得很紧。直觉应是马克龙胜出。自特朗普意外入主白宫、英国公决脱欧，世界政治颠覆了常态，地图、路标没了。若马克龙获胜，至少可暂时抑止全球右翼政治的泛滥。

到牛津头一个周末。酒吧门口人行道上，多是站着喝一杯的。户外牛饮，英人嗜好，且喜欢空着肚子喝。说是一杯，可以再来一杯。如果整晚赖着不走，就算酒鬼了。对酒，每个学院有规矩，学生不敢在学院放肆。出了院门，他们荷尔蒙放风，特别是周五晚上。

这周开始恢复读报习惯。院士休息室里，至今还没听到过一声手机铃响，餐桌上也没见一部手机。这个空间还在互联网史前时期。院士休息室，像会所。对会所这种私密的公共场合，英国人规矩最多，更何况在牛津。对新奇物，英国慢热、多疑，甚至抗拒。彩色电视问世已半个世纪，英国至少还有6000多个家庭购买黑白电视执照，伦敦占了1300多个。早餐后，院士们在沙发上读报。他们亲近纸本，信奉印刷文明。若有雪茄烟雾，100年前应该也是这番情景。英国显然属于缓变型社会，特别是它的中产阶层和知识界。慢变社会的优劣，是个有趣问题。

每天浏览五六份英美报刊，精读一两篇。上乘的报纸，有独特的用词规矩、叙述逻辑、字体和标题做法。新闻和言论之间，边界分明，各守堡垒。答案就在"我是谁""读者是谁"。比如 *Economist* 周报的词汇艰深，拉丁词拿来就用，且从不解释。它不怕得罪不通拉丁语的读者，也不在乎他们查拉丁词典浪费时间,只是以此低调地宣布,我的读者非等闲之辈,读我是你的荣幸。像婚姻,办报人与读者有契约。过得下去,就买你的报纸。过不下去,就割席分手。

午时,乘公交车去城外,这两天有"牛津书展"(Oxford Book Fair)。说是书展,并不准确,其实是旧书展。每年4月份,英国各地珍稀书商到牛津设摊,周六、周日两天,地点就在牛津布鲁克斯大学(Oxford Brookes University)维特利校区。布鲁克斯大学,原是牛津百科大学(Polytechnic),简称Poly,英国主要城市都有一所,以实用工艺学科为主,90年代升级为大学。到书展那站好几位下车,估计都是书迷。其中一位拉着旅行箱,有备而来。门票2英镑,设在大学的活动厅里,近百家书商云集,空气里弥漫着旧书独有的味道。旧书多常年不见阳光。爱书者觉着是书香,好闻。不喜欢者,只闻到淡淡的霉潮味。

逛旧书店有年,攻略是:先漫游,查看地形,了解各书摊特色,再重点回访。我淘书的兴趣多与中国有关,还有英国新闻史、英国近代史、漫画幽默、老地图。每个书摊立着书店招牌和书架,考究的还奉送珍本书目录。旧书商的年纪都偏老。老者卖老书,是和谐的,书更显得有历史。年轻人做旧书生意,就有些不搭。书商不好做,既得爱书,又得肯割舍。与一位老书商寒暄。他来自贝尔法斯特,自驾上路,车里有上百册书,加上摆渡过海,走了一天一夜。我告诉他自己刚从北爱回来,终于和平了。

这个书架上,有一大本老照片集,银盐加工,封皮上标着"China",20世纪初香港、福州、上海等地街景,都是鸦片战争后最早开埠的沿海城市。其中一张,我认出是老上海的骑楼,现在的金陵东路。相片上,人流穿行,华洋杂居。两旁商铺云集,招揽生意的旗在空中飘。马路正中,人称"红头阿三"的印度警察正维持交通。背景中,国人或着长衫,或着西装,戴毕格帽过市,黄包车依稀可见。一张构图不规范的普通照片,一百年后还能读出如此丰富的细节。若无影像,如何重构记忆?这组老照片,共三四十张,要价1000英镑。近几年国人收藏欲旺盛,是古董的寻根热,西方大喜,炒热了中国。影集中,另一张照片是1903年的上海外滩。我拍了照,发在朋友圈,一位上海的英国侨民回复我,此是上海德国总会(Concordia Club),后来的中国银行大楼。

这家书摊,全部是文学名著的首版或珍本:1922年版詹姆斯·乔伊斯(James Joyce)《尤利西斯》(第一版,Trade Edition),巴黎莎士比亚出版社,要价2万英镑。书商跟我聊起此书来历,首版印了750册,手工纸,编号"670"。他特地提醒,封面与封皮是原版,内页略有褪色。古董书商有规矩,旧书中任何瑕疵,必须写清楚,比如有无折损、缺页、铅笔画线、眉批,封衬是否换过。

隔壁摊位的老先生,见我是中国人,指了指一厚叠打字手稿，这是20世纪初一位英国传教士在华游历的记录，有上百页。当年欧亚邮路困难，邮资昂贵，无法与亲友、教会信众一一通信，故采用"Journal"方式：先将信寄给伦敦南区、泰晤士河畔的白梦溪（自译，Bermondsey）教堂。教会接到东方来鸿后，马上打字，印发教友。这在当年传教士与探险家中颇为普遍。第一封信，写于1901年10月9日，在名叫SS BALLAARAT的邮船上，从多佛起锚。写信时正航行在地中海上，他随身带一台打字机。船到巴黎后，改坐火车到马赛，上另一条船，经英吉利海峡，驶往东方。手稿作者是Maud Hitchcock（希区柯克），不知与惊悚片电影大师希区柯克（Alfred Hitchcock）有何缘分。1901年到1908年，书信持续了8年，发信地有福州、平潭以及中国南方中小都市，可见传教已进入腹地。信中记录事无巨细：办学堂，开医院诊所，设乡村药房和鸦片戒毒所，还提到曾坐木椅在泥泞中长途跋涉。定价1250英镑。

拐角，一位女书商喊住我，指指一面黑镜框，请我帮忙。这是1955年首次授勋的中国人民解放军中将照片名录，报纸大小。1955年9月27日，中央人民政府授衔10位元帅、10位大将、57位上将、177位中将、1359位少将。海报是1956年中国人民解放军总政治部印制的。有意思的是，海报右下角，朵噶·彭措饶杰中将的照片开了天窗。这是位藏族将军。海报上，共90位将军，唯独缺了他的大头照。西藏边陲，交通闭塞,将军照片未能及时从世界屋脊送往北京吧。她狮子大开口,开价1300英镑,还要了我邮箱,说还要请教。

里边角落,坐着一位银发老生,70来岁,上身碧蓝西装,红蓝绿三色领带,袜子也是红蓝绿三色,白灰黑细格子长裤,颇像马戏团戏装。老先生矜持、冷淡,摆出对生意无所谓的样子。他的收藏很杂,有19世纪诗集、英伦三岛早年明信片、维多利亚年代铜版画,上有花卉、植物、虫鸟。另一个摊位,发现一幅折叠的中国老地图,是Asiatic Petroleum(North China)Ltd为在中国勘探石油绘制的,供野外考察用,要价5000英镑。书商帮我打开匣套,地图一米多见方,品相完美。地图背面折痕处,用宽边的纱布线严丝密缝加固,感觉从没用过。我问,此图为何如此昂贵。答:此图1910年绘制,印量极少,几乎没有存世,是孤本。

最让我心动的是这部书:哲学家托马斯·霍布斯(Thomas Hobbes)著作合集第一版,收入了成名作《利维坦》。书商也是老先生,来自英格兰的布里斯托(Bristol)。此书1750年出版,牛皮封面,大开本。书脊已加固,据说存世应不到五册。霍布斯生于1588年,卒于1679年,活到91岁。16世纪,疾病肆虐,英国平均寿命不到50岁,他绝对是人瑞了。他与牛津有缘,就在埃克赛特学院,也是钱锺书先生的母校。霍布斯是个快手,著述甚丰,但多以小册子面世。他是社会契约的倡导者,认定人民必须和"庞然大物"的国家订立契约，以此保障他们的权益和生存。他崇尚国家权力、政府威权的合法性。当年印刷术已兴起，知识界热衷于新思想的快速传播，影响舆论，特别是新生的中产阶层。霍布斯可谓当年的公知，以笔作枪，习惯星夜著述，次日送印刷所排版印刷。他的文字正式结集，已在他身后七十年。此书还收录了其他重要著述：《人的本性或政策的基本元素》(*Human Nature or the Fundamental Elements of Policy*)、《论政体》(*De Corpore Politico*)。书商说，除少数几页褪色、有黄斑，品相良好，要价1500英镑。我抚摸着这本370年前印制的巨作，页面有凹凸感，甚至触摸到字模的印痕，当年活版单页印压留下的。

时辰过4点，已在书市泡了四小时，发现隔壁还有个展厅。一位热络的老头，正准备收摊。他来自伦敦西区，出售老海报、古董报刊、名人书信，见之大喜。他有几十个收藏夹，我一一过目，最后精选19世纪铜版画、19世纪伦敦西区戏剧海报十多幅，有莎剧，也有圣诞诙谐剧。名人书信，我认不全古体英文，老先生帮我过目，一边吆喝："这没收藏价值。那人你不会认识。"他建议我收藏一份英国首相鲍德温（Stanley Baldwin）的书信手迹，生于1867年，1923年出任首相，1947年去世。

结账时，老头说不收信用卡，我现金不够，周边又无ATM取款机，只能跟老头道歉，不得不放弃了。老头摆摆手："Take it. Send me a cheque."（"拿走吧。寄张支票给我！"）我说:"支票在伦敦家里,两周后才回。太耽搁你了。"他递给我一张名片,摆摆手,像是在说再见。"Take it. No problem."("拿走吧。没事。")我有点感动,提着一大包古董,道别。

晚上,约两位中国留学生聚餐,在"烧酒"中餐馆。何流是玛格丽特学堂(Lady Margaret Hall)一年级学生,读炙手可热的PPE(哲学、政治学、经济学),也是牛津中国论坛今年轮值主席。他初中就从北京到英国住读,当了小留学生。考取牛津后,他推迟入学(Gap Year),自助穷旅一年,去了保加利亚、意大利、伊朗、约旦、菲律宾、泰国、美国,一路全靠"Couchsurfing",当"沙发客",除了吃,几乎没花钱。另一位是叶圣晗,牛津数学系博士生,在基布尔学院(Keble College),老友叶铮之子。他在爱丁堡念的本科,硕士考到牛津,现在博士已近尾声。1985年,复旦八十周年校庆,我受邀主编校园杂志《复旦风》。叶铮在上海轻工业专科学校念美术设计,就在复旦隔壁,我邀他做美工。创刊号的黑封面,是他一笔笔手工绘就。转眼间,圣晗已到我与他父亲相识为友的年龄。席间,他说,四五岁时,我和妻子曾送他一件小号的牛津校服,后来如愿到牛津,或许跟当年播下的念想有关。我完全忘了此事。我让他们点菜。圣晗点梅菜扣肉,何流吃素,点了茄子,我点了豆腐和其他。三个人,五六道菜。看他们吃得尽兴,不由想起自己大学时的吃相。

1985年5月,《复旦风》创刊号发行,纪念复旦校庆80周年。我第一次主编铅印刊物,我们这代人有铅字崇拜。编委中有梁永安、高晓岩、傅亮、顾刚等同学。潘明已作古。我坚持用黑色封面,引发争议。时任校党委宣传部长的秦绍德先生(后任复旦党委书记)最后开了绿灯。

2017年4月23日　周日
牛津　放晴

早餐时，第一次见到院长 Miles Young，坐在长桌尽头。他告诉我刚从中国回来，知道我来了，正想约时间见个面。他去年底接任院长，前任是柯蒂斯爵士（Sir Curtis Price），知名音乐学家，曾任英国皇家音乐学院院长。牛津学院的院长中，Miles 的背景有些特别，他是首位来自工商界的，曾任领军的国际公关咨询集团——奥美公关（Ogilvy & Mather）全球总裁，早年在亚洲打天下，中文名叫杨名皓。他本科在牛津，就在新学院，攻读历史。

上午读书。何流和圣晗都说想去书市逛逛。我愿做向导，惦记着欠书商的钱，正好还清。看门的，还是昨天的老太太，认得我，说你们不用买门票了。我让他们自己找书，随性。带足了现金，我跑去找老书商，他还在昨天的位置。没料想我会出现，有点吃惊，笑说，你来了！我把现金交他，他在收据上用英文写了"银货两讫"。我又挑了几张19世纪伦敦的戏剧海报。他说，有空可到他伦敦艾比路上的店里看看，有好东西。

王尔德（Oscar Wilde）亲笔题签的诗集，1882年版，题于1885年5月14日，就在牛津。他的签名有拙味，简约，有唯美的形式感，孤芳自赏。一百多年后，想起这位生前声名狼藉的"圣奥斯卡"，莫不印证了他的名言"一个人生命的真实，不是他做过的事情，而是围绕他的传奇"。出生在都柏林，要是活在今天，王尔德一定是粉丝如云的网红，娱乐至死的。他是颓废派的代表，其语录或桥段，多用机巧的悖论。他能写美文，所以不显得做作。比如，"我的缺点就是，我没缺点"，"每次人们赞同我的时候，我觉得自己一定错了"。大学时初读王尔德，中译本的注释从不提他是个同性恋。

书市关门。圣晗空手而归，他或许更习惯一张纸、一支笔的数学家世界。何流淘到几本，有1937年版斯诺（Edgar Snow）的 *Red Star Over China*（《红星照耀中国》，又译《西行漫记》），伦敦左翼读书俱乐部（London Left Book Club）出版。30年代，英国各学派思潮激荡，尤其是左翼组织，常与作者直接洽谈版权，以读书会名义出版。这家读书俱乐部，现在还活着，每年会费40英镑，可得四本推荐的新书及参与读书活动，不过狂飙突进的年代已经不再，只剩余绪了。有趣的是，这部奠定斯诺作为中国共产党挚友的成名作，1949年后迟迟没在中国公开翻译出版，一直等到1979年的董乐山译本，而斯诺已在1972年离世。

回学院，穿过女王巷（Queen's Lane）。一进巷子，幽静清凉，噪音滤过了。一开春，巷子里紫藤花醒了，攀出院墙。紫的、粉的、黄的，紫藤花小，一串串垂下来，漫漫一片。阳光强烈时，它就婀娜饱满，颤颤的有弹性。光线柔和时，花也迷蒙，有晕色怀抱。太阳落时，暗黄的街灯眨巴亮起，像是戏中布景，在喊夜到了。小巷子藏得隐秘。那天，邂逅来自苏州的同胞，几家结伴而行。他们猜我是中国人，派一位女代表来问路。出外旅行，我发现中国男人最蔫，故作矜持，落在后面，问路、打交道，全让女同胞打头，很是阴盛阳衰。陪他们走了一段，我建议他们从女王巷穿过，是个捷径，直接到叹息桥。没走上几十步，可能见巷子冷清，行人稀少，领头的中年女子突然停下说，哦，我们还是走外面大街吧。我笑笑，送他们回走。他们可能是怕中了强盗的埋伏。中国是"低信度社会"，猜疑已成为第一直觉。

回廊正在换瓦片，巷子里搭了脚手架，暗了半边。我查院史年刊，上次回廊换瓦是1946年，70年前的事。英国人做事有计划，但很慢，不懂只争朝夕。中世纪古建筑的维护，对工艺、工匠更是挑剔。英国的慢，可出细活，但也是低效的借口。等到6月下旬完工，就快大半年了。若习惯了"中国速度"，英国的慢就是天大的折磨了。

Jimmy 是我在萨克宿舍楼的舍友。他仿效罗素（Bertrand Russell），读数学与哲学。在他导师的书房，我旁听了一堂高等数学课。没有导师制，牛津将一文不名。

2017年4月24日　周一
牛津　晴

法国总统选举首轮投票揭晓。60年来，传统的左右两党首次未能杀入第二轮。马克龙与极右翼"国民阵线"领袖勒庞将在5月7日对决。

昨晚隔壁Jimmy同学邀我去酒吧。霍利韦尔街上，就有相当出名的Turf Tavern（草坪酒吧），建于14世纪，被誉为英格兰最古老的酒吧。拐进澡堂子（Bath Place），酒吧就窝在这个窄巷子里，矮矮的古屋其貌不扬。它最早是喝威士忌的地方，取名澡堂子，因此地曾是罗马时代的公共澡堂。英国的地名、街名，过于就事论事。这家酒吧出名，因为最老，更因为它的常客。1963年，日后成为澳大利亚总理的霍克（Bob Hawke）在此用11秒干掉一个码长杯（A Yard Glass of Ale）啤酒，创下吉尼斯世界纪录。码长杯，一码长，约90厘米，杯底像灯泡，容量 1.42 升。1968 年秋，越战正烈，克林顿（William Clinton）获罗德（Cecil Rhodes）奖学金到牛津，在大学学院（University College）读政治学。据牛津坊间版本，因他泡吧太多，论文未完成，最后学位泡汤了，要怪罪的就是这家酒吧。大明星伯顿（Richard Burton）、泰勒（Elizabeth Taylor），政治家布莱尔、撒切尔夫人，科学家霍金（Stephen Hawking）都曾是此地酒客。英国人视家为城堡，"风能进，雨能进，国王不能进"，中世纪后有了酒吧这种公共社交空间。Pub 一词，源自 Public House。Pub 译为"泡吧"，很妙，既谐音，也合意。

Jimmy 告诉我，牛津各学院，气质、性情颇不同。比如，基督教堂学院，就是个政治动物，立场右翼，是保守党大本营，出了近二十位英国首相。有的学院，如赫特福德学院（Hertford）则更左翼一些，带工党色彩。现任院长是赫顿（Will Hutton），英国知名专栏作家，前《卫报》经济事务主编、前 BBC 经济记者，出版过凯恩斯（John Keynes）主义的专著。我读过他的"*The State We're In*"，一部有关英国政经现状的锋利解剖，汪洋恣肆，像巨幅油画。

他说，他很喜欢自己的学院，不激进，学术气息浓厚，包容各种思潮，温和中允。政治光谱中，它落在中间。其次，它财力丰厚，对学生体贴。我查了 2015 年年报，学院基金账面上还有现金一亿九千万英镑，加上其他资产两亿两千万英镑。

姐妹学院是剑桥的国王学院（King's College）。

学院刚换新院长，我很好奇它的遴选规则、程序。他说，他做过学生会主席，对院长聘任程序有介入。院长卸任前，至少提前一年组成遴选委员会，物色候选人，专人督办。一般最后推选2—3位候选人，向院士和学生正式推荐，并由师生代表面试候选人。最后由院士组成的学院管理委员会投票，决出胜者。各学院细则有异，程序则必须透明。至于院士们如何判断候选人的价值倾向或三观，只能看票箱了。

导师制（Tutorial System）是牛剑的灵魂，也是基石。轮到什么样的导师，多少有抓阄成分。一般而言，导师非学生自选，而由学院委任。若学生不满意，理论上可申请更换导师。实际上很少有学生动用这个裁量权。英国精英教育的真髓之一，就是教会你接受和应对失望、挫折，甚至失败。世界不属于你，你不是自己的法官。这是英式教育刻意塑造的性格。

Jimmy对自己的数学导师很满意。每周一堂课，就在他书房，一对一，或几位同学上小班。导师从不缺课或换课。若学生没露面，或迟交作业（Question Sheet），他一定找到你，问明实情。每次授课，他宁肯拖堂，绝不提早下课。下课前，他会问你，懂了没？如果你回答迟疑，他不放你走，一直到你弄懂为止。某个周末，他和几个同学泡吧，回到学院已近半夜两点，导师书房还亮着灯，知道他在工作，索性敲门做客。他开门相迎，喝茶聊天。当然，也有不那么靠谱的导师，不按大纲上课,有一搭,没一搭,批改作业敷衍,也不关心学生考试能否过关。学院聘院士,首先评估其专业领域的学术地位。合同上明言,辅导学生是最重要的职责,但并无指标,也无考核机制。与论文和研究相比,教书是良心活。中国也如此。

他生在牛津,父亲是牛津的经济学教授。二年级时,他竞选出任 JCR(Junior Common Room)主席,任期一年,相当于本科生学生会主席,每周占用 1—2 天时间:周三与院长例行见面,沟通学生事务,并向院士联谊会通报相关事项,出席院务管理会议。若与院方有任何矛盾,本科生会联络他,他的邮箱总是满满的。比如,学院曾决定每周只安排两晚正餐(Formal Dinner),而学生会坚持三晚。他代表学生与院方协商,最后学生胜出。学院与学生尽力相安共生。院长之下,有个重要人物,叫 Dean,不可望文生义,不是一般意义的院长,而是训导长角色,监管学生品行。若学生触犯院规,则交他处罚。几年前,有个本科生在年度 Free Alcohol Night(喝个够之夜)烂醉,淋浴时居然昏睡过去。半夜,房间漫了大水,又渗漏到楼下宿舍,损失惨重,学院给予他警告,并处罚款。为顾及学生脸面,院方决定不点名通报。

我问他,英国没有成文宪法,学院有没有不成文的戒规?他笑笑说,传说中,新学院的围墙里,七个地方最容易犯荷尔蒙冲动的错误,严禁做爱:假山(Mount)、回廊(Cloisters)、收发室(Mail Room)、餐厅高桌(High Table at the Hall)、城墙上（The City Wall），还有两处，他记不得了。此外，城墙上严禁攀爬或行走。多年前曾严禁攀假山，近年才放宽。

喝到 11 点，微醺。我让他先回宿舍，自己沿着院墙走一圈。夜有云，风声过耳，只是吟唱。恰有钟声远飘而来，不知是哪个学院。钟声有点破碎，敲在夜幕上，刹时起了褶皱。夜在变厚，路灯黄色的光晕，孤独但温暖。

新学院小教堂。晚餐前,那儿有晚祷。去的学生不多,他们或将其视作中世纪神学院的余烬。我却享受它的合唱、管风琴、教堂的回声与安宁。

2017年4月25日　周二
牛津　半阴半晴

《每日电讯报》报道：最新民调称，英国保守党在6月大选中可能赢得150个多数席位，工党将沦为输家。头版另一条消息是，基于就业压力，英国大学考生服务处已建议毕业生先回家休整半年，不急于找工作。《独立报》(Independent)引述英国国会跨党派议员小组报告，批评梅姨政府坚持将外国留学生纳入移民统计，损害了英国大学，并呼吁取消这一政策。《每日邮报》(Daily Mail)报道，英国常有病人被全科医生误诊。一项研究报告称，70%的癌症患者到急诊治疗前都看过全科医生（GP）。其中3.2万人看过3次全科医生，仍未确诊病情。

早餐，撞见Jimmy的数学导师V。第一次见他在早餐厅出没。他是夜猫子，习惯通宵做事，头发蓬乱，眼袋凹深，脸色有些苍白，或是少见太阳的缘故。我告诉他，我现在和 Jimmy 是宿舍邻居。他笑说，Jimmy 是好学生。他喝着橙汁，慢慢作答。他是几何学家，做纯数学。每年在学院平均辅导八位学生，本科生一二年级的。到了三四年级，偶尔带几个。

我说，过去二十多年，英国本土学生报考理工科人数急减，特别是数学。他点头说，世纪之交，这个数字跌到历史低谷。这几年又回升到历史上最好年份。做纯数学，申请研究资助很难，经费基本来自政府科学基金，业界对纯数学敬而远之。做应用数学，日子会好过些，业界更愿意出资。

听数学系学生说，牛津的数学楼，对分两半，一半纯数学，一半应用数学。两个世界，共存一楼，彼此不走动，都守着自己的一方领地，相安有礼。我问 V，与 300 多年前牛顿（Isaac Newton）时代相比，数学家的工作方式有变化吗？桌上一支笔、一张纸、一地的演算草稿？电脑对纯数学家有用吗？V 说："电脑对纯数学帮不了大忙，主要因为无法模拟数学家的思维和推算。当然有些数学家一定不同意。"他解释，与很多学科不同，纯数学研究不是线性（Linear）过程。物理、化学或生命科学，其研究与时间高度相关。只要坚持，每年有进展，最终总能完成。纯数学正相反，即便经过上百次的演算，可能仍无法找到入口。某一天，若灵光闪现，证明了，这是天大的幸运。做了若干年，但一无所成，这是纯数学家必须面对的残酷。

他吃东西极快,像他语速。他告诉我,他在牛津有位好友,是人工智能/机器人专家,坚信机器人将取代数学家,无数倍地提升计算和证明的速度。V 不信。他说纯数学家几乎一辈子都生活在反复的失败中。无解或绝望是常态,而最后的证明可遇不可求。他说,他带博士生,从不让他们做过于挑战的数学问题。博士阶段,只是一个人研究生涯的开端。他主张学生选择一定难度的课题,如期完成。博士之后,先安顿生活。你有一生时间做高难度研究,结果就看造化了。他在剑桥念博士时,一位同学坚持要攻克纯数学史上一个极难证明的命题。整整 5 年,久攻不克,最后只能惜别博士帽。

早上去花园读书,空无一人,长椅是橡木做的,极重。我把长椅从树荫下半拖半拉弄到草坪中间,面朝阳光。中午 11 点去商学院参加防火及安全培训。按照英国法律,所有人到职时(包括短期临时工作),未经安全培训,不得开工。1666 年 9 月伦敦那场大火,让英国人对火有了神性的恐惧与敬畏:连烧四天,市内六分之一的建筑被毁,包括圣保罗大教堂。当然也根除了当时肆虐伦敦的鼠疫。在 BBC 工作时,每年总有几次消防演练,疏散整栋布什大厦。严冬时,上千同事蜷缩在临时集合点,鼻子都冻红了。

霍布斯著作首版,在朋友圈引发兴趣。与我同在"唠嗑群"(微信群)的一大学领导留言,拜托我买下此书。得知我有意买下捐给母校复旦,他求情说,复旦珍本书多,他的学校重量级书少，想自己买下捐给图书馆。我被说服，即给书商电话。书商开价1500英镑，最后1150英镑成交。付完款，若有所失。昨天还跟复旦图书馆馆长陈思和先生说及淘些珍本回去。思和作复："多谢你为敝馆寻访西方典籍珍本。我馆典藏不多，还需提升。若有合适的，请代我留意。万分欣喜，万分感谢，思和顿首。"一夜间复旦图书馆失去一宝，内疚。

书商说，书将快递牛津。我关照他包得严实。他说他经手的珍本典籍，均由劳埃德保险公司（Lloyds List）提供保险。"不过你签收后，责任和风险就全归你了。"电话的另一端，他哈哈笑着。霍布斯的年代，可没有这等保险。他为躲避英国内战，逃到法国，备受流亡之颠沛、贫困与孤独，萌生了"利维坦"思想。他认为，国家之最高职责是保障国民安全。作为回报，国民应以契约方式将个人自由拱手交给统治者。那是天赋神权的君王时代。他还侥幸活过了17世纪60年代的大瘟疫，最后撑到91岁。当时很多建制派人士视霍布斯为异端邪说，甚至认为他亵渎了神明，才遭致大瘟疫的天谴，以至于有议员在国会提出议案。他应该料想不到，300多年后，他的思想在剧变中的中国知识界激起了广泛兴趣和争论。

商学院午餐，复旦学妹曹隽做东。她是商学院中国事务主管。我到牛津客座，有她功劳。在新学院寄宿，也是她辛苦跑来的。我点了份印度羊肉。餐厅旁，学生正在打乒乓球。过道上，有一厚叠当日FT（《金融时报》）和WSJ（《华尔街日报》),都是赠阅。这两份有全球影响力的报纸,是商学院必读。有市场和国际资本,必有《金融时报》《华尔街日报》和《经济学人》,它们是全球化的标志。

英国近代新闻业受约翰·弥尔顿(John Milton)《论出版自由》一书影响很大。这位17世纪的思想先锋,公务员出身,是上乘的散文家、诗人,更是笔意雄健的政论家。他的新闻自由思想可概括为社会必须有"观点的自由市场"。英国报纸,各有政治倾向,各有价值堡垒。如果新闻自由是家超市,公民个体都能在那里买到代表自己立场或趣味的出版物。以2017年YouGov民调结果看,发行量最高的《每日邮报》被认作是英国最右翼的报纸。而《卫报》则被视作最左翼,为工党理念张目。《独立报》在立场上大致居中。《泰晤士报》近年来属中偏右,仍是保守主义的领地。当然,立场偏左的读者对右翼报纸是越看越右。同理,右翼读者看左翼报纸是越看越左,出现两极化。

FT则是个有趣的混合物。政治上,它崇尚保守主义,倡导社会制度渐进演化,鼓励市场自由与竞争,反对垄断,以全球化为依归,相信市场经济有益于化解意识形态冲突。这份三文鱼色的报纸,1888年在伦敦创刊,一直是英国财经新闻的头把交椅。不过,20世纪80年代后,其英国视野和议程逐渐淡出,读者主体也与本土脱钩,全球定位开始确立。在语言上,FT仍坚守英式风格,硬核、清晰、严谨、机趣、幽默。大英帝国早已不在,英国人常常自黑自己是个过气的国家。不过,每当阅读《经济学人》《金融时报》《卫报》《泰晤士报》时,你或有错觉,似乎大英帝国还健在,仍甩着手指高傲地品评全球事务,指点江山,为世界开具药方。

这几天,读新学院院史,创始人威克姆是个有趣人物。1324年生于汉普郡一个贫寒家庭,1404年去世,享年八十。汉普郡首府是温彻斯特,曾是英格兰首都。1356年,他开始为爱德华三世(Edward Ⅲ of England)做事,深受信任。1367年,他获任Chancellor of England,相当于英格兰首相,并出任英国国教最重要的大主教席位之一——温彻斯特大主教。1379年,他创立牛津新学院,1382年创立知名男校——温彻斯特公学(Winchester College)。英国的公学(Public School),不能从字面理解,说是公学,实际是私校:伊顿公学、哈罗公学、温彻斯特公学,其实再精英不过。因为都是威克姆创校,新学院自然成了温彻斯特的保送学校(Feeder School),早年新学院的生源均来自温彻斯特公学。虽然新学院的生源早已开放,温彻斯特的影子仍在。作为英国公学的开端,日后亨利六世(Henry Ⅵ of England)为它背书,得以在英格兰推广,才有了伊顿公学。

下午,起风。在阳光下走,是暖意和金光。拐个街角,一背阴,气温可急降10 ℃。一条街,两个世界,左侧明媚,右侧阴郁。那是英格兰的光线捣鬼。再去晚祷,听唱诗。从学院创立首日起,创始人就立下院规,唱诗班与学院共存亡。只要学院在,唱诗班就在。教堂是上帝之家,需要颂歌,让信徒咏唱和聆听。文盲率极高的中世纪欧洲,歌唱与绘画是教会布道、传递福音的金手指。以和声为美,追寻主的内心。从10世纪到16世纪,是西洋和声艺术的探索期,复调写作的完善也在这个阶段,其中一个学派就是教会的复调和声。没有梦幻般的和声,很多信徒会不会进教堂?唱诗是假托上帝之音。新学院的晚祷,起自1549年。礼拜堂简介引了1928年一段祷文:"我们奉上赞美、膜拜和感恩之心,我们忏悔自身罪孽。我们为他人祈祷,也为自己祈祷,我们为所有人祈求安宁幸福(自译)。"今天阴冷,晚祷仅20多人,散坐在唱诗班两侧。年轻的指挥罗伯特(Robert Quinney),是学院的音乐院士,早餐时见过。他与女牧师领着唱诗班入场。唱诗班一色男童,身着红袍。外边的黄昏,渗出余晖,从彩绘玻璃的高窗透射进来,阴柔而怅惘。管风琴起,夹着脚踏板的声响,奏出强音时,有雷霆般的轰鸣涌来,通往天穹。

对合唱我不陌生。年轻时父母都是合唱团员,那是唱苏联歌曲的年代,《莫斯科郊外的晚上》《红莓花儿开》。他们的媒人,就是合唱团。合唱最早是传教士、海归学生带来中国。不同年代,我们用不同的声音歌唱。"文革"中,我们学会了吼叫,唱坏了声道。

再严酷的岁月,找乐仍是儿童天性,我们仍有欢笑的时候,一副粗糙的斗兽棋、打刮片打弹子,就足以让我们快活一整天。记得小学时,政府号召全国备战备荒。除了帮大人挖防空洞外,每个学生还得自制一杆红缨枪。我很羡慕父母是工人的同学。酷夏季节,树上知了晒得哀鸣,同学有父母从厂里带回的盐汽水解渴,装在保温杯里,还是冰镇的。我家没有。同学们变戏法式地把自制红缨枪骄傲地扛到学校。我家没工人阶级,也缺工具,只能向当司机的舅舅求助。某个周末,他带来一杆毛坯的红缨枪,枪头是用原木削的。我用一大卷胶带把杆子一层层包上,把枪头漆成银色。找了一条破红领巾,扎成红缨。

晚上奇冷。受冷时,饥饿感最旺。骑车到乔治街,进了"Bella Italian"意餐馆,要了份海鲜通心粉。英文有个词,叫"hearty food",也叫"comfort meals",分量足,hearty就翻成"暖心"。其实,人很容易满足。今晚我只想吃碗意大利海鲜面,如愿吃上了,大虾咬来筋道,我已满足。

20世纪90年代初,"留英经济学会"花名册。当年,中国百废待兴,经济学几乎成为社会科学的"宗教",我们非经济学的学生都乐于投奔它的大旗下。这也多少导致了经济学的自大与虚胖。

2017年4月26日　周三
牛津　晴

中午，埃克塞特学院资深院士、数学家钱忠民教授邀我午餐。蹭饭，是牛津的一门必修课。3月中与钱教授初次见面，在复旦给牛津教授崔占峰的接风宴上，常务副校长包信和教授做东。校内称他"包常务"，听起来有些喜感。中国的大学，不知猴年马月以官职相称，常委、处长、科长，与官场无异。我回校不久，不懂规矩，当着校领导面直呼其名，同事大为诧异。某日，我在校外接到学院电话，说是许宁生校长来学院调研，顺道看我，望我马上赶回。我说，事先不知这个安排，无法赶回。校长说没事，只是路过。若你在，就到办公室小坐。

埃克赛特比新学院更老，1314年建院。因钱锺书先生1930年代在此就读，中国人对它更熟悉些。英式建筑的门，一般都见小，无论民居、银行，还是政府机构，看一眼唐宁街

10号首相府就明白了。进学院门,草坪不大,正中是院士的书房宿舍,右边是饭堂。忠民的书房在二层。门旁,有株上了年份的紫藤。紫藤,别名藤萝、牛藤,豆科,善攀缘缠绕,干皮、深灰色,但不裂。逢春开花,蝶形花冠,青紫色,花序整齐。当下正是花季。我的植物知识素来不济。趁有闲心,数了数花瓣,枝端有20朵,已开足,远看一丛丛粉绒,饱满得像女孩的胸脯。忠民的书房,足有30平方米,简约。数学家应该是天生的极简主义者,只需大脑。里面那间,窄长,是个书房。也可做卧室。

午餐,他还约了位朋友,叫肇东,做金融数学,来自上海,已举家移居牛津。照规矩,学院午餐都是自助:头盘、主食,一个汤,最后是水果、甜品。土豆总是有的。我们在餐室占了个角落,可说中文。忠民在此已近十年,辈分已高。院长不在时,时常委他以重任,主持晚上正餐,代敲惊堂木,并用拉丁语祈祷:Beniditto Benidetti! 他不敲,没人敢开吃。

下午,友人李权来访。他比我早到英国留学,在伯明翰大学读硕士,再去阿斯顿大学念管理学博士,与复旦现任校长许宁生是校友。许校长在那儿拿了物理学博士。我和他还是BBC前后同事。90年代中我入职BBC,他已跳槽进了投资银行。这几年他急流勇退,赋闲了。记得90年代初,大陆留学生组织了"留英经济学会",我和他都是会员。那时,经济学定于一尊,统领社会科学与国家决策,是"显学",我们社科学生也汇集在经济学堡垒中。学会中最活跃的是在牛津读博士或访学的,有华生、张维迎、郭树清、余永定、金立佐、宋丽娜、秦朵、刘民权,剑桥有樊启淼、汤之敏(复旦校友)、何东、刘锱楠、韩旭(后成为BBC同事)、刘芍佳。

我开过三届年会,两次在伦敦,一次在剑桥,都有上百人出席,包括英国经济学家、诺奖得主莫里斯(James Mirrlees)、诺兰(Peter Nolan)、亚胡达(Michael Yahuda)、侯赛因(Athar Hussain)。莫里斯是张维迎的导师。每次年会,规定动作之一是改选主席、副主席和理事。我不擅社团政治,每次都义工担任摄影,记录选举过程。那年头大家对选举极为好奇,对议事规则认真到挑剔的程度。候选人可自荐,有竞选演说,可拉票,有板有眼,不敢造次。最后,所有会员上台投票,再由监票人唱票、计票,在黑板上用粉笔画"正"字。有一年现任北大教授的张维迎当主席。他一口陕西官话,做事认真。他写信给我,要我帮忙出任英格兰中部学区协调人。众人之事,我只能应承下来。我还保存着一封他当年的信,"现在学会经费紧张,联系会员的邮票钱你先垫上,等以后组织有资金了,再报销。"读来有趣。学区下辖:伯明翰大学、莱斯特大学、诺丁汉大学、华威大学、阿斯顿大学、曼彻斯特大学。会员中有刚转到剑桥读硕士的张欣,那时还没潘石屹,后来她回国,与老潘创建Soho China,是后话。

1984年,我大学毕业,被分配留校。那时,大学毕业生仍全数由政府安排工作，尚不得自由择业。我是那年读到乔治·奥威尔（George Orwell）的名著《1984》的。在 1984 年读《1984》，别有意味。1945 年二战结束，奥威尔完成此书，1949 年病逝。据说《1984》的书名并无特别奥妙，奥威尔 1948 年完稿，灵机一动，将"48"颠倒，变成"84"，遂成书名。奥威尔，曾是共产主义的信奉者，前英共党人。1984 年，对中国是个特殊年份：政治开始松绑，革命口号的分贝低了，空气中多了欢快，人们面部肌肉开始放松；中共中央通过关于经济体制改革的决定，坚硬的体制开始透气。海尔、联想、万科、步步高、健力宝等日后名震天下的民企都诞生在那年。中华人民共和国成立后首家外资独资企业——"3M 中国"在上海问世。第一家股份制公司——天桥百货现身北京。1984 年，也被称为公司元年。在这之前，因为没有市场，中国尚没有一家真正意义的公司。同年，在人民大会堂，邓小平和撒切尔夫人最终谈妥香港回归。邓小平叼着烟，脚边放着一个标配的印花痰盂。

那年，美元兑人民币汇率为 1∶2。中国大陆的人均 GDP 为 250 美元，台湾地区为 3225 美元，是中国大陆的 13 倍，美国为 17121 美元，是中国大陆的 68 倍。那年中国确实很穷，但国门已支开一条缝隙，国民开始窥见外边世界。国庆那天，天安门广场，是建国 35 周年阅兵式和群众游行。身高仅一米五七的邓小平站在天安门城楼上，在中国百姓的心目中，他是个巨人。游行队伍里,几位北京大学生物系的学生,不顾禁令,用蚊帐杆子和被单做了个标语,偷偷带进广场。行至天安门城楼下,他们突然打开标语,上书"小平您好"。邓小平看到了。那是国民情绪的自发表达。那年,另一位风靡中国的邓姓名人,是台湾歌手邓丽君,一曲《甜蜜蜜》传唱全国,软甜轻美。中国人发现,生活与情感不必像钢铁般坚硬。恋人们开始挽手回到外滩。洛杉矶奥运会上,许海峰以一环优势险胜,夺得中国历史上首枚奥运金牌。中国女排击败美国女排,获世界冠军那晚,正是毕业前最后一学期复旦学生宿舍。6号楼三楼电视室,层层叠叠,塞满了人头。当终局哨声吹响,我们拆了被子当火把,点着了夜空,空气中燃着浓烈的煤油味,学生奔跑在校园狂欢。也是那年,中国开始有春晚,张明敏、李谷一、陈佩斯。除夕夜,数亿中国人聚拢在央视的年夜饭下。很多中国的乡村还点着煤油灯,更没见识过电视机。空气不再凝固。隐约中,国家正走出厄运,国民穿着有了色彩,开始使用新的日常语言。

到牛津,一开始最大的困惑是语言。你可把牛津想象成一个原始部落或秘密团体,身份政治是其精髓。为表明身份,彰显高贵与特权,它有独有的言语和表达,也是牛津生终生的接头暗号。若你看过英国电视剧"*Bridgehead Revisited*"(中译《故园风雨后》),剧中查尔斯和萨巴斯蒂安的对话,就是那个味道。作者是大作家伊夫林·沃(Evelyn Waugh),长得肥肥的，20 年代的牛津产物，就在与新学院一墙之隔的赫特福德学院。有人将沃的名字念成沃夫，他跟你急。英国的地名、人名遍地都是陷阱，不可轻视。吃不准时，老实问一声。回复旦教书后，发现学生的名字越来越难念。若来不及查字典，怕念白字，就老实投降，课堂上直接问学生。

若有兴趣，可熟悉以下牛津常用词：

Aegrotat：因病而给予通过的考试成绩。

Accessor：大学负责学生福利和财务的官员。传统上由学院轮值。

Battels：学院向院士、学生收取的住宿费或餐费。

Bedel：为校长执行各类典礼的司仪官。

Blue：所有体育竞技、比赛中的最高荣誉。

Blue Dog：对校内警察的昵称。

Buttery：学院的餐饮服务处。

Coming Up：新学期报到（方向朝上）。

Commoner：特指未获奖学金的学生（牛津的等级里，就是平民）。

Don：学院里导师的统称，包括教授、讲师和所有院士（仅限牛剑使用）。

D. Phil：博士。牛津称 D. Phil，不叫 Ph.D。谁叫错了，就是异类。

Exhibition：奖学金级别略低的一类。

Gaudy：特指为老校友组织的活动。

Go Down：学期结束，离校。

Greats：特指古典学，以攻读希腊、罗马史和经典为主。

Great Go：毕业大考。

The "House"：学院的别称。

Little Go：入学考试。

Matriculation：新生注册。

Norrington Table：牛津跨学院毕业考排名榜。

Noughth Week：新学期第一周。

The Other Place：牛津大学对剑桥大学的戏称。

Proctors：监督学生行为的训导学监。

Read：选读的科目，用Read，不用Study。

Sending Down：因考试不合格或品行不端被开除的学生。

Student：基督教堂学院，院士的统称。（烧脑了吧？）

Sub-fusc：正式学士袍。

牛津仍严格保留着管家制度，照应导师、学生和校友返校的食宿，以及院长的公务应酬。几乎每天早餐都见到这位腼腆的亚裔领班，悄无声息地忙碌着。他手下有三四位年轻侍应生，都是白人。

2017年4月27日　周四
牛津　晴，春寒再袭

　　民意调查越来越不让人放心了。英国《都市报》(*Metro*)报道，最新民调称，特蕾莎·梅已成为过去四十年最受支持的英国首相。61% 的受访者认为梅姨称职，比 2001 年工党布莱尔首相连任前的 51% 还高。民调结果似乎正与现实民意作对，这是近年来欧美出现的一个新政治现象。

　　早餐，又遇新面孔，三位法国教授。法国人辨识度高。一是穿着讲究。二是他们的英语，听起来还是法语。我喜欢听法语，但怕法国人说英语。他们对母语过于自恋，以至于有同化一切外来语的冲动。我学英语，起步虽晚，态度是好的。老话说，入乡随俗。一门外语，即是他乡。到人家做客，要有尊敬。法国人学英语痛苦，英国人学法语也折磨，都因没有放下。英国人学外语不上进，是因为英语老大，可占便宜。法国人对英语抵触，因确信自己的母语最美。那些中文学得溜的老外，都是死心塌地型，还娶中国太太，以中国为乡。

三位法国学人，二男一女，居然都说蛮地道的英语。一问，才知女教授年轻时在本学院做过法语导师。两位男教授，一个在巴黎智库，另一位早就移民美国当教授。我问女教授，重归故里，学院有啥变化？她吃着火腿肠，自嘲说："20年前我在的时候，院士室里几乎没女人影子，清一色男院士。这次平衡多了！"聊得兴起，彼此留了通信地址。

一位老院士推门落座，熟门熟路，要了份早餐。他独坐，不与旁人搭话。我认出他来，正是前几天提及的本院荣休院士罗宾·兰·福克斯，古典学家、FT园艺专栏作家。FT周末版他的专栏有他的头像。不过眼前的罗宾比照片上老出不少，估计用了他年轻时的照片。隔着桌我跟他打招呼，听说我是FT的，他来了兴致。法国教授正与我闲聊，罗宾几次插话，法方不悦，克制地怼他："我正与他说着话呢。"英法双边关系一时紧张。罗宾没吱声，战事平息。法国客人起身道别。

桌上只剩下我和罗宾。他探头告诉我，他是FT历史上持续时间最长的专栏作家，没有之一。1970年起，一直写到今天，每周一篇，整整47年。他问我，FT易主卖给了日经集团。园艺专栏会不会生变？我说不会吧。日本人对园艺痴迷着呢。他听说，日经老板想买FT，特别看重两样东西，一是马丁·沃尔夫（Martin Wolf）的经济专栏，还有就是他的园艺专栏。他特地补了一句,这都是外面传言。看得出,这些传言让他愉悦。

赛德商学院副教授埃里克(Eric Thun)邀我到他学院 Brasenose 午餐,就在博德利图书馆旁边,正对万灵学院。他主攻中国市场经济,特别是民营企业。商学院每年招收学生四百,中国学生逐年剧增。他的学院直译是"布雷齐诺斯"或"青铜鼻学院",源自学院高桌上悬挂的一个鼻形青铜门环,1509 年建院。知名校友有威廉·戈尔丁(William Golding),1983 年诺贝尔文学奖得主,代表作《苍蝇王》(*The Lord of the Flies*),英国大主教罗伯特·伦西(Robert Runcie),还有人品颇受争议的保守党政客、畅销书作家杰弗里·阿彻(Jeffrey Archer)。当然最出名的得数首相卡梅伦了。1985 年他由伊顿考进牛津,读 PPE(政治、哲学和经济学),是青铜鼻学院走出的第一位首相。在牛津,卡梅伦并不热衷政治,是最放浪、排外的布灵顿(Bullingdon Club)贵族俱乐部成员。1870 年成立,布灵顿俱乐部要求会员有蓝血贵族血统,以狩猎为乐,后来变成一个美食俱乐部。会员控制在 70 人内,对候选人作秘密考察,匿名投票。当有人某夜从窗外翻进候选人宿舍,大肆洗劫时,你就是组织的人了。会员还有前伦敦市长鲍里斯·约翰逊(注:Boris Johnson,现任英国首相)、前财相奥斯本(George Osborne)。俱乐部蓝色制服,上有黄铜纽扣、米黄色丝绸翻领。

另一个名声不佳的牛津社团,是皮尔斯戈维斯顿(Piers Gaveston),一个贵族色彩的酗酒、吸毒俱乐部。卡梅伦也曾是成员。上任后,他一直以沉默回应媒体的相关提问。年轻时,谁没有过荒唐一刻。

牛津出产了几十位首相,大牌政客更多。但校方和学院对这些政客校友向来低调,从不张扬。谁敢保证这些学生日后不是负资产、坏消息。卡梅伦出任首相后,曾返回学院用餐。事先学院毫不声张,首相来去无影。

下午拿到我的博德利图书馆卡,简称 Bod 卡,并在手机上绑定 Eduroam,这是全球重点大学之间的网络共享系统,能自动免费上网。骑车回学院,太阳不烈,下起细雨来,雨点织成金色的丝线,斜打着,湿了街面。在英国 20 年,习惯了雨。伞丢得太多,索性再不带伞。骑回宿舍,外套居然未湿透,只有薄薄的水汽。

读书 3 小时,已至极限。想去一家学院,选了最近的圣埃德蒙学堂(St. Edmund Hall),昵称 Teddy Hall。牛津 38 个正式学院之外,还有 6 家学堂,起先都是私塾。圣埃德蒙就是其中一所。虽可溯源到 13 世纪,直到 1957 年它才拿到皇家特许状,正式承认其学院地位。它一创校就招收本科生,并可寄宿,且有导师授课,是世界大学史上最早提供本科生教育的。院子很小,一眼望去,花木有些破败,春天也没给它带来生气与丰满。后花园里,三四个男女学生坐在草坪上说话，有的半躺着。右侧，是墓地，显然年久失修，墓碑歪歪斜斜，一丛丛。埋在那里的多是圣埃德蒙学堂的名人、院长、名教授、捐赠人。听说埃德蒙学堂财务吃紧，需要有钱的学院扶贫。世故的眼里，若在牛津进了个穷学院，至少是个阴影。36个学院的总资产59亿英镑，最富的是圣约翰学院（St. John's College），基金（endowment）有5.9亿英镑，其次是基督教堂学院5.1亿英镑，最少的是哈里斯·曼彻斯特学院（Harris Manchester College），仅2480万英镑，仅及圣约翰的二十五分之一。

贝利奥尔学院餐厅入口。有关牛津气质,最聪明的广告语是"Effortless Supremacy"(天生的至高无上感),一位前首相院友的馈赠。不过另一位院友鲍里斯·约翰逊怎么都治不服他的一头乱发。

2017年4月28日　周五
晴好　牛津

　　婉莹来伦敦开会,今天抽空来牛津。她是香港大学新闻与媒介研究中心创始人、前主任。一早我跑去火车站接她。同行叫她"Ying",一年多前她荣休了。我从 FT 辞职后,先去港大客座,在柏立基学院的龙应台工作室住了半年。龙应台是港大特聘教授。为示礼遇,港大以她名字命名了一套公寓。她在港大时,她自用。她不在时,即由来访的各国学者入住。卧室、客厅都很小,但窗外有风景,小阳台面朝大海。晨有鸟鸣,山雾弥漫。去年到香港出差,婉莹相约在上环晚餐,聊至深夜,谈得最多的还是媒体。婉莹是熟客,餐馆老板不好赶人,几次暗示要打烊,一看近半夜,匆匆道别。她年近七十了,个子小,小步快跑,在绿灯消失的最后几秒穿过马路,背着很沉的双肩包,消失在潮润的夜幕中。

我先陪她去贝利奥尔学院，1263年建院，牛津最老的三所学院之一。照牛津规矩，每个学生或老师可凭Bod图书卡，在开放时间免费参观所有学院，可带一位客人。退休后，婉莹还兼着港大顺兴书院的院长，与牛津的寄宿制学院相仿。

贝利奥尔学院以政治上活跃闻名，出过很多政界要人，也是录取竞争最激烈的学院之一。从这里出去的首相有阿斯奎斯（Herbert Asquith）、麦克米伦、希思（Edward Heath）。创始人贝利奥尔（John de Balliol）是英王亨利三世（Henry III of England）年代的贵族，迎娶了一位英格兰公主。1263年，他捐资建院。19世纪中叶之前，贝利奥尔在牛津学院中极不显眼，甚至有些"平庸"。一位院长的任命彻底改变了它的命运，从此气质大变，开始显现辉煌与不凡。他就是本杰明·乔伊特（Benjamin Jowett），古典学家、神学家、教育家，柏拉图（Plato）、亚里士多德的英译者。他于1887年当选院长，鼓励学生认识自己，"绝不退却。绝不解释。把事做好。让他们嚎叫去吧"。阿斯奎斯曾这样形容贝利奥尔的学生："不经意间流露出一种自然的优越感"。想必这里出去的不少校友，愿为这句很有格调的广告词背书：经济学之父亚当·斯密，《圣经》第一个英文版翻译者约翰·威克利夫（John Wycliffe），历史学家汤因比（Arnold Toynbee），神学家兼数学家怀特海（Henry Whitehead），知名的无神论者、生物学家道金斯（Richard Dawkins），政治野心爆棚的英国外相鲍里斯·约翰逊。

得知我在牛津访学，常有朋友问及牛津的招生竞争。我查了资料：2016年，约19400人申请本科，26000人申报研究生。本科招3200人、研究生招5300人。填报学院时，学生可自填志愿，也可以让校内电脑系统帮你随机抽样。学生填报哪所学院，对面试导师保密。2015年，共3323位申请人选择"open" option，由电脑抓阄决定学院选项。那年来自中国大陆的申请798份、录取76名，录取率接近10%。

牛津自我感觉良好，得益于它是一架残酷的竞争机器。入学前，靠才华、血缘搏杀。入学后，仍得接受学院之间巨大的贫富和资源的不平等。比如，基督教堂学院图书馆有藏书16万册，瓦德汉学院（Wadham College）仅4万册。穷学院院士的待遇低，自然难招聘到最优秀的学者。莫德林是个地位显赫的富学院，导师与学生比例1∶12，即一位导师辅导12名留学生，而在彭布鲁克学院（Pembroke），一位导师要兼顾21个学生。因为没有补贴，穷学院的房租常常更高，加上宿舍短缺，很多学生从第二学年起不得不转租校外民舍，开销更大。富的学院，80%的两年级学生都能住学院。而穷学院的比例只有44%。虽然每个学院都有助学金，但天地之别。比如，维多利亚时代创立的基布尔学院，年景不好时每年只发45英镑，而在基督教堂学院则可拿到560英镑。

为襄助"第三世界"，牛津的富学院多年前设了一个扶贫基金，带头的是圣约翰、基督教堂、纳菲尔德（Nuffield），每年总捐资 250 万英镑，分给贫困学院。不过拿资助的穷学院必须遵守一个条件，资助只能用来开发财源，授之以渔，以钱生钱。2002 年英国报章曾报道，某学院两位资深院士为帮学院拿进 30 万英镑捐款，私下以新生名额作交易，撞在微服私访的记者手上，坏事败露，两院士引咎辞职。

中午，请婉莹吃意大利餐。餐后去贝利奥尔花园小坐，两队学生在草坪上边晒着太阳，边打着草地球。这套已存活 800 多年的学院制度，经受了荣耀和诅咒，仍在英格兰活着。不远处，有一株巨大的桑葚树，树下立牌说明：此树历史已超过 400 年，是牛津最老的古树之一。虽已老衰，每年仍结果子。据说伊丽莎白一世（Elizabeth I of England）年代，每年仲夏时节，桑葚一结果，就把所有院士聚在树下，一起享受色泽暗红的酸甜桑葚。

天色阴下来，地生寒意，只想下午茶了。我们进了拉德克利夫圆顶（Radcliffe Camera）前的大学教堂。教堂的咖啡屋，一般都在地下层。我们各要一杯英国茶，加一个刚烘烤出炉的司康。对英国人而言，喝茶之享受，神圣不可侵犯。午茶时间，皇帝老子也动不得。一杯奶茶入胃，寒风也和暖起来。旁边坐满了各国游客。教堂的咖啡、茶、糕点都不便宜。它是慈善机构，收入全部用于公益，且免税，大家也不计较。

喝着茶，想起婉莹邀我去她港大学院的开学典礼致辞，所有仪式都是英国味道。后来她邀我出席大考前的聚餐，除了英式礼仪,更入世的是一整只烤乳猪,眯缝着眼睛,躺在砧板上,牺牲自己,为学生讨个口彩。东西的文化符号如此冲撞,又如此混搭一体,或许只有香港。

英国版的保守主义在全世界很出名,精髓在"保守"二字。不过"Conservative"译成"保守"并不准确。无论是大写的"C",还是小写"c",本意相对中性,中文语境里多了层负面解读。作为一种政治哲学,18世纪思想家伯克(Edmund Burke)是英国保守主义的鼻祖。与其他意识形态相比,无论就理论阐述还是动机,保守主义在学理上都显得含糊。它的要义体现在:一是对历史与传统的尊重。在保守主义者看来,只有历史和传统是沉淀下来、靠得住的东西。习以为常的,往往是好的。二是对权威和秩序的尊重。三是注重宗教和道德教化,视教会为社会基石。四是强调社会等级的必要性。伯克将法国大革命中的暴行归罪于对所谓平等的误读。五是私有财产神圣不可侵犯。社会安宁、自由与选择、法律与秩序、对私产与隐私的保护、有限政府、不受政治左右的私人生活,构成了英国保守主义的要素。英国历史虽不长,但它看守传统有方,格物致知,竟成了全世界议会民主的母版。几年前我在FT中文网有感而发,中国应向英国借鉴"进化论",从保守主义传统中汲取有益的改良思想。政治学者、著名投资人李世默与寒竹曾撰文"商榷"。

明早婉莹要赶去南非开会。我提议,赶回伦敦前可在学院听晚祷，她挺乐意。一天跑下来，年轻的我已觉累，她仍然精力充沛，可能是基因吧。前几年，基辛格（Henry Kissinger）博士到访北京，有个午餐会。他已近90岁。我没提地缘政治的大问题，只问他长寿秘诀。他一生很少锻炼，又是口无禁忌的美食家吃货。他嘿嘿一笑，低沉的嗓音，仿佛与空气起了共振："没什么秘密。你得选对自己的父母！"

晚餐，与何流同学去Edamame日餐厅，毛豆的意思，就在霍利韦尔街上，正对着学院。每次黄昏路过，都有食客排队集合。上周我已尝鲜，吃了午餐。夕阳未落，我即去排队。这家料理有故事。那天午餐，女招待忙中偷闲告诉我，餐厅是日、英合资。女主人是日本人，先生英国人。年轻时在日本相爱、结婚、生子，为儿子的教育，他们决定回英国，落户在牛津。一开始，日本太太主理，英国老公帮厨。后来太太决定退出厨房，全心照看孩子。她对英国老公说，这么多年，看也看会了。你来做！

今晚，英国老公系着围兜，里外忙活。趁他巡桌时，我问他，菜单为何每天都不同。他说，餐厅太小，菜单不敢弄复杂，生怕串味。这里的生鱼片，都从伦敦顶级鱼行进货。为控制成本，不敢进最贵的，进中档的，但绝对新鲜。他告诉我，等级最高的金枪鱼，巴掌大一块，就得100英镑。生鱼进店，都是深度冰冻，确保色泽不变。上桌前，提前一晚上慢慢解冻。我说，生意如此火爆，客人抢座，何不多开两家。他笑笑说,不想太忙,多享受与儿子在一起的时光,以后就没机会了。他指了指厨房:"开两家餐馆,不是 1+1 的事,质量难以保证。"

这家店铺的地主是墨顿学院(Merton College),以前是家很低调的咖啡店。因经营不善,欠了房租,只得拱手关门。后来日餐厅接盘,先租 10 年,再续 10 年,迄今已 19 年,成了牛津日餐的金字招牌。因楼上是学生宿舍,租约上写明,晚上 8 点半必须打烊。经商环境"严苛",若做事心诚,老天也成全你。

晚祷,女牧师直面时事,提及叙利亚、中东的军事冲突与人道灾难。她是莱斯特大学毕业的神学博士。

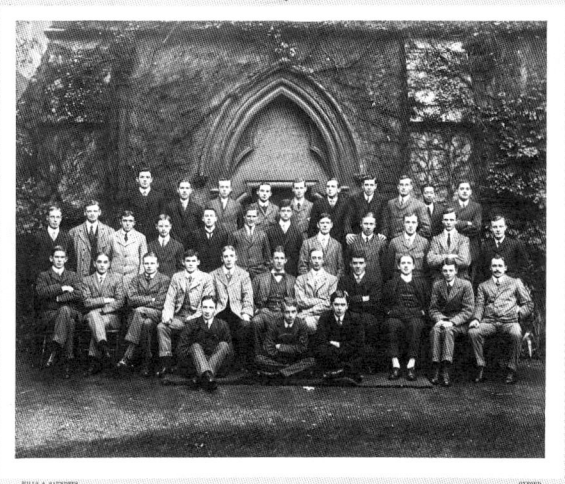

1910年，梁联朝（最后一排右二），牛津第一位正式攻读学位的中国学生。不清楚他当时是否知道他的象征意义。有关他的信息很有限。他身材不高，眼神给予我力量。（牛津埃克塞特学院馆藏）

2017年4月29日　周六
牛津　春寒再袭

英国报载,一名外科医生对病人实施完全不必要的乳房手术,长达15年之久,从国家医保骗取数百万英镑,实际受害者多达千人,被判故意伤害罪。《每日镜报》称他"屠夫"。

早餐,邂逅一位女博士生,来自马耳他,地中海中部的南欧岛国。她学天体物理,专攻宇航图像分析,这学期在牛津客座。马耳他是英联邦(Commonwealth)最小的成员国,也是欧盟最小的成员国。查词典,马耳他一词来源不明,可能是腓尼基语"避风港"的意思。马耳他人口不到50万,小于上海一个街道的居民数,面积300多平方公里。出生在幅员960万平方公里的大国,我很好奇微型国家的国民对时空的想象。马耳他国虽小,但用三种语言,英语、马耳他语,还有意大利语。主要居民为英国人、阿拉伯人、印度人。历史上曾被罗马、阿拉伯、法国、英国殖民,宗教也多元庞杂,算是基督教国家,不鼓励女孩接受高等教育。像她这样受到最好教育的女子,应是寥若晨星。

我问她是否考虑从政?她说,曾经想过,但放弃了,因为政治家在马耳他毫无隐私可言。她告诉我,他们总理和一位女性朋友外出吃个饭,立马成为头版新闻。知道我当过记者,她并无顾忌,直言自己不愿被媒体葬送。我说,你的榜样应该是德国女总理默克尔(Angela Merkel),物理学博士。她点点头,默克尔的内阁,有不少科学家。

她说马耳他媒体正对现任总理穆斯卡特(Joseph Muscat)穷追猛打,指控他贪腐"洗钱"。原定2018年3月大选,现在已提前到2017年6月初,6月初她要回国投票。我好奇,旅居海外的马耳他人,多少人会回国投票?她说应该不少。马耳他选举法不允许委托投票,要投票,只能本人到场。为鼓励公民回国投票,国家有专项资金支付往返机票,由马耳他航空执行。游戏规则是,投票后不可久留,应很快离境,否则成了公费探亲。她会提前几天飞首都瓦莱塔,投完票,再飞回英国。

骑车去图书馆,计划泡上一天。外人对博德利图书馆常有错觉,以为只是独栋建筑,其实它是牛津图书馆的统称。名气最大的是圆顶的Radcliffe Camera(拉德克利夫楼),明信片上牛津的标志。这里的Camera,不是照相机。拉丁语Camera

的历史,当然比照相机早很多世纪。原意是大房间。

　　我查阅的书,多与历史和哲学有关,去 Radcliffe 最合适,那里是个历史馆。博德利图书馆建于 1602 年。最初的藏书来自一位名叫博德利(Thomas Bodley)的牛津校友,共2000 册。这栋圆顶建筑下面,有庞大地下室,可存放 60 万册藏书。

　　20 世纪 10 年代初,牛津一些学院开始接受中国留学生,比如基督教堂学院、耶稣学院(Jesus)、新学院(我现在寄宿的学院)、林肯学院(Lincoln)、埃克塞特。最早来牛津就学的中国学生名叫梁联朝,是位广东富商子弟,埃克塞特录取了他。那年,学院共招收 36 名学生。入学纪念照上,他站在最后一排,个子不高,是唯一的亚洲人面孔,神态自若。毕业后他前往伦敦考取了律师执照。除此之外,外界对他生平了解有限。他的入学悄悄开启了中国人的牛津时代。1933 年,英国政府决定向中国退还部分庚子赔款,仿照早年美国对庚款的处理,建立"中英庚款奖学金",资助中国学生赴英留学。1933年设考遴选。首届 186 人应考,录取 9 人。1934 年,289 人赴考,榜首是一位名叫俞大䋆的才女,读英国文学。此女家境了得,是曾国藩曾外孙女,国民政府交通部长、国防部长俞大维之妹,复旦校友陈寅恪表妹。1935 年,奖学金名额增至 25位,由北大教授傅斯年、楼光来等 50 位海归学者担任主考。傅斯年留英,先就读于爱丁堡,后转到伦敦大学。楼光来研读莎士比亚，哈佛毕业。那年262人报考，其中包括钱锺书。据记载，钱考了87.95分，不仅是当年度的状元，也是三届考生中分数最高的。笔试由三部分组成，综合35%（中文15%、英文20%）、专业（60%）、作品发表（5%）。

钱锺书的学院在市中心特尔街（Turl St.），与拉德克利夫一街之隔。走上后花园的高台，大圆顶就在眼前。喜欢文字游戏的他，给Bod（博德利）取名"饱蠹楼"。他是超一等书虫，可见其狂喜心情。

博德利从2000册藏书起始，目前藏书规模已达1200万册，仅次于大英图书馆（British Library）。大英图书馆和博德利是英国法定送存的公共图书馆，仅此两家。在英格兰、爱尔兰出版的任何书籍都必须送交大英和博德利保存，在英国发行的绝大部分书籍也须按照惯例礼赠这两家收藏。当然，大英图书馆要庞大更多，现藏书1.7亿册，为全球规模第一的公共图书馆。

牛津各学院，都有独立图书馆。规模不一，各有春秋。历史上，各学院图书馆自成体系、藏书兴趣不一，与大学图书馆分庭抗礼。前些年，学院图书馆已被大学全部收编，104座各类图书馆，统统收归博德利名下。

刷卡进入拉德克利夫馆。木地板早已松动。每踩一步都伴着吱嘎的轻微响声，似乎是肃静的提醒。这些地板或已吱嘎了上百年，安静得让人窒息，除了书籍翻页的窸窣声。拉德克利夫楼共三层，由詹姆士·吉布斯（James Gibbs）设计，新古典派的建筑风格。这里最早是安妮女王（Queen Anne of Great Britain）医学院图书馆，都是医学与科学图书，后与博德利合并，成为总馆的主阅览室。底层书架林密，转了一圈，无一空座。我前往二楼，走过长长的弧形大理石台阶，头顶上方，是几幅油画肖像。其中一幅既非牛津出身的将相，也非大思想家或科学家，是当年建造拉德克利夫楼的首席石匠（Head Stonemason）。对匠人如此礼遇，令我感怀。我随手用手机照了油画。一中年人走到跟前，低声却严厉地说："你拍照了。图书馆不许拍照！"我猜他是图书馆的职员，眼中愠怒，我侵入了他的领地。公开场合，做脸色看，似乎不合英国人腔调。

二层中间，有个环形查询区，是图书目录终端。四周，长条的书桌，伞状发散出去。每张书桌，两侧各可坐四人，似乎都有主人。牛津的学期短，作业压力更大。我移步到三楼。与一楼、二楼不同，三楼完全静音，禁止使用手提电脑。这层还有座位。需求和约束成反比。约束多，需求相对就减少。反之亦然。三楼是个"Mezzanine"，建筑上称为夹层，层高低些。我选了尽头最靠边上的书桌，桌号48。桌上贴有告示，说明规矩：查阅书籍时，先得在目录系统查明书架号。找到对应书架和书籍后，必须填一纸查阅单，写明阅览者身份，书的目录信息，再把阅览单插回书的原位，便于图书员回收、上架。我围着书架走了一圈，三层多半是英国史和世界史。拉德克利夫的书，只供阅览。找到我要的书，"二战"时期的英国新闻管制及运作，特别是如何应对纳粹德国。

晚上上海老乡肇东到学院接我去他家做客。见到他母亲，一位受过西医科班训练的中医学者，正在牛津探亲。肇东两个孩子，一大一小。大女儿已在伦敦大学就读。举家移民牛津后，了断计划生育，又生一女。作为工科男，他是系统分析的推崇者。为优化移民计划，他把所有相关变量输入系统，包括：幼儿园福利、中小学学制、大学教育、社会福利、个人所得税、遗产税、气候、生活质量和成本、交通、生活舒适度等指标，考量了近十个国家。最后结论，英国综合得分最高。他相信数据。已在牛津安顿多年，他说他的决定是对的。

睡前，在油管上找《马勒第一交响曲》，是阿瑟·鲁宾斯坦（Arthur Rubinstein）指挥维也纳爱乐乐团。马勒（Gustav Mahler）在维也纳学音乐，在维也纳歌剧院成名，也在那里结婚。维也纳上流社会的反犹，从来就在光鲜与优雅中潜伏着。这是一个奇人。执掌维也纳歌剧院时，他也是院长。他是事无巨细的完美主义者，甚至把领座员的仪容服装都管了起来。音乐学家津津乐道于马勒宏大的音乐叙事和精巧结构。马勒于我，更是感性的。他让脆弱的人性有逃避、疗伤和安息之地。他骨子里的波希米亚风情，让痛苦得到救赎。我上课前，有时先给学生放一段古典乐，四五分钟，让学生知道世界上有如此神圣、崇高的声音，如贝多芬（Ludwig van Beethoven）的钢琴协奏曲《皇帝》、斯美塔那(Bedrich Smetana)的交响诗《伏尔塔瓦河》、维瓦尔第(Antonio Vivaldi)的《四季》。音乐是一个避难所。爱因斯坦(Albert Einstein)拉得一手很不错的小提琴。有人问他是否恐惧死亡。他答:人死了意味什么?应该是再也听不到莫扎特(Wolfgang Mozart)了。

突然想听崔健的歌。我不是摇滚迷。在摇滚乐的故乡英国多年,至今还在它周遭徘徊,有一搭没一搭听几首单曲。但是,那么多年常有想听崔健的时候。想听的时候,就听他一个晚上,听到泪流满面。过了半百,已不怕流泪,毫无节制地流。必听的有《一块红布》《一无所有》《南泥湾》《最后一枪》《花房姑娘》。在北京常驻那几年,邂逅过不少大牌艺术家,但从没动过念头见崔健,怕伤了听他歌时的纯粹,他的拧巴,他的使坏,他的愤怒,他的北京三弦味,他的狂吼与柔情,是他的中国。听他的歌,让我释放内心裹得太紧的东西。一直想学写歌词,求教过李健和高晓松。到头来,最好的歌词源自诚实的内心。

1215 年，英国《大宪章》原件，金雀花王朝约翰王被迫签署，曾在北京展出。宪章共 63 条，包括非经合法判决，对任何自由人不得逮捕、监禁、没收财产或放逐出境。英国并无成文宪法，该宪章成为 13 世纪后期英国社会争取民权和财产保护的法律源泉，君主立宪制的法律基石。

2017年4月30日　周日
牛津　阴阳天，春寒

英国脱欧又往前走了一步。《观察家报》(*Observer*)说，谈判桌上，欧盟态度很强硬。除非英国在600亿欧元"分手费"、居英欧盟公民权利以及爱尔兰边界等议程上取得"足够进展"，欧盟不会与英国就自由贸易进一步谈判。《星期日电讯报》(*Sunday Telegraph*)称，梅姨首相已拒绝欧盟的脱欧条件，仍要求欧盟在英国脱欧后给予英国免关税待遇，并终止欧洲法院对英国的司法管辖权。《星期日泰晤士报》(*Sunday Times*)引述布鲁塞尔消息来源说，欧盟觉得梅姨的谈判立场仿佛来自天外星系。报道说，欧盟领袖仅用了四分钟就达成共识，不向伦敦妥协。

早上觉得头重。昨夜降温，或是遭了风寒。母亲在世时总会提醒我添衣。早餐桌上，一位从没见过的长者。他自我介绍，名叫巴勃罗，与毕加索（Pablo Picasso）同名。他是学院的老校友，这次返校。他1964年毕业，去了创建不久的"世界咖啡组织"（World Coffee Organization）工作。总部在伦敦，咖啡出产国和主要咖啡消费国都向该组织派驻代表，类似大使。我无知从没听说过这家半官方国际组织。退休前，他是WCO首席运营官（COO），一辈子与咖啡打交道，协调全球咖啡豆种植、现货价格、期货价格，避免生产国和消费国的贸易战，保障全球咖啡业秩序。自16世纪开始海上自由贸易，全球化越来越像精密设计、调试的机器。希望它永动下去，地球不至于停转。从一开始重商主义的零和游戏，到通过比较优势同享利益，共担风险的全球化，人类之伟大在于分工的自觉意识。良智引导资本不在逐利中自我毁灭。无论是南美香蕉、美国汉堡，还是非洲的咖啡豆，它们从产地抵达我们的餐桌。若追根溯源，都是一部人类用智慧化解冲突、以妥协求共存的史诗。不是吗？

不适，免了午餐。下午去超市。路过宽街，靠近谢尔登剧院，有红旗飘舞。旗上有英国共产党、英国社会主义党牛津分部的党徽。他们正联手向保守党抗议示威。梅姨提前大选，惹怒了大小反对党。一位英共党人正在演说，谴责保守党出卖劳工利益，呼吁保障社会福利。驻足停留的路人极少。在英国，无论竞选、示威、宣传政纲、拉选票，还是传教，都必须拥有极其粗壮的神经，脸皮得厚，忍得了冷眼，甚至白眼。一女子正发传单，送我一份英共刊物，封面是红旗。1920年英共建党。1943年，"二战"期间，它拥有6万党员，曾赢得国会议席。1991年解散时，尚剩党员4790名。之后，党又恢复，但其政治空间因为主流两党（保守党和工党）政见的接近变得毫无空间。布莱尔新工党政纲，若遮去工党党徽，其经济社会政策与保守党又有多大差别？杂志封面，是去年英共"五十六大"的回顾。红字标题：Block The Ruling Class Offensive and Win a Left-led Government（阻挡统治阶级进攻，赢得左翼政府）。语言似曾相识，那是遥远的少年记忆。我刚离开现场，架在汽车顶上的扩音喇叭突然卡卡声响，奏起《国际歌》来。我迟疑片刻，又折了回去，浑身热血涌动，冲击着脊梁。这是懂事起最早学会的歌曲之一。这首法兰西歌曲的悲情和雄壮，足以刺透人性。我见几个路人停下，默默听完，再赶路。从小唱《国际歌》，最爱"从来就没有什么救世主，也不靠神仙皇帝"那句。成年后，这首歌听得少了，只要听到，也是泪流，不能自已。某年在巴黎街头，听过示威者唱它，法语原版的。

1976年，是收音机中传出《国际歌》最多的一年，也在那年开始体验死亡。那年我14岁。元月刚开头，周恩来总理去世。7月，与毛泽东并肩打下江山的解放军总司令朱德也走了。7月28日，河北唐山发生里氏7.8级大地震，官方统计近25万人死亡，全城夷为废墟。9月9日上午，我们正在教室里上课,喇叭里通知说,下午4点有重要广播。空气里有些异样,但没人敢猜发生了什么。下午4点,中央人民广播电台,男播音员的语速慢得不正常。毛主席去世了。哀乐后,最后是《国际歌》。讲台上,老师先哭起来,几个女生跟着哭出声来。男生比女生发育慢,无论是身体还是情感,有些慌张,不知所措。看着女生,我也开始流泪。

下午,在拉德克利夫馆继续查阅"National Trust"资料。在英国读书,除了专业,看的书杂,最感兴趣的是近代史上英国人的制度设计和贡献。脱欧之后,英国民意断裂,国民对国家及制度的信心遭到重创。"二战"至暗时刻,英国都没有出现今天的抑郁与分裂。面对艰难,英人最强的盔甲,向来是不动声色的隐忍、英式的自黑。这个国家视诙谐为良药。脱欧后,英人开始低首失语,特别是伦敦中产的"chattering class"(清谈族)。如果丘吉尔醒来,他一定叼着雪茄,把V手势雄狮般地反过来,开骂他的不肖子孙。对近现代社会影响最大的制度安排,英国的出品最多。今朝我们仍生活在英国制度的影响下,却浑然不知。1215年的 *Magna Carta*(《大宪章》)首次明确确定了个人自由、君权民授的法治基石,开创议会民主之先河。英人对实证主义和自由主义的天生好奇,使他们在保守主义的浸润中关注制度、惯例、组织,特别是规则的发明与设计:伦敦皇家学会(The Royal Society of London for Improving Natural Knowledge,1660)、劳埃德保险

（Lloyd's List，1680）、大英图书馆（British Library，1753）、大英博物馆（British Museum，1753）、童工法（1802）、托马斯·库克旅行社（Thomas Cook Travel，1845）、工会合法化（1871）、英国国家信托（National Trust，1895）、女性投票权（1918）、英国广播公司（BBC，1922）、牛津赈济会（Oxfam，1942）、英国全民医保（NHS，1948）。

我一直是"National Trust"（国家信托）的粉丝和支持者。"国家信托"，全称"国家名胜古迹信托基金"，是全球规模最大的自然与建筑遗产保护组织，它以信托的形式存在，创会于1895年1月，创始人是三位纯粹"多管闲事"的义工：社会活动家希尔（Octavia Hill，1838—1912）、律师亨特（Robert Hunter，1844—1913），加上牧师让斯利（Canon Hardwicke Rawnsley，1851—1920）。100多年里，NT已拥有近1300公里海岸线，近2500平方公里的土地，500多座历史建筑、古迹、城堡、自然保护区、私家花园、岛屿、荒原，还有将近100万件各类收藏，包括古董和艺术品。

自20世纪初，英国议会通过一系列法案（1907、1919、1937、1939、1953和1971），向国民信托赋权，使其真正执行保护自然、环境和历史遗产的职责，特别是禁止售卖或抵押应永久保护的建筑和土地。前英联邦国家几乎都仿效了这一自然保护的信托制度。在亚洲，日本、韩国、泰国、印尼等国也建立了类似机制。这些国家还成立了一个相关的国际组织

"INTO",International National Trust Organization（国际国民信托组织）。

在英国，由王室封荫的大家族多，在乡间拥有古城堡或庄园大宅（stately home），类似"唐顿庄园"。"二战"之后，很多家族因家境败落再无力承担高昂的维护成本，最后由 National Trust 买下，成为信托资产。在英国旅行，若见到一个绿色橡树徽标，那就是 National Trust 拥有并管辖的资产了。作为全英最大的慈善和非政府组织，它不以营利为目的，其收入来自会员年费、门票、景点纪念品及餐饮。目前账上有现金和金融投资 12 多亿英镑。

按照章程，信托名下的所有建筑、山川、林地、河流、自然景观，必须严格保持其原有风格和用途，严防商业或地产资本侵蚀，并向会员与公众开放。眼下个人年票为 64.80 英镑，家庭年票（可包括四人）114.60 英镑。若是铁杆，可当终身会员，1605 英镑。年票可自由出入英国境内任何"信托"景点。有些英国人的国内度假，以"信托"景点自驾游为主，穷其一生，慢慢玩遍英国。

上月初，去北爱尔兰讲演，东道主带我去了斯图亚特庄园（Mount Steward House），在贝尔法斯特近郊。这是伦敦德里（Londonderry）家族的大宅，建于 19 世纪上半叶，1977 年被 National Trust 收下。两年前，刚完成最新一期修缮，历时三年，耗资 800 万英镑。庄园的男主人是卡斯雷子爵（Viscount

Castlereagh），19世纪初曾出任英国外交大臣，颇有声望。1806年，英国与拿破仑（Napoleon Ⅰ）交战。时任军事大臣的他，与外交大臣凯宁（George Canning）因政争发生冲突。他提出以决斗了断，对方接受。最后他一剑刺中对方大腿，胜出。当时，朝野大哗，惊讶于两位内阁重臣竟以如此手段摆平纠纷。在公众压力之下，双双被迫辞职。

后来庄园转到他同父异母的弟弟查尔斯（Charles William Vane）手里。他太太佛朗西斯夫人（Lady Frances），是长袖善舞的社交名媛，斯图亚特庄园的灵魂。19世纪上半叶，她斥资15万英镑巨资扩建庄园，爱尔兰社交圈有了最奢华、风情万种的贵族沙龙。1840年，爱尔兰遭遇罕见的大饥荒，佛朗西斯家族仅捐款30英镑，遭社会谴责，声名日下。虽然庄园已归国民信托，按照惯例原主人仍有权辟出一隅自住，与参观者互不相扰。我在它很出名的后花园散步，一个西班牙式园林，灌木修剪得精致高贵，想必园丁极有品位。另一个花园，意大利风格，贴近一汪小湖。与一位年迈的义工聊天，他说这里有几十位义工，负责解说与保安。我说，很喜欢中庭回廊的浅绿色调，不像英国，感觉在法国。他说，那个年代英国人保守得多，不敢用亮丽浪漫的色调，但是佛朗西斯夫人周游欧洲，品位自由，毫无禁忌。这个家，就是她的品位。

晚上又跑去对门"毛豆"日餐，差不多已是我半个食堂。虽说贵些，但做得认真，东西好吃，也值了。人多，得拼桌。

其实，拼桌也好，特别像我这样的孤独食客。一顿饭下来，旁边陌客也有半熟了。多是牛津学生，加上慕名打探而来的游客。这几日春寒，落了太阳，竟然有点刺骨。从餐桌往外看，路灯已亮起，昏黄得颓废。不时闪过自行车灯的红光束，夹杂几声铃声。若是禁了自行车，这条街就是中世纪的，夜色是，卵石板泛起的暗光也是。月亮，正高悬城墙上。我点了嫩乌贼鱼、一小盘牛肉、一碗米饭，知足。

院长养了两条狗。离开香港回英国时,他执意带走这条中国土狗,千辛万苦,花了老鼻子钱。听了太多故事,反而不敢养宠物了。养什么,都是牵挂。

2017年5月1日　周一
牛津　阴冷

　　从小就喜欢花。"文革"时我童年在宁波龙山乡下小住两年。一开春，满山的野花怒放，有紫堇、黄堇，也有野水仙，满鼻子只有甜香。上周买了束紫罗兰，已谢，干花瓣落满了桌面。余香还在，就多留几天。家里数我买花最多。妻子对花粉过敏，我只能挑花买。时间久了，妻子看我买回的花，知道我是假借名义。

　　昨晚，4月30日，上海汉口路申报馆有友人孔祥东的钢琴独奏会，纪念复旦校友众筹"The Press Café"两周年庆。两个月前我跟祥东说了这事，他一口答应去演一场"弹琴说爱"。本想泼冷水，建议他只弹琴，不说爱，最后随他去。前些年他患了抑郁症，在沉沉黑夜中煎熬，所幸走出了黑暗隧道。他的疗法显然非常规：体验各种 App。他告诉我，这十年间,他疯狂地刷过上百万个 App。三十多年前,国门初开,祥东还是上音附中的钢琴神童,我刚上大学在上海音乐厅听过他的获奖独奏会,曲目忘了。他头发茂盛,音符精灵般进出。场外,是饥渴的等票人,还有抖着脚、一口"师傅师傅"的"黄牛模子"。

祥东自小受严格的古典音乐训练,年过中年却"玩起了"电子音乐,乐此不疲。他说,音乐于普通人,最重要的是感受和愉悦,技巧其次。他有个绝活是即兴作曲,给朋友"画"性格肖像:他让你在钢琴黑白键上随意按两个键,而后根据这两个键现场创作。他给我写过两次,都在他家中。第一次我很疲惫。他闭着眼,在钢琴上任思绪漫游。一曲长达5分多钟。另一次是我情绪放松时,指尖下是叙事曲的温馨。这个音乐游戏,与其说是朋友的性格画像,不如说也是他即时的内心乐章。

我拨通在场一位朋友的微信,请她打开音频。听得出,现场有很多小朋友。"文革"后西洋音乐解禁,历经三十多年,钢琴在中国已成为第一民族乐器。学龄儿童中,学钢琴的人数远超过任何其他乐器,更不提日益受冷落的民乐器。我们年幼时被剥夺了音乐,今天不少孩子被迫练琴又很痛苦,老天不公道。音乐会尚未开始,背景里大人小孩嘈杂的说话声。有趣的是,竟听不到一句上海话。现在的上海孩子,大半不会上海方言。即便会说几句,其水平可能还不如他们的英语。上海话正在很快成为外语，匪夷所思。方言是地域文化之根。当年十里洋场、华洋杂居，上海话仍风生水起，现在却自己把方言灭了。一忽儿，祥东开始讲话，也只讲国语。他开始弹琴。我想象他晃着光头、闭眼陶醉的样子。

院长邀我今天去他家小坐。上周，草地上见过他的两条狗。黑的，中国土狗，他在香港时领养的。去年底到牛津上任，他执意把黑狗带回英国。海关和防疫手续繁复，最后他花重金请英国兽医专程飞去香港，主人与狗得以同机抵英。听他开玩笑说，有学生挑战院长在学院境内养狗的"合法性"。他不得不花时间，拿出历史系科班生的训练，终于在古旧院史档案中找到一宗先例（Precedent）。英国是英美法系，遵从判例（Case Law），作为具有强制约束力的法律。条件是，有先例可循。

今天，五一国际劳动节。在中国是法定假日。不过，英国和欧美多数国家并非如此。这个节庆源于 1886 年芝加哥工人大罢工。1889 年，由恩格斯（Friedrich Engels）领导的第二国际在巴黎通过决议，将此日定为国际劳动节。近年来"五一节"在英国已演变成劳工阶层的"反资本主义大游行"，我在伦敦目击过几回，时而升级为街头暴力，砸抢市中心的无辜商铺，与警方冲突。

下午两点，我去院长"官邸"做客。"官邸"，是职务待遇。在任上就是你家天下。一卸任，则立马拍屁股走人。他先领我走了一圈，整整两层，屋屋相连，足有500多平方米。自1379年起，新学院的四十六任院长都曾住在这里。中间是会客厅，约有70平方米，可兼作小讲演厅，天顶四周，摆满了历任院长的纹章（Coat of Arm）。院长介绍说，依照传统，每任院长的纹章都在卸任后由专人设计，并听取本人建议，永久悬挂。世上本无传统。先有人做了，后人不弃，代代跟随，便成了传统。

Miles邀我到书房小坐。书桌在方庭一侧的大窗台下，大草坪就在眼下。书桌后面，一整排通到天顶的红木书橱。不用问，至少已在那里立了好几个世纪。院长的两条狗，此刻慢慢走近。那条中国土狗，黑的，今年已经16岁，步履趔趄，拖着腿，往下沉，到我身旁蹭了几下，算是招呼。另一只是德国牧羊犬，也是黑的，还年幼，没头没脑地闲荡。狗的主人，最怕失去，常在老狗的晚年，养条新生幼犬，到时接得上，不至于太伤感。书房右侧也有窗，战略位置重要，正对着新学院巷，窗前一站，巷内状况了然，特别是晚间学生进出。院长招手让我过去，书柜暗处他打开一扇暗门，有信箱大小。暗门背后，居然有扇奇妙小窗。他轻轻拨开，让我凑前看，里面竟是礼拜堂的全景。恍惚中，我以为到了一家老电影院的放映室。院长若因故不能出席祷告，可通过暗窗与上帝对话。上帝也可垂帘听政。

院长问，早上去莫德林学院参加五一晨祷与狂欢了吗？

我说，听说过，但完全忘了。一大早，我依稀听到街上有歌声和嘈杂，一定是莫德林桥畔传来的。这个传统，与五一国际劳动节无关：每年5月1日清晨6点，天色微明，仪式开始。开场由莫德林学院合唱团演唱赞美诗 *Hymnus Eucharisticus*。他们齐聚学院钟楼上，楼高48米，居高临下，在歌声中唱亮黎明。此传统已持续500多年，钟楼上会响起同一首歌。每年都有5000—6000人光顾。大学生不会放过任何释放荷尔蒙的机会，时常结伴前往，在桥畔欢乐通宵，等待黎明破晓。在牛津做学生，作业如山，必须学会偷乐。20世纪60年代，牛津学生开始改写传统，发明了"五一跳桥"仪式，找刺激，从莫德林桥头跳下查韦尔河（River Cherwell）。起初，学生偶尔为之。到了80年代，跳桥成了不少学生的必选项目。查韦尔河，水不深，跳桥常出事故。1997年1人瘫痪。2005年，多达10人送医救治。近10年，每逢五一，警方事先在莫德林桥上布了警戒线，禁止跳水，扫了荷尔蒙发达学生的兴。

从院长家出来，索性去莫德林学院走走，或许还有早上的余音。它与新学院一窗之望，只隔了一条长墙街（Long Wall）。若论出产的知名校友，莫德林是牛津大户：作家C.S.路易斯（C.S.Lewis）、史学家A.J.P.泰勒（A.J.P. Taylor）、作家王尔德等。它被公认是牛津最美学院之一，风水好，坐落在高街，傍着查韦尔河、牛津植物园。15世纪时，这里是圣约翰施洗公会医院，后来成了学院。这学期它正修缮学生宿舍，左边圈了起来。或许是出自同一个创办人，莫德林的礼拜堂与新学院很像。我最喜欢它的中庭回廊，环绕一周，柱子上雕有宗教人物和怪兽。午后的光，透过镂空的石窗射进来。打在浅栗色的砂岩上，调成了蜜色。它是对称与平衡的极致，没有比它更有数学之美了。前几次散步，有个发现：回廊上的石洞门通往院士们的书房和宿舍。洞门看似一致，细看不然，洞门的石阶与坡度有别，有的坡缓，有的坡陡。我走了几个洞门，难解其奥妙。莫非每个洞门与院士年龄有关，按爬高能力分配宿舍，年轻院士走陡的，年迈的爬最缓的。石墙上不时有花攀缘，只三两朵，点个风情。这种简约，与其说是新教的熏陶，倒不如说是东方中国的留白。

莫德林出名还因为它的鹿园，就在学院内，占地 12 公顷，散养了几十头鹿。进鹿园前，有个老旧的木栅门，言明外人止步，仅本学院院士与学生有资格进入。牛津是天底下最讲求特权的，且都有说法，一切名正言顺。它最擅长把一切仪式感转化为资本、特权和等级。哪道门，该谁走、什么时候走、该什么资格。各学院有关草坪、饭堂的特权细则，足可写个不错的人类学论文。霍布斯对此景一定快慰。这是他利维坦理想国的等级与秩序之美。他是对的。知识分子最看重仪式感和精神的体面，自会创造取悦他们的制度与规矩。莫德林家底很厚，师生自然有福。比如，它每日供应三餐，全年无休。一顿正餐，3—4"胖子"（英镑）就能搞定。今日天色晴好，鹿们似乎心情不错，彼此挨得近，慢慢溜达，像在春游。少许不合群的，正闷头吃草，或干脆打盹午睡，不管不顾外边的世界。学院用栅栏把游人挡外面，有避险的道理。鹿虽性情随和，但若发情，踹你一腿的几率还是高的。学院右侧，有座小木桥，横跨查韦尔河。一条撑篙船（Punts）正从远处低垂的浓荫下钻出。船上是几位女学生。看不清她们的模样，只听得说话声，从河面上缓缓飘来。欢悦之声，举世皆通。无论哪种语言，只需听音律和发声，美音悦心，恶声总伤耳朵的。上帝不公平，天生喜欢"马太效应"，觉得莫德林还不够神性，再赐它一条美丽河。河床有些枯水，低处几乎裸出河床来。船快到小桥，她们朝桥上的我招手、嬉笑，船头都不稳了。

几天前，我问何流，中国同学现在打工吗？他说，几乎无人去中餐馆了，本科生靠的是爹妈财力。去餐馆打工，厨房洗碗，辛苦且工时长，赚得又少，现在的留学生看不上。真想勤工俭学，赚点外快，机会有的是。比如高中生家教辅导，一小时几十英镑。一年四季有中国代表团到牛津，向导或翻译的机会不少。若是博士生，暑期为国内考察团做个翻译，讲几堂课，都可赚快钱。如果还缺钱，可申请为学院募款项目打工。

牛津的学院，有复活节向校友募款的传统。到英国，别总问为什么，照着做就是。这种募款说来简单：学院会提前招募一批学生，向老校友在复活节电话捐款，学生自愿申请，有报酬。周一至周四，每日工作3小时，周六6小时，周日5小时,周五休息。英国大学有个极糟糕的惯例,放假须清空宿舍,借地方暂存杂物,要么回家,要么自己解决住宿。若申请做募款义工,学院则安排复活节免费吃住。募款名单上的老校友,学院事先都打过招呼,绝不会给学弟学妹冷面孔。院友到了有实力捐款的岁数,开始怀旧,期待听到学院的音讯,也乐于分享。谈得投机,多半会掏出支票本或信用卡的。

我读过一个学院的广告,列举参与募款活动的福利:

・每小时工资 9.47 英镑;

・免费住宿,免费三餐;

・从老校友身上获知事业教诲;

・学院出资为你提供培训;

・增强沟通、谈判和募款能力;

・工作机会推荐;

・获奖机会。

这让我忆及初到英国读书时的打工生涯。开学前,我从剑桥到莱斯特大学报到,开始博士学习。刚在学生宿舍安顿好,老生介绍说,当地名声最大的中餐馆"楼外楼",在火车站附近,时常缺人手,若想周末打工,可一试。按移民局规定,全日制外国学生可打工,但每周不得超过 20 小时。放学后我去应聘,经理是印尼人,问我会干什么,我说会切菜。不料,他要我做侍应生跑堂,这让我很紧张,觉得厨房虽要动刀,但更安全。侍应生要招呼宾客入座、点菜、上菜、结账、送客,听错岂不糟糕。经理不听，说你想来就周五上班，每周两晚，周五和周六。每晚工作10小时，工资15英镑，以当年汇率折合225人民币，已是我大学月薪的2倍。对打工，我一直很期待。一则能实现自己的劳动价值，特别是体力劳动。二是向父母证明自己的求生能力。三是餐馆包餐，中餐极有诱惑。经理似乎看透我心思，补了句，下班时还有消夜打包，想想味蕾都激动，还有机会练地道的英语。不过，我不想打长工，短期目标是赚足妻子飞伦敦的机票钱。承诺过。

点菜，最怕弄错菜名，客人、厨房、老板都不高兴。因为是自己的短板，格外小心，印象中倒没有乌龙过，回想起来真是奇迹。其他工作，我是犯过大错的。有一对英国老夫妇，礼拜五晚餐必到，同一张餐桌，点同样的菜和甜品。生活恒定如常，是英国人的理想国。那天，还是我照应他们。餐后，老先生加了杯爱尔兰咖啡，除了奶油，还得加进威士忌或朗姆烈酒。我端着托盘将咖啡上桌，脚在地毯上崴了一下，满满一盅奶油泼在老先生的西装上，白了一片，奶液往下流淌。我脑子黑了几秒钟，慌忙道歉，用餐巾帮他擦拭。他一边自己擦，一边开玩笑安慰我说，西服正要送干洗，时机完美。老太太见我窘迫，连说没事。结完账，我要送送他们。老先生从皮夹里抽出一张5英镑，塞我手里，轻声说："Keep it, keep it！"而后挽着太太，出旋转门。我把他们送到外面。那是一个初冬月夜，有点起雾，快下雪的样子。英国餐馆，15%的服务费多半已含在餐金中,通常不再另付小费。这是我拿得最多的一次小费。店里有规矩,小费须集中掷入一小箱,下班时由侍应生均分。时过20多年,我仍不时想起这位老先生,依稀记得他的模样。他在英格兰一个冬夜给了我温暖与宽容。至今还记得,上桌前,铁板牛肉滋啦滋啦地响,酱爆的分子在空中弥漫,食客们喉结滚动,眼都绿了。

三个月后,我的打工戛然而止。皮肤黝黑的印尼经理,喜好之一是揩女侍应生的油水,拍她们的屁股。她们多半是新加坡、马来西亚、中国的留学生。她们对经理虽有恶感,但为打工,只能忍着。那晚我给妻子买机票的储蓄已绰绰有余,炒老板鱿鱼的条件成熟。我决定辞职。恰巧一位中国女生刚上班,经理又在言语调戏。我上前练习口语。他脸一下子黑了,恼怒地问,你是不想在这里干了?!我答不干了!打烊后,我拿走最后一份工资,与工友们道别,踏着月光回学生宿舍。

出行自由，应是过去40年中国人生活最深远的变化之一。中国大妈是结伴看世界的主力，大叔留守家中。牛津、剑桥是他们必到的打卡地，唯有读书高，仍是中国人的全民哲学。

2017年5月2日　周二
牛津　晴好

清早，门房通知有包裹，寄自布里斯托，霍布斯的首版书到了。书商包了五层纸，外加泡沫保护，足有七八斤重，完好。欧洲活字印刷术，最早是德国人古登堡（Johannes Gutenberg）在美茵兹发明的铅合金活字，15世纪40年代启用。印刷的普及，令思想启蒙与信息流通加速。新教革命成为印刷术最大的受益者，16世纪的思想家更是印刷文明的狂热信徒。英国第一所印书工坊建于1475年。霍布斯这部书印于1750年，即古登堡活字发明后三个世纪，印刷业已成熟。打开书，时间的痕迹。

上午去拉德克利夫图书馆。读《二战期间英国与德国的宣传》，作者是"二战"时英国战时情报委员会主席，全部引用解密后第一手资料。作为敌对国，希特勒（Adolf Hitler）

纳粹德国与丘吉尔的英国采取了截然不同的宣传与新闻策略。"第三帝国"强调一个党,一个主义,一个领袖,掌控所有国家资源,动员力强大,高度独裁,民间组织遭边缘化,知识界高度政治化,新闻屏蔽,公共语言板结,波及科学界,海森堡(Werner Heisenberg)等一流物理学家效忠希特勒。就战时动员宣传而言,英国的多党议会政治显然处于劣势,一是动员能力,二是政党间纷争。依照战时条例,英国媒体受制于战时新闻审查,BBC大厦有军事新闻官入驻。但即便在战时,英国仍保障了新闻与言论自由的空间。制度下的蛋,再难也得孵出来。让英国得分的是BBC的战况报道,因其迅速、中立、平衡,德国最高统帅部不得不借助BBC短波新闻判断战情和时局。年轻时丘吉尔曾以战地记者出名,去过北非战地,后来贵为首相,早年新闻的慧根仍在。

昨晚我的苹果手机突遭锁死。一早请圣晗同学解围,居然起死回生。手机死后,一夜难宁,出虚汗,取消了散步,似有世界倾倒之感。技术和机器对人的控制,尤其是人类甘愿为技术奴役、操纵的程度远超乎我们的想象。中午犒劳他,吃意大利餐。

高街上每天都邂逅成群的中国同胞。他们已是全球风景,如春水漫过。我观察开放的中国之变,有若干自定的指标。最看重的是,国人日常生活中的选择与流动自由(social mobility)。这当然与自己的社会学训练和记者职业有关。在社会学者和记者眼里,没什么比日常生活的变化更强大的了。在中国,流动的自由在内是迁移和户籍制松绑,对外则是国民越来越多的旅行自由,看外面世界。记得1984年我留校,被派往内蒙古招生。上海飞呼和浩特,我去校办开具政审介绍信方能购票。

这拨同胞,由伦敦赶来,跟在持小旗的导游后面,兴奋,疲惫,拖沓着脚步,盲目地跟着。再累,国人说话仍大声,老远就能听到。每每在外见到同胞,是愉悦,终于有了看世界的自由,但若干习惯常让外人侧目。我们的嘈杂、夹塞、不守规矩、贪小便宜,动辄吵架耍赖,都是鲁迅笔下的国民劣根性,只不过现在大规模输出了。几年前,我在瑞士卢塞恩旅行,廊桥附近几乎被国人占满。一队人马正用面包喂湖里白天鹅,成群的天鹅快速飞来集结,嘉年华一般。不远处,购物街上,中国旅行团太密集,人行道又窄,都溢到了马路上。他们把玩着手中的名表,大声比较价格,神情忘我,而对异国的风情山水则兴趣淡漠。我注意到,一家精致珠宝店的木门框被撞得坑坑洼洼。旁边贴了手写的中文告示:"请拉门!"许多中国游客习惯推门,把门撞坏了。一位瑞士前资深外交官告诉我,瑞士对中国公民发放旅游签证后,10年间增加了几十倍,但有些游客飞到瑞士后似乎并没有离开中国:抵达机场后,他们直接被华人旅行社接到专门的住宿处(不是酒店),次日手持清单,展开购物行程,三餐都是中餐专供,与当地文化毫无交集。购物结束，在机场退完税，就回国了。

大前年，开完冬季达沃斯，坐瑞航从苏黎世飞回上海。取矿泉水时与一瑞士空姐闲聊。她倦容满面地说，飞上海航线不错，但服务中国乘客实在太累。我问原委。她倒是实诚，"中国乘客不管在哪里，只要他们人多，说中文，就感觉到家了。他们不守规矩，飞机没飞稳，就自己翻食品柜，一扫而空。到了终点，飞机还在滑行，就急不可耐地站起取行李。"我告诉她，我这辈人在短缺的年代长大，一切都急，想赶早。晚一步，就什么都没了。

国人游客中，我对城市"大妈"最感兴趣。她们有人类学上的标本意义：少年时学业荒废，年轻时经受磨难，下乡插过队，中年刚过就下岗失业，承担家务，养儿育女，赡养老人。她们生存力极强，甘冒风险，甚至不知风险为何物。与丈夫相比，她们霸气、强悍，将埋怨与坎坷炼成了无所畏惧，神经粗壮，超常乐观。她们文化虽低，不通英文，却是到外面看世界愿望最强烈的中国人。在物欲、成功学主导、竞争严酷的中国，她们是失败者。但是，旅行让这代"大妈"寻回一丝平等、谈资和炫耀的资本，部分消解了她们的自卑与失落。两年前，陪父亲从上海到韩国观光。皇家加勒比豪华游轮上，健身房里一群60开外的大妈正玩跑步机。因不知如何操作，一位胖大妈突然从跑动的履带上滚落下来。我跑上前扶起她来。她拍拍衣服，继续勇敢地鼓励同伴上去一试，天地无畏。我预感情势不妙，找到船方，希望他们派人值守，并增加中文提示和警告。那些地方，中国大叔几乎绝迹。中国大妈才是新兴人类。

晚餐后，在学院散步。时近7点，天色半暗，传来人声。走近，才知今天是学生会放映露天电影。草坪上，五六排椅子，白色银幕支在了假山跟前，学生们正等电影开场。对露天电影，我有童年记忆，特别是在浙江乡下。每次放映队从县里下来，村里像是节日。除了摆砖头抢占好位置，我最喜欢在电影中途跑到银幕背后，坐在地上，倒着看。封闭的岁月，人的玩性最有想象。今晚，学生头上都套着蓝牙耳机，好似看默片。草坪上寂静，除了城墙上的风声，颇有荒诞的超现实感。我也借了一副蓝牙耳机，站在后排，看一眼。这是部没听说过的好莱坞科幻片。天暗下来，蓝牙耳机上有红灯闪烁。远望去，如同乡间停在半空的红色萤火虫。夕阳褪尽，天幕更蓝。城墙上，蹲着两只黑鸟，一动不动，在看人类的野眼？

1981年11月16日晚,复旦。在第三届世界杯上,中国女排在决胜局击败日本队,首获世界冠军。我们在校园点燃篝火,彻夜狂欢。摄影:意大利留学生老安(Andrea Cavazzuti)

2017年5月3日　周三
牛津　晴好

上周，又去中餐馆，点了份椒盐排骨，手抓着吃，味道最香。过去三十多年，中餐在英国生根，小排骨的境遇就是明证。我们读书时，去肉铺买肉，付完钱，英国店小二常常指着一袋袋小排、腿骨、猪爪、猪肝，让我们拿点回去，白送。英国人对含骨头的食物有偏见，动手能力弱，更不敢冒险。肉铺里最好吃的，他们都不吃，奉送都没人要。欧洲也有会吃的国度。隔着窄窄的英吉利海峡，法国人就是吃货的种，法语是美食的世界语言。与味蕾和美食相关的词多半源自法语。不知是先有法语美食词汇，还是先有法国大餐？

早茶时，有关牛津招生程序，我问一位熟悉的院士。我们边读报边聊天。他崇尚牛津的精英主义。他说，牛津招生以申请人的考试成绩和学术潜力为主，不像美国有些常青藤名校，可以家境、背景或捐赠赚"便宜",曲线救国。他觉得美国有些名校的裙带作为很丢脸,在牛剑无法想象。他的话很重。在牛津,按招生章程,每位申请人只有一个代码。是否录取,取决于面试。他说,作为牛津教授,常有朋友向他咨询报考的事,他都乐意相助,跟孩子聊上半小时。不过,他有言在先,因他是新学院院士,在他提供咨询后,考生必须承诺不报考他的学院,以免引起不必要的联想或利益冲突。

我查牛津校规,有关捐款的章程中明文规定:不允许向在校生或可能录取的新生募集或接受500英镑以上的捐款。这同样适用于学生的配偶、家长或监护人。如果捐赠者的子女有意申请牛津,原则上就不接受捐款。不过查到一条特例,事关捐赠人介入新生录取决定。章程明令禁止捐赠人介入候选人选拔,但是,在极其特殊情况下,校方可能允许捐赠者介入,并考虑候选人的入学资格。

邂逅新来的女院士(Junior Research Fellow),德国人。她的专长是讲授由莎士比亚戏剧改编的芭蕾舞剧目,实为冷门。这学期她开选修课。

复旦校方要我加入学校实验室(中心)审核委员会。大学公共事务,理应出力。开夜车,草成一份提案。要点是,大学建筑,包括实验中心,验收时,应考核校史指标:系史照片、档案、教授手稿、作业存档、实验工具、仪器遗存。大学建筑物,应是流动的校史。

上学期，80年代老校友返校，我们已找不到当年的中央食堂、学生澡堂和游泳池。颜色、气味和声音最易唤起记忆，定格了。当年在宿舍听海顿（Joseph Haydn）的霍夫斯塔特（Roman Hoffstetter）《F大调弦乐四重奏》，应该是盗版，连曲目都不知，只觉得美好。以后再听到此曲，只觉得它就是大学的声音。校园的夏日雨后，路面有波光，我们穿着塑料凉鞋蹚水。空气里，是下水道淡淡的腥味，那是上海。记得学生浴室是男女共用，只不过有时差，男生一三五，女生二四六。老同学坦白，有时洗澡，淋浴的水门汀上还留有女生长长的发丝。不清楚弗洛伊德（Sigmund Freud）捋着大胡子会怎么分析。我们7人一间寝室，几无隐私可言，宽容和随性也由此炼成。现在的光华大道，旧名"南京路"。我住六号楼332，正对着复旦第一路。漂亮女生走过，是我们窗前的风景。

黄昏，去拉德克利夫阅览室读书，仍在三层，人少。读得累时，仰头就见穹顶。进图书馆前，几位中国游客在合影，问我可否参观。我抱歉说不行，只对师生开放。他们有些失望。去地下室候书处，预约的书还未到。牛津1200多万册藏书，绝大部分不在牛津校区，存放在几十英里外的藏书库。据说，每天4个班车穿梭，把预约的书接回来，还回的书归档。调阅的书，不准带出。所有藏书可在SOLO编目系统中预约，2—3天送达。

图书馆出来，已9点多，我直奔ISTU快餐，买半价盒饭。一位流浪女盘坐在路灯下，脸色发青，怯生生向路人要零钱。这些无家可归者，多半寡言，固定在几个角落，有的伴着一条狗。他们并不给路人压力。若你不愿施舍，他们会识相地走开，并不纠缠。

  我买了份生鱼片、一份照烧鸡肉。流浪女还坐在原地。我上前，她一怔，没什么表情。我问她想吃什么，鸡还是生鱼片？她想了想说是要鸡肉。我交给她，内有餐具。她轻声说谢谢，我匆匆离开。见到乞丐，总有负罪感。今晚她至少不会受饿。

1935年钱锺书在牛津埃克塞特学院的新生登记卡,导师巴伯(Eric Barber)。由时任副院长巴尔斯顿(Dacre Balsdon)记录。此件为学生档案,首次公开披露。卡片上应是师生首次见面时的内容,提到其父钱基博,"钱"字如何发音以与法语的"狗"区别,刚到牛津跌掉门牙一颗等细节。院长对他的印象:Charming(可爱型)。(埃克塞特学院馆藏)

2017年5月4日　周四
牛津　晴好

晚上又去钱忠民教授的埃克塞特学院正餐（Formal）。同座还有校友鲁育宗。餐前，先到客厅小坐，喝点鸡尾酒或威士忌。这种场合，既公共又私密，夹在公域与私域之间。哈贝马斯（Jürgen Habermas）说的公共领域（Public Sphere），或许不包括学院客厅的灰色地带。这里都是闲聊，不会有人拍照留影，不会有人到外面引用他人观点。有时话题琐碎。思想，总有琐碎的一面。餐后也如此，院长惊堂木一响，宾客起立，念毕拉丁祷词，手里各自捏着自己的白餐巾，离开高桌，去取餐后酒。那里的灯，像是中世纪的油画，多半暗黄，看不真切。太亮堂，就不是牛津的滋味了。院士和宾客边酌甜酒，边贴近身低声交谈，嗡嗡地。微醺时，夜色已紫蒙蒙。一所大学的品位，只需听教授们餐桌、酒吧的谈话。

上高桌,我的对座是另一位院士的客人,来自都柏林,爱尔兰首都。俊朗的明星相,穿着得体,是位大律师(或称出庭律师)。爱尔兰虽是小国,人口450万(不到上海五分之一),但有完整的司法制度。因它是判例法系,事务律师(Solicitor)不能出庭,而出庭律师又不能直接与当事人接触,必须经由事务律师。有趣的三角关系。区区小国,注册的事务律师6000—7000名,出庭律师2500名。每年爱尔兰的司法援助为4000万欧元。中国13亿人之大国,全国司法援助仅1.5亿人民币(计1600万欧元)。

大律师,属自由职业。依照爱尔兰司法惯例,虽然打的是对头官司,所有大律师需在同一屋檐下经营法务。出庭前,双方律师时有沟通,但不会把任何私下交谈的信息公诸庭上。谁破了规矩,谁就别在法律界混饭了。

社交餐叙,基本礼节是兼顾三方,正对面的,左边和右边。就餐的礼仪9000年前就有。历史上,中国人是极讲究餐席规矩的,不胜其烦。东西礼仪虽有所差异,有些却是普世的:手不要勾着椅背;嘴里吃东西不说话;不要用刀叉指指点点;忌用手指剔牙;吃鸡腿或大排不要用手;餐桌上,不要像大鸟翅膀撑得太开;不要仰后,跷椅子。

牛津学院的客厅,与英国男士会所颇为接近,强调身份、礼仪,严守会员规则。伦敦有家"Reform Club"(改革俱乐部),近白金汉宫,我光顾过几回,都是会员邀请。1836年成立,曾是19世纪英国自由党人(辉格党人)的社交场所。起初还明文规定,会员必须是1832年《改革法案》拥护者,后来放宽了立场承诺。它门禁森严,规矩繁琐,比如进出要求正装,须佩戴领带,不许将报纸带入,不在会客厅读报(怕泄漏了读报人政治倾向?)。现在规矩宽松许多,盛夏可除去外套,但仍严禁牛仔裤、运动休闲装或T恤。一次我去那里见一位英国媒体人,未系领带,被门房拦住。他从柜里取出一整排领带,让我自选一条系上。男士俱乐部会籍严格执行邀请制。即使非富即贵,也无法一言搞定。有的名流什么都不缺,数十年等候,就为一张"改革俱乐部"会员卡。提名程序如下:首先由两名会员提名。呈交申请表后,登记在册。推荐人向委员会正式推举,候选人简历在会所张榜公示,以便会员了解。若会员对候选人的品行提出异议,入会概率可能生变。最后,由委员会表决。入会500英镑,年费1200英镑。按照当下中国标准并不贵,当年,温斯顿·丘吉尔、劳合·乔治(Lloyd George)、威廉·萨克雷(William Thackeray)都是此地会员。不过,这家老古董自称"改革俱乐部",实是英式幽默。

每回去埃克塞特学院,总要去它后花园小坐。长木凳前,有条红毯,为埃克塞特独有,随兴铺在地上。夏秋时,毯子可铺草坪上卧躺。冬春可放腿上御寒。无论喜欢与否,牛津就是细节,有的实用,有的自我陶醉,有的做作。埃克塞特学院,在中国有名,是因钱锺书。1935年,他拿着庚款奖学金到英国,入牛津时是个普通生(Commoner),没获牛津奖学金,学袍也只能穿黑背心。同期在牛津就读的中国同窗有日后成为大翻译家的杨宪益,在墨顿读古典学(Classics)。其他有名气的同胞还有俞大缜、俞大絪两姐妹。先于他们到牛津的,有费巩,读政治和经济。回国后,去了复旦执教,后来又到浙大。

查到钱锺书先生当年学位论文(《十八世纪英语文献中的中国》),议题如此宏大,今天的导师多半要喝退学生另择题目。当然,18世纪时英语文献中有关中国的描述应相对有限。正在商学院读MBA的朱蓓静同学告诉我,她从博德利借到了钱锺书毕业论文原稿,等了5个月。她传给我论文扉页和内页的照片:博德利图书馆目录号:MsBlitt.d288。据杨绛先生回忆,钱锺书初到牛津,就跌了一跤,吻了牛津的地,敲掉大半颗门牙。

黄昏,路过学院假山,几位学生正在城墙边立起白板,布展的样子。原来是今年学院艺术展,去年在回廊展出。今年学生冒点风险,索性放在城墙和草坪上,做个露天展。展品来自本学院攻读艺术或美术的本科生、研究生,也特邀外院同学。草坪上,一幅大作品,由60幅小油画组成,排4排,每排15幅,画了各种图案,有动物,有植物。另一幅作品,在假山上,一面巨大白布,中间镂空了些,四个角用细绳系在栏杆上,远看像僧袍。草坪中央,用废纸箱叠一起的灯箱装置,外面糊了招贴、海报,是行为艺术。我对当代艺术,无论绘画还是音乐，一直隔膜。城墙一角，一位女生挂出四件套的"衣物"作品：一件粉色外套、一件红色连体衣衫。下边，两条彩裙，像是平壤金达莱的。80年代，上海一些小商品市场，盗版裙子高悬，就是这个味道。两位年迈院士正在听一位女学生讲解。转到城墙下另一个"展区"，一圆脸女生正在摆弄她的作品，一幅油画，一米见方。她招呼说，她是意大利人，在东京住过几年，不是本院的，这次是应邀参展，下课晚了，刚赶到布展。她的作品，远观是个女孩头像，底色橙色，头发是绿的，脸部空白，抽象意味。我祝她展览成功。草坪的另一角，一男生把他的作品挂在树上，系着橘色的绳，这是他自制的3D望远镜。一位从未见面的老院士，物理学家，举起3D看了，问了学生。对学生的事，院士们多认真捧场，乐意鼓励。我也试了试，什么都没看见。

后花园里，一男一女两学生在布置作品：一口"棺材"，一头悬空，以绳子系在一棵树上。悬空的"棺材"下方，是一个假肢，穿着膝盖破了洞的牛仔裤。我在一旁，看他俩调整棺材的位置。男生说，这是女生的创意。希望今晚起风，绳子在黑夜的某一刻被大风刮断，"棺材"瞬时倒下，完美地扣住假肢。是葬礼的仪式感？这是一对学生情侣，眼神纯粹。爱情盛开之际，他们陶醉于这个有关死亡的游戏。

5月5日，老爸生日。他一直很自豪与伟大导师马克思（Karl Marx）共享生日。上半生，他经受了革命斗争与日常生活的暴风骤雨。后半生，他学会了旅行、享受生活。

2017年5月5日　周五
牛津　晴好

今天英国媒体推出"菲利普亲王日"。白金汉宫正式宣布，现年96岁的女王丈夫爱丁堡公爵，今秋起将不再履行任何公职。《泰晤士报》标题"宁愿退休，也不垂老示人"。《独立报》以菲利普（Prince Philip）自嘲作标题"我已站不了太久了！"报道说，履行公职长达70年的菲利普亲王终于退休。一生中，他单独出席过22000场公共活动，发表过5000次演说。《太阳报》玩文字游戏，把"He has had his fill"（意思是他已尽职）中的"Fill"改成了同音"Phil"（菲利普的昵称）。内页10个版面，回顾他一生的重大活动。对王室向来持保留态度的《卫报》，只在头版刊登了爱丁堡公爵的照片，简约处理。今天头条新闻。欧洲委员会主席图斯克（Donald Tusk）呼吁英国在脱欧谈判中"协商与尊重"的姿态，切不要未谈先吵。已停出纸版的《独立报》在网络版以很小篇幅报道菲利普"离任",称他95年来,至少闹过95次笑话。

我邀父亲下个月来牛津小住。他已84岁。退休前是公务员,以前称机关干部。母亲在小学教书,专长语文和音乐,特别是汉语拼音教学法。"文革"中两名高年级男生在操场打架,母亲劝架时被学生绊倒骨折。之后并发重症肌无力,不到40岁就卧了床,命运从此改写。我读初中时,母亲一时病重,完全丧失吞咽能力,喂流汁都不行。因重症肌无力,曾连一张纸都托不起。那时常有念头,找到绊倒母亲的肇事者,狠狠揍他一顿。父亲厚道,照料母亲近40年,直到她离世,撑持到75岁。1993年,父亲第一次到英国看我。迄今,已访英7次,每次待几个月,甚至半年。每次到伦敦,他都老一点虽然在同龄人中,父亲一直显得年轻,这是他在意的。他从小有用手搓脸养生的习惯。上了岁数,搓得越发认真。他40多岁时头发已花白,每月一次,把头发染得乌黑。近些年,与我外出旅行,他最热衷的一件事,就是听他人对我爷俩年龄的评价。"老先生,您今年60岁吧?"是他喜欢的问候语。外人爱开玩笑的或会加上一句,你俩谁是长兄啊?那是他最快乐的时刻。自90年代中叶开始,我头发越来越少,老爸的发型则保持常态。零和游戏。

多年父子成兄弟。母亲久病,我又身在海外,亏欠父母、妹妹最多。对父亲的补偿,则是陪他旅行,迄今走了20个欧美亚国家。自己陪伴，无非图个放心，导游、翻译、摄影、跑腿打杂，旅行社的活我全包了。他天生好奇，有玩兴，这是乐于陪他旅行的另一个原因。与很多朋友的父母不同，他对帮子女省钱不感兴趣。虽不提要求，但乐于享受人世间最好的东西，无论美食、酒店。对旅途中不如意处，他反馈及时，以利我及时改正。比如吃得不中意，他往往仅吃几口，就委婉表示："这个餐馆，好像不咋的？你觉得呢？"我只能表示同意。罢吃，才是硬道理。

父亲的好奇心一直是个风险因素。我随口提出的冒险计划，他从来都积极响应，这与他慎重的性格背道而驰。人就是一个矛盾体。他视力很弱，但喜欢拍照，走哪儿拍到哪儿，边走边拍，易出险情。对老爸这类型，绝不可推荐与年龄不适的"项目"。1993年夏，那年他60岁，第一次到英国。我陪他去苏格兰，住爱丁堡大学，内有一国际标准跳水池，装了巨型水滑梯，有七八层楼高。我问他，要不要上去玩，顺水滑下来。他说可以。我俩登高排队。滑梯是封闭式的，巨大的圆柱桶内湍流循环，加速下滑冲力。我让老爸先下，自己殿后。他说想等一下，观察观察。我先下，借助水力，全身放松，颇为刺激。抵达池子后，我等待老爸露面。一个，又一个，再一个，过了10来个下行者，仍不见老爸的影子。焦虑中，水池前方突然冒出一个人来，大声喊我名字。我责怪他，为何迟迟不下。他说有点紧张，一直让人先下。在众人鼓励的目光中，认怂已太晚，他终于下滑。我见他肘部有挫伤的血痕。他示范说，整个下滑过程他一直在与不可抗拒的重力搏斗，用手肘抵住光滑的桶壁，企图减缓下滑速度，硬是撑破了皮肉。当然，这与他理科不咋地有关，此外，他还是个旱鸭，会泡澡不会游泳。那晚，我忏悔良久，从此再不以"想玩吗"鼓励老爸，否则后果很严重。

1997年春我去纽约，为一部20世纪中国的历史纪录片采访当事人。鲁潼平、龚选舞等国民党人邀我出席为陈立夫先生而设的接风午宴。那年，立夫先生虚岁九十有八，为百岁的宋美龄祝寿而来。一生风雨跌宕，陈立夫晚年致力孔孟之学，一口湖州话，儒雅得很，完全看不出传说中青面獠牙的一面。席间，国民党老人们把我安排在立夫先生旁边，以便采访。他致辞说，你们也老了，就像博物馆里的古瓷器，细看已有很多裂痕。只要好好保护，古董就能一直传下去，一不小心就碎了。20世纪60年代，他被蒋介石流放美国，这位匹兹堡大学的老留学生、"四大家族"的要人，靠养鸡、做小生意谋生，不以己悲。散席时，他关照下属："到这个年龄，一定不能跌跤。一跌跤就完了。"

中午赶去伦敦，与FT老同事约翰·劳埃德（John Lloyd）午餐。我到女王巷口的站台候车。当天来回16英镑，隔日往返18英镑。车上有WIFI联网，座椅舒适。有小桌读书，也可打盹，全程2小时。

午餐在伦敦北区的西汉普斯蒂德（West Hampstead）。约翰订了"Wet Fish Café"。他曾任 FT 劳工事务记者，报道劳工纠纷、罢工、劳工政策，后出任 FT 驻莫斯科首席记者。回伦敦后，创办 FT 星期刊。退休后他参与创建牛津路透新闻研究所。他的著作包括：*Loss Without Limit*：*The British Miners' Strike*（有关英国煤矿工人大罢工），*Rebirth of A Nation*：*An Anatomy of Russia*（有关苏联解体后的俄罗斯）。媒体领域，他最有影响力的著述是 *What the Media are Doing to Our Politics*。年轻时，他思想激进，憧憬共产主义，曾是英共党员。近年他对中国的兴趣日增。几年不见，他的络腮胡子更白了，杠杠的男低音依旧，如他老家苏格兰的单芽威士忌。小餐厅爆满，我们在中间过道占到一张小桌，客人进出，都与餐桌擦身而过。室内嘈杂，我们只能扯着嗓子说话，谈及牛津的媒体研究、英国脱欧、下月英国大选、俄国、中国、中国媒体与社会转型。我说，这次回伦敦，英国知识界、新闻界的情绪最为低落，大众传媒"把关人"的时代正在退隐。约翰同感，习惯指点江山的知识精英正被边缘化，对手正是右翼政治、互联网与社交媒体。

道别约翰，顺道逛几家慈善商店，淘得一本好书，Bryan Magee 的 *The Great Philosophers*，牛津大学版，是这位当代英国哲学家与同辈哲学家的对话录，每个对话集中谈论一位已逝的哲人，从苏格拉底（Socrates）、柏拉图、康德

（Immanuel Kant），到马克思（Karl Marx）、罗素、维特根斯坦（Ludwig Wittgenstein）。这本启蒙书，刚到英国时读过，文字干净、平易、诙谐，平民视角，正是苏格拉底当年在雅典城墙下向市民启蒙哲学的风格。二十多年里，从旧书摊淘得的好书足有上千册。很多书有故事，主人签名、地址电话、赠书场合和留言、读书笔记，夹在书中的家信、情书、剪报、账单、收据，都是陌生人的生命细节。最惊喜的是淘到作者签名本。淘旧书，是一种病，很难治愈。到牛津才两周，宿舍书架上已多了10多册大部头书，都是Oxfam旧书店淘来的。

转地铁时，手机跌落，全屏碎裂，像久旱大地的裂痕，如密布的毛细血管。我们与手机已绑定依附关系。回伦敦家的地铁上，手不由自主地在口袋碰到手机，碎屏毛刺刺，与心情一般坏。与地上公交车比较，我更喜欢地铁，恰是因为它的封闭、挤迫，沙丁鱼罐头的人性更逼真。全球旅行时，任何城市，只要有地铁，我至少坐一次。乘了近20年的伦敦地铁，觉得它原始，但温暖，地下不通手机信号，反而成全了它。

回到家，直奔高街上Cocolico意大利餐厅，意大利语"公鸡"的意思。念起来，就像芦花公鸡报晓，神似。上帝选意大利人唱歌剧，自是有眼有缘。每次去Cocolico，我都情不自禁多念上几遍，享受它的乐感、节奏和发音。没有比意大利语更音乐的语言了。这家店的前身，是中餐自助。邻里新店开张，我们都去捧场，解解嘴馋。对自助餐厅，我爱恨交加，这是刺激人类贪欲的制度安排，当然也是对自律的考验。欧洲菜肴，意大利餐最对胃口：第一，意餐与中餐，虽远隔千山万水，但烹饪做法颇相似。瞧瞧意大利馄饨与通心粉，就知道两大民族的血缘了；第二，意餐馆放松、快活，侍应生热爱跑堂的活，哼着小曲与吃客插科打诨。伦敦中餐馆，常闹人工荒，招不来华人，即便招到了，脸色常常难看。

一进店，老板迎上来。他原先在马路对面的意餐厅当领班。两年前自立门户，与老东家打起擂台来。他招手让一个男侍应生过来，介绍说这是他儿子。如果他不在，儿子会照应我。意大利人爱说话，手势和表情多。不打手势，意大利人就很难正常交流。你在罗马或佛罗伦萨问路，若当地人手里提着东西，多半会把东西先搁地上，腾出双手，再打密集的手势指路。

我点了海鲜意面，加一杯果汁。靠窗那桌，四位老人在聚餐。暗了灯，老板悄悄现身，身后变出一盘奶油蛋糕，插着点燃的红烛。老板唱起"Happy Birthday"。我和邻桌也唱起来，更多桌子响起生日歌。寿星是个老太太，烛光映红她布满皱纹的脸，腼腆起来孩童一般。回国这几年，在餐馆里巧遇他人生日聚餐。等生日歌响起，我照例唱和，周边桌多瞟来不解的眼神，觉得我是起哄、自作多情。之后在同样场合，我激情大减，只是轻唱，意思一下。很难理解我们这个好客的礼仪之邦，人情竟变得如此淡漠。记得刚回北京常驻时，人行道上有人迎面走来，我习惯问候一声，几乎从无反应。很快我意识到自己行为的反常,也渐渐低头走人了。

海鲜意面上桌,大虾、鳕鱼、乌贼、贝壳、长脚虾、青口,泼了鲜煮的西红柿酱。上等的意大利通心粉,爽滑,咬来有弹性,呼噜噜,不消五分钟,盘底清空,浑身舒坦。老板绕过来问,吃得怎样。他很聪明,把餐馆色调设计成暗红色,冬天看着暖和,春夏秋季则多了浪漫。

南欧人中,意大利人最懂享乐与亲情。有些意餐厅,晚间从不翻台。一张餐桌,当晚只做一单生意。意大利人,本是调情好手,餐桌上缠绵的时间也多些。90年代末,我们一家去威尼斯休假,中途去了亚得里亚海上一个斑斓小岛,名叫布拉诺(Burano),童话般色彩,莫非上帝打翻了调色板。它还是出名的瓷器与玻璃工艺中心。朋友推荐说,布拉诺岛上有家好餐馆,一定要光顾。船到岸是正午。我找到那家餐馆,一问,一周内无空位。我跟领班说好话,晚一点没事,我们等翻台就是。听罢,他夸张地瞪我一眼,见我妻子在旁,拉我到一边,凑近说:"每晚7点后,我只做一件事情,只和我老婆做爱。"而后哈哈大笑,狠狠地拍了拍我的肩膀。那晚,我们去火腿店买了一大块帕尔玛火腿,一斤半。店里加工了,切薄如纸,至少上百片,每片都用白油纸隔开。回程的船行在亚得里亚海上。明月半空中,挂在暗蓝的海面。我们在船头,就着啤酒吃火腿,仰望满天星。我羡慕意大利人,他们最懂快乐的本义。

1984年4月30日,里根演讲时,我坐在第六排指定座位。第一排全部是各系系主任。从现场自发的掌声判断当时复旦学生的英语听力已不错。我例外。我小学被分配学俄语,真正学英语是到英国之后。(复旦大学校史馆馆藏)

2017年5月6日　周六
伦敦　晴好

　　一早直奔考文特花园（Covent Garden）苹果旗舰店。技师查了案底，上次碎屏是去年此时，在上海，正巧一周年。让我下午4点取。考文特花园，在伦敦市中心，与唐人街紧邻，是个大俗大雅之地：有皇家歌剧院（Royal Opera House），几十家西区（West End）高雅戏院，也是杂耍艺人汇聚地，更藏着伦敦红灯色情区。伦敦街头杂耍是一绝。街头艺人靠技艺吃饭，伦敦这拨另有一功，幽默自黑、深谙人性，了不得的心理大师。我最感兴趣的是他们的即兴表达和控场。中国古话说，眼观六路，耳听八方，说的应该是他们。政治家可从他们那儿学些皮毛。英国有些政客属于"杂耍型"，比如可能问鼎首相的保守党人鲍里斯·约翰逊。在现场，他们控制我们的惊恐喜怒，作弄我们的虚荣，又不过于难堪。你的情绪甘愿让他摆布，给他掌声。他们对围观人群有分层管理，最见功底的是如何让看客最后一刻掏出"门票"来。表演在高潮中结束，掌声未落，他早已锁定想滑脚、看白戏的"观众"，口中软硬兼施，像一枚长线的鱼钩，用负罪感钓住你，叫你无法脱身。多数看客，在他魔力的驱使下，乖乖掏出些零钱，丢进黑色礼帽。

黄昏，取回换了新屏的手机，收费139英镑。按面积算，这绝对是世上最贵的一块玻璃。拐角上，MAC化妆店门口，动物保护者正抗议该店用动物做化妆品实验。领头男愤怒得脸都变了形，青筋爆出，鼻上爬满汗珠。他和10多位环保人士，正对进出店铺的顾客狂吼。一名路人上前质疑抗议者骚扰顾客，气氛升温。店内一些女顾客面露忧色。任何运动，似乎都有内生的暴力倾向与恶习。

入了春，英格兰的白昼开始拉长。回到伦敦家，快8点，太阳仍不落，搬了垫子躺在花园看书。再去附近Waitrose超市买吃的：三文鱼、无籽葡萄、意大利通心粉、鲜牛奶、纯果汁、黑巧克力、矿泉水，账单上不到20英镑，比中国便宜许多。光顾Waitrose已20年。几位熟悉的店员，从中年已到老年。那位叫依莲的，初识她时，才20多岁，高挑、漂亮、外向，现在已显老态，眼里的光亮褪去，脸上起了皱纹。英国人更易见老。那个男收银员，说话轻声，从来礼貌但寡言，如今络腮胡子全白。年复一年，不知不觉间，看着他们变老。他们看我，想必也是如此。时间，把丰满磨成干瘪，青春化为萎靡，生命之泉慢慢榨尽，化为尘土再育生命。前面有位老人推着购物车，碎步，慢慢挪动。他已佝偻，仅比购物车高出一头。老人们吃得少，多半买几根香蕉、一根黄瓜、两只西红柿、一小桶牛奶。我们这代人能逃脱这种命运吗？

若直译，Waitrose 就是"等待玫瑰"的意思。对这家超市，我素有好感。它价钱贵点，但服务一流，质量从不敢造次，员工和气，有求必应。1995 年，经过两年多的劝说，我先预订了机票要挟，卧病近 20 年的母亲终于答应到伦敦小住，老爸全程护送。那时，她早已足不出户，心情越来越坏。

母亲原籍浙江奉化，爱吃海鲜。一天去 Waitrose，见有煮熟的海螃蟹，买了 3 大只回家，每只有 1 斤多重。姜葱蒸热，让母亲尝鲜。几天后又去购物，经理问起螃蟹。我说味道不错。不过母亲还是喜欢买活蟹现蒸。他听后，觉得这是批评，坚持把螃蟹钱全数退我，我不肯收。他说既然母亲不够满意，店里得有所表示。母亲思想正统，对英美帝国主义素有戒心。"海蟹"事件后，看得出她对英国的态度有所松动，津津乐道把故事说给亲友听，觉得英国有人情味，讲信义。趁她对西方的情绪有改观，我说服她去巴黎走走，看看法兰西。她坐着轮椅，我们从伦敦坐欧洲之星，穿过英吉利海峡隧道，抵巴黎北站。临行前，因怀孕的家猫突然有早产征兆，妻子只能留守"接生"。几天后母猫在楼梯下杂物间产下 7 个猫仔。大半送了朋友，其中一只可能在产道滞留时间过长，后脚难以弯曲，我们自己留下了它。兽医说猫太小，得做显微手术，费用太高，建议先养一阵。几周后，它耷拉的后腿居然神奇地矫正了，全家欢喜了一整晚。

我推着母亲的轮椅去埃菲尔铁塔，排队买票。烈日下，上百人的长队。一位工作人员跑来说不用排队，直接登塔吧。我说我们一家四口。他说，与她一起的门票免了。他解释说，政府鼓励家人多带残疾人士户外活动。作为奖励，除了残疾人优先，直接照顾残疾人的家属门票也免。我注意到，母亲的神情有些异样，虽比平时寡言，但脸上多了些光泽。漫长的年月里，她总自责拖累了家人。那天，我们借了她的光。

这是母亲第一次游历欧洲。小时候她父母信耶稣。人民共和国成立时，她还在上海澄衷中学上学，向往革命，政治上进步。那次英法游，让她对世界有了新的想象。她默默地表达她的变化，情绪、肢体语言或下意识。

阅人阅事，第一次记忆至关重要，或影响一生，有时真知，有时偏见，有时只是感知深埋。1984年4月底，美国总统里根访华，并应邀到复旦演讲，是影响我对世界看法的一个事件。

那年，我大学四年级，面临毕业。4月30日里根来到复旦。在他抵达之前，复旦已经历了历史上空前的安保检测，从防弹到防爆。1981年3月，里根遇刺，被击中胸部，所幸得到及时救治，但埋下安保阴影。他上任后对邓小平主政，推进开放与经济变革的中国颇有好感。他决定到复旦讲演，多少有一层私人因素。谢希德校长与他夫人南希（Nancy Reagan）是美国史密斯学院的校友。为了他的到访，复旦临时在相辉堂后面建了一个会客室，并以空中过道与礼堂相连。校方指定了每个系的到场名额以及在场内位置，前排优先考虑外文系、新闻系、国政系。我们年级5个名额，我有幸忝列其中。

这是我第一次听外国领导人演讲。时过30多年，我仍记得那天空旷的校园，那位扎辫子献花的女生和包花的塑料壳，颇有公关意识的演讲台正中有复旦校名，谢希德校长极简短的中文致辞，董亚芬老师地道的英音翻译，台上有苏步青校长、谭其骧教授、汪道涵市长，主席台两侧人高马大的美国保镖，他们的警觉以及耳朵里的迷你耳机。

里根是演员出身，擅长讲演，声音自然、有磁性。当年以我的英文水准勉强能听懂三分之一，接这句，丢了下句。但并不影响我感受他声音传达的情绪，美国对中国开放进步乐观其成。演讲结束时，全场激情的掌声是对中国的憧憬。若干年后，我看到一份当年校方手写的相辉堂座位表及人名。这是中美安保措施的一部分，精准的人工定位。演讲前里根先去了3108教室，复旦最出名的讲座殿堂。《英汉大词典》主编陆谷孙教授以莎士比亚为名，给总统搭了个台，答学生问。几年前听到当年的录音，学生提问个个中规中矩，各有侧重，应该是指定人选，反复练习。虽有很重的彩排痕迹，但他们的声音应该都闪着乐观，因为国家正向前走。

> 30. Holford Square.
> Pentonville. W.C.
>
> Sir,
> I beg to apply for a ticket of admission to the Reading Room of the British Museum. I came from Russia in order to study the land question. I enclose the reference letter of Mr. Mitchell.
>
> Believe me, Sir, to be Yours faithfully
>
> Jacob Richter.
>
> April 21. 1902.
>
> To the Director of the British Museum.

1902年，列宁流亡伦敦。这是他以化名向大英图书馆出具的阅览证申请信。英国人对收藏有宗教般的执念与信仰。他们相信，历史即记录。（大英图书馆馆藏）

2017年5月7日　周日
伦敦　晴

　　英国的星期日报章,是一景,花边新闻盛开。英国新闻竞争激烈,但主要集中在周一至周五。周末,记者也得双休。久而久之,共识促成。除非重大或突发事件,政府、机构、公司,一般不在周末发布消息,版面留给可预制的特稿,还有众多花边趣闻。

　　《星期日邮报》(*Sunday Mail*)头版报道,BBC将播出一个新剧系列,剧名"国王查尔斯三世",提及哈里王子非查尔斯(Prince Charles)与戴安娜所生,而是与男友休伊特(James Hewitt)所出。报道说BBC重复未经证实的传言,引发保皇派人士强烈不满。《星期日泰晤士报》(*Sunday Times*)公布2017年英国亿万富豪榜,共有千人上榜,仅134位住在英国本土。榜首是印度出生的富商辛杜查(Hinduja)兄弟,共享162亿英镑,比去年增富32亿英镑。《观察家报》头条,工党即将宣布,对年收入8万英镑以上人士加征所得税。《独立报》网络版援引该报民调:46%支持留欧的英国选民(约占选民总数三分之一),下月大选将把选票投给第二选择,不让保守党赢得压倒性胜利。

到伦敦度周末,为一个特展而来:"Russian Revolution: Hope, Tragedy and Myth"(俄国革命:希望、悲剧与迷思),在大英图书馆。今年是俄国十月革命一百周年纪念。1917年,列宁推翻并处死沙皇一家,建立人类历史上第一个以共产主义为统治信仰的政权。1991年苏维埃倒塌,前后74年,其兴其亡都在20世纪。从国王十字站(King's Cross)出地铁。抵馆时,未到9点开门时间,已有上百人排队,多是学生。大英图书馆新馆,前后花了36年时间。英国效率之慢,大英新馆是坐实了的。17世纪英国建筑大师雷恩(Christopher Wren)建造圣保罗大教堂花了同样时间。从立项到完成,因政府更迭,选址有变,预算、政界及建筑界意见冲突(包括不应对公共问题发声的建筑爱好者查尔斯王子),大英图书馆的重建变成十足的英国闹剧。

"十月革命"特展,成人票13.50英镑。100多年前,苏维埃创始人弗拉基米尔·列宁频繁到访伦敦。他是大英图书馆的常客。历史上,伦敦是流亡者钟爱的都市,既是天然的避难所,又是思想和政治活动的自由天地。英国无美食可享,且气象多变，阴郁少阳光，并未妨碍其成为许多历史人物的流亡地首选：拿破仑三世（Napoleon Ⅲ）、弗洛伊德、马克思、戴高乐、曼德拉（Nelson Mandela）……"十月革命"百年，它的故乡普京的俄罗斯并无像样的回顾展。只有列宁的流放地伦敦舍得花3年时间策展，为这个改变历史走向的前国家做一个祭礼。特展近200件展品，均为大英图书馆收藏，以印刷品为主。多件珍品从未公开过：

列宁第一次到伦敦是1902年。为去大英博物馆大阅览室方便，他就近在文人云集的布鲁姆斯伯里（Bloomsbury）租了房。

列宁的大英图书馆阅览证申请信原件。1902年，正在欧洲躲避沙皇通缉的列宁来到伦敦，以假名Jacob Richter向大英申请阅览证。1902—1911年间，他在伦敦共居留六次，五次去了大英图书馆大阅览室（即大英博物馆内大阅览室）。列宁的英文书写华丽，连体笔触。信中写道，他的研究兴趣是"土地问题"。1907年列宁向友人这样描述大英图书馆，"It's a remarkable institution, especially that reference section. Ask them any questions, and in the very shortest space of time, they will tell you where to look to find material that British Museum has. Here there are fewer gaps in collection than in any other library."["这个图书馆令人赞叹，特别是它的参考书。不管问任何问题，他们会用最快的时间告诉你，哪里可找到你感兴趣的资料。我可以告诉你,没有比大英博物馆(特指大阅览室)更好的图书馆了。这里的藏书比其他任何图书馆都完整。"] 1902年4月29日列宁到大英阅览室查资料。妻子娜·康·克鲁普斯卡娅(N.K. Krupskaya)同行。那时,列宁想在伦敦办一份报纸 ISKRA,再偷运回俄国宣传革命。"二十世纪出版社"帮他印刷,印厂就在伦敦37a Clerkenwell Green,现在的马克思纪念图书馆。

1902年,为拿到大英阅览室图书证,列宁申请了两次。因图书馆无法核实推荐人英国工会联盟总书记的伦敦住址,第一次未获通过。再申请时,总书记改用工会联盟办公处地址,获通过,有效期三个月。据记录,此证延期两次,先是三个月,继之是半年,总共一年。在离开伦敦前往巴黎前,列宁按规章交回了阅览证,原件同时展出。1908年列宁再返伦敦,再申请大英阅览证,第一次仍失利,第二次请印刷厂老板做担保,终得放行。阅览证号:A88740。大英图书馆当时完全不知列宁底细,一百多年前的读者档案全数保藏至今,列宁手迹才可能再现于世。英人对档案记录的执着,这种英国病,令人叹服。

另一份珍品,是1849年马克思、恩格斯《共产党宣言》德文第一版,伦敦印刷,走私回德国和欧洲大陆。浅绿封皮,纸质、印工粗糙。据查,此版本存世仅三册。马克思,这个发誓用哲学改造世界的思想家,正是以这本书改变了人类进程。

没有伦敦的思想、言论和出版自由，流亡的马克思是否有条件成就他的学说，完成巨著《资本论》，或是巨大问号。

1984年12月16日，53岁的戈尔巴乔夫（Mikhail Gorbachev）首次访问伦敦。当时他还是苏共第二号人物，尚未接班。他先拜访马克思纪念图书馆，再到大英博物馆大阅览室参观。在场有很多欧美记者，他对他们开玩笑："不是有人讨厌马克思主义吗？他们应该投诉这个大英阅览室！"

1895年，列宁流亡德国，将一些禁书藏在皮箱夹层，运回圣彼得堡，幸好未被沙皇警察查出，他如释重负。未料，他创建的苏维埃比沙皇俄国更残酷无情。

我看到一幅白军海报：腾越马背，白军手握盾牌，正全力刺向倒地的红龙。很难想象，若没有当年留下的传单、报纸、地图、杂志、书籍、宣传画、墙报、小册子、照片、纪录片这些印刷物，一个世纪后又如何重构"十月革命"，触摸历史？

"Make Your Own Propaganda"（"自创宣传"）展区，我见证了革命墙报的诞生。20世纪20年代，苏俄纸张奇缺，集体农庄不得不开始用墙报、壁报，传播苏共中央的消息和政令，墙报编辑部在基层普及开来，很快成为威力巨大的宣传工具。眼前这份墙报，是雅尔塔妇联的，内容有生产成就、业余诗歌、有关学习共产主义思想的报道与英雄故事，与我童年的黑板报记忆如此相近，终于找到源泉。

另一个展区，我找到一位大记者的名字：John Reed（约翰·里德），熟读新闻史或苏维埃革命史的人对他不会陌生。这位云游天下的美国记者，出生于俄勒冈，哈佛毕业，美国共产党党员。合适的时间，出现在最合适的地方，这是名记者的配方。1917年，是他全程目击并记录了列宁的十月革命。《震撼世界的十天》使他一举成名，展出的是该书1919年版，纽约Boni and Liveright出版社印行。里德在苏联的地位，与斯诺在中共历史上的影响力相仿。斯诺与毛泽东交好。里德则成为列宁挚友。客死莫斯科后，里德落葬在红场。现在仍与列宁共眠一地，还有谁身后有如此哀荣？

上海外滩。一个城市,斑马线上的行为是文明和宜居的标志之一。

2017年5月8日　周一
伦敦　晴

中午简餐,煮海鲜意面,喝半桶鲜奶。每次回英国,妻子总关照多喝鲜奶、鲜果汁,价廉且质优。

下午4点,乘地铁到维多利亚站,等X90车回牛津。地铁上,伦敦人读书、看报,或塞着耳机打盹听音乐。月台上,听到"Mind the Gap"提醒,觉得伦敦没变。一城之性格,看市民出行的规矩就行。比如,地铁再挤,先下后上。不仅是礼貌,也优化效率。自动扶梯上,左侧站立,右侧留出步行。英国人很少闯红灯。不过,夜深人静时,若无车流,他们绝不是死守规矩的主,快步闯个红灯。车驶近斑马线,便会早早停下,等你完全上了对面人行道,车才重新启动。

在北京常驻五年,观察交通成了我一个新爱好。既然堵车是常态,不如找点事做。我渐渐发现,北京人对斑马线几乎忽略不计。诺奖经济学奖得主、英国经济学家莫里斯20世纪90年代访华,很好奇中国人完全无视斑马线的存在。他得出结论:"斑马线在中国只是一个过马路的协调机制。"等人多了,就集体行动。有时我实在忍无可忍,索性站在斑马线上不走,逼汽车停下,认识一下斑马线。走过很多中国城市,除了杭州,很少把斑马线当回事的。再者在北京过马路,绿灯太短,街道又太宽,要"二次革命"才能完成。某天,在光华路立交桥,我见五六辆私家车从3个方向上主路,互不相让,车头"吻"在一起,硬是合力制造了人人受害的死局。为何闯红灯?为何不尊重斑马线?为何排队加塞?为何随意破坏人人皆可得益的规矩?为何国民对公共规矩选择不合作态度?久思不得。那天堵死的六辆车,常成为我分析社会日常的形象标志。十字路口的路况,不就是一个社会运行的沙盘?

这几周常有人问及我的记者生活。任何职业,从局外看常给人错觉。别人的职业总是最好的。记者这行当,喧闹、躁动、看似光鲜,却是孤独的营生。每天为短命的新闻奔走,需要的却是马拉松的毅力,至少好记者是这样。聚光灯瞩目,红地毯盛典炫烂,而记者最好的位置就是靠近现场那个不着眼角落。聚光灯不及处,五官才自由、解放。

回到牛津,晚上几位学友餐聚。没出息,又去了"烧酒"中餐馆。胃的欲望不可抗力。牛津城小,中餐不多,两礼拜下来,快轮完了。每次去中餐馆,我都矛盾。不过,为口福之欲，可牺牲些自尊。今天专门点了酱蹄髈。这里王牌上海菜，尝了口，确实有功夫。邻桌一圈，都是打牙祭的中国留学生，还有个国内代表团，从口音和音量即可听出，特别在公众场合。咱中国人吃饭，菜好，酒好，更要热闹。洋酒吃中餐，就不搭，出不了气氛。回到中国，发现餐厅到处有包间，合乎国情，大家可尽兴。外国人在中国住久了，渐渐也那样了。很多老外，到了中国，入乡随俗过快，红灯敢闯，公共场所明目张胆抽烟，贼得很。我多管闲事，治过几个。

出门在外，同胞和中餐就是故乡了。诗人余光中有首诗，说的是在异乡听到蟋蟀鸣叫，他怀疑是不是就是小时候老家墙根下那只。中国人对吃，实在，什么都吃，很功能主义，也可以高度抽象和浪漫。看看国宴上、婚宴上龙凤日月的菜谱。洋人见到菜谱上"夫妻肺片""口水鸡"，又觉得中国人浪漫得实在。

若在英国找一家最实在的中餐馆，要数伦敦唐人街的"旺记"。这家粤餐厅，英文名"Wong Kei"，在华都街（Wardour ST）上。旺记以"反服务"出名，诸多权威的英国指南都有提及。旺记开业于20世纪70年代。当时，英国劳工短缺，对香港开放移民，从新界移来一大批。起初，旺记只是为唐人街上的蓝领做个食堂，量大管饱，味道正宗，进门喊一声，炒个河粉，吃完走人。刚到伦敦时，一友人带我去旺记体验，即被征服，成为粉丝。隔一段时间去一次，享受被修理的快感。

旺记之特色，经久历练，已成仪式感：第一，它崇尚单向沟通，食客免开尊口。进店门，常听得大吼一声，把你指向命定的座位，可能将你安插在其他食客之间。每个可能的空间都填满食客，是领班的最高理想。一切听从吆喝，是旺记的黄金规矩。第二，服务员性情粗放，碗筷上菜有时远距离滑行而至。心脏不好者，慎入。有一回，一国内朋友有兴趣，我带他前往。我想要份菜单，伙计隔着走道，把邻桌手上菜单一把抓来，抛给我。朋友大喜，证明我的预告不虚。第三，对有服务需求者，不留情，无论种族肤色国籍男女老幼，一律平等对待。我亲眼所见，一对游客模样白人夫妇不明底细，误入旺记。他们委婉质疑服务态度后，伙计下了逐客令"Service? What service! No service here"（"服务？什么服务？这里没服务"），当场逐客。旺记服务员，几乎一律男性。如果你细嚼慢咽，占位时间长，生意又忙，要有心理准备被喊"快吃，快点吃了"。若嫌咸淡不适，最好别多事。此间多熟客，或慕名而来，权作消遣游戏，乐此不疲。大家甘当"受气包"，捧红旺记。

今晚聚餐，七拉八扯，话题之一是信息不对称在职业生涯中的误会。我以翻译为例。90年代初，一位留英中国学生，毕业后在一家国际投行当VP（Vice President）。当时英国对外国人工作许可控制甚严，留学生获聘跨国金融机构职位极少。这位VP同学持印有某银行集团副总裁中文名片回国，多次受到中南海高规格礼遇,副总理接见,省长宴请,尊为上宾。殊不知,国际投行、金融界惯于职务注水,VP 只是极普通的中层职位。改革开放之初,中方不解实情,情有可原。那位同学心理素质不错,坦然以对。也是改革开放初期,中国银行界人士出访纽约华尔街,东道主接风晚宴,领导眼前两张名片,一张有 VP 头衔,另一张是 Partner。中方翻译将合伙人 Partner 译成"伙计",领导立马奔着"副总裁"去了。在牛津剑桥当 Fellow 的中国同学,也是信息不对称的赢家。起初国内对牛剑 Fellow(学院院士),找不到对等职称,常比照中国科学院院士,地位陡升。我出任 FT 副主编后,也曾享受不应享受的礼遇,以至于我不得不多次更正:我并非 FT 副总编辑,副总编辑仅一位,我是多位副主编之一,并明确告知对方,在可见之将来,华裔出任欧美大报副总编辑的概率几乎为零。面对虚名,与其做贼一般,不如老实放下,摆脱本不属于自己的烦恼。

英国人官职奇特,有些名分的游戏他们自己都整不明白。比如 FT 有总编辑(英文就称 Editor,不是 Editor-in-Chief),有副总编辑(Deputy Editor),10 多位副主编(Associate Editor),10 多位助理总编辑(Assistant Editor)。我曾问执行总编辑,Associate Editor 和 Assistant Editor 区别何在?答:两职位,同一级别。Associate Editor,不承担任何团队或部门管理职责也无部门预算,比如全球知名的专栏作家马丁·沃尔夫,他只管自己,Assistant Editor 则是部门主管,如新闻总监、社评部主任。照此规矩,我的职务应是 Assistant Editor,因为我主管 FT 中文网的编务、笔政及预算,但考虑到信息不对称,降低了我的重要性,管理层决定采用 Associate Editor 头衔,以示重视。信息不对称,有赢家,也有输家。曾有一位 FT 总编辑访华,因名片上中文职务译成"编辑",令他在上海一个高规格国际场合受到冷遇。自此之后,只要到访中国或华语地区,总编辑的英文表述必用"editor-in-chief",中文则用总编辑,以免再有难堪。

邓小平重新打开国门后,中国人开始睁眼看世界。对西方的好奇心长期被压抑,一旦释放,中国人常常比西方人更有了解世界的欲望,但也容易想当然,在两个极端间跳跃。西方既不像明信片上浪漫完美,也不是从前革命口号中的人间地狱。过去一个多世纪,资本主义是遭遇过数次致命危机的,30 年代的大萧条即是一例。比如,英国有不少穷人,常有高失业率,福利制度太过昂贵,以至于可能让国家破产,政党竞选习惯夸海口,胜选后却不兑现,选民政治冷感回升,做事效率低下。但英国人做事较公平,游戏规则公开明晰,公民有正义感,乐于为毫不相干的人伸出援手。记得 20 世纪 90 年代,全家驱车北上苏格兰旅行,高速公路上轮胎爆裂,车子撞上中间围栏,车身剧烈打转。等车停住,已有四辆私家车主动停下,为我们向警察提供目击证言。当时我们极为惊讶,一问才知是常态。任何申请，无论奖学金、助学金、补贴公屋还是老人院，规则透明。不搞"暗箱作业"。若想耍小聪明舞弊，那是你的事，但要做好吃官司的准备。

吃完晚餐，邻桌已换了几拨客人。墙上是20世纪30年代上海常见的月份牌广告，应是复制品，色彩已做旧，有些香艳，与这个怀旧的空间恰好搭调。客人不绝，老板娘情绪不错。出了门，大家道别。恍惚间，忘了在牛津。不知是什么拨动了乡愁。是梅干菜烧肉，还是年龄。席散，孤独易袭。当它不期而至，竟会莫名感动。

我采访中国两会近 10 年，主要关注：重要数据、对报告的表决和重大提案。不少人大代表仍把"议员"资格仅看作政治荣誉。

2017年5月9日　周二
牛津　晴好

　　梅姨有新的政策承诺,重申降低外来移民人数。《每日快报》(*Daily Express*)引述说,脱欧之后英国净移民人数每年将降至10万以下。《金融时报》报道,保守党一直未能兑现此承诺。这次是再作许诺。《独立报》报道,英国可能被迫从法国加来港(Calais)撤掉入境哨卡。原因是,新任法国总统马克龙试图终止双边协议,不许英国在法国境内设立关卡,以防非法移民潜入英国。

　　文化间的差异,观察日常现象最有趣。有朋友说及中国人的诸多习惯。比如说,中国人当中,我们这代说话声最大,环境使然。人口密度大,公共环境必然嘈杂。我们这代人说话声大,或是集体症状,从小喊口号。久而久之,噪声成了常态。刚到英国时,周边宁静,还失眠过几夜。同学聚会,台湾学生最小声，语速缓慢，用词文气，这和他们从小执孔孟之礼有关。香港学生音量中等，但语调急速。我得承认，大陆学生相对音量高些。音量下来，得要几代人的时间。刚回国时，朋友们在餐厅高分贝使唤服务员，我颇为不解。后来自己有了体验，方知正常说话完全无效，适者生存，音量也加大起来。我曾问一位研究流行病学的中国学者，中国人患感冒的概率为何比很多国家高？他说，原因很多，有个特殊原因常被忽略，跟我们中国人讲话大声有关。说话大声，口腔张开部分明显扩大，在空气中暴露的部分多，与空气中细菌接触面就大，感冒发病率可增高。

不过，文化上的雅俗是相对的。比如英国人重礼仪，但他们的"擤鼻涕"行为困扰我多年。无论何种公共场合，航班、地铁、国会听证、首脑会晤、董事会，无论规格多高、多庄严，不时可听到"擤鼻涕"的声响。鼻涕的主人用手帕捂住一个鼻孔，旁若无人，非常用力。他们会说，"do it properly"，有时甚至发出巨响，刺破了庄严。英人对此熟视无睹，视为正常。为此我请教一位英国朋友。他说，"小时候，大人教小孩擤鼻涕，要悄悄地，擤在随身的手帕里，别像大象鼻子吹喇叭，动静太大。公共场合，只要声音不大，擤鼻子可以接受。对年迈老者，则更为包容。女士则更应注重端庄。"在东方人看来，擤鼻子是社交禁忌，完全可以超低声处理，或推迟，或去洗手间解决。但英人对之脱敏。在他们看来，既然鼻涕是生理现象，就得处理。是否西人鼻子偏大，擤鼻子的生理需求更强。各种文化，各有自己的禁忌与偏好。西方人觉得吃狗肉最为野蛮，但韩国人不同意。日本人喜食鲸鱼，与西方人又有冲突。英国人的确爱护动物，但对狩猎又网开一面。文化间的重合度大了，世界才更趋大同。

今早在院士休息室邂逅一位南美客人，是哥伦比亚最高法院大法官，应牛津邀请，就"冲突后国家真相与和解"作演讲。2016年9月，哥伦比亚总统桑托斯（Juan Manuel Santos）与该国革命武装（FARC）领导人希门尼斯（Timoleon Jimenez）正式签署和平协议，终结了长达半世纪的内战。根据协议，冲突双方将中止一切军事敌对行动，并就遣散"哥武"成员、上缴武器等事项达成共识。为寻求真相与和解，哥伦比亚建立了国家历史记忆中心，协调赔偿，保护受害者证词，记录冲突时期的反人权行为，以获取真相。

可惜，该协议在去年10月遭全民公决否决。长达半个多世纪的内战导致22万人死亡，570万人流离失所。拉美国家的游击传统悠久，"哥武"人数最多，武装最为精良，控制着40%的哥国面积。一智库报告称，1964年哥武成立至今，内战的经济损失为1790亿美元。目前桑托斯总统已大赦或释放了11000名哥武游击战士，缴械7000多件，并移交联合国销毁。拉锯式谈判长达八年，"哥武"已为日后合法参政打下基础，要求特赦所有游击队员，并免除遭起诉和牢狱之灾。桑托斯很聪敏，想出神奇一笔，把和平协议交全体国民公投，让他们一票背书。

大法官50多岁，哥国的血腥内战持续了他全部人生。他声调平静，毫无战争创伤的影子，像是在陈述他国的故事。1990年，我还在读博士，去巴西圣保罗开学术会议，原本会后去哥伦比亚历险，被一位巴西朋友坚决拦下。我问大法官的甄选和任命程序。他说，最高法院大法官共23名，由总统在最高司法委员会的推荐名单上圈定。与美国最高法官终身制不同，哥国大法官任期八年，且不可连任。

上午去博德利查资料。途中又遇到问路者，多半是各国旅行者。我觉得陌生人对一国一城的第一印象，与其问路的体验高度相关。旅行多年，我有各地的"问路友好指数"。榜上靠前的有伦敦、爱丁堡、东京、苏黎世、柏林、纽约、佛罗伦萨，还有耶路撒冷。许多地方一生只光顾一次，问路经历，美好或不悦，第一印象永恒。1988年夏，初到伦敦。伦敦街区，虽有老上海的影子，仍常迷路。一次清晨，在西区，我问路。一位中年人假装同路，陪我走了一站，到了目的地，他再往回走。上个月，我在爱丁堡老城问路，一位苏格兰中年女子陪着走了三四个街区，把我送到爱丁堡大学老校区。一路聊天，她曾在台湾学中文，也很想去大陆观光。另一回，在慕尼黑地铁上问路，一排德国人皆点头，但不言语，让我诧异。快到目的地，那群德国人像开了发条的闹钟，几乎同时开口，提醒我下站。前几年，陪父亲去纽约。到了地铁站，没硬币买车票。一个小伙子解围，帮我们把票买了，说欢迎到纽约。

在中国很多城市，我试过问路，很多当地人行色匆匆，面露不耐烦，摇手拒绝。我跟学生说过，无论马路上，还是校园里，永远不要拒绝问路者，善待每位迷路者。一个善待问路者的城市，多半不会冷漠。

Jimmy 邀我在学院吃正餐。这里每礼拜三次正餐。建院时，创始人威克姆大主教立下规矩：因隔壁是礼拜堂，餐厅内严禁摔跤、跳舞，严禁有噪声的游戏。1722 年，餐厅的木地板换成了大理石。我们去得稍晚，在后排餐桌找位子坐下。我特地仰视了餐厅上方巨大的横梁，有关新学院餐厅横梁的故事，近年来流传甚广。2013 年，时任英国首相的牛津校友卡梅伦在一次演讲中，说了个故事：20 世纪初，一位昆虫学家在牛津新学院检查建筑的虫蛀。他发现，餐厅里那根直径 2 米、长 45 米的横梁部分已被蛀空。学院召开紧急会议，但一时找不到合用的巨大橡木。一位年轻院士提议，学院拥有很多土地，可能种有橡树，何不问一下。他们找来学院分管林业的管家。听后，管家说："是啊。我们也在念叨，学院何时会找我们呢。"1379 年，学院初建时，种下一批优质橡木，以备日后替换时用。学院的管家已经换了很多代。退休时，传给继任者都是同一句话："这批橡树，不能砍，以后学院餐厅的大梁要用。"

卡梅伦讲的这个故事，听来有点警世通言，无非是告诫今人未雨绸缪的远见和智慧。对这段逸事的真伪，一直存疑。媒体频频报道，坊间也传得多。对这个不期而至的免费广告，新学院倒是老实、有雅量。院史馆澄清说，有关橡木的故事，目前只是传言或神话，尚无可靠证据印证此事。当下世界，政治家越来越鼠目寸光，这般"寓言"，毕竟让我们有些许怀旧、当真。

据说新学院的正餐从来满座。今天院长在。Jimmy 攻读数学与哲学，仿效的是罗素与维特根斯坦。与牛津学生相处，其自律与刻苦远远超乎我的预料，甚至动摇了我的成见。对牛剑无论是爱是憎，羡慕或嫉妒，它们有全世界最有天分的学生。学院正餐，一般不供酒。如果想喝，可提前去学院酒吧买一瓶。所有学院，无论贫富，都有专用酒窖。在圣约翰，平时即可品尝到 Cru Classe，Grand Cru 级别的法国红酒。囊中羞涩的学院，则多进价廉物美的新大陆酒，来自澳大利亚、智利、阿根廷。当然，牛津消费最多的，是葡萄牙 Port 酒。读过一篇文章，说的是圣体学院（Corpus Christi）的事：一位老院士即将荣休。告别宴上，他对同事、来宾说，今天选的酒，将和他死后墓碑前打开的是同一款。他深知，学院的窖藏比他活得更长、更永恒。院士们潮涨潮落，均是匆匆过客，唯学院长存。每个学院都隆重任命一位"Wine Keeper"，比照门卫，我直译成"酒卫"，即酒窖的监护人。虽然只是荣誉职位，也无薪水，有些学院每月有 25 英镑象征津贴，却是无上的荣光。酒卫一般由懂酒的院士担任。提名时，化学家有先天优势。他的职责是选酒、品酒、藏酒。所有重要场合，都由他配酒。百人聚餐，喝掉几箱酒的事常有，餐前酒、Port 和餐后甜酒，酒的供应是学问。按照英国税法，酒要自付。院士室里，谁喝，谁在小本子上记上一笔份子钱，从薪水中自动扣除。谁的客人谁埋单。因有学院补贴，酒钱都不贵。2000 年，牛津各个学院的酒藏超过 200 万英镑，其中瓦德姆学院最奢华，现存一支 1911 年的拿破仑白兰地。而撒切尔夫人的学院萨默维尔（Somerville），酒窖已几乎见底。

在切谢尔（Leonard Cheshire）身上，我找到一种奇异的性格组合：与生俱来的担当，毕生的自省与救赎。现在的年轻人，理解他吗？

2017年5月10日　周三
牛津　好天

花边新闻：英国首相梅姨与老公联手接受电视专访。她承认对丈夫菲利普（Philip May）是一见钟情。《每日快报》引述菲利普的话说，作为首相丈夫，他在家里还是有一定地位的，他可以决定家里倒垃圾的时间。

一早，出了太阳，逼走寒气，去后花园看书，长凳又跑到了从未光顾的位置。假山上的小树林，风声如吟。学生已去上课。小径上，走近一人，像是中国学生。我与他问早安。他介绍自己，名叫杨博闻，来自美国出名的文理学院Amherst College。他读纯数学，本学年到牛津交换。进高中时，他考取新加坡奖学金，而后又获全额奖学金赴美，是个学霸。Amherst的学费比牛津、剑桥要高出数倍，没有奖学金自然读不下来。我们站着聊天。他说，在牛津，交换生不用考试。

这学期有点放松，睡得晚，刚起，出来散个步。见面不到10分钟，已感受到他的专注，所有话题都聚焦在数学和数学家上。我不懂数学，只有聆听的份。他跟我说起牛顿，推荐我看BBC有关牛顿的纪录片，记述他不为世人所知的一面，对学生、同行的苛刻和责难。他说，当年与牛顿对撕的人都悲惨，科学史上流传最多的是他和宿敌、物理学家胡克（Robert Hooke）的争斗。胡克是百科全书式的大家，从物理到机械，从光学到生物学，从天文到建筑，都有涉猎。在万有引力定律上，牛顿受到胡克的重要启发。在显微镜的发明上，胡克又伤了牛顿脆弱的自尊，从此结下梁子。牛顿的心眼小，当选皇家学会主席后，很快开始清算已去世的胡克，遣散了他在皇家学会的实验室，部分实验仪器被毁。国内的教育，学生很少有机会知晓这些伟人阴暗的一面。

看到博闻这样的小留学生，想起了"HOST"。记得刚到英国报到，一堆资料中有份浅绿色的表格，来自HOST UK，一家慈善机构，专门为留英的外国学生提供英国人家的寄宿体验。1987年成立，主办方是英国文化委员会（British Council）、英国外交部和维多利亚联盟（Victoria League），一个促进英联邦民间友好的慈善机构。每次申请，可填写三个志愿。我的第一个HOST家庭在诺丁汉。男主人到火车站接我，家里两个儿子。我是他们见到的第一个中国大陆人。我们去看了场诺丁汉森林队主场比赛。对视家园为城堡的英国人来说，开门接待远方客人，语言不通，饮食不同，加上社交腼腆，要克服很大的心理障碍。英人内向，为掩饰与陌生人交往时的社交尴尬，有时显得冷漠或高傲。这是我第一次近距离接触英国家庭，一日三餐，他们异常小心地与我对话，生怕触及敏感的中国话题。

HOST 现有 1500 个英国家庭在册。2005 年，有 100 多个国家的 3000 名外国学生申请。只要年满 18 岁，课程 3 个月以上，都有资格申请。每接待一名外国学生，东道主每天有 10—20 英镑补贴。很多家庭都选择不领这笔钱，自费接待。

我的第二个 HOST，在牛津伍兹托克的一个村落。在鲍勃和奈尔夫妇家的第一个圣诞，延续了很多年的友情。我和妻子、孩子在那栋两层的维多利亚房子里，共度过八个圣诞节、复活节。我们也成了这个低调、宁静的英格兰村落中最出名的中国人。

鲍勃（Bob Hain）和奈尔（Nel Hain）同岁，当时已六十出头。先生在银行做事，热心慈善。退休前几年，他的银行把他"借"给切谢尔公益组织（Leonard Cheshire Home），工资待遇如常，作为对慈善的支持。奈尔在一所中学做校务。他俩幼儿园同班，小学、中学、高中都是同学。"二战"尾声，鲍勃从军，没上大学。战后成亲，育一子一女，儿子是插图画家，移居苏格兰乡间。女儿在伯明翰做教师，丈夫是牧师。鲍勃的家并不大。圣诞时，我们一家占了客房，女儿一家当日来看父母,当晚还得赶回。圣诞夜,伴着摇曳的红烛光,奈尔从烤箱端出烤得焦黄的火鸡,嗞嗞地响。有一年圣诞夜,真下了雪,对门的屋顶很快白了。窗外泛起银色雪光,奈尔坐到钢琴前,弹起《圣诞夜》。孩子才几岁,感觉烟囱里有动静,想快快睡,圣诞老人可爬进屋送礼物。比起春节的年夜饭,英式的圣诞夜晚餐,显得简约。鲍勃会做简单祷告,我们闭上眼,想着美好,默默许愿。我们喝雪莉酒,聊天,用完甜点,泡上茶,移步去客厅。圣诞夜英国没有"春节联欢会"。女王照例要对全国发表圣诞颂词,我们围着电视机。因为君主立宪,女王不便评论时局,极少公开演讲。她声调不高,威严,吐字清晰,一口干净的王室英语。与她备受口吃折磨的国王老爸不同,女王是个自信而成熟的演说者。

鲍勃退休后,继续在 Leonard Cheshire Foundation(雷诺德·切谢尔基金会)做义工。切谢尔是"二战"时英国的一名战斗英雄,曾获英国最高军中荣誉——维多利亚十字勋章。基金会下诸多项目,鲍勃负责的是残疾人轮椅服务:将全国的旧轮椅收回,按照安全标准修复后,再送往有需求的贫穷国家。他家车库,我从未见过汽车,全是堆积的轮椅和配件。每年圣诞日,若天色晴朗,不结冰,我俩会抽出半天时间,打开车库,一起修轮椅。我只是打下手,做搬运工。

鲍勃是我认识的最内敛的基督徒。与他交往 10 多年间,他没有向我传过教布过道,也不借机讲耶稣或圣经故事。他的餐前祷告，轻声，不张扬，更像家里的仪式。他高大，脸廓有力，是个美男子，有点像美国影星格里高利·派克（Gregory Peck）。在村里，他是灵魂人物，邻里或教堂的公益，鲍勃总要出面。圣诞时我常跟着他去邻居家做客令我回想起老家宁波春节时村里的串门。围坐在火炉边，我问得最多的是他年轻时的经历。同时，对切谢尔本人的好奇心日增。查了他的资料，庆幸世上有如此崇高而内省的人。

雷诺德·切谢尔生于1917年，"一战"已近尾声。父亲是名成功的律师。家在牛津。他天资聪颖，被牛津大学墨顿学院录取，攻读法学。性格鲜明、外向、善社交、诚恳、守信，幽默，他透出难以描述的魅力，以至于在众口难调的牛津人缘极佳。他喜欢挑战，一次在酒吧与同学打赌一杯啤酒：他以零花钱为盘缠，沿途化缘，徒步走到巴黎，结果他赢了。1936年，他随家人到德国波茨坦小住，恰逢欢呼希特勒的群众游行。切谢尔拒绝行纳粹礼，令在场的德国朋友极为不悦。

就读牛津时，他加入英国皇家空军。可惜他没能如愿开上战斗机，却成为哈利法克斯轰炸机飞行员。因其出众的领导力和飞行才能，得到快速提拔。事实上，他从来没有自己的固定编队，他训练刚出道的新飞行员，磨炼他们。每次调防到新飞行基地，他能很快默记所有士兵的名字。他低调，身先士卒，做事坚毅且公平，崇尚战友间的忠诚。他曾说，到了战场，没时间表达怜悯与同情。只要他看到士兵作风萎靡，或道德感缺失,他会立即处理,令其离开前线。

他总是承担最危险的飞行任务,发明了超低空瞄准轰炸目标的新战术,成功完成102次轰炸任务,安全返回,为世界空军史上罕见。他对德国内地执行轰炸任务,一直持续到"二战"尾声。在英王给他的授勋仪式上,他不顾皇家礼仪,当场为另一位空军英雄请功,希望他的战友也能得到VC勋章的最高荣誉。

1945年8月6日,美国原子弹轰炸日本广岛,切谢尔是英军授命的观察官。目击原子弹爆炸。平民受难,给他一生留下巨大阴影和负罪感,出战6年后,他一度心身憔悴。战后,他要求从皇家空军退役,投身残疾人士的慈善服务,尤其是战争的受害者。战后,他曾情绪低落,对自己信奉的基督教也一度冷淡。吃惊的是,1948年他决定皈依天主教,并终身信奉。他1992年去世,终年75岁。

某年圣诞,我和鲍勃坐在客厅看电视,记得是 *The Scarlet and The Black*(《红与黑》),一部根据真人真事改编的电视剧,派克主演梵蒂冈的一位神父。纳粹进犯罗马时,这位名叫奥弗莱厄蒂的神父正为同盟军战俘和被击落的飞行员安排逃生之路。党卫军将军与神父步步智斗。最后一幕是,同盟军已经围城,纳粹被困,脱逃之路已被切断。党卫军将军为无法将家人送走逃脱而绝望时,神父平静地告诉他,他妻子及家人已被安全送出城外。

初到英国，当地牧师和教徒曾是敲门的常客。与18、19世纪远渡重洋的传教士一样，他们急切期望拯救不信基督的我们。曾有不耐烦的中国同学，面对教徒的敲门声，下了逐客令："No Money No Talking."我有时开门迎客，不让教徒难堪。不过，我们是无神论下的蛋，上帝在我们体内难以生根繁育。

以特制的报纸送别同行,是 FT 的传统。这是送别我的那份,上面多是有关本人的英式搞笑和"假新闻"。告别纪念品中,还有一支经典的万宝龙钢笔。我天生用不了奢侈品,已找不到了。

2017年5月11日　周四
牛津　阴阳雨

睡前读《新学院院史》。翻阅 2015 年学院年刊，小开本，精致。以下是目录的中译：

编辑寄语

院士介绍

院长致辞

学院纪事

财务

内务

礼拜堂

合唱团（唱诗班）

图书馆

新学院室内歌剧

新学院附属中学

新学院协会

发展部

院士活动室新闻

研究生活动室报告

本科生活动室新闻

特稿

Martin Ceadel 院士退休

Ann Jefferson 院士退休

化学药理应用与基础实用性研究

学院名下的乡村土地现况

新学院划船俱乐部和1937年"牛津纳粹划桨"事件

Demuth 奖

讣告

捐赠人

任命、荣誉与获奖

书籍与录音

荣休

新婚与民事伴侣关系

结婚纪念

新生儿

奖学金与奖项

毕业会考成绩

体育成就奖

高桌就餐申请表

学院纪念品征订

学院贺年卡和纪念印刷品

新学院合唱团 CD

新学院冠名手提布袋

年报里，我读到对两位荣休院士的颂词，尽显英式的低调、谐趣和骨子里的荒诞感。英国人尤其看重告别场合，去职、退休、离世。越是庄重、怀旧或伤感的场合，英人越是反其道而行之。因是离别，"犯忌"的话也全说了。这让东方人惊讶。比如，离职者在告别会上开玩笑，谢谢老板的赞美，说听起来，很像完美的悼词。若人气旺，到场人多，或会调侃：这么多人来送行，是想确认我真的走了吧。台下，爆出欢笑。一个正经、做作的答词，在英国会被认作无趣、甚至格调低下。为了不让告别弥漫伤感，从主持人到退场者，都会竭尽幽默、自黑。我的 FT 同事布里坦（Samuel Brittan）爵士，82

岁终告退休。他的告别演讲,通篇是自黑。他说,他从小就不喜欢体育(Sports),进而补充说,他对任何以"S"打头的运动都不在行,自嘲一生未婚的性冷淡。

对同事或朋友的告别会,我向来神往,就为一听难得的脱口秀。一位女同事的告别会上,正值世界银行刚任命了新行长。总编辑致辞中顺带套近乎,说和这位新行长相熟,算是知交。女同事反冲他一句:"其实,我与他比你更熟,因为我跟他睡过!"全场刹时窒息。数秒之后,如雷掌声。当然,最令东方人不解的是英国人的葬礼,特别是追思会,他们希望在愉悦和宁静中送别死者。基督徒相信,死者离世,是上帝唤他而走(佛教则认定是彼此没了缘分,只能阴阳两隔)。葬礼上,家人和挚友一一讲述死者趣事,吐槽他们的脾性、喜好、缺点。肉身化为尘土,友情长存心间。如何告别,很可以看出一国文化、一个机构的情趣。FT 的传统是,同事离职或退休时,他的团队会提前半个月实施秘密计划,特制一份与他有关的 FT 头版,作为临别赠礼。我珍藏了数十份同事的告别版(Dummy Page),其中也有我离职时的一份。版面上,满是无伤大雅的作弄、调侃和黑色幽默。比如,将 FT 执行总编辑退休归罪于编辑部自动售货机土豆片三天断货。我的"版面"上,我的头颅被搬到意大利名牌服装 Zegna 上。报头下方是"One Man Two Systems"("一人两制")。

最后一个工作日,离任同事一如平常。当他结束工作,收拾完东西，走出办公室时，至今我都不知谁是神秘的指挥，办公桌上轻轻响起敲击声，节奏如打击乐，由弱而强，最后每张桌子都加入敲击。黄昏时分，正赶截稿，同事们并不起身送别，只是以击桌的仪式感，向最后一次下班的同事道别。这个传统，已有上百年的历史，源自位于伦敦舰队街（Fleet Street）的英国报业中心。20 世纪 80 年代，英国主要报纸撤出舰队街，移往泰晤士河南岸的沃坪（Wapping）。2005 年，路透社最后撤出，舰队街与报业的姻缘画上句号。

上午，与哥伦比亚大法官道别，互留通信地址。他说，哥国与多国最高法院有互访或客座协议。他刚从华盛顿最高法院回来，希望有机会拜访中国最高法院。中午吃了昨晚多买的一盒日餐。下午再去博德利查资料，五小时。下午春困，未完成读书计划，把 3 层每个书架摸了一遍，特别翻阅了英国近代史和中国历史部分。不少书已多年无人照拂，蒙着淡淡一片灰尘，不知下一位读者何时光顾。

我是 60 年代生人，对书的感情尤其复杂。"文革"中，家里已没什么好书，除了多本毛主席语录，还有册《新华字典》。母亲专长之一是拼音，教我查字典，学生字。10 岁左右，我开始有零花钱，爸妈给，爷爷也给，每月有几块钱。周末，我坐公交车到南京东路新华书店，当年上海最大的书店。无书可读的年代，闻闻纸香也愉悦。小学时，订了《红小兵报》《红小兵刊》，多半是阶级斗争的故事。那是白衬衫、蓝裤子的日常。杂志毕竟是彩印,至少多些光亮。后来"批林批孔",又批宋江,父亲从机关里买到一套新版《水浒传》《红楼梦》。那个年代,同辈人集体记忆中,一本初尝禁果的书,性启蒙的圣经,居然是《赤脚医生手册》。放学后,家长没下班,很多男生偷窥最多的是那页,有关人体生殖的,我没有少数同辈人先觉,不知外面的世界。荒凉的岁月我们仍然找乐,天性使然。那时,几乎没有玩具。夏天,捉知了,跷腿"斗鸡",趴地上打玻璃弹子,冬天踢毽子。一天,有人在电线杆上贴毛笔写的红条,说家里有新生儿,是个夜哭郎。只要行人见此条念一遍,凑满百遍,孩子就能安睡。一个同学觉得可疑,觉得像是特务接头暗号,心跳加快,跟踪嫌疑人很久。因害怕,最后半道放弃。

1974年光景,中国大城市开始流行地下手抄本,也称禁书,流转高效而严密。抄本从一人手中转到下家,一般只停一晚,次日上学,悄悄转交。有的还有约定,读者必须承担手抄义务,再留一版。我读过当时风行的《第二次握手》,问同学借的,抄本笔迹稚嫩,应该是高年级小学生,一笔一画,像认真的写字作业。那是冬天,躲在被窝里,打着手电彻夜阅读。上海冬夜煎熬,室内外温度相差无几。外边下雪,挂着冰凌,室内则呵气成雾。入睡时,用体温慢慢捂暖紧贴身体的那片被子,睡姿就此锁定。若翻身,则意味着新一轮暖身运动。破晓时分,手已撑得发麻,抄本还没读完。黑暗与黎明、倦乏与兴奋胶合一起，这些文字居然有如此魔力，给了我一个新大陆。我不记得抄过书，只是承诺像地下党那样严守秘密。听到"禁书"两字，我们的眼神放光。老师对手抄本的处理是严苛的，从不姑息。收缴后的抄本，也不知下落。兴许他们带回家，好奇翻上几页，心跳加剧，熬着红眼一气读完呢。

1978年，一大批在"文革"中被禁的中外名著重见天日，包括汉译学术名著。中国人早已习惯排队，为了买到司汤达（Stendhal）、巴尔扎克（Honoré de Balzac）、奥斯汀（Jane Austen）、莫泊桑（Maupassant）、斯宾诺莎（Baruch de Spinoza）、休谟、亚当·斯密、狄德罗（Denis Diderot）等人的书，南京东路新华书店门口通宵排长队。我刚上高中，半明不白，读不懂经典，也排在长长的队伍里。至今仍记得那些粗糙的封皮。据说，当年纸张紧缺，中央政府动用了预存印刷毛选的用纸。博德利的书架上，我看到其中一些书的首版。摩挲中，刹那间，历史缝接上了。今天的中国，书是多了，学生们已无法想象当年的书荒。但据说国人读书少了，特别是年轻人。2012年，联合国一个调查说，中国人平均每年读书不到1本。

华人最早移居英国是1687年。20世纪初，开始在东伦敦聚居。这是参与救世军慈善公益的几位华人成员，具体时间不详。早年华人主要靠洗衣坊谋生，后扩展至餐饮、外卖。

2017年5月12日　周五
牛津　太阳雨，阴阳天

工党在英国大选中的承诺，是今日报章热点。选票民主，政党需要对选民许诺，更需要兑现。但并非所有承诺都能兑现，常有当选后反悔、不认账的。《独立报》说，工党上台，将在基础设施上投入250亿英镑，用120亿英镑取消本国大学生学费，并恢复助学金，57亿英镑拨给中小学，向全民医保（NHS）注入60亿英镑。这份愿许得不轻。《每日邮报》讽刺工党领袖科尔宾是"梦幻仙境"，批评他的政纲是"阶级斗争"，并引用一位专家的话，称之"历史上最昂贵的自杀遗言"。工党色彩的《卫报》则强调科尔宾的初衷是改变英国人的生活，他不是"绥靖主义者"。《泰晤士报》说，因为政纲"极左"，工党内部或发生"内战"。《每日快报》引述最新研究说，老年痴呆症发病正在英国失控，每位病人的平均护理成本高达10万英镑。一个英国人每年储蓄800英镑，也得连续储蓄125年，才能承担这笔护理费。

中午，原本要去LMH（Lady Margaret Hall）见现任院长，前《卫报》总编辑拉斯布里杰（Alan Rusbridger），因他临时有事改约下周。自留学起，《卫报》是我读得最久的英国报纸。1821年，《曼彻斯特卫报》问世。创办人名叫斯科特（Charles Prestwich Scott），一位纺织品商人。《泰晤士报》《卫报》《独立报》对大学生多有礼遇，时常发放优惠券，随报附送。到报摊，撕一页，即可打折。

我读《卫报》，还有个特殊原因，《卫报》有英国乃至英语世界最专业的媒体副刊。每周一的《卫报传媒专刊》是我必读。后来下决心申请BBC，多少也得益于《卫报》启蒙。

中英奖学金的早期学生中，我的雅思分数排在末等。第一学期上课，我记不下笔记。我就读的传播研究中心（Centre for Mass Communication Research，or CMCR），倚重政治经济学派和西方马克思主义，得啃经典。我向奖学金委员会如实相告，申请补读一年，委员会从善如流，追加1年奖学金，我心怀感恩。4年多马拉松，赔上一头乌发，终于在1992年底交出论文初稿。那年，妻子刚开始就读理论物理学博士，Tommy在英出生后。暂时送回上海爷爷奶奶家。某日，隽说银行卡上已不足700英镑，她想停了博士学业，先上班挣钱。我制止了她。我说我论文初稿已成，可慢慢改，该我出去挣钱了。

2003年元月《卫报》媒体专刊上有则广告：BBC2电视频道多元文化部要招 Assistant Producer（助理制作人）一名，在伯明翰的 Pebble Mill，BBC一个重要制作中心。按照英国政府就业条例，所有招聘启事必须在相关分类广告提前刊出以求透明。星期一《卫报》媒体版几乎是英国媒体业的招聘大全。填完手写的申请，已是凌晨三四点，仍记得信件落进邮筒的"扑通"一声，赶上截止期。几周后，BBC来信，约我去伯明翰面试。莱斯特到伯明翰，火车不到1小时。面试那天，突然有暴雨，火车误了点，赶到时已晚了10分钟。三个面试官等着，见我淋得半湿，开了句玩笑。他们对来自红色中国的我很好奇。几周后BBC来函，通知我已被录用。信上有职位、工资、待遇、休假、工作时间等。我对妻子说，不用再担心账目了，孩子也可早早从上海接回。当时我还申请了竞争最激烈的 BBC Traineeship（BBC见习记者项目），并不抱任何希望。历史上众多英国名记者出自此项目。未料BBC伦敦总部通知我入选最后一轮。虽有诱惑，但不想患得患失，辜负了 Pebble Mill，决定放弃。上班不久，BBC Pebble Mill 内刊登出简讯，欢迎第一位来自中华人民共和国的新闻人。3个月后得知，因从未聘用过中华人民共和国公民，BBC人事部忘了申请外国人工作许可，受到内政部质询，念及初犯，立马补办手续。

我的顶头上司是位印度裔的资深制作人。某日,我碰巧与他乘同一个电梯去餐厅吃午餐。闲聊几句后,他突然盯视着我,冒出一句:"Lifen, are you a communist spy?"(力奋,你是共产党的间谍吗?)我脑子崩了一下,几秒钟后,我不知何来的镇定与幽默,回答说,"Yes, I am."(是的,正是。)他表情复杂,电梯里,再无言语,沉默到终点。

30年前,对来自红色中国的留学生,英国当局是谨慎、存疑的。刚入学,我先到警察局注册。第一年,每隔两三个月,会有英国警察上门查房。他们多半晚上来,彬彬有礼,先查护照,再问一些无关紧要的问题。他们只是例行公事,无非提醒我们,冷战的围墙还在。中国外交官们则受限更多,如果到伦敦以外,必须事先向英方申请"路条",得到许可。当时,中国外交部有明文规定,"外出须两人同行"。"文革"期间,驻伦敦的中国外交官曾在代办处大楼外高呼毛主席语录和革命口号,并与英国警方发生肢体冲突。1954年中华人民共和国与英国建立代办级外交关系后,就继承了这栋中华民国的驻英使馆(也是当年晚清的驻英使馆),1877年由首任中国驻英公使郭嵩焘设立,中国外交史上第一个驻外机构。1896年孙中山先生在伦敦蒙难,遭囚禁正是此地,49—51 Portland Place,London W1N 3AH。

我在伯明翰大学附近租下公寓,周末回莱斯特。我的任务是筹划一个英国华人历史系列。在伦敦我实地采访了英国最早的唐人街 Lime House，去亚非学院查阅早期华工资料照片：他们来自上海、广东、香港和东南亚。泛黄的照片上，他们拖着辫子，面容漠然。当时法律规定，华工只限男性，严禁家眷随行，不少华工很快与当地英国女子同居或通婚。在利物浦老城我找到了 19 世纪 50 年代最早一批华工的后人。他们的骨相还留有华人影子，有的还用着华姓。很遗憾，这个纪录片计划最后泡汤。20 世纪 90 年代，中国仍是遥不可及的存在，一个文化脚注。北京和伦敦之间，一周仅一两个航班。提起中国，英人想到的只是街角的中餐外卖店（Chinese Takeaway），仍停留在"傅满洲"（Fu Manchu），英国小说家萨克斯·雷默（Sax Rohmer）小说中的华人主角。

1992 年英国人口普查证实，华人外卖店布满英国城镇和乡间，已无盲点，多达上万家，是英人最喜欢的异国美食。其他国家的移民习惯聚居，为了讨生活，华人选择散居，不惜落户举目无亲的陌生地。一位老华侨告诉我，有些香港移民到英国后，开着车一个个镇跑，边跑边翻黄页。当地若没中餐馆，就做个标记。70 年代后，"北爱尔兰共和军"与英国军警冲突恶化，几成战场，贝尔法斯特投资与贸易封冻，很多家庭逃离，华人移民则逆向抵达，抢占商机，遂成北爱最大少数民族。

牛津伍斯特学院。最好的教育当然不在这身学袍，而在学会承受失败与磨难。有时候，把自己看低一点，容忍他人看低自己，就放松、自由了。

2017年5月13日　周六
牛津　晴朗

这几天，正读诺埃尔·安南（Noel Annan）所著《院士：导师、怪咖与天才》(*The Don's: Mentors, Eccentrics And Geniuses*)。作者是局内人，年轻时就在剑桥当院士，39岁出任国王学院院长，后又出任伦敦大学首任执行校长。作为一个历史学家，他记录了过去150年牛剑历史上最夺目、最怪诞的数十位学者、院长，内有威廉·巴克兰（William Buckland）、约翰·亨利·纽曼（John Henry Newman）、本杰明·乔伊特（Benjamin Jowett）、弗雷德里克·梅特兰（Frederic Maitland）、欧内斯特·卢瑟福（Ernest Rutherford）、莫里斯·博拉（Maurice Bowra）、乔治·赖兰兹（George Rylands）、约翰·斯帕罗（John Sparrow）、以赛亚·伯林（Isaiah Berlin）。一本弥漫英国气息的传记随笔，这些知识贵族，特立独行，述而不作，内心坚韧，静水深流，怪诞幽默，一幅赤裸的牛剑知识界群像。

几天前，我问一位院士，与 100 年前相比，学院有变化吗？他想了想说，除了院士生生死死在流动，好像没啥变化。他瞧着天花板，突然大笑起来。另一个院士插嘴说，还是有变化，现在有了暖气。提及暖气，想起刚到英国时，大学宿舍或私家出租屋，冬天供暖都靠床头一个硬币装置，随时购暖。你得准备一罐 50 便士的硬币，需要时投入，屋子就慢慢暖起来。半夜冻醒，一定是暖气断了，赶快拿 50 便士喂它，继续睡。

昨晚泡吧太晚。礼拜六，英国人习惯睡回笼觉，周五晚上就比较放纵。近午时，街上仍无人迹。我决定去学院边上一个墓地，步行 3 分钟就到。小时候，我害怕坟场。在浙江宁波慈溪姨妈家那几年，第一次见到死人坟头。姨妈家，在林家大夫第，出门见山，人称石人山。夏秋有月光，山间有磷火，幽幽飘散时，划出一道道短促微光，背后是沉黑的山林。听大人说，那是坟头堆，埋着已死的人，夜间才放光。大汗浃背的酷暑，屋里待不住，小孩和男人们就赤膊在门外纳凉。有时我躺木桌上，大人睡竹椅。木桌老了，有些晃。太阳落山，姨妈用滚烫的水仔细擦洗木桌、竹躺椅。风来凉意。头顶上，满天星星。不远处，有萤火虫，亮着屁股。大人们摇蒲扇，讲鬼怪故事，吓小孩子取乐。我们既恐惧，又兴奋，汗毛竖起，嘴上还是催大人继续。每逢清明,大人带着小孩,上山给祖辈祭祀。春笋已露出头来。山间,野花芬芳。山径道边,很多坟冢,我总是飞跑而过,怕惊了鬼魂。

霍利韦尔墓园(Holywell Cemetery),就在学院边上。因树木遮得密,容易错过。由木栅门进去,始见墓园真容:杂草疯长,有些墓碑已倒伏,或歪了。幸好是春夏,蓬勃的植被,给成片灰白的墓碑裹上一层绿影。有的墓碑已被藤蔓缠得只剩下轮廓。进门左拐,往前,竖着一块墓地示意图。下方,怕被雨水打湿,有个带搭扣的塑料文件袋,内有墓园简介与地图,游人自取。

来英国后,我对墓地亲近不少。最早的学生宿舍,就挨着墓地。我有时去那里散步,一是宁静,二是读碑文。每块碑文,都是一张生死状。姓名、生卒年月,偶尔有墓志铭。最唏嘘的是夭折的孩子,有的才几岁。几年前,我带老爸去维也纳,专程去中央墓地拜谒贝多芬、莫扎特。午时,维也纳人提着快餐盒,在墓地长凳上,喝咖啡,吃三明治,轻声聊天,听着鸟语,是境界。

1840年,英国疟疾流行,死亡惨重,墓地都用完了。1847年,墨顿学院捐出了名下这块地,辟作墓园,交由当地教区管辖。一开始,墓地对死者身份颇为苛刻,必须是受洗的英国国教信徒,这一限制后来废除。墓区现有1200多座墓穴,以牛津学者为多:160多位院士,收了32个学院的院长。

曾彼此为敌的牛津市民与院士（Town & Gown）在此早已和解，相眠一地。一些牛津有名的商人也葬于此，裁缝、营造商、鞋匠、珠宝商、面包师。

循着地图，我找寻墓碑上熟悉的名字：

Kenneth Grahame（肯尼斯·格雷厄姆），卒于1932年，大作家，著有《柳林风声》(The Wind in the Willows)。墓碑已风化，几乎磨平，只留淡淡刻痕。石刻的碑文，最终也磨不过风沙和时间。他与儿子阿拉斯泰尔（Alastair Grahame）同葬一穴，儿子出生时，一眼失明，且多病。《柳林风声》，是老爸肯尼斯为儿子入睡现编的故事，最后成就了一部传世名著。阿拉斯泰尔是卧轨自杀的，当时正在牛津基督教堂学院就读。为表示对肯尼斯的尊重，法医在死亡证明书上只写了"事故"。

Sir Hugh Cairns（卡恩斯爵士，1896—1952），澳大利亚人，罗德学者，那个年代最出色的脑外科医生，牛津外科教授。

F. H. Bradley（布拉德利），黑格尔（Hegel）派的知名英国哲学家，墨顿院士，大半生在牛津度过，观点与洛克（John Locke）相左。他受康德影响很大，不过从不承认。与他合葬的还有两位兄弟，一位是莎士比亚学者，另一位就读牛津时溺水身亡。

Maurice Bowra（博拉教授），瓦德姆学院院长，"一战"

与"二战"之间牛津最有影响的人物之一。

从华美的石雕仍可想象当年的哀荣。今日阳光慷慨仁慈，墓园明亮，厚厚的树荫下透出温暖。前方几步远，几只黑鸟伴随多时，一直低空扑腾着，似乎在给我引路。墓碑前，很少有祭拜的鲜花。少数有花的，早已枯干。一眼望去，一排排灰白墓碑，耸立的十字架，地下的魂灵。生前是桂冠荣耀，身后残墓一座。还是亚里士多德想得透彻，记得他说过，我们死后存于家人、朋友、敌人的记忆，不会超过50年或60年。不过，他是例外。

一个多世纪后，墓地早已满员。前来祭奠的后辈越来越少，甚至早已不知先辈的落土处。70年代，一位退休军官花了几年时间，给所有亡灵编了花名册，墓碑也编了号。几位热心的教堂义工守护着，不让它野蛮生长。不过野生动物喜欢荒蛮之地，这里有麋鹿、狐狸出没。墓园深处，我发现一床黄紫两色的睡袋和帐篷，不知是否有人，许是流浪者在此过夜。一只灰刺猬，蜷曲着。早已废弃的温泉下，水枯了，蝴蝶在飞。不少碑石，平卧在地，犹太人有此习俗。考究的，雕有半身胸像。走出墓园，学院边上，3个孩子在爬人行道栏杆，在矮墙上摇晃着走平衡木。为首的是姐姐，下面两个弟弟，五六岁模样，天真无忧的脸，绽放生命的光。

中午跑去市中心吃炸鱼薯条。一队中国游客，玩趴了，倚墙，撑着伞休息。谢尔登剧场前，又有示威。这次是英国社会主义工人党和英共，标语上写"把托利党踢出去"，力挺科尔宾，投工党。旁边，有张漫画，是面目狰狞的梅姨。红旗很新，有清晰的折痕，上有镰刀斧头。

埃克塞特学院外面的海报，又换一茬：牛津犹太人集市，全球最大摄影图库盖蒂图片社（Getty Images）首席执行官讲座，"后真相时代的图片和力量"，沃弗森学院（Wolfson College）人体写生屋（Life Drawing），牛津历史学家艾什教授（Prof Timothy Garton Ash）讲座，谈言论自由和连接世界的十大准则，大学学院（University College）音乐会。一所大学，往来风云人物，纵论天下事。大学，与其说是知识，不如说是眼界与趣味。

回学院路上，顺带去了女王学院，它有着牛津最庄重的巴洛克建筑。牛津、剑桥，都有女王学院。习惯打口水仗的牛剑，向来看重学院的血统与来历。牛津的女王学院一定提醒你，它才是英女王嫡系出身，纯血。

路过学生布告栏，有个告示："这东西，做吃的，应该在厨房，不应该在我身上。"大考和毕业典礼将临，警告学生勿撒面粉取乐。

这张合影摄于1993年，莱斯特大学学生宿舍。Tommy三岁。他在东西方的夹缝中长大，文化上的混血儿。他毫无选择。

2017年5月14日　周日
牛津　晴

初到英国读书,我第一次学用"伊妹儿"发邮件,互联网刚露脸,催生印刷纪的落日余晖。周日最大的享受,是一早跑去印度人杂货店,花一英镑,抱回一大叠《星期日泰晤士报》。若天公作美,在花园树荫下泡半天,慢慢翻完数百页版面,从新闻到特稿、书评、音乐、戏剧、绘画、影评、园艺,是神仙日子。今早读报,好几条都与媒体有关。英国最重要的时政节目——BBC第四电台的《今天》(Today Programme)成了新闻。《今天》节目是英国政界、新闻界和知识界起床的闹钟,到点必醒。周一到周五,每天直播三小时。凌晨6点开始,持续到9点。周六,7—9点。星期天,为上帝预留的时间,休息。今天新闻是,《今天》节目的同仁投诉主持人之一的罗宾逊(Michael Robinson)"难以合作"。罗曾任BBC政治事务主编,英国传媒界的重量级人物。英国人眼里,BBC是公众用执照费供养的,是英国制度基石的一部分,与国会、首相府、王室、文官体系、全民医保对公共生活的意义同等重要。有传言说,冷战时期,英国政府为应对核打击曾做过一系列沙盘演练,制定了高度机密的预后方案,其中一项是确认英国在遭受核打击后是否幸存。指标之一,能否收到《今天》节目的频率。任何一艘英国核潜艇必须先确认《今天》节目的存亡,再决定发起核报复。若连续三天没有《今天》播出信号,可发起核反击。听来匪夷所思。基于绝密,政府不会出来澄清,故妄听之。

另一条媒体消息,出自《卫报》前总编辑普莱斯顿(Peter Preston)。标题是:无论新闻真假,脸书(Facebook)将拥有未来。脸书近来花大钱,在它认定末日来临的权威纸媒刊登"假新闻鉴别指南",我简称"脸书十条":

1. 不要轻信标题(严加防范标题党)
2. 细察新闻连接的 URL
3. 查一下信源
4. 注意不同寻常的体例或拼写错误
5. 验证一下照片来源
6. 查验一下日期
7. 核查证据

8. 查阅其他报道

9. 这条消息是开玩笑吗？

10. 有些新闻是有意作假

读罢"脸书十条"戒规，我哑然。普莱斯顿是老牌记者，向来捍卫新闻专业主义。他字里行间读出的却是无奈。难道我们已陷入公民自己为事实埋单的时代？新闻机构死了？记者与编辑蒸发了？个人和专业新闻生产者的契约终止了？新技术和社交媒体止消解新闻生产的堡垒。技术在赋权人类的同时，止把世界推向信息的无序、泛滥和粗鄙。

今天《观察家报》封面特写，主角是《每日邮报》总编辑戴克（Paul Dacre）。作为英国最举足轻重的通俗小报，《每日邮报》创刊于1896年，在英国报业生态中，属于"中间市场"（Middle-market），针对既要小报娱乐，又对国内外时政有知情需求的读者，定位介于通俗小报（比如《太阳报》）和严肃大报（如《泰晤士报》《卫报》）之间，目前销量在日报中占据第二，仅次于《太阳报》。戴克执掌该报已长达25年，一以贯之以反自由派声音立言。报道说，梅姨的唐宁街10号，与该报的文字、修辞越来越像，惺惺相惜。戴克出任总编辑之初，曾将销量推高至250万份。《观察家报》标题："这是全英国最危险的人吗？"

今天上午，BBC同事、忘年交邱公邱翔钟到访。他比我年长一辈，同事们都尊称他邱公。90年代，我和邱公共事多年，中国是我们之间永远的话题。我去学院门口迎接他。拐过城墙，他张望四周，似有所悟。他告诉我，他儿子剑桥本科毕业后，到牛津读研究生，做生命科学，应该就是这个学院。走近我的宿舍，他又冒出一句，说儿子好像就住在这幢楼。儿子开学，他曾开车送过几回，略有印象。无意间，今天重访故地。

从BBC退休后，邱公应邀去了香港，出任《信报》总编辑，主持笔政。那时，香港回归中国不久。每次路经港岛，总有见面聊聊中国。一次是《信报》创始人林行止老先生作东，故土中国已在我们血液中，席间仍是谈不尽的中国。香港归来，他从伦敦搬到温莎，算是与女王做了邻居。此言不虚，他在温莎买下一处老宅，原是王室的 Hunting Lodge（狩猎时歇脚、补充给养处）。邱公和太太厉鼎铭医生都喜欢音乐，特别是歌剧和古典音乐，每年仲夏都开家庭音乐会。有几年我碰巧在伦敦，专门去温莎一聚。

他70多岁了，生在印尼，父母是心念故土的华侨。50年代末，作为侨生他到大陆留学，见证了那个年代，也埋下了他对中国的终身兴趣。孩子中学时，我常向厉医生求教育儿的心得。Tommy在一所男校读书，高中时叛逆。平生头一次，我被校长叫到学校。我是焦虑型的父亲，我开始心神不宁，曾找过一位信赖的BBC同事，她即将退休。她从玳瑁眼镜上边，露出笑意说:"力奋,你儿子跟我儿子那时太像了。没事的。那是荷尔蒙作怪。等到21岁生日,他一下子就醒了,变了一个人。荷尔蒙!荷尔蒙!"我也咨询过把我挖到FT的时任副总编辑李尔庭(John Ridding,现任FT集团总裁),问他高中叛逆期什么症状,他笑笑说,症状差不多,好像更严重。

有关孩子,我喜欢跟厉医生求教,是因为她的坦率,有时坦率得残酷。在她面前,我可以问任何尴尬的问题,她像手术一般,刀刀见血。一天,我问她对大麻等软性毒品如何防范。她说到了一定年龄,孩子对大麻等有好奇心,很正常,家长要帮孩子跨过这道坎。她回忆,儿子上大学后,一次周末回家露出话来,想试试大麻。她想了想说,如果你一定想试一次,那就回家来,妈妈可在旁观察。母子约法三章,在一个周末,完成了"实验"。另一次,我问她,儿子"威胁"说要在身上画个小刺青,他时常用各种玩意考验我的焦虑指数。我对孩子说,身体为父母赐予,不得胡来,但完全鸡同鸭讲。厉医生呵呵一笑,说她儿子也闹过刺青。她的回复是,一般人的刺青都在手臂、胸口上,这实在太普通,不够酷。要弄就弄点奇特的。比如可考虑在自己的丁丁上刺一个,独一无二。儿子听罢大笑,刺青的威胁就此熄火。

记得妻子怀孕后,我们一同去医院上培训课,接受当父母的事实,恶补育儿常识。想到博士论文未着一字,却先创造出了人,情绪复杂。我喜欢音乐,孩子在胎中没少听,海顿、亨德尔（George Handel）、贝多芬、门德尔松（Felix Mendelssohn）和莫扎特。到了6个月，孩子胎动，在里面拳打脚踢，妻子的大肚皮上，偶尔隐隐出现小手、小脚的轮廓。用手碰他，他就缩回去，逃到其他位置。预产期到了，但他硬是没有到世上走一趟的冲动。晚产快十天，我很焦虑，陪着妻子到维多利亚公园散步，掷了硬币，推算黄道吉日。拖到3月底，再不处理，他在愚人节出世的概率明显加大，跟医生磋商后，采取行动。孩子在3月31日降生。

妻子怀孕后，为了不让上海卧病的母亲担惊，我们决定瞒着。每次看我家信，父母对着随信的照片纳闷，媳妇怎会如此增肥。产前一个月，一位在英国留学的老同学正告，不能再瞒了。回上海探亲时，他故意走漏消息，家中一阵慌乱。为证明自己的谋生能力，我外强中干谢绝了岳母到英国照顾月子的好意。英国不允许做性别鉴定，心里期盼女儿。儿子也行，总多一些麻烦。春天，多产的季节。医院产房是独用的，每人一间，几乎都满了。临产时，丈夫可在产房全程陪伴。我兴奋但故作镇静。只有在妻子阵痛难忍时，我才有些用处，把手伸给她，她可紧紧拽着。我很快意识到，我的剩余价值还在记者的科班训练。我举起相机，记录一个新生儿的降生。妻子的阵痛漫长，一浪接一浪。产房的光线柔和，我多角度记录。阵痛最后一刻，主任医生突然提醒，你就拍上半身，下半身就免了。

孩子降临了。医生用手托着他，他脸朝下，软趴趴的，浑身是血,并无动静,脸色如猪肝。医生在红红的背上重重拍了几下,他大哭了一声。"It's boy."护士接过去,剪了脐带,把他包在白色大毛巾里,擦净血迹,放到我手里。他的脸有些夸张,或是压扁了,很丑。刚出生,孩子都这样吧。我有些失望。护士把他放在婴儿床上。下意识地,我数了数他的手指头和脚趾头。五个加五个,都是十个。一个不多,一个不少。

20世纪90年代初,英国的全民医保(NHS)仍在其最人性的年代,尤其在伦敦以外的城市。夜间遇有急诊,可随时呼叫值班医生上门诊治。儿子岁半,某晚,发热。熬到半夜,妻子嘱我呼打急诊电话,当值的恰好是我们的全科医生(GP)。他开车赶来,听了肺,没事。孩子满脸通红,他把孩子身上捂得像粽子的衣服扒开、脱掉,让我们给他"物理降温"。东西方的智慧竟如此迥异。临走,妻子问他是否开些药。中国人从不相信看病不给药的医生。医生跟妻子半开玩笑,"孩子没事,妈妈倒需要服用镇静剂!"

Tommy自小好强、独立、有同情心,但常给自己惹麻烦。按英国规矩,若家长同意,孩子10岁起可自己步行上下学。未到10岁,他很快到了犹豫跟爸妈牵手过马路的阶段,想自己上学。我是焦虑型,妻子属乐天自由型,压力自然流向我处。我跟儿子约法三章:先作测试。过关,即可放飞,给予自由。条件是:第一,上学、放学必须走人行道;第二,不搭理陌生人;第三,不接受陌生人的吃物。他满口答应,测试开始。

　　测试分成两个阶段。第一阶段，我公开尾随：他出家门行在前，几米后，我跟着。太靠近，伤他自尊心，太远，容易弄丢跟踪对象。因有警惕的眼睛在后，儿子灵动的脚坚守在人行道上，不受任何诱惑。此关过后，我开始接近他，冒充陌生人，诱以好吃的，送他玩具，与他搭讪。对我的角色表演，儿子横眉冷对，不为所动。我难以想象，当年的冷面双簧如何演到了终场。两天下来，儿子的应对似乎无懈可击。我曾起念延长一天考察期，但基于对游戏规则的尊重，第一阶段测试通过。

　　第二阶段，不为他所知，私下监督。他背上书包，鸟儿般出家门。我在十多米后，或转移到马路对面，与他平行。起初，状况正常，我心释然。不到一半路程，画风突变：一块石子引发他的兴趣。他在人行道上踢起石子来，一脚来一脚去，踢得投入。突然，石子踢到马路上，他跟着跳下人行道，走在马路边上，继续踢。我在对岸看得仔细，证据在手，热血上涌，找了条斑马线，飞跑上前，堵在他前面。他面露惊讶。我郑重宣布"协议就此失效"。他一脸苦相，被我牵着上学去。

　　我陪邱公到学院溜达。草坪上趴着不少复习的学生。回廊的花园里，3个学生，2女1男，正在排练。听得出是古希腊悲剧。他们旁若无人地对着台词，这种呼天抢地的悲怆、爱恨情仇，唯希腊悲剧独有。不知他们是哪个科目的学生。对艺术，英国人更崇拜业余玩票。闹着玩，弄出名堂，才算真本事。

午餐时，我跟邱公说起我们这代人的遗憾。20世纪60年代出生人，在我们的发育期，精神与物质都极度贫乏，国门封禁，心智闭锁，我们的性征都是滞后的。没有邓小平打开国门，我们早被草草牺牲。我们的内心分裂而功利，贫穷的阴影，竞争的残酷，成名的驱动，我们在东西方的搅拌机里挣扎。我们潇洒宣告自己是自由灵魂，又难以摆脱狭隘民粹。我们缺乏定力，在东西方两个世界中时而打架，时而调情。我儿子这代，在两种文化挣扎的夹缝中长大。

我拍摄戴瑞克（Derek），仅这一次。他不喜欢照相，神情勉强、紧张。我习惯抓拍，一边跟他聊天，一边等。背景的古董唱机早已不用，只是时间标志。

2017年5月15日　周一
牛津　阴天

全天读书。

几天前有位老院士问我,你哪儿学的英文?英国长大?我说,英国学的。上海出生、长大。他欣赏地笑笑说,你英国口音很重啊。

在英国,口音是个时常提及的话题。英国人很在乎口音,特别是中产阶层、知识界人士,常以口音取人。口音是身份标识。在英生活多年,我已习惯。过去数百年,英国人兼收并蓄,硬是把英语磨成了世界第一语言,成了巍巍文学大国,莎士比亚即是桂冠上的宝石,塞缪尔·约翰逊(Samuel Johnson)集十年之功,独力完成编撰首部英语大辞典。就口音而言,最受推崇的是英国王室和社会上层的 RP(Received Pronunciation)。在他们耳里,这才是英语。

很多美国人是英人后裔，彼此戏称表兄妹（Cousins）。虽贵为全球第一强国，但在英国表兄面前，年轻的美国底气仍不足。英国人常嘲笑美国表弟说的不是英语，当然包括口音。

英国人在乎口音，外国人也追捧英国口音，有时甚至比英国人更在乎。RP标准英音在政坛职场上是否也赚便宜？我曾假设：英音纯正的学者到美国大学执教，同等学术能力下，会比非英音同行晋升更快。问过多位在美执教的英国裔教授，他们证实了我的假设。崇拜英国口音的不只是美国表弟。其实，英音最标准的，除了白金汉宫里的王室，并不是本土英国人，而是英国前殖民地的子民。查阅英国电视主播的履历就清楚了。比如出生在加勒比的特雷弗·麦克唐纳（Trevor McDonald），出生在苏丹的杰伊纳布·巴达维（Zeinab Badawi），印裔知名作家、曾因《撒旦的诗篇》被霍梅尼（Ruhollah Khomeini）全球追杀的拉什迪（Salman Rushdie），他们的英语比英国人还英国。

留学的第一个噩梦是语言。第一学期，我的英语完全无法跟上。读书报告上，导师红笔批注："Your English is bit hard to follow..."在英人词典里，这已严厉。我决心整治自己的英语。我发现，问题不仅是英文，也与中文有关。我们缺乏清晰的思辨语言。当《新华字典》把很多字、词汇与释义打入冷宫，当数百个常用成语在接连的政治运动中浸泡，我们的思考已缺乏足够有用的语汇。自闭的语言，只能得出自闭的结论，没有第二种可能。我的英语窘迫，也让我在中文中找寻更诚实的表达。

某天一位台湾同学说，宿舍隔壁的维多利亚街上，有个英国老头，乐意辅导亚洲留学生英语，不收钱，只是很严厉。要不你去试试？老头名叫戴瑞克，后来成了我的英语老师。

维多利亚街，很窄，更像上海的弄堂。那是个阴郁的冬日。在约定的时间，我摁响老头家的门铃。一栋乔治亚时代的房子，三层楼。门开，一矮胖老头探出身来，头上盖着薄薄的金发，并没什么表情，只是核实我的身份，"你是力奋？"（"Are you Lifen？"）而后招呼我进门。

戴瑞克，七十开外，皮肤白得有些透明，或是久居室内、少见阳光的缘故。握手时，他的手肥鼓鼓的。一副花边玳瑁眼镜，架在肉鼻子上，趴着几滴汗。

过道很短，左边是餐室，右手是客厅。窗外，有棵老树，叶已落尽，遮蔽了本已单薄的冬日阳光。厚实的窗帘半掩着，屋内显得阴晦，如同埋在黄昏中。进门，一圈沙发，两张单人，一张双人，都是布的，很慵懒的那种。坐垫陷得最深的，想必是他的座。正面墙，占了一整排书架，顶到天花板。书架上，小半是书，更多是CD、VHS录像带，以及整排竖立的黑胶唱片。我结结巴巴地自我介绍，说也喜欢音乐、爱看老电影，像在求职时不自信的吹嘘。

我来学英语，当然很注意他的口音。出国前，在上外英语培训时，有个英籍教授发音奇特，一问是苏格兰人。她很快带跑了我们的口音。首次见面，我听出戴瑞克的口音是标准英音，是 RP。英国人用"Clipped"这个词形容最好的英音，像是精致修剪过的花草，干净、整齐、清晰、有序。

到午茶时间，他去厨房烧水，泡英国茶。水沸了，红壶的哨子嘘嘘地叫，有些尖利。我去帮忙，电壶盖扑扑地上下掀着。他端着茶盘，一小盅鲜奶，加一碟饼干。茶是英国人的生命必需，特别是冬天。一壶午茶，足以让萎靡的英国人顷刻醒来。

大学时，戴瑞克读建筑。毕业后，没当成建筑师，进了保险公司。房产保险，需要懂建筑营造的。他从小职员做起，规规矩矩，做到退休。我们商定，每礼拜四，下午 2 点。课程表也定了：一节课历史，我请他讲古希腊或古罗马。"言必称希腊"，我想补课。课后，看一部老电影。

这样的礼拜四，持续了近三年。每周同一时间，同一张沙发，同样的午茶和甜点，光线几乎都相同。纱帘滤过的阳光，没有季节。夏天，树叶厚实，撑开了树盖，墙上晒出晃动的绿影，更显得暗。每次敲门，他多半还在打盹，被门铃闹醒，目光迷糊。我一入座，他照例把电壶打开，煮水，泡茶。他喜欢 PG Tips 或大吉岭，估计一辈子没换过。好好的，没换的理由，这是英国人常说的。对维持现状，英国人总是理由充分，甚至不证自明。对英国茶，我从不挑剔。水好，滚烫沸水，泡到恰到好处，都好喝。英国人喝茶，从中国学的，后来喝精致了，又自成一家。乔治·奥威尔曾偷闲写过一篇随笔，介绍英国茶的泡法，记得有十步。他在印度做过警察，里面夹着印度茶的做法。我如法炮制，果然好茶。

比起中国，英国的历史太短。1066 年，威廉一世（William Ⅰ of England）接手英格兰王国，史称"诺尔曼登陆"，英国王室由此开始。戴瑞克是古希腊与古罗马的崇拜者。没有古希腊，何来西方文明。每周，他讲雅典城邦、苏格拉底、柏拉图、尼禄（Nero）、恺撒（Gaius Julius Caesar）、罗马斗兽场。私塾授课，最吃紧的是我的听力，没时间插嘴。等说累了，他会咳几声，我去厨房烧水，再沏一壶茶，他又满血复活，鼻子冒汗了。对中国他也崇拜，长城、兵马俑和紫禁城，仅此而已。

渐渐地，我开始明白留学生从他身边落荒而逃的原因：他的严苛、自傲，以及对语言的洁癖。我们之间的对话，经常瞬间变成堂上审问，"Stop！Stop！Lifen，Say it again！"，这是客厅里最常回荡的一句话。他喝令我停下，要我重复，再重复，直到他满意为止。上课时，很少听到他用敬语，"Yes！Say it properly！Again！"他无情，从不表扬学生，对打压你的自尊心也毫无歉意。我骂他"英语帝国主义者"，他只是耸耸肩。他的逻辑很简单，你到英国留学，就得学地道英语。

每回上课，我最向往老电影，特别是英国的黑白片。排片由我定，茶几上，有本世界电影大全。选片前，先从书架上抽出几部 CD，而后查资料，比如导演、主演、获奖记录、争议等。因《阿拉伯的劳伦斯》，我喜欢上英国导演大卫·里恩（David Lean），索性把他早期作品全部看了：《为国尽忠》（*In Which We Serve*）、《相见恨晚》（*Brief Encounter*）、《一飞冲天》（*The Sound Barrier*）、《霍布森的选择》（*Hobson's Choice*）。一个冬日下午，看《相见恨晚》，特雷弗·霍华德（Trevor Howard）和西里亚·约翰逊主演。主题音乐，是拉赫玛尼诺夫（Sergei Rachmaninoff）《c 小调第二钢琴协奏曲》。车站月台上一幕邂逅，人到中年后的情感虚空，中产阶级面对新情旧爱的负罪感，英式的低调、克制、薄如一纸却捅不破的情爱纠结，烈焰在冰山下燃烧。

上历史课，戴瑞克得动脑子，渐渐地还要应对我一连串古怪问题。电影开演后，他正式歇工，躺沙发上休息。书架上的电影磁带，是他一生的收藏，都已看过。与教英语的严酷不同，他时常称赞我的选片。开场几分钟，他已鼾声响起，头斜靠沙发上，睡着了。他的专用沙发前，有个脚托，两条胖腿搁在上边，舒服很多。我从小喜欢催泪片，男儿有泪轻弹。老头在旁打盹，我看到流泪处，也不必顾忌。影片行至尾声，长长的演职员表缓缓登场。自中学开始，再长的演职员表，我一定看完，无论在影院还是家里，这是观众起码可以给制作人的表示。等到"End"或"FIN"的字样缓缓上爬，好像上了发条,戴瑞克会按时醒来。电影散场时,已近黄昏。他会问,"Another tea?"(再来一杯茶?)我会顺着既定"剧本",答"不了"。他一般也不坚持,送我出门。若在冬天,下午4点光景,阳光早已撤净,街灯亮,夜幕顷刻落下。晚上6点前,我一定起身告辞。他越来越不爱动,加上爱吃甜品,体态越来越圆。他外出只是万不得已,每周去超市购物。有时,我帮他去超市代买。时间久了,他不再客套。他要的无非是牛奶、茶包、饼干、果酱、水果,但厌恶蔬菜(doesn't like the green)。

戴瑞克独身。我从没有问及他的私生活与婚史。客厅里,除了几张泛黄的父母照片,找不到任何家庭生活的影子。1992年某个下午,一个偶然的突发事件,我发现他是同性恋。怪不得他的学生清一色全部是男生。对女生,他全无兴致。

突发事件后,我们的师生情谊如常,我仍每周去他家上课,也请他读过博士论文初稿的若干章节,他对其中的文法及表达不当仍毫不留情。1993年4月,我要去BBC工作,他颇为自豪,上课只能停止。我偶尔给他拨个电话,电话那头,他虚弱许多,大声喘气,气管里有猫叫声。

1993年圣诞,我回到莱斯特与家人度假,想在节后看望戴瑞克。圣诞日后的Boxing Day(节礼日),我还在被窝里。楼下有门铃响。我诧异,当天并无客人来访。下楼开门,站着戴瑞克的两个印度裔朋友。其中一位,在戴瑞克家里见过。

他说，很冒昧到访。不速之客带来的是个坏消息。戴瑞克圣诞夜去世了。有朋友圣诞日去看望他，敲不开门，遂报了警。警方说，屋内并无外人侵入的迹象。他是坐在沙发上离世的，没有挣扎，很宁静。医生已对遗体作了解剖，确认是心肌梗死。短短几分钟，没什么痛苦。我问何时葬礼？他说，戴瑞克生前都有安排，立了遗嘱，遗体捐给莱斯特大学医学院，让学生练习解剖。仪式就免了。

他说，"今天赶来，除了报丧，也想告诉你，他在遗嘱里给你留了些东西。请你抽空去他家拿。"

几天后，我去了维多利亚街，印度朋友等着我。客厅里，一如往常，只是少了戴瑞克。他的沙发坐垫仍陷得很深。厚窗帘拉得更密，屋内更暗。桌上，是他留给我的遗赠：一排英文辞典，精装的、简装的、牛津版、韦氏词典、朗文同义辞典。其中几本很熟，时常查阅的。我把它们放进随带的双肩包里，背回家中。

这些辞典，随我走过伦敦、香港、台湾、北京，现在多半在我复旦的书架上。每每查阅，我时有幻觉，闪过他严厉的眼神，晃着他胖鼓鼓的手指："Come on Lifen! You can do better than this!"

今晚，我在牛津想起戴瑞克，一个可爱的"英帝国主义者"。

正知书院已经走过了八年。当年曾有老人家批语：你们就是个打着书院幌子的饭局。用何力"院士"的说法，一干俗人，没饭吃没酒喝，哪来书香、思想？

2017年5月16日　周二

牛津　晴

　　一早醒来，已是北京时间下午，打开微信收看正知书院五周年论坛直播："拥抱变化——从未来看传播（互联网）这五年"。书院由一批资深媒体人或前媒体人组成，做点公益，启蒙媒介素养，推介新传播技术。书院成员，一律戏称"院士"，有何力、吴伯凡、朱德付、罗振宇（罗胖）、龚宇、黄翔、张刚、何刚、朱学东、牛文文、陈朝华、何江涛、于扬、王凯、吴声、李岩、段刚、刘丰、黎峥、杜林海、林周勇、张涛、李亚、蔡照明、仲伟志、郑靖伟、杨海峰等，我也在内。仅两位女院士，陈婷和陈丹青。十年前，这样一台直播，两小时，若租跨洋卫星线路，多则上万美元。现在一部智能手机就能搞掂。技术颠覆的年代，历史变得难以想象。书院源于每月一次的聚餐，是饭醉之余的产物。"正知"两字，由曾任《经济观察报》总编辑的何力提议,《大念出经》曰"比丘以正知而行"。

　　下午,上海友人孔伟律师到访。陪他去隔壁万灵学院,可惜关着。喝完午茶,我们上高街,路过老地图店"Sanders of Oxford",大红门,很醒目。问他是否有兴趣进去瞧瞧。他点头。Sanders 是家古董店,专营老地图和印刷品,19 世纪中叶开张,尤以 17、18 世纪英国和各国老地图著称。一年轻店员,很客气,上个月在牛津古董书展上见过。他取出了所有中国的古董地图。最耐看的是 16 世纪亚伯拉罕·奥特利乌斯(Abraham Ortelius)绘制、手工着色的中国地图,安特卫普出版,中国地形海棠叶的外廓已现。还见到一幅布劳(Blaeu)绘制的 17 世纪中国地图。2013 年,苏格兰公投,我在爱丁堡采访,路经老城一古董地图店,有幅布劳中国全图,手绘原色依然饱满,2000 多英镑咬咬牙买回。乾隆年间,英国特使马戛尔尼(George Macartney)出使中国,精心制作了一套地图作为国礼。上个月古董书展上见过,可惜图册已散页。店员说,因一场事故,图册曾浸水。虽经抢救,页面上仍可见黄斑。不过存世的不多,多在博物馆收藏,说罢招呼别的顾客了。英国店员,不硬推销,点到为止,顾客也没压力。孔伟低声跟我商量,我说好东西,本来也有心想买,只是太重。他说喜欢,要不所有中国地图全要了,带回上海。我说值。跟店员要了个折扣,付了 6000 多英镑。

我送他到火车站，赶回伦敦。晚餐约了忠民、育宗到乔治街上 Cote Brasserie 吃法餐。育宗在国内办了多所国际学校，近年都有学生考上牛津剑桥，很有成就感。我担心的是，与 80、90 年代相比，现在留学规模太大，含金量下降。有些英美大学的专业，中国大陆学生高达 70%—80%。美国一所名校的统计学硕士专业，大陆学生多达 90%，若教授是华裔，上课连英文都省了。大陆同学习惯整天泡在一起，少与本土同学沟通，有的连英文都带不回国。

邂逅几位老院士，一位是物理学家，让我想起约翰·比比（John Beeby）教授，我妻子的博士导师。退休后，他去了澳大利亚，音信中断。2012 年元月，冬季达沃斯论坛。在会场撞见《自然》杂志总编辑菲利普·坎贝尔（Philip Campbell），每年我们会在达沃斯见到。他是大气物理学家，莱斯特大学物理与宇航系的博士，跟我妻子是前后系友。他问隽的导师是谁，我说是约翰·比比。他怔了一下："你还不知道？！约翰两年前急病，突然走了。很可惜。"

那晚，我和妻子都很沉默。半夜醒来，窗外月色借着满地雪光，照亮了达沃斯山镇，近处山峦几近白昼。我睡不着，索性上网找约翰的讣文。英国物理学会网站上，我找到他剑桥老同学写的讣文：约翰一生是莱斯特老虎橄榄球队的铁杆粉丝。只要在家，每周六必到场。某个周末，莱斯特队主场，惊心动魄后反败为胜。回家途中，他突发心肌梗塞。照英人的说法，约翰是在快乐中离世的。

跟约翰初次接触，是为妻子读博士的事。她在复旦念物理，留校后，又随我伴读到英国。可惜从小学到大学，她都学俄语，念成了弱势群体。到了英语故乡，她先在社区学院报了个社会学课程，补习日常英语。我鼓励她申读博士，找学生会咨询。某天，学生会通知她去物理系见比比教授。我陪着，心想或能做点翻译。见到约翰，第一印象是他的笑容，温和，眼神光亮，智慧中有些调皮。与英国人初次见面，常常拘谨，或给人冷感，约翰是另类。我翻译了几分钟，一进入物理，我已毫无用处，只能知趣地告退。隽回家告诉我。因语言不通，约翰和另一位教授彼得在办公桌上跟她笔谈了两小时，全部是数学算式，你来我往地计算。而后他让隽回家等消息。

几周后，妻子收到校方公函，通知她已被物理与宇航系录取为博士生，师从约翰。因为没考雅思，身为理学院院长的他给校方写了推荐信，大意是：他已考核了隽的专业能力，可在他指导下完成博士研究，望破格录取。

一年后，儿子三岁多，两个博士生的生活窘迫起来。一天，约翰见到隽，随意地问，大学的寄宿学院空缺一位副宿监（Sub-Warden），觉得她合适，不知有无兴趣？副宿监是博士生们青睐的肥缺：免费住宿，并享受高桌（High Table）早餐、晚餐。她高兴极了。我明白这是约翰在暗中帮她，却好像要我们帮他的忙。他不让学生有报恩的压力。

约翰领衔的理论物理组，除了他，都是有趣、和善的怪咖。要么社交恐惧，要么更适合穿越回 19 世纪。作为凝聚态物理学家，约翰以一等荣誉学位从剑桥毕业，后在曼彻斯特大学读博士。博士后跨洋到美国伊利诺伊大学做研究，师从两度获得诺贝尔物理学奖的约翰·巴丁（John Bardeen）教授。三十岁出头，已升任教授。成名后，他的学术生涯都在莱斯特大学，出任物理系主任、理学院院长，最后是主管研究的副校长、英国国家物理学会的荣誉秘书长。

我常去物理系串门，从没见约翰疾言厉色。对外国学生，他很包容。隽的英文底子弱，常闹笑话。约翰比我耐心，对她"车祸现场"的表达，总能猜出正确答案："我猜你是这个意思吧。"当副校长那年，近圣诞，几个学生恶作剧，在他新的奥迪车上贴了张"好车廉价急售"的广告，留了约翰办公室电话，白菜价 800 英镑。据说，他接到不少梦想"捡漏"的电话，大笑。

他曾向我传授丈夫之道：如果你想要安宁的好生活，没麻烦，就千方百计让太太高兴。他极有条理。退休前五年，他决定每年递减一个工作日，慢下来。等到退休那年，正好全身裸退。或是到了年龄，怀旧多了。晚餐后骑回学院，脑海里是比比教授的影子。他有恩于我们。唯因如此，他的突然离世，更让人伤怀和不舍。

出国前，从没听说过蒋彝的名字，这是我的无知。中华有很多好东西在国外。他大半辈子漂泊英美，仍是最地道的中国人，写一笔好字，画一笔好画，心依旧东方。

2017年5月17日　周三
牛津　大雨

一早,带了本书,想去阿什莫林博物馆,找个幽静处读书。读累了可随时看展品。刚走到宽街,大雨落了,没带伞,只得跑回学院。

下午,又见中国游客。他们正从 Clarks 鞋店出来。一个大妈,拖着大行李箱,还有双肩包,扒拉着腿,人都矮了几厘米,急急往大巴赶。

千禧年之后,中国渐渐进入旅游购物时代。中国游客在欧美买买买,欧美中产也开始消费质优价廉的"中国制造"。去伦敦购物中心,我最乐意的事情,是看产品标牌,特别是制造国和价格。衣物、日常用品,十有八九是中国货。比起二十年前,心里牛气不少。不过这种牛气仍深埋着自卑。在伦敦采访中国官员,他们的语言、眼界仍停在从前。讲演时,离不开古老中国五千年史、长城、兵马俑、"四大发明"、紫禁城，甚至中国古典四大名著。事实上，欧美知识界少有知晓曹雪芹的《红楼梦》。英国首相出访，很少刻意祭出莎士比亚、牛顿、达尔文（Charles Darwin）或狄更斯（Charles Dickens）的。过去两个世纪，强权跟前，中国是弱国，更是弱文化。弱文化的背后，是自卑与不安全感，既羡慕怨恨欧美强势文化，又冀望得到强文化的承认甚至欣赏。法语中的"ressentiment"，说的正是这种爱恨交错。潜意识里，中国常有冲动，渴望世界为自己叫好。

2002年，中国加入世贸组织后第二年，中国文化部门策划了"Bravo China"（为中国喝彩）大型演出，到全球五大城市巡演：美国洛杉矶巨碗剧场、俄国莫斯科克里姆林剧场、英国伦敦千禧年宫、希腊雅典阿提库斯剧场，还有南非，据说每场耗资100万美元，云集国内明星，均一时之选。

伦敦千禧年宫那场音乐会，我去了。我难以明白这台来自中国的演出，为何冠名"Bravo China"。是中国借异域为自己欢呼？还是暗示世界为中国喝彩？因不公开售票，入场券多半通过使馆或中英友好团体内部派发。场内，华侨占了大半。他们的兴奋溢于言表，扶老携幼，包括不少幼童。开幕前，孩子们像脱缰小马在剧场过道上奔跑撒欢，大人忙着维持秩序，更像小时候打谷场上的社戏。到场的英国人不多。演出时，底下嘈杂声一片。演出结束，中国驻伦敦记者要采访，我谢绝了。

当然也有自信的,比如中国的小留学生,没有革命痛苦记忆的一代。约十年前,我应邀回伦敦演讲,东道主礼遇订了商务舱。十多个舱位,目测多是小留学生,高中模样。一登机,他们戴上耳机,蒙上毛毯,睡去。他们家境可能比西方中产阶层家庭还优越,进世界一流学府。但更多的是另一类:他们无力考上中国名校,甚至难进普通本科,留学成为不得已的选择。好在父母有现金,通过中介为他们在三四流欧美大学觅得一纸录取书。当孩子消失在机场入口,老爸老妈如释重负,觉得银货两讫,包袱终于放下。

我曾为六神无主的国内朋友找伦敦失联的孩子,少数学生出国后与家长断了联络。孩子允许父母加微信是极大的恩准,孩子主动露面时,多是财政赤字或信用卡欠款时。也有一些欧美大学把中国留学生当成奶牛,几乎来者不拒,降低英语考分与招生标准。万里之外,孩子拿着赴英签证,却进入一个小中国:讲中文,交中国朋友,与中国同学合住,吃中餐。唯一的区别,他们搬到了一个中国飞地。2008年北京奥运会,我去报道。进城的出租车上,当司机知道我从伦敦来,一时神色黯然。他告诉我,儿子已从英国留学归来。原本想多待几年,但未找到工作,回北京三四个月了,工作没着落,连中学教英语的位子也没拿到。

有留学生告诉我,近十年,留学贬值与国内舞弊有关,砸了中国人声誉。曾有中国某省中介机构系统作弊,伪造学生成绩单、推荐信、自述，整套留学资料流水作业全部凭空虚构。英方查出后，该省暂时关进了移民局的黑名单。前几年，曾有英国某城市拒绝租房给中国学生的事。一些品行不端的学生在学业结束时，欠下房租，钥匙掷入信筒，深夜出走。也有学生在英国申请了信用卡，回国前买买买，而后逃回国，玩失踪。

每代人各有自己的原罪。我们这辈老留学生，贫困中长大，多是节俭的主。当年奖学金微薄，又想寄点钱回家孝敬父母，或存着买免税大件，也有出格的事。比如，伦敦地铁票，全世界最贵，时有留学生逃票，或冒用儿童卡。最滑稽的是，某年伦敦某区，有个BT（英国电讯）投币电话亭发生神秘故障，居然可打免费国际长途。当时中英间的国际通话，每分钟话费高达2英镑，合30元人民币。如此好事，迅速在留学生圈中秘密传开。该电话亭外，永远有一溜排队，彼此心照不宣，等着。大家都绅士，不煲电话粥，直到BT发现隐情。

留学生江湖里传说更悬的，是一英镑硬币的故事，据说是学工程的理工男所为：他们在实验室里，用机器在一英镑硬币上钻个圆孔，系上铜线，塞入投币电话，电话接通，显示屏开始跳表，跑马似的。快跑完时，他把硬币"钓"出来，循环使用。这个万能的一英镑，神如传奇，待确认。

这次回英国，邂逅大陆小留学生，羡慕他们。他们是有望真正成为大国国民的一代。我头一次坐飞机，上海飞北京，已经22岁。他们这代，很多还没学会走路，就已随父母海外远行,出生就睁眼看世界。不过,天资优越、竞争中杀出的他们,常囿于功利而轻视做人。多年前,一位见过一面的中国留学生找我。大意是,她在一所英国名校快毕业,正申请牛剑博士奖学金,希望我做推荐人。我婉言相告,因仅见面一次,我不符合推荐人资格。她回复我,就填已认识六年好了。我拒绝后,再无音讯。在 FT 中文网,常有同行、朋友的孩子申请实习。只要合适,我都支持。但我立下一条规矩:不论电邮、电话,若申请人缺乏礼貌,无论是谁,即取消面试资格。

今天,牛津阴雨。本是读书天,却毫无兴致,索性出外走走。下午去圣体学院,建于 1517 年。院内寂静无人。到礼拜堂小坐,一小男生正练习管风琴,应该是"Organ Scholar"(管风琴奖学金得主)。我悄悄坐在一侧,听他练琴。他个头小,踩管风琴踏板时,显然吃力。我喜欢听管风琴,原因之一,它需要体能,听者能感受演奏者的劳动。演奏时,踏板发出的声响,清晰可辨,像是乐符拉长的痕迹。圣体学院,是牛津规模较小的学院。它的图书馆 24 小时开放,到了考试季,学生通宵复习,可在图书馆过夜。此外,圣体有只名叫 Fox 的乌龟。学生会每年选一位学生照看这只院龟,还定期有乌龟赛跑,激励士气。

圣体出过不少名人:哲学家以赛亚·伯林、约翰·基布尔(John Keble,牛津运动的灵魂人物,基布尔学院以他命名)、托马斯·内格尔(Thomas Nagel)、英国工党前党魁埃德·米利班德（Ed Miliband）。我最好奇的却是内格尔，一位仍在世的美国政治哲学家、伦理学家，他的成名作是《做一只蝙蝠是啥味道？》。他毕生关注心与身的问题，最热衷的哲学命题是"荒诞"。他说："比如一个动议已通过，某人还在拉拉杂杂地演说；一个恶名昭彰的罪犯，成了大型慈善基金会的主席；电话中正播着一段预录的广告，你却混沌不知，对它表白爱意；受封爵位的典礼上，有人的裤子突然掉了下来。"

告别圣体学院，我特意从逻辑巷（Logic Lane）穿到高街。逻辑巷，是我最喜欢的牛津街名。Logic Lane！Logic Lane！音韵、节奏、意义都美。20世纪30年代，生于九江的旅英作家、画家蒋彝开始以"Silent Traveller"（静默行者）笔名发表英文游记，东方的文心打动了西语世界，成为旅行文学的极品。他是个奇人，参加过北伐，做过国民革命军第七军书记长，从政当过安徽芜湖、江西九江县长，因不容于政坛而辞官。大学他读的是化学。1934年获推荐到伦敦东方学院（SOAS, School of Oriental and African Studies）教授中文，同时开始正经学英文。"二战"前，环球旅行两年，跑了80多个国家。因他很少用中文写作，在中国国内和华文世界反而名声冷清。如果介绍"可口可乐"是他的原创翻译，读者一定惊呼一声。1940年，纳粹德国轰炸伦敦，他的寓所被毁，全部书画化为灰烬。因居无定所，只得跑到牛津避难，1944年发表《牛津画记》，也是逻辑巷的崇拜者。他这样写牛津的雪夜："半夜寒侵茶当酒，小窗声细雪兼风。牛津两见冬来去，故国情深谁与同。"他主持过大英博物馆的中国藏品部。20世纪50年代，出任哥伦比亚大学中国文学教授，入美国籍。1975年，离别中国42年后，他终于回国与妻子、女儿团圆。我淘到他几册旧书，最喜欢他的插画，拙趣中见儒雅，童心弥漫。沉静的笔墨，应了他的低调寡言，不推荐给今天的中国孩子，岂不可惜。

从高街穿进集市，快到收市，叫卖声一片。少时物资短缺，看到水果、菜蔬、活的鱼虾，感受鲜活的生命，内心是愉悦的。到世界各地旅行，集市是必逛的。集市热闹，民生多半安稳。

今人或很难理解王韬与理雅各（James Legge）之间的友谊。一个是为上帝来到中国，迷上中国古籍的英国传教士，一个是在中西之间挣扎的中国科举人。他们曾以翻译为生。译介是文明的驱动力。

2017年5月18日　周四

牛津　晴

昨晚睡得早，整面窗开着，一早闻得朝露的滋润与清凉。太阳升上来，大地的味道变得混浊了。城墙上的鸟鸣短促，少了悠扬。这几天，在看有关网络技术与强化社会安全监控的研究文献。欧美比较一致的结论，中国误用了网络技术，无论是CCTV探头的高度密集、人脸识别，还是基于网络数据监控的社会诚信系统。赞成中国方案的多半坚持说，如果你是良民，不用害怕这些技术。我觉得，中国文化中隐私意识本来就淡漠，常以便利、实用牺牲个人隐私，容易让技术突破伦理边界。我们都是经验的仆人。几年前，在北京机场遭遇的一件事，多少修正了我对新技术的观察。

那天由北京飞上海。安检后不久，我发现随身的红挎包不见了，遂返回安检处找寻，那条安检线已关闭，只得求助问讯处。值班的姑娘听了我的描述,要了我的登机牌与护照,几分钟后,她轻松地告诉我,拿你包的人已找到,女的。不着急,她的航班还有 50 分钟登机。于是带着我去那个登机口。我对高技术好奇,问个究竟。原来从值机到安检,每次扫描登机牌,都会准确留下时间标记。机场监控只须用条形码信息,即可在监控录像中定位我,拿包人的身份以及航班、登机口信息,可精确到包被拿走的一瞬。那是国内航线一个巨大候机厅。我终于发现了红挎包,藏在一位年轻女性的背后。我走近问她,背后这只红包是你的吗?她开始慌乱,怪罪她的同行人错拿。我问她,小时候父母是否教导过,别人的东西不能拿?这是我最早用 AI 定位失而复得的经历。自那之后,对国内频繁的身份扫描宽容许多。人对技术包容的界限应该在哪里?

前几天,图书馆查到王韬当年写给他的英国"导师"理雅各(James Legge)的书信,大喜。我在复旦给 LSE、巴黎政大双学位国际学生讲授近代中国新闻史,王韬是专门一章。这个笔名弢园老民的秀才,1874 年在香港创办世上第一份华资中文日报——《循环日报》,被尊为中国新闻之父或中国第一报人。他主笔时政十年,撰政论八九百篇,鼓吹中国变法自强,学习西方科学人文,兴铁路、造船、纺织等工业。王韬因涉嫌与太平天国有染,遭清政府追杀,不得不逃至香港避祸,是理雅各资助他逃亡英国,在苏格兰住了两年,成就了他的"泰西之旅"。这段历史对王韬成为报人至关重要。

理雅各生于 1815 年，卒于 1897 年，与王韬同年去世，他是布道会传教士、香港英华书院校长，近代英国最重要的汉学家、牛津大学首位汉学教授，中国古典英译第一人，二十五年间将《四书》《五经》等典籍全部译出，计 28 卷。他的多卷本《中国经典》《中国的宗教：儒教、道教与基督教的对比》等著作被汉学界奉为经典，与法国学者顾赛芬（Seraphin Couvreur）、德国学者卫礼贤（Richard Wilhelm）并称汉籍欧译三大家。

这批寄往牛津的书信，时间是 19 世纪 60 年代，均用地道文言文，粉色信笺，竖版，信封上写"阿斯佛大书院山长理大牧师大人台启"。"阿斯佛"应是 Oxford 的谐音翻译，大书院是大学之意，山长是中国历代对书院授业讲学者的称谓。王韬中为洋用，把中国就直接搬过去了。1867 年，理雅各邀王韬到牛津讲演，这是第一个中国人在牛津公开讲演。王韬用汉语，理雅各翻译，主题是"中英通商"和"孔子之道"。他说，英国派人到中国广东等地贸易，发生了鸦片战争。他呼吁英国当局停止对华的不平等行为，互相尊重，和睦相处。他说，孔子之道为人道，西方之道是天道，但天道还是系于人道。有记载，"是时，一堂听者，无不鼓掌蹈足，同声称赞，墙壁为震"。由王韬日记可见，他对事对人观察极其细微，描述平实，有专业记者的直觉与天分。从英国回到香港，他有志办报，以文字启迪民意，也是水到渠成。

作为当年中国的口岸知识分子,很难想象王韬当年是如何学英文的。语言的国际接受度是国力象征。当中国的政商影响力、"中国制造"溢出到国外,学中文的人数几何级剧增,欧美越来越多的中学开设中文教程,英文词典里的中国词汇会增加。

我熟识的英国媒体同仁中,有一位是我的复旦校友。她叫伊莎贝尔·希尔顿(Isabel Hilton),记者、专栏作家、广播节目主持人。前年在伦敦重逢,又听她说起当年留学的故事:从中学起她对中国感兴趣,考取爱丁堡大学后,正式学中文。时值"文革",她无缘去中国旅行。1972年中国与英国正式建立大使级外交关系。1973年两国互派第一批留学生。中国学生中有龙永图(曾任中国商务部副部长、世贸谈判总代表)、王光亚(曾任中国外交部副部长、港澳办主任)、陈珊珊(陈毅元帅小女儿、与王光亚结为夫妻)等,进入伦敦政经学院就读。

英国首批对华留学生12人,伊莎贝尔是其中之一,还有一位是维多利亚·伍德(Victoria Wood),作家,曾任大英博物馆中国馆藏部主任。她回忆,1973年10月,从伦敦飞北京,漫长的航程。直到北京机场降落,她才突然意识到中国到了。从空中往下看,一片漆黑,什么都看不见。第二天他们就去了天安门。看到十几个蓝眼高鼻子老外在放风,也没中国官员陪着,北京人开始围观,觉得匪夷所思。去长安街上友谊商店买外汇商品时,只听得背后咣啷巨响,橱窗玻璃被围观的人群挤碎了。新鲜感消退后,她对中国革命的憧憬与向往很快散去。留学生也得学工学农。她去了一家北京纺织厂实习。一次因违反纪律,厂里开了对她的批评帮教会。她在北外的上课教材,多半是毛主席语录、《人民日报》社论和宣传品。那时也没咖啡厅、酒吧和娱乐,能看的就是电影院里几个样板戏。南下复旦,她进了中文系,教材仍是宣传材料。教汉语的老师口音重,她听不明白。住宿是两人一间,另一位是校方指定的中国同学,条件比中国同学七人一间要好很多。她还记得正门大草坪上巨大的毛主席石雕像。

两年后,她回到伦敦当了记者。1976 年因为留学过中国,她被英国军情五处(MI5)列入了"圣诞树"黑名单,BBC 无法雇用她。这辈子中国始终伴随着她,她的普通话几可乱真。她先后在《星期日泰晤士报》、《独立报》、《卫报》、BBC 出任资深编辑、专栏作家、文化节目主持人。近年来,作为创始人,她全心投入"China Dialogue"网站,关注中国的环境问题,奔波于伦敦、北京之间。为表彰她的公共服务,女王授予她 OBE 勋章。伊莎贝尔对中国的执念,恰似我对英国的感念,常在两个世界的边缘碰撞,亦内亦外,身份错乱,多有苦恼。

这几天查词典,猛然醒悟,英语虽难,关键是把 800—900 个常用词用活了,英语里的"make",就像中文里一个粗鄙"搞"字,惯用法可是一字千面。独自坐在伦敦的咖啡馆或酒吧,最享受的是边读闲书,边听耳畔鲜活的英语。它们是词典的老师。我常对学生讲,不要相信背单词。到英国去这所最伟大的语言学校,再念不好英文,我只能遗憾了。

乔治·奥威尔是个"混合物"。受过伊顿精英教育，去印度当过警察，再到 BBC 帝国广播远东部做写手，曾同情苏联和共产主义。这一切看似冲突的经历，创造了《1984》。

2017年5月19日　周五
牛津　晴，晚上下雨

上午 8 点半与卫哲在 Randolph Hotel 用早餐。他公私兼顾，来出席一家英国公司的董事会，同时看望正在私校上高中的儿子。

下午卫哲到学院做客。自辞任阿里巴巴 CEO 后，他一直在做基金。卫哲大学毕业后做过万国证券创始人管金生的特别助理，后来管因"327"国债事件入狱。之后，卫哲出任全球 500 强企业、英国 B&Q 集团中国总裁。

路过 St Giles 的 Oxfam 旧书店。到了旧书店，人就难挪步，背了六七本书回来。其中有阿萨·布里格斯（Asa Briggs）的《英国广播史》（第五卷），精装，标价 20 镑。我问二手书为何这么贵。店员查了半天告诉我，其实此书价格标低了，应该要 50 英镑。我说，既已标价再改似有违诚信。他听了觉得在理，还是20镑卖给了我。另两册，一是奥威尔的新闻作品 *Homage to Catalonia*，写西班牙内战的杰作。另一本是约翰·里德的 *Mexico in Flames*。若他们地下有灵，一定很难想象当下中国记者的别名是"新闻民工"，自我期许低迷。不过，下辈子若还可选择，我仍当记者。新闻是世界正常运行的刚需，是公共资源。英国的职业文化，资质优秀者最优先考虑与"公共服务"相关的职业，比如法政、教育，也包括新闻业，虽然对何为"公共"理解或有分歧。历史上，文官系统（Mandarin Service）、BBC和精英媒体，在牛津、剑桥毕业生的职业选择中向来是靠前的选项。打开哈佛、康奈尔等世界名校的官网，校友中的诺贝尔奖得主与普利策新闻奖得主比肩而立，新闻与人文精神的荣光。

从政不是大多数记者的选择，FT编辑部同仁还是有不少转向政坛，比如：奈杰尔·劳森（Nigel Lawson，保守党政治家、撒切尔夫人任内财政大臣）、雪莉·威廉姆斯（Shirley Williams，教育大臣、英国自由民主党创始人之一）、爱德·鲍尔斯（Ed Balls，工党影子内阁财政大臣）、方慧兰（Chrystia Freeland，加拿大现任外交部长）、乔·约翰逊（Jo Johnson，保守党内阁成员、现任首相约翰逊之弟）。某年英国央行"英格兰银行"面临换届，我与FT首席经济评论家马丁·沃尔夫谈及他有关英国利率走势的专栏，外界认为这篇专栏直接影响了利率调整。我跟马丁开玩笑，英国央行正考虑下届行长人选。如果找他，会考虑吗？他停了停，脱口而出"我会考虑"（I might）。这种指点江山的自信是"新闻民工"难以想象的。

路过阿什莫林博物馆，很多年前去过。它是世界上第一所大学博物馆，今年是建馆四百年纪念。进门即见命令式的告示，"Please Donate 5 Pounds"（请捐5英镑），令人不适，我决定不捐。去楼下咖啡店坐了会儿，没啥好吃的，点了份快餐鸡饭。

去Tesco，买鸡腿八只。

晚上听斯美塔那的《伏尔塔瓦河》，第二乐章《我的祖国》。特地选了捷克国家爱乐乐团版本，似乎都相信本国乐团最适合演奏本国作曲家，于我仍是个谜。几年前访问布拉格，在伏尔塔瓦河的游轮上，听斯美塔那。时间有限，没能去他音乐中写到的维谢格拉德城堡。我常反复听它的最后10秒，在柔若细丝的空白后，两声强奏的爆发，戛然而止，犹如心跳骤停。又看了卡拉扬（Herbert von Karajan）柏林爱乐版，他似乎永远闭着眼，从不和他的乐手有任何视觉交流。或许到了台上，音符早已落定，不需要了。

90年代中叶，我去拜访傅聪先生，他住在伦敦伊斯灵顿（Islington），一个很波西米亚的小区，多乔治王朝和维多利亚早期建筑。他穿着中式黑衫，我听他练琴，说肖邦。邻街黑人孩子在街上嬉闹，伴着他的玛祖卡，我寻找傅雷家书中的中国。

英国人的仪式感不胜其烦，有时又简约至极，新生家长午餐会，院长致辞不到两分钟，连学院的辉煌都没着一字，就开饭了。

2017年5月20日　周六
牛津　晴，晚上下雨

今天《卫报》有条广告，吁请读者每月掏 5 英镑私房钱，赞助《卫报》新闻生产。要读者共同承担内容成本最早是《时代周刊》(*Time*) 创刊人鲁斯 (Henry Luce) 提出的。广告的黄金时代，广告商忠实地帮读者交着赞助费。纸媒的交易逻辑，是报纸将读者转卖给广告商。这些年广告学在中国进步得快，因为它是纯粹的资本逻辑。5 月 6 日《经济学人》社评"世界上最有价值的资源"，说的不是能源，而是数据。它警告说，数据为某些公司赋予了前所未有的权力。为制约它们，反垄断法必须跟进。

下午去博德利图书馆，不时有黑学袍的学生飘过。其实黑袍很不方便，太长，只适合身高六尺以上男子，夏天热得难受。但牛津不食烟火的仪式感，售卖的是霍布斯崇尚的秩序和等级。学袍把它们外化，披在身上，灵肉一体，身份政治、制服权威的忠实实践者。没获奖学金的只能穿普通袍（Commoner's Gown）。获唱诗班奖学金的，学袍有特制长袖，微风中飘逸。每五个学生中，会有一个在毕业考试胜出，获得学者袍。与中国科举相似，牛津也相信考试。考试的做法并不聪明，但它是目前最合适、相对公平、游戏规则明晰的评价机制。与科举不同的是，牛津教育考核的是批判与思辨力，而非知识本身。

回到复旦教书，学得不少新词，比如说"绩点"，即学生所有考试成绩的总分，还有百分比排名。记得在香港客座时，我曾问一位大陆背景的海归教授，有没有学生跑来争分数的。他想了想说，当地港生，几乎没有跟老师磨嘴皮争分数的。近些年大陆学生多了，争分数的有了。或是大陆成功学残酷竞争所致，少一分都可能沦为失败者。最极端的例子，是一大陆学生功课吃紧，为求通过考试，往老师信箱塞钱疏通。事发后，老师向校方报案。因涉嫌贿赂，校方又向警方报警。最后廉政公署介入调查，学生遭开除。

我们这代80年代留洋的"海龟"，出国时众人羡慕，这让我们多少有精英情结或优越感。与不少同辈学人一样，原本四年的博士学习，最后阴错阳差移居海外。我们曾每年给父母寄点外汇，争取一两年飞回去省亲一次，带一堆产自欧美的各式礼品。渐渐地，除了"中国制造"，越来越难买到什么了。

某年,路经瑞士苏黎世,想给父亲买双皮鞋,市中心跑了三四家鞋店,未果。最后一家的女老板,看我找得辛苦,直言相告都是中国产的,最多是欧盟"组装"(Assemble)。欧美人真正开始对中国刮目相看,是在白色家电进入中产阶层家庭之后,新世纪后的5年。

21世纪初年,我们这批老留学生已在欧美彻底安顿下来,学位、房子、孩子、车子都已"打钩",过上中产生活。小时候表扬爱国科学家毅然回国时放弃的"洋房、小汽车、高薪",原来都很平常。我们通常会在优良的学区买房,周末送孩子上中文学校、去唐人街买菜、吃个不中不西的点心。为了进一个好的教会学校,我们会虔诚地去教堂做一整年礼拜。孩子录取后,家长会悄悄地从教堂蒸发。暗中的攀比总有,人性使然,房子、孩子、丈夫、去什么地方度假。太太常是丈夫"进步"的最大压力。妻子知道我承受不了成功的压力,早已放弃对我严格要求,转而自力更生,博士毕业后去了国际投行,做量化分析师(Quants),为资本服务。我工作的FT时而激烈批评金融界的不作为,资本的残酷。在家里,她是我现成的靶子,有时两人争论到红脸,互不理睬。不过她的数学功底给了她冷静与理性。2007年她开始担忧起资本市场。饭桌上,她常问,市场上如此巨量的低息贷款(cheap money),怎么都算不过来,唯一的结局是崩盘。一年多后,事实证明她是对的。

过去二十多年，每次回上海，因为变化太大，我们曾有的优越感在递减。90年代开始，上海的地图每半年都得更新。从外滩观浦东，地平线上每年景致都不同，这在西方难以想象。

2008年北京奥运会前后，我每年回国四次。对中国发展速度的直觉印象，主要来自重大公共工程——机场、火车站、博物馆、大剧院、音乐厅、体育场馆、高铁，以及对各类胆大包天的建筑实验的包容。中央电视台"大裤衩"、长安街上国家大剧院等设计，在欧美大城市不一定通得过市政规划的质询。对欧美建筑大师的崇拜，有时盲目。不少里程碑建筑永远建在了错误的位置。但中国急于向世界表白，就像一场渴求认可的激情爱恋，盖过了其他一切考量，理性的、文化的、资本的、规划的。我曾深度采访国家大剧院的法国设计师保罗·安德鲁（Paul Andrew），发现重大建筑的背后多是权力政治，中国尤然。

对炫目的大工程，我向来冷观。但当我身处鸟巢、"大裤衩"、国家大剧院，左脑又告诉自己，正是这些里程碑工程改变着外界对中国的直觉观感。潜意识里，我开始把希思罗看作"三流"机场，开始为柏林机场工程长达10年的拖延质疑德国效率，开始在美国旅行时埋怨火车的龟行时速。2008北京奥运会闭幕式上，时任伦敦市长鲍里斯一头乱发为2012伦敦奥运会接旗。当晚我应邀出席伦敦庆祝酒会，鲍里斯说，他羡慕中国领导人有让城市大规模限行的权力,他做不到。他羡慕中国的效率与速度。他说,希斯罗第五航站扩建已讨论十年,中国早已建成高铁。他虽有逢场作戏的毛病,但也是有感而发。对国人来说,撇开日常生存的烦恼,至少在代表国家门面的"公共空间"里自我感觉良好,萌生了优越感。每次回国,都是心理调适。当年没机会出国的同学,很多早早过上了财务完全自由的优渥生活。要说没有心理刺激,那是撒谎。

现在的留学生,是"新世纪人",他们很少有历史记忆,自然也无包袱。他们一出生,中国就在往上走。在欧美中产同学面前,他们不怯。而他们对世界的了解,远远胜过对母国深重历史的体验,这是一个大问题。

WINNER OF THE CHANNEL 4 POLITICAL BOOK OF THE YEAR AWARD

The HUGO YOUNG PAPERS

A Journalist's Notes from the Heart of Politics

'A gripping read …
and a fitting monument
to a titan of journalism'
ANDREW RAWNSLEY, *OBSERVER*

'Young was a superb reporter …
a man of complete integrity'
SIMON HEFFER, *LITERARY REVIEW*

我没在私下场合见过雨果。他的文字充满战斗气场。他的宗教、牛津教育以及对公共利益的执念,使他不得不与权力保持距离。距离让他觉得安全。

2017年5月21日　周日
牛津　晴

　　从宽街上贝利奥尔学院门口经过，想起它还培育了一个让政客很头痛的记者。

　　回国后，常有中国同行问及英国的专栏作家，他们还问，FT中文网为何这么多专栏？留学之初，不分门派政见，我遍读了当时最出名的专栏作家，比如威廉·李斯摩格（William Rees-Morgue，《泰晤士报》前总编辑）、珀丽·汤因比（Polly Toynbee，汤因比孙女）、鲍里斯·约翰逊（记者、伦敦前市长、前英国外长、现任英国首相）、雨果·杨（Hugo Young，《卫报》政治主编）、克里斯托弗·希金斯（Christopher Hutchins，反宗教的无神论者）、马修·帕里斯（Matthew Parris，《泰晤士报》）、威尔·赫顿（现任牛津赫特福德学院院长）、伊莎贝尔·希尔顿（中国通，"文革"中首批赴华的英国留学生）。

我崇拜的专栏作家不少，比如遗世独立的希金斯，英语世界中智慧与辩才无双的专栏作家。牛津毕业，一个百科全书式的人物，哲学家、小说家。可惜他因癌症早逝，仅 62 岁。若问我，谁是我最敬重的专栏作家？答案只能是雨果·杨。英国朝野，无论立场，多对他高山仰止。他著有《撒切尔夫人传》*One of Us*。即便政见相左，铁娘子对雨果也敬畏三分。雨果，虔诚的天主教徒，曾在牛津大学贝利奥尔学院攻读法律。毕业后进入报界，曾任《星期日泰晤士报》政治事务编辑。1981 年报业大亨默多克（Rupert Murdoch）收购该报后，雨果因社评立场与总编辑产生激烈冲突，1984 年辞职。加盟《卫报》后，一直是首席政治专栏作家，每周两篇。他同时出任《卫报》的命脉、斯科特基金会（Scott Trust）主席。与希金斯一样，他也是因癌症早逝，64 岁。

专栏作家，多半为影响力或眼球写作，雨果不是。《卫报》前总编辑拉斯布里杰曾这样评价他的同事："他从不用他的写作取悦总编辑、报业主、政客或文官。他甚至不取悦他的读者。"雨果的文字，并不刻意嘲弄政客与公众人物。他把政客看作对等一方，无情地剖析时政。雨果发声，政客会竖起耳朵。

雨果与权力永远保持距离。死前十天，他接到首相布莱尔的亲笔慰问信。病榻边，有一摞资料和笔记，这将是他最后一篇专栏，一篇对新工党布莱尔的严酷批评。临终前 48 小时，雨果接到布莱尔的问候电话。首相说，他惦记并崇拜雨果。当最后一个探病的朋友道别时，雨果叮嘱他，别把信任浪费在"王子"身上。这个"王子"就是风头正健的布莱尔。雨果在政界阅人无数，贵为首相座上客。不过他说，在政界称得上朋友的，几个指头可数。他说，与政客靠得太近，你就难以落笔。雨果有个"雨果·杨定律"：一国领导人，任期到第六年，即走下坡路。基于此，作为工党支持者，他曾公开著文，要求布莱尔首相下台。

雨果好恶分明，但"费厄泼赖"，为人作文讲求公平。他有名士气节，一诺千金，严守游戏规则。他习惯与政要、大法官、外交官共进午餐，了解政情内幕。他从不当场记笔记或录音。实在重要，则溜进洗手间匆匆记上数笔。会面一散，他根据记忆把谈话纲要立即整理出来，不假修饰，作为档案。三十年积累，蔚为大观。遗嘱中，他特别说明，因有君子约定，这个历史秘档在他去世后必须全部销毁，不得见天日。他死后，遗嘱执行人和新闻界同仁觉得可惜，决定就秘档的处理，征询所有当事人意见。结果，数百位仍在世的当事人，包括多位首相，签字同意公开秘档，向雨果致敬。这就是 2008 年出版、轰动英美政坛的《雨果·杨秘档》(*Hugo Young Papers*)。只有布莱尔首相脸皮嫩，压下了他的午餐记录。

专栏作家，有的笔力恒久，有的很快灯枯油尽。大变动时代，中国已有不少专栏作家，甚至靠此谋生，这是好事。民国时，专栏作家已有传统。储安平作为《观察》的主编作者，即是那年代最精华的专栏作家。当年，中共在重庆的《新华日报》也是。雨果门槛太高，或难以超越。思想的市场，应有他的呼吸与自由芬芳。

> WILLIAM GEORGE WARD
> REMEMBERING
> HIS FAITHFUL CARE OF
> THE COLLEGE GARDENS
> 1906 - 1968

这样的原木长椅,在英国很常见,公园、山间、学校、街头。它们多半为纪念逝者而捐赠,刻上字,安放在他们生前最爱光顾的地方。每次有人坐,就是念想。

2017年5月22日 周一
牛津　晴

一早醒来,朋友圈里在热论一张新闻照片。今天是一所江南名校120周年校庆,海内外名校校长云集,纽约帝国大厦亮灯庆祝。似乎只有中国的大学对校庆如此动心,如此破财。引发争议的是主席台的主题文字,用了中英文双语。

中文:向为人类未知领域探索,为国家和民族作出重大贡献的前辈先贤致以最崇高的敬意。英文:Let's express our highest respect to those predecessors explored the unknown fields of marking and to these predecessors made significant contribution to the country and People!

读了几遍,中文按下不表,英文比谷歌翻译略好。一所有国际名望的大学,这样的中英文水准,实在遗憾。问题是,这些文字是怎么登上筹备严密的庆典的?没有够格的中英文教授吗?没有外籍教授最后过目?问题还是出在对知识缺乏起码的敬重上。官本位盛行,知识的权威就被边缘,大学也如此。

这些年,中国用钱办成了很多事。但这个世界还有不少金钱搞不定的东西,比如教育、常识和国民修养。这段中式英文,砸了百年校庆的台,是件好事。中国大学当务之急,是得先像个大学。

完成今天的阅读。下午骑车去伍斯特学院。那里有个湖,常让我惦记。进门,园丁一定刚剪完草坪,青草的芬芳还停在半空中。修剪时,他对草地有精致的计算和设计,草地的纹路一圈圈规整地扩散,若从空中往下看,一定更美。垂落的紫藤,把石墙遮得厚实,丁点痕迹都不露。后园入口,草坪上有一张长木椅,应有些年份,木头已开始透黑。椅背上刻着铭文:

William George Ward

Remembering his faithful care of

the College Gardens

1906—1968

(威廉・乔治・沃德,以此纪念他。他侍奉学院的花园,如同侍奉他的信仰。1906—1968)

我坐在长椅上,念着这段铭文。这位名叫威廉的花工,应该受教育不多,但毕生之责是把伍斯特的花草照顾好。"Faithful care",英文极美。他对花草的关爱如同信仰。他活得不长，62岁。环顾四周，阳光下的树荫、草叶、花木，没有辜负他。三两学生正躺在草坪上看书。骨子里精英至死的牛津，我常见证他们对工匠和劳动者的致敬和纪念。这是我心目中的大学气质。

伍斯特是个不大的学院。1714年创立，起初仅6位导师，16个学生。300年下来，现有60多位导师，600多个学生。英国人是爬行动物中的乌龟，慢且持恒，相信时间，相信自然演化，东西没坏，就继续用下去，这是英国人的思维。

以前来过伍斯特的湖，不很大，但有绿林仙踪之气。宁静的校园，让我们心智解放。湖面上，十几只野鸭，黑的、白的、黑白混血的，刚才还在岸边瞌睡，闹春困，现在又回到湖里扑腾，好像催自己快醒。岸边有棵矮树。说它矮，是因为树干长歪了，斜着伸进湖面。树杈很低，可坐在上面看湖景。这片湖面，很像1991年初夏卢布尔雅那那个碧绿的湖。那时，南斯拉夫联邦还在但已到尾声。作为博士生，我去斯洛文尼亚的首府开国际传播学会年会。开幕式后，林间散步，同行人有同期留学的好友黄煜，还有传播学大佬麦奎尔（Denis McQuail）。那年他还不到60岁。他在牛津念本科，利兹大学读的博士，后在阿姆斯特丹大学安顿下来。80年代，首次读麦奎尔的著述，还是在他的《大众传播模式论》中文版出版后，师兄祝建华、武伟翻译的。一时传播学异国风来，新学突起。

走到半道,见一汪小湖。太阳正烈,我们起兴下湖游泳。山水冷得有些刺痛,说好一起下水,不能反悔。麦奎尔教授体胖,御寒能力强,下水条件最好。我和黄煜瘦,脂肪少,口中直冒寒气。他有身高优势,也比我轻松。泡在湖里,我问了老麦几个学术问题。他皮肤发红,艰难地踩着水,断断续续作答。黄煜游在一旁,不断插话。有现场照片为证。时隔三十年,麦奎尔教授已作古,想及当年在低温的湖水中求教,有些过分。不过与BBC驻莫斯科记者在洗手间邂逅苏共最高领导人戈尔巴乔夫,并在解决问题时提问,我只是小巫见大巫。黄煜博士毕业后,去香港浸会大学传理学院任教,现在已是桃李满天下的院长。我也如愿回复旦教书,算是保住了初心。麦奎尔教授地下有知,想必会鼓励有加。

我在卢布尔雅那的另一堂启蒙课,是海边浴场,意义不亚于麦奎尔教授的游泳课。会后,我深入海滩散步。不远处,有很多阳伞。当我在一顶阳伞下镇静坐下,我得出结论,这是传说中的裸体浴场。海面上闪着蓝光,海鸟有一搭没一搭地叫着。海滩静得出奇。浴客中,有的读书,更多的是趴着。目之所及,我视野里多是女人体,我是全场唯一挂有身外之物的,我不敢全裸,觉得羞耻。周围的男女,完全无视我的存在。直到今天,我仍感激他们,对公平的启蒙,是从这个裸体浴场开始的。

大考结束那天，我去了考试院后门。恶作剧团队已在恭候他们的目标，一个愿打，一个愿挨。若没人搞你，你还失落。仪式感可以唯美，也可愚蠢。

2017年5月23日　周二
牛津　晴

一早，学院比往日多了躁动。擦肩而过的男女学生都穿起了黑学袍，三五成群朝外走。晨风中，黑袍裙摆飘起又落下，很古典。突然想起，这周开始期末考试。迎面走来几位熟识的毕业班学生（Finalist），我祝他们会考如愿。在牛津考试，一是必须穿上正式学袍，二是考场设在考试院。

早餐后，我想去考场走走。高街75—81号。在拉斯金艺术学院和大学学院中间，有一栋相当规模的新哥特式建筑，就是考试院。托马斯·杰克逊（Thomas Jackson）设计，1876年奠基，1882年落成，石材产于莱斯特郡，叫Clipsham Stone，温莎堡也是用这种砂岩（Sandstone）。

进考试院，我与门卫打招呼。她说，今天参观不方便。一年中考试院最忙的就是夏季学期（Trinity）学期的大考，这周开始，一直考到 7 月中旬。几周前，《牛津学生会报》在争论学袍的未来，是否要保持传统？为此我问过一位院士。他说，穿学袍考试，赋予一种庄严感，也是一种承诺。穿上后，对作弊的冲动应有抑制。学袍要你诚实。

　　学生进考试院，一般不从高街的正门进，而是走墨顿街的侧门。拐角上我见到一对中国母女，坐在长凳上，不多言语，应该是女儿期末考试，妈妈来送考。传统至上的牛津，断不会放过考试的仪式感。考试期间，学袍领口得别上鲜花，这是规矩，一般是康乃馨。考第一门，白色，中间那几门，都是粉色，最后一门，深红色。有些花店，专做牛津考试生意，提前把康乃馨送到你信箱里，附上别针，到时往黑袍上一插就是。也有同学帮着备花的，不至于临时抱佛脚。缺花迎考，晦气的。

　　牛津本科里的大考集中在第一学年和最后学年，一头一尾。学位等级主要由大考成绩决定。入场前 15 分钟，高街上，满目移动着黑袍。黑袍学名叫 Sub fusc，开学典礼、毕业典礼、正餐、考试，必须得穿，没有妥协余地。其他场合，学院可自行裁定。男生学袍是黑西装、白蝴蝶结（Bow Tie）、白衬衣。女生是黑裙、白上装、黑长裤。一波波学生涌来。有的手里还拿着本书临时抱佛脚。有几位飞车赶到。一位亚裔学生，是个胖子，边赶路边整学袍，在风中战斗了十多个回合，才把黑袍制服。街口，那对中国母女，正道别。

与院史馆馆长珍妮弗（Jennifer Thorp）约好 10 点见面。院史档案都收藏在饭厅楼上的钟楼。她带了一大串钥匙，打开一道古老暗门，她领着我沿螺旋形的石阶往上移。台阶窄且陡。她拧亮灯说，毕竟是 14 世纪的老楼，石阶已松动，轻易不让上去，越少惊动越好。我掂量了她手中的钥匙串，足有好几斤重。最长一把，足有十多厘米。见我拍照，她说别拍钥匙。这些古钥匙，用了几百年，得保密。

校史档案集中在塔楼最高两层。下面一层，贴右墙而立是一整排橡木的立柜。打开柜门，全部是抽屉，竖排 6 屉，横排 8 屉，共 48 个抽屉，像古时抓药用的中药柜。柜中保藏着 1379 年建院后，700 多年来在英国各地的所有地契、买卖合同、租约等原件。每个柜面，都刻有一到两个地名，比如牛津郡、伦敦、林肯郡、诺福克郡、埃塞克斯，最集中的还是在牛津。学院的资产分成两大类：一是土地和地产，二是现金捐赠。富学院，多半是大地主，加上历年捐款积累，基业已稳。

珍妮弗是历史学家，剑桥历史学博士。我问她，馆藏中，哪几件"文物"最珍贵？她说应该是学院规章（Statute）原件吧。她从柜中慢慢取出一个四开大小的精装册子，手写，足有砖厚，已有近七百年历史。这是 1379 年学院成立时的院规，所有大小事项都交代了，大至学院宗旨，小至院士薪酬、福利，生活起居安排，高桌排位细则。大部分规则沿用至今。

14 世纪上叶，德国古登堡的活字印刷尚未问世。重要的书证、法律文件、典籍，仍记载在牛羊皮上（parchment）。加工时，用木框把牛羊皮绷紧了，手工将上面的脂肪刮净剔除，而后晾干。书写工具是鹅毛笔，墨汁则从矿物中提炼，而后就可书写了。《哈姆雷特》剧中有句台词，他问霍瑞修，"Parchment 不是羊皮做的吗？"霍瑞修答："殿下，也可以用牛皮。"

  房间正中，是巨大的工作台。工作台面下，许多窄长的抽屉，里面都是珍藏。我让她再挑几件有价值、不公开的院史馆藏。她拿出一册 1479—1522 年的学院登录册。封面用丝带系着，内页是以字母排列的院士名单，以及获聘的年份。她又打开一个黑色画夹，是张黄色的手绘图。因年代久远，画纸已翘起。16 世纪时，学院与邻居为一条界河的归属发生争执，最后闹上公堂。这张图是学院律师为开庭辩护准备的，标注了沿河所有细节，树木、花草、房屋围栏。官司结局已不易查考，但这张有趣的地图留存了。屋内，让我好奇的还有形似棺材的大储物柜，里面全是装在卷筒里的原始文件，每个筒都标有号码。珍妮弗开玩笑说，这个东西得小心，箱盖实在太重。如果人在箱内工作，盖子压下来，就完了。另一个纸盒，存放手掌大小的牛皮卷宗，粗看是一摞雪茄。我问她，600 年前是否已有索引。她说有。她指着牛皮纸上用朱笔写的段落，这就是与索引目录对应的。

  下楼时，楼梯更陡，当年的院士一定体形消瘦。

下午，读书三小时。过宽街，有牛津爱乐乐团海报，在谢尔登剧场。曲目是贝多芬《第五钢琴协奏曲》，加上《第五交响乐》，马力欧·帕帕佐普洛斯（Marios Papadopoulos）是钢琴独奏，更是指挥。今年是波恩与牛津缔结友好城市70周年。令我吃惊的是，"二战"结束仅两年，英德两个敌国已开始从战争与死亡的阴影中走出来。另一份海报，是本学院的，后天上演拉辛（Jean Racine）悲剧《菲德拉》(Phedre)。走过赫特福德学院，门口刚贴出一份讣告：荣誉院士雷纳·吉勒里（Rainer Guillery）教授去世（1929—2017），一位杰出的神经病理学家，神经解剖学家。牛津就这样进化着。

写作是塞姆爵士活着的唯一合法性。当然，还有唐人街的香酥鸭。

2017年5月24日　周三
牛津　晴

看到海报，FT同事马丁·沃尔夫要来牛津讲座。他牛津毕业，常回母校。我在中国常驻六年，时而感慨，我的中国同行实在太年轻，且做不到老。记者是越老越有资格的职业，与医生一样，至少我这样看。做讲座时，我常搬出我的秘密武器，在屏幕上打出一张照片，我的FT同事、专栏作家塞缪尔·布里坦爵士。同事称他塞姆。照片上他头发稀疏，托着头，脸色有些苍白，深陷在椅子里。1933年他生于伦敦，今年84岁。他在FT干了近60年，去年荣休。我的潜台词是，瞧瞧，榜样。

和塞姆第一次接触，是刚到FT不久，周末应邀去伦敦郊外同事家烧烤，塞姆也在。他不开车，上下班都打出租。餐后，我和妻子顺道送他回家，都住北伦敦。一路上，我们聊天，主要是他提问，我们作答。他边听，边不自觉地纠正我们不地道的英语。妻子告诉他，有次开会见到他弟弟里昂（Leon Brittan）。里昂·布里坦，比塞姆更出名，撒切尔夫人的左膀右臂，当过内政大臣，后来去布鲁塞尔出任欧盟副主席。塞姆呵呵应之，开始向妻子传授英语："Oh. You mean you caught the sight of him."（你的意思，你远远看到他了。）

伴着英文的改错游戏，我们穿越了大半个伦敦。塞姆容不得模糊的概念或表达。荣休那天，总编辑视频采访塞姆，回溯他的一生，提到塞姆年轻时曾想攻读心理学。他给总编辑上课说心理学家（psychologist）与精神病医生（phychiatrist）是不同门类，不可混淆。人生的日落时光，他调皮如初，本性难移。

车上，他突然问，听说马丁·沃尔夫在 FT 中文网上有专栏。我说是的。他俩的专栏，我们都选用，译成中文。马丁的专栏，更趋国际经济，时效更紧，用得更频繁。他嗫嚅一句，我的专栏也很时政啊！我差点笑出声来。这个老小孩，这份年纪，还如此好胜。

塞姆是立陶宛裔犹太人，二战前父母从中欧移民到伦敦。父亲是全科医生。塞姆生于伦敦，从小有书卷气。高中毕业，考入剑桥大学基督学院，读经济。第一年，导师是彼得·鲍尔（Peter Bauer），一位匈牙利裔发展经济学家，后被女王授爵。第二年，教他的是正在剑桥客座的芝加哥大学教授，后来的诺贝尔经济学奖得主米尔顿·弗里德曼(Milton Friedman)。毕业那年,受教于哈里·约翰逊(Harry G. Johnson),加拿大经济学家,专长国际贸易和国际金融。塞姆承认,三个导师中,约翰逊风格虽然有点炫,很美国化,但获益最多。诺奖经济学得主托宾(James Tobin)曾说,对经济学而言,20世纪的三分之一,是约翰逊时代。可惜他死得太早,仅53岁。

塞姆自称"个人主义自由派",获过乔治·奥威尔奖,除了写专栏,他还在20世纪70年代做过政府经济顾问。1993年,为表彰其对经济新闻的杰出贡献,英王向他授予爵位。我曾问他授爵的事。他答,这不是什么事。因为法国先给他颁发了国家荣誉,英国有点尴尬,所以也赶快给一个。

我非经济学科班出身。为补课,常去塞姆办公室求教。他陆续送了我他所有的著作。他最感兴趣的问题,资本主义是否可以保持人性。FT通常只有专栏作家有单独办公室,总编辑也只有10多平米的斗室。我去小坐,一般等他写完当周的专栏。他有超人的智慧和思辨力,但也有致命弱点,生活能力。比如,他上班前先去理发店刮胡子,请理发师代劳。他喜欢饼干、甜品,他身上、办公室地上常有散落的饼干碎。只要听到口袋里硬币响动声,那就是塞姆来了。近年每次回伦敦,我一定去看他一次。他爱好不多,除了写作就是美食,特别是中餐。我一般先去Soho唐人街买半只烤鸭或香酥鸭带上。看他吃东西,是享受,跟孩童无异,平时行动缓慢的他,两手利索，鸭片包进面皮，蘸了酱，很快就扫光了。退休后，虽有居家保姆照顾，他衰弱得很快。他告诉我，要不是写专栏，他早死了。这话我信。

上次回伦敦，赶去他荷兰公园的家。他的帕金森病越来越严重了。电话里，他一时记不起我是谁。前不久，还动了个手术，似乎伤了元气，多半时间窝在座椅里。也不全是坏消息，他瘦了许多，心脏压力一定少了。我照常带去了香酥鸭和水果。他情绪不错，我问他，英国脱欧了，怎么办？他笑笑说，我是坚定的留欧派。不过既然公投决定退欧，我也不会硬把脑袋送进烤箱里，说罢笑了。我请他出去晚餐，散散心。他说也好。临出门专门洗了个澡。路上，我发现塞姆的裤子时不时往下掉，他忙不停往上提，走得更慢。因为瘦了，皮带眼太松，裤腰系不紧。我索性扶着他，暗中帮着拽裤子。告别时，我关照保姆尽快解决他的皮带问题。我很伤感，无法想象，如此睿智之人，晚年竟如此无力、落寞。某日，我找资料，内有一份 FT 报纸，是他最后一篇专栏，2016 年 2 月，主题有关欧盟。报纸上有他签名，送给我的临别纪念，签名仅几条线，好像流星划过天穹，无所谓了。五六年前，他身体还不错，我曾邀请他去中国走走，做演讲。他一口否决了我。他是旅行的反对者，很少出国，休假以英国为主，最远跑到过土耳其。他有个怪论："研究一个国家或地方，并非一定要跑去那里。有时，去了实地，反而糊涂了。"他有本书，书名是 *Against the Flow*

(《反潮流》),塞姆正是一位体制内的逆行者。为自由呐喊时,他像个托利党人。为全民医保和教育力争时,他又像是工党。毕生走在边缘。

年轻时，总有日后觉得荒唐的事。荒唐是青春的元素。那天，我在草坪上看学生玩碰撞。青春的笨拙是这个游戏之趣。生命中充满无害的运动，Being Silly，我们得以放松，变得纯粹。

2017年5月25日　周四
牛津　晴

下午埃里克教授邀我给商学院学生上课。三十多位国际学生,来自印度、俄国、非洲、英国本土,中国占了一小半。商学院对中国越来越感兴趣。我讲社交媒体如何改变市场、服务和行为。比如,正在中国成为常态的"无现金支付"。我曾在上海做实验,日常消费,一周没用现金。一位中国同学插话,他在深圳的记录是两周,全靠微信、支付宝搞定。课后,不少学生发我微信,要求另约时间讨论。

今晚学院上演拉辛的悲剧《菲德拉》,就是在回廊看到他们排练的那出。拉辛此剧由古希腊悲剧作家欧里庇得斯（Euripides）名作《希波吕托斯》（Hippolytos）改编而来。剧情:王后菲德拉勾引其夫、雅典国王忒修斯前妻所生之子希波吕托斯,遭拒绝后,诬称他企图非礼;国王大怒,命手下杀死儿子。后来冤情大白，菲德拉自杀。拉辛，17世纪法国剧作家，与高乃依（Pierre Corneille）、莫里哀（Molière）并称法国三大戏剧天才。他34岁入选法兰西学院。但作为艺人，并不为上流社会所容。《菲德拉》是他最后一部杰作，上演后，贵族以有伤风化为名，对之恶意攻击，导致该剧被临时禁演。

剧场就设在回廊后花园，票价5英镑，我去得晚，场内已满座。白天阳光炽烈，草坪晒得松软，我席地而坐。

上演的英文版由泰德·休斯（Ted Hughes）翻译，已是现代风格。休斯，20世纪英国最有影响的诗人之一。毕业于剑桥，他的诗体，破了传统修辞，直白、短促，甚至狂野。1984年，他获英国桂冠诗人最高荣誉。除了诗，他的出名还因为他和美国女诗人西尔维娅·普拉斯（Sylvia Plath）的悲剧婚姻。普拉斯自杀后，休斯的声誉一落千丈，成了女权人士愤怒的靶子。普拉斯墓碑上，丈夫休斯的名字一再被人凿掉。

节目单上介绍，这出戏由新学院和彭布鲁克学院学生会联手，赞助方是彭布鲁克学院艺术基金。今晚的导演是新学院和彭布鲁克学院的两位法语老师。饰演菲德拉的是基布尔学院一年级女生，读法语和西班牙语。饰演希波吕托斯的，也出自法语和西班牙语专业。其他演职员，来自医学、机器人、考古、人类学、古典学、语言学、心理学、音乐等学科，还有一位法国交换生。

休斯的英译极现代，导演的处理可谓简约：回廊花园，现成的露天剧场。一张红沙发，是唯一道具。演员都着日常衣衫、健身鞋，像是从教室直接上了戏台。欧里庇得斯有知，想必认不得眼前这一幕，有点像中国昆曲，要的是留白与意象。古希腊悲剧源于酒神祭祀，取材史诗、神话，其悲剧几乎命定，无法调解。

中场休息，夜色暗来，演出区打了两盏灯，衬出舞台来。观众跑去后边买饮料，也算给学生社团捐点钱。有张椅子空了出来，我坐了。扮演菲德拉的女生，应该是南亚印度裔，她撕心裂肺的诅咒，神经质的狞笑。除了观众间或的咳嗽，只有黑鸟飞过头顶的扑扑声。观众席里，不少人是为同学加油而来。就是这样的学生社团，诞生了伊恩·麦克莱恩（Ian McKellen）、艾玛·汤普森（Emma Thompson）、休·格兰特（Hugh Grant）、休·劳瑞（Hugh Laurie）、丹·史蒂文斯（Dan Stevens）、汤姆·希德勒斯顿（Tom Hiddleston）等明星。

戏在悲剧高潮中结束，舞台灯已开始发热。几秒沉默之后，掌声爆发开来，有的站立，向演员致意。几个闺蜜与女主角紧紧拥抱，让她享受赞美与喜悦。听朋友说，买票看学生演戏，是牛津居民的余兴，标在日历上，各个学院轮着看，一个都不落下。

临睡，听音乐，想起BBC音乐录音收藏，可能是世界上最大的音响资料库。布什大厦（Bush House）地下层有个图书馆,其中一角是唱片图书馆(Gramophone Library)和音效库(Sound Archive)。BBC的音效库庞大而专业,做特写或教育类节目,常常要用各种现场音效。比如,婴儿啼哭、动物叫声、交通嘈杂、教堂内回声,你能想象的,几乎都有存档。比如,出生5个月的婴儿啼哭声、40年代伦敦街头的嘈杂声、一岁的知更鸟叫声、某特种手枪的扳机声都能找到。曾有制作人在有关约克郡的一个节目里,为了音响氛围,随意用了几声鸟叫音效。播出后,听众来信质疑,说约克郡根本不存在那种鸟,只得公开道歉。更多的是各国名流的采访录音,都按关键词做了分类,时间、地点、来源一一标明。我曾找到不少蒋介石早年的录音,保藏良好,音色清晰。

中国改革开放早期,黑胶唱片难求,又没好的录放机,很难听到古典音乐。在BBC,像老鼠掉进米缸,可随时借听各种音乐录音。BBC成立于1922年,其音响和音乐收藏始于1930年。BBC现有五个电台,其中第三电台(Radio 3)专司古典音乐和歌剧,就是最早的"BBC Third Programme"("BBC电台三套")。全球出名的BBC Proms(BBC逍遥音乐季)也在它的旗下。

有阵子,我盯上了马勒、拉赫玛尼诺夫,有几次听了整夜,难以自拔。除了去音乐会现场,就在Radio 3。若不过瘾,就到楼下图书馆借馆藏录音带听。同一曲目,可同时借听不同指挥、不同的交响乐团,简直奢侈得离谱。仅《马勒第一交响乐》，就听了拉特尔（Simon Rattle）、马泽尔（Lorin Maazel）、伯恩斯坦（Leonard Bernstein）、艾森巴赫（Christoph Eschenbach）和阿巴多（Claudio Abbado）版的。同一份作曲家总谱和标记，不同指挥的音色、处理甚至长度都不同。马泽尔的"马一"比艾森巴赫居然要长出四五分钟。很多录音是独奏家和乐团为BBC专场音乐会的实况，更是难得。

常去借录音带，对音乐组的同事心生敬意。做专题或纪录片，自己要选片头音乐，有时哼出几段想用的曲子，但怎么都记不起曲名或作曲家，只得求救。经常帮我的是西蒙，一个音乐学家，个子不高，说话低沉、少言。我会告诉他，什么节目，想选什么感觉的音乐，有时也哼给他听。他总是耐心地听，微微点头，而后说，"行（Jolly good），我帮你找找。"几天后，他会选好音带，用橡皮筋扣住，附上作品目录，他的推荐总是恰到好处。节目鸣谢时，我们很少提及他们的贡献。一家伟大的机构，是因为许多人在默默地服务。

这幅字一直挂在我复旦的办公室,成为朋友到访时合影的背景。多年前,去成都拜访流沙河先生,听他讲汉字进化。他早年境遇坎坷,却无一丝戾气,温润而刚强。

2017年5月26日　周五

牛津　晴

　　英格兰正进入一年中最惬意的时节,日照开始慷慨,朝阳伴着雾气早起,夕阳迟迟不落。到 5 月尾,白昼比冬天时几乎长了一倍。大地孕育精气,像是拧开了巨大无比的盖子,日夜弥漫,鼻子里灌满花香和独有的青草味。花园的木椅上,满是露水,用手抹抹,坐下。流沙河先生送过我一幅字,是庄子的话,虚室生白。意思是,房间清空,才会亮堂。心灵何尝不是如此。道理都懂,只是知易行难。

　　我们的祖先讲究留白,说的也是沉默的力量。记得大学时学习采访,最怕对方沉默,常急于填满冷场。沉默,让人尴尬。过了中年,才知日常交谈中沉默的自然与珍贵。沉默本身是一种表达,常常伴随更深的内心的袒露。

　　中年后,常听别人提醒、自己也常提醒别人的一件事,工作和生活平衡。世上许多貌似成理的话,做起来常常无解,比如这句。我的同事、专栏作家凯拉韦曾发牢骚说,现在的职业生涯,要么工作,要么生活,就是两极,哪有中间地带。她是对的。工作中的自我期许是无度的,我们放得下执念吗?某天,我刚到 FT 伦敦编辑部上夜班,突感晕眩,去医务室。即将退休的老护士说,你过劳了。她神情严肃:"我知道你工作不错,同事评价也好。但是记住,没有你,这个地球照样转。假定你明天死了,同事们会难过,会怀念你的工作与为人。三四天后,不超过一礼拜吧,就淡忘了,似乎什么事情都没发生。"她或许顾忌到东方人对死亡的忌讳,补了句:"我的假设有些残酷,但是世界就是这样。不必把自己看得过重,为了你和家人,照顾好自己。"

上午,与奈瑞·伍兹教授(Ngaire Woods)约见。她是牛津布拉瓦尼克政府学院首任院长,2011 年上任。她是"两栖动物",跨学术和传媒,曾是 BBC 第四电台(Radio 4)《分析》节目(Analysis)主持人。学院在拉德克里夫天文台区,离伍斯特学院很近,街对面就是出名的牛津大学出版社。任何新建的学术机构,大家最感兴趣的问题:谁出钱?谁主事?

数年前落成的政府学院,从外观看,是个后现代抽象建筑,由几何体的巨型玻璃叠加而成,螺旋上升。这个圆柱形建筑体,共 7 层,每层由回廊环绕,中间是开放空间。随着高度的升高,回廊渐渐缩小,到 6 层、7 层,中心偏离,朝一侧扭去。其抽象风格与沃尔顿街上的老建筑有点违和。对街的牛津出版社，是19世纪30年代的哥特式建筑。政府学院的设计师是建筑界大佬赫尔佐格（Jacques Herzog）和德梅隆（Pierre de Meuron）。赫尔佐格以创意大胆出名，北京奥运会主场馆"鸟巢"就是他下的蛋，国际建筑界评价不一。据说，他的灵感来自基布尔学院的维多利亚礼拜堂。看得出，学院和建筑师都有野心，期待在建筑史上留名。不过，建筑的事，毁誉荣辱，说早了不行，只有时间知道。

见到奈瑞。在牛津，办政府学院不是件易事。历史上，此地原产一堆领袖：27位英国首相，数十个外国元首。英国政界、文官要职的竞争，像是牛津剑桥两校毕业生的划船竞赛。牛津的传统或许怀疑政府学院可培养出政治家。不过，奈瑞相信，可预见的将来，她的学生将成为各国政商领袖的自然人选。

她问及中国当下的体制改革。我说中国早年的经济体制改革，有牛津背景的中国同学立下过汗马功劳。1985年，当时的中国国家体改委与牛津合作，送出一批批年轻学子，其中有郭树清、余永定、张维迎、华生等。时任国家体改委副主任的高尚全先生是此深造计划的坚定推动者。我告诉她，时过三十年，这些学生已成为中国有影响力的公众人物，也是牛津的财富。她很兴奋，让我给她一个名单。她说，政府学院每年都招中国大陆学生，学习不同政治制度的运作与互动。底楼，有幅世界地图，让学生在上面标注自己来自的国家。

下午，拜访牛津路透新闻研究所所长莱维（David Levy）博士。他之前是 BBC 资深新闻人。我问及他们正在做的"全球新闻消费及使用调查"，涉及 26 个国家，中国不在名单上。我提到，中国网络科技的学习动力和速度，可能全世界最快，但中国正同时失去一代记者。过去四五年间，应邀去过中国多家新闻学院演讲：复旦、清华、北大、武大，我都在现场做民调，请有意愿当记者的同学举手，几乎恒定在 15% 上下。这种对新闻的冷感是代际的，为中国改革开放近四十年来罕见。当新闻前辈自嘲是"新闻民工"，学子的不安全感与苦恼可想而知。近年新闻圈内听得最多的消息，是某某新闻人辞职下海创业或改行公关业。当最后的"看门狗"躺倒时，谁是牺牲品呢？

谢尔登剧院。散场时,牛津的观众走上舞台祝贺,平壤的孩子脸上有些漠然,不知他们在想什么。我想起了我们的童年。

2017年5月27日　周六
牛津　晴

　　昨晚,看完朝鲜艺术团演出,睡得迟,已过午夜。票是BBC老同事王丽丽和丈夫斯蒂芬(Stephen Hallett)给的。斯蒂芬,英国人,大学主攻汉语,80年代在北京做外教,爱上丽丽后成婚。回英后,斯蒂芬当了纪录片制作人,主拍中国题材。他自小色弱,多年前放弃了纪录片,全心投身公益,帮助中国和朝鲜的盲童、色弱儿童。他去过平壤多次,东道主就是这次朝鲜残疾人艺术团团长。开演前,团长陪朝鲜驻伦敦大使,与斯蒂芬和我们寒暄。他四十开外,胸前别着金日成像章,讲一口地道英语。或因常在海外走动,并不见朝鲜官员特有的拘谨。再封闭的制度,总有在门外的人。几位亚裔女生走近,一问,是韩国学生,说来帮忙做义工。同文同宗的血脉,很像我们当年邂逅台湾同学。这次非商业演出,不卖门票,不打广告，场内居然坐满了八成。"文革"时，我还小，记得是在上海文化广场，老爸领我观摩来自金日成故乡的朝鲜《卖花姑娘》，其布景惊艳无比，轰动上海。看完戏，我甚至憧憬平壤了。

艺术团17号从平壤出发，经北京，辗转近10天才抵达伦敦。演出准时开场，朝鲜女报幕员很国际范，无任何政治说辞。节目表也让我有些意外：朝鲜传统鼓乐、民歌、朝鲜舞、莫扎特小提琴协奏曲、《泰坦尼克号》主题曲《我心永恒》。演舞蹈曲目时，我注意到演出区外，一位朝鲜女子，着西服女装，不断地向舞者打着强烈节拍。她全情投入，远看很美，应该是艺术指导。舞者是聋哑孩子，听不到音乐，难以感知节奏，她用手势代替。我们年幼时崇拜过这样的女性气质，那个年代可望而不可即的权力美感，黑白分明，庄严不容戏谑。演出结束时，我以为朝鲜大使会答谢，说几句地缘政治。我错了。他选择不语。

在BBC做事时，我曾当过新闻与制作资深培训师，培训记者和制作人。某日我教的班上来了两位朝鲜记者，来自平壤国家电台到BBC见习。培训后，我做东请他们到唐人街聚餐，也算饯行，点了一大桌菜，还有酒。

他们胸前都别着金日成将军徽章。我说很想收藏一枚。其中一位急忙解释：在朝鲜，领袖像章，一人一枚，有编号，丢失就麻烦了。我立马打消了不正当念头。我问他们，是否希望驻外，他们怔了一下。一位还实在，说驻外当然好。我告诉他们，70年代，我年幼时在上海虹口体育场，看过一场中国足球队和朝鲜二八足球队的友谊赛。足球是人家的好，客队朝鲜队大胜。上海观众不服，开始向场内扔汽水瓶子。高音喇叭里开始播送紧急通知，要大家珍惜中朝两国鲜血凝成的战斗友谊。球迷心里有气，不听广播劝说，继续开骂，酿成事件。听罢，餐桌上的朝鲜同志笑了。

演出结束，全场爆发持久的掌声，不少英国观众起立致意，有的特意跑上舞台和演员合影。英国观众的情绪或许有点复杂，怜悯与感动交杂。我没有上前，不知该说什么，演出后，请丽丽、斯蒂芬一同去酒吧消夜。老友相聚，越来越难得了。

1973年4月,地处奉贤县的上海市文化五七干校。左边高个子是导师邹凡扬先生,右边是出版家丁景唐先生,都已故去。

2017年5月28日　周日
牛津　晴天

　　这几天,在读 Letters From Oxford(《牛津来鸿》),是历史学家休·特雷弗-罗帕(Hugh Trevor-Roper)给他的忘年交贝伦森(Bernard Berenson)的书信集,两人的"师生"之谊,是个传奇。1947 年 7 月,美国艺术史学家、"文艺复兴"权威学者贝伦森邂逅"二战"后从英国情报部门退役的牛津年轻学者特雷弗-罗帕。那年,他 33 岁,贝伦森 82 岁。见面时他承诺当贝伦森的笔友,经常给他写信。贝伦森隐居在意大利一个古堡内,体力日渐孱弱,几乎不出门。君子一诺,一写就是十三年,直到贝伦森去世。很多信的开头,都是他反复道歉,说信写晚了。他有太多的借口放弃承诺:当了院长,为行政事务所累,管理教授是头痛的事。信中,他们谈艺术、历史、英国政治,彼此推荐新书。贝伦森热衷听学界的小道消息,他源源不断地喂给他牛津的奇闻逸事,几乎成了贝伦森与世界的纽带。这段友情,也成就了特雷弗-罗帕作为书信写手的美名。

我庆幸与导师邹凡扬先生有美好的师生之谊。四年前,他在上海去世,享年93岁。我正在香港大学客座,连忙赶回上海与他道别。屈指数来,与他同辈的老新闻人,多已凋零,他走得晚。他的告别仪式低调而简约,应了先生的性格。场内,回荡着弘一法师李叔同的《送别》:长亭外、古道边,芳草碧连天……这是他喜欢的曲子。到场的悼念者都拿到一纸铅印生平,取代了现场宣读悼词,这是中国丧事的新规。每个人的终点,都变成一纸讣文。

邹先生并非科班学者。20世纪80年代初,"文革"后他复出执掌上海电台、上海电视台,最后任上海广播电视局局长,并与徐铸成、陆诒、马达、王维等新闻界前辈获聘复旦新闻系兼职教授。1986年我已留校在新闻系广电教研室当助教,考取他的研究生,成为他唯一的学生。那年,他63岁,我24岁。

他的身世有些传奇:1923年出生,上海川沙高桥人,之江大学肄业。1939年,他16岁,还在读高中,秘密加入中国共产党,任上海民立中学党支部书记。不少上海出去的中共领导人,如乔石、钱其琛等,都有类似的地下党学运经历。1946—1949年,他跻身上海新闻圈,曾任大光通讯社采访主任、上海中联通讯社总编辑、《新闻观察》周刊总编辑。他身份复杂,是上海滩的神秘人物,跨界"中统""军统",三度采访蒋介石。他的中共党员身份直到1949年5月27日解放军攻进上海才公开,他代表中共接管了国民党上海电台,向世界公告上海解放的23字新闻就出自他手。

中华人民共和国成立后,他曾任上海《新闻报》副总编辑。"文革"中,遭政治迫害,并被开除党籍,发配郊区"五七"干校劳动,做农活十年。遗憾的是,几件重要的事没能记录在他的讣文中:1979年元月,在反对声中,他冲破禁令,拍板播出中国历史上第一条电视广告(中药补酒。可惜广告录像已遗失)。70年代末,上海民间有"白天老邓(邓小平),晚上小邓(邓丽君)"的说法。那年头,长发时髦青年,提着四喇叭录放机在街头弄堂播放走私入境的邓丽君磁带,是上海一景。也是他决定在电台节目中对邓丽君的歌曲开禁。在没有"文革"记忆的晚辈看来,这些故事听似天方夜谭,但中国就是这样一步步爬出意识形态焦土的。

每半个月,我跟他见一次面,在北京东路2号,原英商格林邮船大厦。1949年后,上海人民广播电台和上海广播事业局机关一直设在那里。进门,有军人站岗把守,核实身份后方可入内。邹先生身材挺拔,一头银发,是个美男子,想见他年轻时的倜傥。他说话声音不大,一口上海普通话,笑嘻嘻。下属都叫他老邹,我称他邹先生。对大学里的消息,他感兴趣。

我向他介绍复旦的新闻和各种思潮，他认真听，也提问题。

一次上课，我们谈及1957年反右。我问他在"反右运动"中的经历，一个敏感问题。"反右运动"中，时任《新闻日报》副总编辑的他与王芸生等新闻界前辈曾公开批判老报人、上海《文汇报》总编辑徐铸成，《文汇报》副总编辑、名记者浦熙修，重庆民治新闻专科学校创始人顾执中。不到十年，"文革"爆发，他自己成了革命专政的目标。他沉思说，当年自己的很多行为或决定是错的，需要反思。面对我的敏感提问，他喜怒不形于色，想必是当年地下党残酷斗争练就的性格。

去英国后，我与他时有书信来往，他几乎每信必复，彼此谈得最多的是中国的现状与前途，他经常问我，西方如何看中国的发展。他做事，一板一眼，守信。一位同期留英的台湾博士生，研究莎士比亚，听说邹先生与曾留英的戏剧大家黄佐临先生相熟，想请他点拨论文。我致信邹先生，他立即转告。不久，我接到佐临先生上海来函，内附短笺两封，一封给我，是中文，大意是年迈眼疾，已无力读文字，表示歉意。另一封是英文，要我转给他当年的一位英国同窗，后来成了莎士比亚权威。信不长，不足半页，英文极地道，简约、干净。"文革"期间，国门紧闭，与外界完全隔绝，不知佐临先生如何保住了他的纯正英语。

每次回国，我都争取去看他，他会坚持请客，请我下馆子。一次他问我,想不想吃正宗的爆鱼面,我说想,他引路,在淮海中路一条弄堂,有家私房面馆。面馆设在前客堂,跟我小时候住过的石库门很像。我们每人点了一碗爆鱼面,外加清炒虾仁小菜几碟。只要有机会,我就劝他写回忆录或口述史,对此他的态度一向不积极,也不解释。或许觉得把记忆带走最稳妥。晚年写回忆录,会重温痛苦甚至屈辱。70岁后,他成了忠实的网民,偶尔我也从伦敦给他转发有趣的文章。有个青年朋友,帮他维护电脑,有求必应。因长期盯着屏幕,他视力突降,只能减少用眼。过了90岁,他身体一下子弱了。去年春节,我和父亲一同到华东医院向他拜年。帕金森病后期,他已病重,从没见他留过如此长的头发与胡须。他只能勉强认出我,点点头,已无言语。我们坐了10多分钟,起身告别。我知道,他正走上归途,我们又将失去一位大历史的亲历者。

前不久,路经纽约,哥伦比亚大学新闻学院邀我出席一个研讨会,向荣休的两位《纽约时报》记者致敬。现场有很多白发记者,你感觉李普曼(Walter Lippmann)、普利策(Joseph Pulitzer)尚未走远。我应该在复旦开一门口述历史课,必修,新闻学院每位学生必须完成对一位新闻界前辈的口述采访,接上已断的根茎。

记者从来是高危职业。1997年我参加BBC为期一周的战地记者训练,在英格兰某山地中,训练官是前南非海军陆战队员,训练内容包括:战地自我保护、现场风险评估、急救、排雷、绑架人质应对。我们都期待着最后一天动真的时刻。当"绑架者"突然从树上临空而降，我被蒙上眼，麻袋套上头。接下来的隔离审讯以及向绑匪"祈求"活命，最为艰难。绑架者在我耳边狂吼，数十秒之后，我开始恐惧。因为我不肯供认"领队"，他把我半空举起摔在地上，腿部若干处淤青。裤袋里有盒润喉糖，金属包装，居然被砸扁。最后结局是个悲剧，我们一行9人全遭"处决"，无人幸免。事后两位同仁身受皮肉之苦，抱怨"模拟绑架"过真。其实我的瘀青最惨，两腿都是。我相信训练得实战，要在心理预期之外，否则刺激不了大脑和肢体。当晚，我们与"绑架者"到酒吧共饮，算是"和解"。好几位同事一开始都不愿搭理"绑匪"，我也是。等酒精开始反应，世界已和平。

　　我跟医生、工程师一样相信训练。训练改变行为。那年的战地演练，使我更尊重常识，更谨慎做事。任何突发事件都有迹象，大多数风险可以防范：在公共场合（比如餐厅、咖啡馆），我养成了坐角落、背对着墙的习惯。在街上行走，必须与车流逆行。过任何国家的边境哨卡，记住把双手放在哨兵看得见的明处。入住酒店，先看一眼火警通道的路线。遭遇突发袭击时，避免与袭击者对视。还有永远随身携带一定数量的手纸。说到底，你的命比什么都重要，得好好护着。

常驻北京 6 年，每次路经天安门城楼，我都抓拍几张，至少收集了数百张不同时辰的天安门。我很难回答为何对天安门着迷，只觉得它坐在那里，像一只眼，见证历史之变。

2017年5月29日　周一
牛津　雨，阴冷

半夜下雨。原本想去沃弗森学院看院士黑白肖像展。从没去过沃弗森学院，只知道是哲学大家以赛亚·伯林晚年创办的。天象阴冷，一天中含了两季，作罢。坐在密不透风的树荫下看书，树盖挡下了细雨，只有雨滴子随风忽而飘进，有裹在大自然的感觉。

一上午读书。晚上，商学院几位大陆同学约我到 Turf Tavern 酒吧聊天，有姜嵚崟、朱蓓静、张器、马图南等同学。喝着啤酒，话题还是离不开故土中国。他们的年轻，让我羡慕。1988 年，我平生第一次用护照出国。在我那个年龄，他们现在多已学成归国。转眼间，我也到了给后辈讲故事的年龄。

作为中国人的身份，是在拿到中国护照后逐渐清晰的。中国护照那时在世界上很难使用，不过，也有惊喜一刻。1991年，我去南斯拉夫开会，第一次享受对中国公民的免签。同机几位美国教授抱怨签证手续烦杂，我在一旁有些得意。一国护照在世界各国的待遇，是一国地位与软实力之指标，我称之为"护照指数"。对一国普通公民而言，签证是地域政治最吝啬甚至残酷的部分。很长一个时期，除了社会主义阵营，对中国免签的国家极少。后来免签的，也多半是僻远小国。现在对中国公民免签或礼遇的国家增多，护照好用许多，中国与世界关系走向正常得之不易。

一国公民对自己国家的情感认同，多在细节中自发表达，强求不得。2008年8月8日，北京奥运会开幕日。下午，我去天安门广场采访，停留2个多小时，感受中国的情绪。城楼前，我没有向任何人提问，只是观察。那里有来自全国各地的同胞，口音不同，陌路相逢首都。我注意到，他们彼此都异乎寻常地客气，喜悦写在了脸上。家有喜事，每个人都希望体面、礼貌，做最好的自己，给外人留下美好印象。这种自发的友情与团结，也常在遭受灾难或危机后出现。来往的人流，似有约定，小心呵护着这份温情，生怕不小心，坏了一个好梦。那天城楼前，冒出不少无证摊贩，正兜售五星红旗的贴纸。摊贩们对中国政治的嗅觉最敏感。巡逻的警察很多，对摊贩则假装不见，多了一丝包容平和。年轻的父母们掏腰包，买贴纸，在孩子脸上、手臂上、额头上贴满了中国标志。那一刻，我流泪了。

北京奥运那年，Tommy正读高中，暑期他从伦敦飞到北京做国际志愿者，住在人民大学研究生宿舍，因没有空调，无法入眠，加上蚊虫蛾子频繁袭击，元气大伤。他先在奥运村校对英文，后被指派在奥运村大街上介绍运动员看晚上的演出。干了几天，他无法忍受，觉得运动员赛后想自己放松天经地义，加上村里食物不够，志愿者有上顿没下顿，辞了。几天后，他通过英国代表团的面试，进入伦敦屋工作。大半个月下来，他瘦了一大圈，身上全是蚊叮咬挠的血印，加上每天去三里屯高价进食牛排，钱早已花光。回到上海，奶奶见他的狼狈相，怕他委屈，告诉他，中国首次举办奥运会，很不容易，吃点苦，要理解。Tommy答，这没什么。好多志愿者整个奥运会就在帮着给人拉门，觉得中国对自己人要好一点。对此，他有点抱不平。奥运会后，他开始用"我们中国"了。

对民族或国家认同，每个人内心总有柔软一角。2006年，我去德国汉堡采访中欧峰会，时任中国总理温家宝率庞大政府代表团出席。接风的晚宴上，东道主安排了一个特殊节目，由汉堡一个著名童声合唱团演唱中国国歌，无伴奏。童声天籁，节奏缓了许多，这是我第一次从聂耳的《义勇军进行曲》中听出圣歌的宁静与安详。我坐得离温总理不远，国歌快唱完时，我见他眼里有泪光。

几轮啤酒后，空气中有些伤感。牛津的日子即将结束，有同学说，还没去过新学院。我答应带他们去学院夜游。牛津的学生，常画地为牢，以自己学院为堡垒，与别的学院失之交臂。夜已深，我们沿城墙夜行。地有点潮，映照月光，大家悄声言语，生怕惊着宁静的夜。

去年9月，我应邀去温莎的Cumberland Lodge，与伦敦政经学院的学生度个周末。伦敦政经与复旦联手创办"媒体与全球化"双学位项目。这是一个17世纪的庄园（stately house），本是皇家资产，现在是英国外交部下属的会议中心，管吃管住。1936年，爱德华八世（Edward Ⅷ of England）执意要迎娶离过婚的美国妇人辛普森（Wallis Simpson）。最后决定向国王摊牌的内阁会议就在此召开，正式接受他退位。

午餐时，庄园的牧师问，明天星期日，谁有兴趣到旁边皇家小教堂做主日礼拜，可登记一下。临走，他补了一句，女王也可能来做礼拜。虽然特别强调"可能"这个词。以我的判断，除非不可抗力，女王一定会来。我报了名。

女王有三个家，按公务和季节轮流住。伦敦白金汉宫是她的官邸。温莎堡，她的私宅。在苏格兰，还有个避暑夏宫巴尔莫罗（Balmoral），在苏格兰高地。若在温莎做礼拜，女王有两个选择：温莎城堡的圣乔治教堂，还有温莎皇家公园内的皇家小教堂，与城堡一箭之遥。若求私密、低调，小教堂最理想。这所乡村教堂的教友，理论上都是女王的邻居，不少是农家。

周日，9 点多，牧师前来提醒，随身带邀请卡和护照，还特别关照，若见到女王，请勿照相云云。我们一众人穿过公园去教堂。离教堂不远，警方设了个露天哨卡。一名警察单兵把守，翻了翻护照，无安检，也不搜身，挥手放行，保安比在伦敦时更放松。这座皇家小教堂，新哥特派风格，貌不惊人，1825 年启用。当时，乔治四世（George Ⅳ of the United Kingdom）在此做礼拜，不慎绊了一脚，算是个安全事故。为此英国财政部拨款 200 英镑消除隐患。后来，维多利亚女王（Queen Victoria）也常来，还有女王的父母。女王母亲去世后，先在这里停棺，而后移灵去伦敦的威斯敏斯特大教堂。

我们入教堂时，里面已坐满村里的信众。因为我们的到来，过道上加座，临时放了些折叠椅。我被引到一对英国夫妇边上。女王到小教堂礼拜，之所以私密，还因为右侧有个王室专用区，与后边座位，有一墙之隔。你若坐左侧，可见王室成员出入。只见安德鲁王子（Prince Andrew）走进，坐王室区首排，架上老花镜，翻开圣经。我的角度，看不见女王。她应该坐在了祭坛后边。

那几天，我着凉有点伤风，喉咙发痒。仪式开始后，越怕咳越有咳的冲动。过道坐满了人，出不去。见我憋得窘迫，身边的先生递来润喉糖救急，我很感激，但还是没忍住。等大家高声唱圣歌，正好有掩护，我趁机狠狠咳了几声。礼拜临近结束，唱英国国歌。在女王跟前唱《天佑女王》(God Save the

Queen），有点滑稽。歌词里，都是"女王"的字眼："上帝保佑女王，祝她万寿无疆。让我们齐仰望，天佑女王，愿上帝恩泽长。"不知女王自己在唱什么歌词。

散场时，我们慢慢离开教堂，心想女王一定先从旁门离开了。一出教堂门，我一怔。女王，就在左边，几步之遥。她身着蓝色绒毛大衣，浅紫色礼帽，正和几位女村民聊天。女王半皱着眉，她们低声细语，应该在说村里的事。女王不走，我们都在一旁站着，安德鲁王子也等着。一旁的三个皇家警察，显得悠闲。过了七八分钟后，女王与邻里老太们道别。与几年前相比，女王行步慢了不少，背稍微有点驼，毕竟九十的人了。众人把她送到她的宾利（Bentley）车前。只见女王钻进了司机座，她要自驾回家，皇家保镖兼司机坐到了副驾驶座。女王是老司机，"二战"时，她在民兵的汽车连做预备役，专门修汽车。安德鲁王子没上车，跟母亲挥挥手，散步回温莎堡。

看到女王，想到戴安娜王妃。她与查尔斯王子离婚、被拿掉 HRH 头衔后，爱上了埃及巨商之子多迪（Dodi Fayed）。戴安娜车祸去世后，王室一开始对这位前媳妇的死反应冷淡。正在夏宫巴尔莫罗的女王，迟迟没回伦敦。英国公众对王室开始反弹。最后一刻，女王决定回伦敦，并在白金汉宫破例向全国发表实况讲话，送戴安娜一程，扳回了民意。

一生中，要填很多次履历表。除了姓名、性别，填得最多的要数自己的大学，伴随至死。美国的大学，学生邮箱是永久的。香港没有毕业生的说法，叫老生。

2017年5月30日　周二
牛津　晴

　　《泰晤士报》有条消息，为了应对工作、学习压力，英国越来越多的大学教授和学生使用脑神经类药物，即所谓的"聪明药"。剑桥研究神经科学的克里奇罗博士说，每五个教授中，有一位承认服用过神经类药物，以强化记忆。她说，研究显示，这类药物对短期记忆确有帮助，但对人是否有长期副作用尚无定论。有调查发现，多达25%的大学生服用过网购的"聪明药"，这类药通常用于老年痴呆症。另一位剑桥教授警告与用药相关的"胁迫行为"。有些学生用药是为学业竞争，生怕用药的同学赚到便宜。克里奇罗博士说，学生网购"聪明药"，严格意义上不合法。对药物是否有助复习和考试，并无太多数据。牛津大学学生会已就服用"聪明药"举办相关讲座。学生报纸《查韦尔报》(*Cherwell*)有个民调，超过一半学生说，他们朋友圈里有人私自服用"聪明药"。

另一条八卦：根据一本新著，大作家简·奥斯汀一生从未有过性爱。作者说，从英国当时阶级结构看，比奥斯汀地位低下的女子有婚前性生活或性体验者不少，而地位比她高的贵族阶层又对婚外情看得很淡，司空见惯。以奥斯汀的经济状况以及她对家庭的情感依赖判断，如果她有婚外情，或有私生子，将毁掉她的谋生基础。作者又留了一句，奥斯汀也可能是同性恋。纯粹逻辑推演。

大前年冬天，照例去瑞士达沃斯，一年一度的世界经济论坛（WEF）。会后多留一天，妻子想滑雪。我滑雪笨拙，刹车欠训练，只能喝咖啡当看客。旁边一对瑞士年轻夫妇跟我们打招呼，他们带了三个孩子，末尾那个，应不到两岁。爸爸先领着两个大孩子上雪场，欢天喜地。妈妈在雪场外殿后，照看婴儿。或许看出年轻妈妈玩心重，一位红围脖老妇人走来，问要不帮你看孩子，你去滑雪？像是盼来天外救星，年轻妈妈毫不犹豫，把孩子拱手交给老太太，迫不及待上雪场了。我看着她们交接孩子，情绪有些错乱。我们敢吗？

一早，宿舍的清洁工波拉敲门，又是打扫时间。每星期她来两次，我常在楼道碰到她。她年过半百，已发福，走楼梯时很吃力，大声喘着气。英国女人，年轻时为求漂亮，寒冬季节仍穿裙子外出，入了风寒。上了年纪，风湿关节炎开始折磨她们，骨关节肿大，走路蹒跚。波拉做事勤力，15分钟后，房内已干净。卧室太小,她一来打扫,我便放下手上的事,外出散步,她可放开手脚干活。知道我对地毯过敏,吸尘时她会多吸一遍。

大前天买了两捧丁香花,仍在怒放,还能撑一周。

晌午读到国内同学微信,说今天端午。既然知道了,总得有所表示。听说牛津室内集市有家中餐外卖有粽子,大喜,骑车奔去。外卖店外,已排了一溜食客。看店名,老板来自陕西,柜台旁贴了"祝大家端午快乐。精心手工粽子。限量供应"。饥饿营销,更刺激人的欲望。外卖店只有个单间,厨房开放,两男一女在忙活。本想多买几个送邻居同学品尝,不料严格限量"每人两只",只好闭嘴。

提了粽子回学院,一路上碰到别着红色康乃馨的学生,刚结束最后一场考试,已被浑身"Trashing",头上、脸上、身上涂满白泡沫,挂着彩带,露出"受虐"的幸福感。"Trashing",中文习惯译成"捣毁",并不妥。Trashing特指牛津学生大考后的恶作剧狂欢,用泡沫、彩带、面粉、香槟、啤酒"袭击"刚出考场的学生。这一仪式,相对年轻,源于20世纪90年代,在校内外饱受争议。几年前,牛津校长曾批评此行为不登大雅之堂,满地垃圾、酒瓶碎片,浪费食品,败坏牛津名声。

路过学院小教堂。窗台上,站着白鸽一只,粉红的喙。草坪上,六七学生坐着。回到房间,打开粽子尝鲜。哪是粽子?！只是籼米饭团，夹生、黏牙，失望之极，实在毁了端午，无颜面对屈原老先生。

5点半，我跟罗宾·福克斯教授约在后门碰头，让他给我讲讲他统治下的花园。一群学生在草地打槌球（Croquet），一款自我陶醉的牛津游戏，据说起源于法国，13世纪传到英国，规则很简单，在草地或平地上用木槌击球，穿过铁环门得分。比赛时，一般两队对抗，是团体比赛。球场，长方形，长32米，宽25.6米；铁环门，高30.5厘米，宽9.5厘米。槌球几乎是被牛津、剑桥垄断的游戏，据说，在校三年至少要玩几次，才算合格的牛剑人。这块草坪在低地，四周石垒的高墙，一米多高，不少学生坐墙上观战，两脚耷拉在半空。

下午温度近30℃。罗宾下了课走来，仍一身西服、领带，手捧一盒鲜红草莓。我们走到城墙边，那里有他最得意的花圃。他打着手势说，真正好的园丁，必须保证他死后六个月，花园还能看得顺眼。我问他，想种玫瑰，选什么品种。他说，就种Olivia Rose Austin，粉色，虽说有点贵，但花期长，可开上大半年。罗宾素以放言出名，随处可发现攻击目标。我问，学院里还有个园艺委员会，干什么的？他摇头说，理论上，学院里种什么花，养什么草，得由园艺委员会决定，其实，我说了算。罗宾刚下课，显得疲惫，耸耸肩，走了。

黄昏，我跑去门房，说想上钟楼看看。值班的老门卫犹豫了一下，问了句，你不会出事吧？他特指的是自杀的可能。得到否定答复后,他把一串钥匙交我手里。据说,为了安全,一般不让学生上钟楼。一定想上,学生都须签字画押,学院可免责。钟楼的入口,在墙上雕满怪兽的回廊上。两道门后,我往上爬,足有上百级台阶,螺旋向上,等到快转晕乎,正好见到钟楼屋顶。我攀上顶楼俯瞰,牛津是座冻龄的古城。天际线内,塔尖林立,几乎看不见一栋违和、超高的现代建筑。眼底下,是叹息桥,谢尔登剧场,宽街。一些民居的外墙漆成了蓝色、浅绿、粉色、土黄,窗棂纯白,空中看老城比我想象的浪漫。

去高街买东西,只见拉斯金美术学院院门上,有红底白字一横幅,中文的,"我对你的爱正常营业",是外国学生向心仪的中国女生表白?用了水土不服的谷歌翻译?晚餐前,街边的咖啡屋、餐厅,点上蜡烛。我坐在玉米市街的长椅上,看往来人群。今晚完美,有玫瑰色晚霞,这个季节常有,随手一抹,刷上天幕,弯月高悬。一位男子,戴着鸭舌帽,背双肩包,牵两条狗,一黑一白,一肥一瘦,一左一右。迎面走来一位丰满、好看的金发女子,提着一粉色包,边走路边盯着手机。想起1988年7月抵达伦敦,我住进中国大使馆教育处学生宿舍,一个大房间,都是上下床,我睡在上铺。地处伦敦西面的伊灵,门牌51号,有部国产电影叫《五十一号兵站》,在留学生圈里,该下榻处都以"五十一号兵站"称呼。第二天一早,我迫不及待,想在去剑桥前先看一眼伦敦,坐公交,再转地铁到市中心。我在查令十字街（Charing Cross）下的车，月台上，一对年轻的恋人正在接吻。他们已忘我，站在过道的中间，如潮的上班族，经过他们俩时就分流，从两侧绕过去，人潮汹涌。女生捧着男生的脸，完全无视世界的存在。我停在一旁，不知过了多长时间，才缓过神来。

博闻同学在宿舍。数学孤独。以他的专注,未来的菲尔兹数学最高奖应不会怠慢他。

2017年5月31日　周三
牛津　晴

上午，应约去博闻同学的宿舍做客。他住在方庭旁的老楼，正对着礼拜堂。他住三楼，卧室、洗手间独用，浴室两人共用。上次见面后，他转给我一篇有趣的论文，有关菲尔兹奖（Fields Medal）以及得主获奖后的学术贡献。诺贝尔奖未设数学奖，这使菲尔兹奖成为数学领域无可争议的最高荣誉。在所有最高的科学奖中，此奖独特处在于只颁给40岁以下的年轻学者。作者开门见山，问了一个极尖锐的问题，菲尔兹奖会是诅咒吗？作者是普林斯顿的数学教授亚诺什·科拉尔（Janos Kollar），他也是2014年菲尔兹奖委员会成员。他这篇论文缘起于两位经济学家对菲尔兹奖得主的相关研究。获菲尔兹奖后，数学天才的学术产出是否会减少，论文被引用数是否会下降。研究劳工问题的经济学家一直关注奖励与产出的相关性。

我的问题是，研究激励多大程度上事关学术动力，多少事关人性与同行的期待？

博闻觉得，相比较其他科学领域，数学极其个人主义。纯数学家的学生很少和导师做同样课题，也很少成为导师研究项目的一部分。数学家的师生关系，更多是导师对学生指点，很少有"老板"雇佣关系。这倒使年轻的数学家转换领域时更灵活，加上数学研究经费对更换领域也很少限制。他说，获奖后，可能有几条路可走：第一条路，更加勤奋、刻苦，在原来的领域继续耕耘，比如陶哲轩；第二条路，索性豁出去，只做数学界公认的难题，但做难题往往"凶多吉少"，很可能终其一生再无建树，比如科恩（Paul Cohen）；第三条路，转向培养学生，他们的光环足以吸引到很多极有天分的学生；第四条路，很少人走，但也有，用自己的影响力投身媒体，甚至从政，比如法国的维拉尼（Cédric Villani）当了议员，甚至可能竞选巴黎市长。

博闻说，要是日后他得了菲尔兹奖，一定体验新的活法。

我问了他一个问题，人工智能能否帮到纯数学家？他觉得，现在的数学是希尔伯特（David Hilbert）时期奠定的，人工智能完全能够理解数学语言，一定帮得上忙，但绝对无法取代数学家，因为只有数学家能够提出有效的问题。另一个用途，就是帮助数学家验算证明。虽然数学需要灵感，但一旦写出证明就是纯粹的逻辑推导。如果电脑读懂了，就能比人工验算更准确。他告诉我,他可能不去名声最大的学校,而申请去加州理工学院(Caltech),那里曾是他崇拜的物理学家理查德·费曼(Richard Feynman)的老家,中国科学家钱学森和周培源也在那里拿的博士。

今天回伦敦看展览,高街上等候大巴。考试院里刚考完一场,黑袍涌出。上了大巴,人不多,多半是牛津学生。赶到大英博物馆,我直奔日本浮世绘大师葛饰北斋(Hokusai)特展。大英博物馆,1753年创立,1759年元月正式开放,它是历史最悠久的综合类公共博物馆,藏品800多万件,多半藏品是大英帝国全盛时期从全球搜罗、掠夺而来,不少珍稀文物是有原罪的,比如罗塞塔石碑、贝宁饰板、埃尔金石雕等。中国精品,不少是19世纪英国从北京圆明园掠夺而归。当年法国作家雨果(Victor Hugo)为此恶行曾狠狠谴责过英法。据说近年来中国文化当局一直与大英博物馆、V&A(维多利亚和阿尔伯特博物馆)交涉,要求索回失落海外的中国文物。

2010年,时任馆长麦克格里格(Neil MacGregor,新学院荣誉院士)主张中英两国就存有争议的藏品协力合作,他更希望维持现状。我的中国朋友中,观点对立。一派主张把中国珍品索回。另一派的看法主张尊重历史,至少在英国人手里,中国文物安然无恙,妥善保藏,留下来了。

大英博物馆前,足有百十余人排队,等着过安检。门票免费,特展得自掏腰包,门票15到20英镑不等。我当场申请了会员年票。若用银行借记卡支付,年费 64 英镑。付现金则为 74 英镑。用借记卡,博物馆当然鼓励。人多健忘,若不主动取消,年费会一直自动续下去。

北斋,即葛饰北斋,德川幕府时期最有影响的浮世绘大师,性情中人,狂放,长寿,活到九十。像齐白石,北斋最出彩的作品都在 70 岁后,其成名作 *Great Wave*(《巨浪》)是浮世绘艺术的巅峰之作,也是世人最熟悉的日本符号。传统的日本画,受中国画影响极大。比如东方绘画,一般把较远物体,无论山川河流,放在画面上方。到了北斋鼎盛期,视点出现了根本变化。展厅中,我看到了《海啸》《红富士》《富岳三十六景》《名桥风景》等名作。梵高(Vincent Van Gogh)、莫奈(Claude Monet)、高更(Paul Gauguin)、毕加索都老实承认北斋对他们的影响。曾读到北斋的自述:6 岁开始临摹,50 岁左右有作品出版,70 岁前没画出留得住的作品,73 岁时才略知花草虫鱼鸟兽之解剖。希望 80 岁时有长足进步,90 岁参透世间万物,百岁之际炉火纯青,110 岁能信手拈来,画出有生命力的景物。我买了幅北斋《巨浪》的复制品,龇牙咧嘴的浪花,似有神性。女店员,高挑漂亮,用中文跟我打招呼。她是意大利人,在台湾学过中文,正在亚非学院读硕士,课余在此打工。忽然发现,不少读中文、研究东方的人,时间久了,骨相也会变柔和,越来越像东方人,相由心生。

回伦敦家过夜。前后花园,红白月季怒放。没怎么打理,这些玫瑰每年都报以花香。约介未、夏青夫妇晚餐,又去Cocolico。老板还是那么热络,一脸春风。在国内,菜好吃,但服务常常漠然,没有来自内心的笑意。每回航班落地,空姐们在舱门口列队告别,回礼的同胞实在不多。为不让空姐难堪,我时常多说几声谢谢,弥补一些。无奈。

"资本主义辜负了穷人""在英国，人脉仍比知识更重要""牛津大学的录取制度仍不公平""21世纪属于中国"，这是近十年牛津辩论社的几个辩题。

2017年6月1日　周四
伦敦—牛津　阵雨

从伦敦赶回牛津,已晚上7点,直奔学院饭堂。院长一早告知,今天是 Mint Julip Day,请我晚餐前先喝一杯。Mint Julip 是款鸡尾酒,原产于美国南部,尤其在肯塔基。正宗喝法要用金碗、银吸管,在跑马场上畅饮。配方很简单:波本酒(bourbon,威士忌的一种)、薄荷叶、糖、水,没两家酒吧会调出同样的 Mint Julip。夏天,用上好的威士忌或朗姆酒,漂几片薄荷,世界霎时就清凉了。

晚8点,几位中国同学邀我去牛津辩论社(Oxford Union),旁听本年度的中国辩论。辩题是"The House Welcomes China's Impact Overseas",有关中国的海外影响力,有正反两方。对 Oxford Union,外人常有误解,并非牛津学生会,而是牛津辩论社。它是世界上历史最悠久、声名最大的辩论社，创立于1823年。很多英国政治家的第一页，就是在牛津辩论社翻开的，特别是保守党大佬，比如赫塞尔廷（Michael Heseltine，英国副首相）、克拉克（Ken Clarke，英国财相）、格莱斯顿（William Gladstone，英国首相）、黑格（William Hague，英国保守党党魁）、约翰逊（Boris Johnson，英国首相）、本恩（Tony Benn，工党政治家），都曾出任过牛津辩论社主席，后来遇刺身亡的巴基斯坦女总理贝娜齐尔·布托（Benazir Bhutto）就读牛津时，也当过辩论社主席。

辩论社名下有自己的不动产，一个经典的庭院，大小两个辩论厅、酒吧、一个花园。从玉米市街拐进一巷子，就到了。英国人对设计议事规则很在行。比如，辩论社主席任期。因粥少僧多，未来的政治明星和公众人物都憧憬主席宝座，任期短至一学期，约八周时间，不可连任。一年三学期，即可贡献三位主席。只要竞选上，即可青史留名。

辩论社门票，价钱不菲，一场15英镑，比好莱坞大片贵。年票约300英镑，若你喜欢辩论和演讲，还是物有所值。有些牛津的硕士课程，学费里已打包了辩论社年票，双赢的安排。我们在大辩论厅入座，正是正式辩论前的热身桥段，供辩论爱好者自愿上台练习。辩题是，外援是否有助非洲国家摆脱经济落后？每人3分钟。只要向主席申请，都可上场。台上，一位新加坡学生，身高仅1米60，声量洪大，夸张的手势与肢体动作，看得出认真练过，两次上场。一位女生，两度卡壳，倒不怯场，停了十多秒，再捡起话题，继续。

本学期的主席，是莫德林学院读 PPE 的华裔学生 Michael Li。

正方：圣安学院历史专业学生、世界和平基金会荣誉主席、圣埃德蒙学堂华裔经济学家、哥伦比亚大学访问教授。

反方：彭布鲁克学院政治、经济学专业学生、赛德商学院硕士生、中国时事评论员、英国自民党上议院终身议员。

以牛津辩论社一贯的眼界与挑剔，这台中国年度辩论的辩者水准及影响力实在不敢恭维，不知发生了什么？一个多小时的论战确实也无激赏之处。唯一的亮点是蹭了中国的热度，有些遗憾。

阅读牛津辩论社议事规则，摘录几条：

辩论社成员，不直呼其名，均以"The Honourable Member"替代。辩论中，成员可用议事规则为由打断或干预议程，比如事关程序，或要求澄清信息。辩论中，若有违背议事规则，比如辩手有侮辱性或诽谤言行，可提请主席处置。若涉及程序或核准信息，可起立要求讲演者给予澄清。对远道而来的演讲嘉宾必须礼遇，对他们的观点可提问挑战，但须尽到礼数；不可携带食品、饮料进入演讲厅；禁用手机、禁烟。

除了辩论，牛津辩论社常年最重要的议程是邀请各界名流演讲，几乎每晚都有，嘉宾多是一时之选，或有争议的人物。一个有趣的规矩，主席向听众介绍演讲人时，演讲人本人须回避，待介绍完，演讲人方可入场。这个设计很英国。演讲人在场，容易逢迎拍马走调？演讲人不在场，介绍更易直白，甚至触及演讲人的敏感禁忌？当然也增加了戏剧感。

每场辩论结束，都有听众表决。离开辩论厅时，你得决定向左转，还是向右转。若向右转，即是"vote for the motion"，投给正方。向左则投给反方。"左右"政治的视觉化。散场后，我和中国同学去酒吧喝一杯，里面已爆满，得贴胸而入。英国的公共空间，要数酒吧最不英国，喧哗无序，大家几乎贴着脸，大声说话，却互不干扰，可当作公共演讲的田野训练吧。刚喝半杯，有人当当当敲起玻璃杯，是辩论社的人。他大声宣布当晚表决结果：正方取胜，赢了不少。多数牛津人更乐于看到全球化的中国。

牛津辩论社向来不怕争议，但求规则公平。2007年11月某晚，辩题是言论自由，嘉宾之一是位极右翼历史学家，以否认纳粹大屠杀出名，认定奥斯维辛集中营纯属虚构。另一位嘉宾是英国国家党（有纳粹倾向）党魁柯里芬（Nick Griffin）。最后学生示威者冲进辩论厅抗议，次日英国多家报纸作了报道。辩论社的另一个大事件，是1933年2月9日的表决。那是希特勒出任德国总理十天后，"二战"爆发前。当晚的辩题是：无论发生什么状况，我们都不会为国王和国家而战。最后表决，275对153，通过。丘吉尔闻讯大怒，斥之为"卑鄙、可怜、污秽和无耻"。据说这一表决对希特勒误判英人斗志起了相当作用。基于对英国议会运作的无知,希特勒加速了开战部署。实际情况是"二战"爆发后牛津与剑桥许多学生中断学业,最早奔赴战场。在校时,他们玩弄语言游戏、图一时快感,语不惊人死不休。但在纳粹独裁者对英国的战争威胁跟前,他们决然放下书本,背枪戴上钢盔,捍卫了书生荣誉,走上救国征程。

上海。30年前,外滩对岸的浦东还是稻田。作为一个都市,它是纽约、伦敦、巴黎同行。历史上,它中西混血,开放包容,温润,成为宜居的"魔都"。

2017年6月2日　周五
牛津　晴

宿舍书架上的二手书，正野蛮生长。这些年淘的旧书，最好玩的，是幽默和漫画，还有些是童书，特别是童话。我们这代人，革命的荷尔蒙过早催熟，以至于失落了童年。我喜欢伟大的童话作品，语言干净，善待天性，鼓励好奇心。当然童话世界过于黑白分明。儿童眼里，道德与正义感是天理。有正常的童年，自然幸福。被人为残酷地剥夺，则是大不幸，甚至罪孽。

早餐时，邂逅一对法国夫妇。太太是诗人，到牛津出席诗会（Poem Reading）。介绍自己是诗人时，她很自然，就像说自己是个教师裁缝、厨师。80年代的中国，曾追捧诗人，即便读理工农医，谁的床头没几本朦胧诗抄。复旦相辉堂的年度诗会，总是一票难求，窗台上都扒满人。友人傅亮是复旦校园诗人,他严重口吃,脸涨得通红,才蹦出几个字来,我们都假装不注意,怕他更有压力。但只要一登台念诗,聚光灯下,面对上千观众,他的口吃会奇迹般消失。他爱写长诗,朗诵时滔滔江河,顺流而下。朗诵一结束,他又迅速回到原始状态。对此,我找不到科学的解释,只能相信是诗歌解救了他。那个时空,他无我,身心完全自由。幼时我也曾模仿口吃的大人,居然也患上了。母亲要我多唱歌,憋不出字时,可以轻轻唱出来。后来,渐渐好了。

因我的自行车未在学院注册,被贴条警告。那种很难去除的黏条。去门房,填了表,领回黏性极强的贴纸,贴在车身隐秘处,算是注册了。中午去赫特福德学院(Hertford College),崔占峰教授请我午餐,他是这里的资深院士。上次相见,是2月份,在复旦。我们同期留英。博士完成后,他先在爱丁堡大学当讲师,后到牛津工程系任教。2000年出任牛津历史上首位华裔教授,现是英国皇家工程院院士。占峰升任正教授时,留学生圈兴奋过,中国人喜欢"第一"这样的象征意味。

赫特福德是新学院的邻居,隔着一面院墙。它的院门,就在谢尔登剧场斜对面。建于1438年,学院最出名的景点是明信片上的叹息桥(Bridge of Sighs),由建筑大师托马斯·杰克逊(Thomas Jackson)设计。牛津这座叹息桥,不如剑桥的历史久远,1914年才建成。占峰领我到院士餐厅,虽是现代建筑,仍有牧师饭堂的影子。英国文化中的新教气质,总在不经意中流出。与晚餐相比,午餐更多是生存需求,非美食之奢:几片面包,一碗蔬菜汤,一个主食搞定了。近来,占峰一直在为 OSCAR 奔走,这是牛津大学与苏州研发基地的简称。好事多磨,终于起步:牛津教授会去苏州联合研究,并指导中国学生。硬件、基建、实验室、研究大楼,由中方出资提供。

邻座,是位女数学家,孩子大学毕业,在找工作。占峰出主意说,可去中国试试。吃完奶酪和甜品,他陪我去叹息桥。几乎每天从桥下过,从学院内桥上的石窗往外看,完全是另一番风景。赫特福德学院出了不少大家。哲学家霍布斯就是此地学生,《利维坦》是在学院构思写就的,最后还把手稿留给了学院。还有大作家伊夫林·沃。读书时,他是个叛逆者,自称在学院寄宿期间,没去过一次礼拜堂。学院还有个秘密,一只名叫 Simpkins 的学院猫,已传承到第四代。Simpkins 是前院长沃诺克(Geoffrey Warnock)取名,采自波特(Beatrix Potter)小说中的猫。院猫饭票无忧,有校友专项资金供养,保证猫粮和全猫医保。说起伊夫林·沃,不得不提他的名作 *Bridgehead Revisited* 以及改编的电视剧《故园风雨后》,英国的格雷纳达电视公司投资 1100 万英镑。伊夫林天性敏感、神经质,有喜剧细胞。他皈依天主教,情感与性取向游移不定,一场短暂婚姻,几段基友传闻,小说里不难看出自传的印记。小说中塞巴斯蒂安的自我、乖张、随性、敏感,几近就是牛津学生的性情了。过度自信与脆弱，一对孪生子。

下午回宿舍写作，休息。清洁工来吸尘。

傍晚，骑车去政府学院。院长奈瑞做东，为即将出任联合国 UNDP 总裁的一位牛津教授饯行。席间谈及联合国的未来，还有躲不掉的话题——中国及其未来。

2013年随"南极论坛"去南极。一天,我们坐冲锋舟上了纳克湾,随团的小提琴家朱丹拉了一曲马思聪先生的《思乡曲》,空中伴有冰裂的回响。几分钟后,一座高达上百米的冰川应声倒塌。

2017年6月3日　周六
牛津　晴好

复旦校友闾丘露薇到牛津开学术会，宣读论文。三年多前，她从凤凰卫视辞职，到美国宾州州立大学读博士。四十多岁读博，我钦佩她的毅力。今晚，院长私家花园上演古希腊剧作家索福克勒斯（Sophocles）名作《埃阿斯》(*Ajax*)，我邀她和大陆学生姜锬峣、张器、朱蓓静一同观剧。

索福克勒斯是音乐神童，长相俊美，凯旋庆功仪式上的领诵少年。他长命，活到90岁，戏就写了70年，留世七部作品，《埃阿斯》是其一：埃阿斯是忒拉蒙（Telemon）之子，在特洛伊战争中，其威名仅次于珀琉斯之子阿喀琉斯（Achilles），希腊联军勇敢无畏的英雄象征，如同巨人，受人崇拜。阿喀琉斯多次拯救希腊联军于危难，他死后，特洛伊人想抢夺尸体，剥去他的铠甲，埃阿斯挥舞长矛，以巨盾阻断敌人，逼退特洛伊人，保住了尸体与铠甲。阿喀琉斯之母忒提斯想把儿子的铠甲奖赏给保住她儿子遗体的英雄。此时奥德修斯杀将出来，说自己才是英雄，花言巧语赢得拥戴，得了奖赏。听此，埃阿斯怒火中烧，朋友相劝才将他拉回战船。愤怒至极，他不喝不吃不眠，只想把奥德修斯砍成碎片。保护神雅典娜爱怜奥德修斯，而埃阿斯又为雅典娜发狂。对女神的爱蒙蔽了他，疯狂中，他把羊群当作敌人左砍右杀，等清醒过来，已追悔莫及。他长叹："天哪，神祇为何如此憎恨我？如此侮辱我，却厚爱狡诈的奥德修斯？我站在这里，双手沾满绵羊的鲜血，成为笑柄，也遭敌人嘲讽！"最后他拔剑自刎。

牛津相信等级和特权，但得师出有名。院长的私人花园，足有60米长，出入幽静，与万灵学院一墙之隔，理论上由院长与他的客人享用。花园尽头，是个避暑的石屋，也是今晚的露天戏台。院长邀了不少客人，多数是自掏腰包的戏迷。门票5英镑。一百多个座位很快就满了。我一直不怎么喜欢希腊悲剧，七情六欲，嫉妒复仇，看剧时情绪付出巨大。今晚是学院的戏，得来。演员全部是学生，来自各个系科。他们不化妆，不穿古装，导演刻意不把观众带回到雅典的铠甲时代，当然也节省演出开支。两千年前的剧本，只是演员、观众换了。

戏开场时，天色还亮，夜幕慢慢拉开。院长是东道主，但没致辞，看戏就是看戏。矮墙上，几只大黑鸟站着不走，假装对看戏有兴趣，不时扯叫几声，观众席倒是鸦雀无声，天幕暗下来，泛出粉色，戏台变得有点暧昧。黑鸟不耐烦了，超低空扑扑地飞过我们头顶。隔壁万灵学院的大钟突然当当敲起，居然暗合了情节。

剧终，夜已深蓝。我到前排向院长致谢，他向我介绍身边一位长者，正是刚才谢幕的导演，脸色通红，背有些驼。院长说，这是大卫·雷本（David Raeburn）先生，今年90岁了，排演了一辈子古希腊悲剧。第一次导戏是1947年，70年前，他牛津毕业那年。我趋前与他握手，表示敬意。毕业后，他当过一所学校的校长。1991年退休，他回到牛津，专门讲授古希腊学的基础课程。这次排演完《埃阿斯》，意味着他把索福克勒斯的七部悲剧全部演了一遍。他满足了。古希腊时，每部戏一般只演一场。每一位到圆形剧场看戏的雅典人明白，台上演的，如同一盘沙画，演完了，就永远消失。

看完戏，邀间丘与中国同学到宿舍小坐。房间太小，坐不开，椅子也不够，索性就坐在地毯上，喝点威士忌。想起四年前从阿根廷乌斯怀亚去南极考察，某个黄昏，我们的冲锋舟离开半月湾岛回船，途经一大片浮冰，泛着深邃的蓝光。我看中一块，小半个脸盆大，蓝冰比重大，我费尽蛮荒之力才抱上船去。我让南极学家、中国长城站首任队长颜其德先生鉴定。他说，这种蓝冰至少已有上百万年的历史。我们把蓝冰敲成小块，轻轻放进威士忌杯里。贴在耳朵边上，听它精微的破裂声，我甚至听到几声旋律，那是来自上百万年前的声响呀。

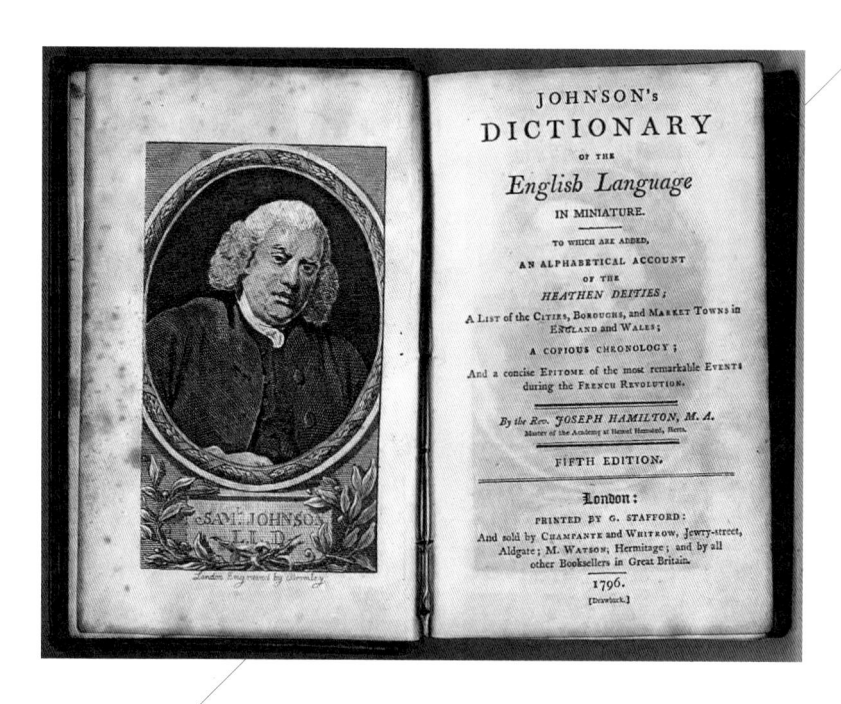

《约翰逊词典》，塞缪尔·约翰逊编撰，1755年首版，世界上首部英文大词典，英语史和英国文化史上的划时代成就。借助印刷术的流行，这本词典助推英国成为一个"读书的民族"。

2017年6月4日　周日
牛津　晴

昨晚，伦敦发生恐怖袭击事件：市中心博罗集市爆炸，7人丧生，48人受伤。

中午，隽由上海飞抵伦敦希思罗机场。介未、夏青接机，再送她到牛津。午后，陪他们去莫德林学院参观。按校规，我只能带一位客人。门房老头客气，说都不用付了。

晚6点，去彭布鲁克学院看戏，就在基督教堂学院对面。今晚上演话剧 *Sink*。彭布鲁克，建于1624年，以彭布鲁克勋爵（Earl of Pembroke）命名。他曾出任牛津校长。牛津剑桥两校，有不少同名学院，彭布鲁克就是。现任院长是布令德利女勋爵（Lynne Brindley），前大英图书馆的馆长。学院中等规模，本科生360余人，研究生不到250人。学院基金的账面上，目前还有4600万英镑。彭布鲁克出过一些要人，如约且国王阿卜杜拉二世（Abdullah II, King of Jordan）、英国副首相赫塞尔廷、匈牙利总理欧尔班（Victor Orban）。不过，最令学院骄傲的是塞缪尔·约翰逊博士，作家、批评家、第一部英文词典（1755年）的编纂者。

约翰逊家境清寒，父亲开一家难以谋生的小书店，但给了他童年四壁图书。父亲去世，只留下20英镑遗产。因缴不起学费，只在牛津待了一年半就退学了。为纪念这位未毕业的杰出学生，学院永久陈列了他当年的课桌椅。与彭布鲁克有缘的还有大作家托尔金（J.R.R. Tolkien），《指环王》的作者，他在这里当了20年院士。史密森（James Smithson），英国伟大的化学家，Smithsonian学会创始人，这位在美国耳熟能详的大慈善家，却从未去过美国。另一位是富布赖特（William Fulbright）。上大学时，我就听说过这个名字，资深美国参议员，富布赖特教育基金会创始人（1946年）。中国开放后，很多教授、学生受益过。80年代的复旦新闻系，就有富布赖特的美国教授。

穿过庭院，见玻璃桥，长仅数米。过桥，即是彭布鲁克的新院，有方庭，加一个剧场，满眼中国留学生。未料票已售罄，BBC老同事丽丽和先生斯蒂芬也在，说今晚导演兼主演张永宁是她亲戚，应该能进。永宁的电影作品包括《蓝宇》（2001）、《极度寒冷》（1997）。我出国早，这些影片都没看过。永宁已过半百，在牛津住了多年。演员多半是读戏剧的中国留学生，制作团队来自帝国理工学院、牛津、杜伦大学、皇家戏剧学院。

读牛津学生报《查韦尔》（6月2日刊），头条消息与彭布鲁克学院有关。标题是 Pembroke Condom Coke-up，标题文字，虽然俗套，一语双关，恰到好处。新闻说，彭布鲁克学生投诉，从学院领的避孕套比以前短了2厘米，比正常的短12%。我还是第一次听说学校有避孕套的福利。据查，此事与学生会更换供应商有关。学生会表示，他们要求供应商退款。

看到本周有关牛津的一组数字：

截至本学期结束，只有1人竞选牛津辩论社主席（没想到）；

2015—2016年，牛津大学女教授的比例增加了24.2%，略高于24%的英国平均值；

基督教堂学院划艇俱乐部成立200周年。

另一条新闻，牛津知名学刊《政治哲学》（*Journal of Political Philosophy*）近期出版有关黑人运动的学术专辑，其中居然没有任何黑人学者的文章，匪夷所思。耶鲁和加州大学两位学者对此公开指责，杂志社已为此郑重道歉，并决定邀请两名黑人学者加入该学刊编辑委员会。

去年，牛津200多位国际学生联名，要求拆除奥利尔学院内的罗德雕像。罗德（Cecil Rhodes），牛津奥利尔学院毕业，罗德奖学金创始人，19世纪的英国矿业大王，也是南非种族隔离的顽固支持者和受益者。联署的抗议者中，部分是罗德奖学金得主。有关拆除雕像的提议，几乎分裂了牛津。牛津名誉校长、前香港总督彭定康为此光火，大学里自由争论的传统不可挑战，但对拆除雕像的提议斥为"疯狂"。他奉劝签名的学生"到其他地方就读"。2015年，激进的南非学生拆除了开普敦大学校园内的罗德雕像。如果重写历史，边界应该在哪里？我觉得，作为历史遗迹的一部分，罗德雕像可以保留，它是牛津进化的见证人。一个种族主义者，一个其财富有深重原罪的殖民商人，一个前卫的慈善思想家，一个作过恶、也做善事的牛津人，这就是人性之谜。人类不会因为拉倒几座石头而变得更纯粹或强大。

新学院院长私邸。历史上,新学院出了不少艺术家,休·格兰特只是之一。精英学校,最看重的反而是体育与艺术。能考进牛津的,脑子都不坏。情趣、气质与运动,有时比考试成绩重要。

2017年6月5日　周一
牛津　中雨

上周学生报《查韦尔》报道，现任英国外相鲍里斯·约翰逊最近回牛津，在他毕业的学院贝利奥尔晚餐。入场时，遭激进学生抗议嘘声。社交媒体上有视频，学生们打出横幅，"鲍里斯，种族主义者！"约翰逊在这里当学生时，曾是学运积极分子。现在是轮回。如果真的崇尚牛津教育，那就得接受让你难堪、下不了台的一面。

完成下学期国际双学位课程大纲，这是复旦新闻学院与伦敦经济学院（LSE）、巴黎政治学院（Sci Po）之间的合作。两年制，第一年在伦敦或巴黎，第二年在复旦。我为国际新生讲中国近现代新闻史，不过以新闻人为线索，从中国近代新闻之父王韬开讲，梁启超、邵飘萍、史量才、韬奋、范长江、徐铸成、萧乾、王芸生等，讲到民国结束。欧美学生对中国的了解，少于中国学生对欧美的认知，由人物着眼，或许更易入门。

全国 1000 多个新闻传播专业，每年近 20 万毕业生，但越来越少的新闻科班学生投身媒体。读新闻系，如果仅是学 5 个 W、导语、倒金字塔，开个周末速成班即可。读新闻，是价值观与实务教育，培养独立人格与对事实的尊崇，只在真相跟前低头。对新闻感兴趣的年轻人，我倒更愿意做件扫兴的事，奉劝他们先想清楚，为什么不应该读新闻，免得后悔。

上午 10 点，骑车到市中心的圣彼得学院，见现任院长、老 BBC 人马克·达玛泽（Mark Damazer）。从乔治街拐入，学院在一条鹅卵石铺就的小街上。牛津学院中，它算是最年轻的之一，1929 年创建，1961 年才正式取得皇家特许。学院年轻，名校友自然也少些，加纳总统阿多（Akufo-Addo）、电影大导演罗奇（Ken Loach）出自此地。

马克，曾任 BBC 新闻部副总监、第四广播电台台长。近年，牛津一下子任命了四位来自新闻界的院长，他是四分之一。90 年代，他已掌控 BBC 庞大的新闻运作，曾在会上见过他几次。他外形酷似列宁同志，半秃、前额突出。父母是波兰裔犹太人，开小店铺谋生。他学业优秀，考取剑桥读历史，后去哈佛深造。他在 BBC 的第一份工作是在国际电台（World Service）做新闻节目制作人。他有个性，前些年 BBC 高管高薪惹争议，高层同事对此话题避之不及，他却公开了自己的年薪（21 万英镑），并为之辩护。他坦承，他的年薪比首相卡梅伦高出不少，但没有首相的待遇。首相离任后，还可以写自传、环球演讲赚大钱。他敢打包票，一旦他离开BBC，他的电话就不再响了。

秘书引我进他办公室，他正埋头处理文件，抬头招呼，请我稍候。这是个新闻痕迹很重的办公室：老照片、海报、世界各地的纪念品。我进BBC国际台（World Service）时，他已在BBC2《新闻之夜》（News Night）当主编，这是英国政商各界关注度最高的时政节目之一，足以与《今日》节目打擂台。这个节目的主编，多半新闻史上留名。他虽然没在BBC晋升更高职位，但还有什么能比主政BBC第四电台——英国的国宝之一更令人满足的事情呢。我说，BBC时事节目正在走下坡路。他有同感，不过没展开，他问我有无读过《纽约时报》现任总裁、BBC前总裁汤普森（Mark Thompson）的新著 Enough Said，一本有关政治语言、修辞与媒体生态的专著。我说没读，他很推荐。

我告诉他，这次来牛津，一直想写一本书，有关英国对近代制度文明的贡献。他有些惊讶，脱口自嘲了一句："原来英国人还是做过一些事的。会出英文版吗？"脱欧后，英国陷入深度焦虑与自我怀疑中，尤其是向来引领思想潮流的知识界、新闻界。这次也蔫了。

听说我住在新学院，他有些嫉妒，说你们太富了。院长的压力主要在募款。委任他这样的知名媒体人出任院长，想必也是看重他们在各界的人脉资源和沟通能力。

中午与商学院曹隽午餐,又去"烧酒"(Sojo)。她负责中国事务,说起在中国募款的事。我说,中国的钱越来越多。中国企业家对国外大学向他们募款,看法不一,有的很反对。"Charity starts from home"(慈善得从家门口做起),这个理我是认的。我说中国教育的窟窿这么大,牛津这样的世界级大学应首先考虑为中国做些什么,再问收获。

院长邀我出席下午休·格兰特的酒会和演讲,就在院长家里。这位英国电影明星是新学院校友,1979年考上牛津,拿的是高尔斯华绥(John Galsworthy)奖学金,主修英国文学。他主演过《真爱至上》(Love Actually)、《四个婚礼与一个葬礼》(Four Weddings & One Funeral),中国女观众对格兰特很追捧。她们心目中的英国绅士?他是典型的牛津物种,风流倜傥,头发蓬松,言语嗫嚅,没睡醒的样子。出道早年,他曾拒绝出演任何英国人之外的角色,有自知之明,本色出演。院长请了四五十位本学院学生,酒会有红白葡萄酒,加上雪莉酒。院长陪格兰特驾到。当年的潇洒小生,已是沧桑大叔。交谈时,他半沉思半雅痞地看着你,歪着酒杯,蹦出几个字,他的牛津腔无懈可击。黄昏,屋内有点暗,显得私密而温馨,英国的调调。

格兰特的演讲主题是"媒体和公民隐私及其权益保护"。近年他已很少拍戏,加入了一个捍卫新闻伦理、保护公民权益的民间组织。我有点讶异,细想也在情理中。二十多年前,一个私生活事件改变了他的人生,在场的学弟学妹还没出生,是史前事件:1995年6月27日,格兰特在洛杉矶遭警方逮捕,当时他正在一个公共场所接受一个应召女郎的口交,被罚1180美元,成为全球媒体追猎的目标。这段羞辱的经历令他刻骨铭心。2011年,格兰特在英国《新政治家》杂志(*New Statesman*)发表"The Bugger, Bugged",记述他偷录的与小报《世界新闻报》(*News of The World*)记者的对话。录音中,记者提及他的总编辑曾下令记者非法窃听电话,有些资深政客也完全知情。他演讲时,仍有点像他的戏,慵懒、随性。出身蓝血贵族家庭,他不是天生的抗议者,他为公众立言总有软趴趴的感觉。晚上,他去了学院的酒吧,为在场每位学生买了一品脱啤酒。依照牛津传统,他得用鞋子当酒杯,喝几口。以贵妇人的艳履喝酒,起源于20世纪初年,曾在高级社交场上风行。学弟学妹们自然捧场,牛津是他们的血缘。

剑桥那个周末，印象最深的是萨义德（Edward Said）教授很疲惫，眼窝深陷。他的白血病已到晚期。晚上聚在客厅里，怕他累，我们也没提正经或严肃问题。他钢琴弹得很好，我很想请他弹一曲，但没有开口。这是当年在剑桥圣约翰学院的合照，萨义德在 C 位。讨论文化帝国主义，没有比英国更合适的地方。

2017年6月6日　周二
牛津　晴

有新闻说,有中国旅行团去北极看极光。老天不帮忙,未能看到极光,一怒之下,众游客起诉旅行社违约,索赔。记得有朋友说过一个故事:日本人去北极旅游,准备周到。一到露营地,他们支起帐篷,同时架起露天电影的银幕。如果老天爷不配合,极光不露脸,他们就放映一部北极光的影片,"阿Q"一下,也算到此一游了。

几年前旅行时,有过类似经历。那是陪父亲从上海坐邮轮去韩国,因海上起了台风,为安全计,船长不得不改变航线,少去一个城市。那几天邮轮的客服中心前,总有一些同胞聚集,吵着退款或补偿,甚至以官司威胁。他们完全无心情享受日落月出、海天绮丽。我多管闲事去调停,劝退了几位。最后想起鲁迅先生,心情才稍稍平复。国民的尊严,光靠GDP是买不到的。人民不学会自尊,国家何来尊严。

晚上,商学院张器同学邀我去她的学院——萨默维尔用正餐。我从未去过,只知道撒切尔夫人在此就读。骑车赶到,正餐快开始。萨默维尔建于1879年,一直是女子学院,1994年才招收男生,开始男女同校。学院虽小,基金却殷实,有5800万英镑。学院颇有可圈点处,特别在彰显女权、两性平等方面:1943—1947年四年间,撒切尔夫人在此攻读化学,成为英国历史上首任女首相,也是第一位理工科背景的英国首相,这点外界常常忘了。其他知名校友有,发现了维生素B12的霍奇金(Dorothy Hodgkin)教授,印度女强人总理英迪拉·甘地(Indira Gandhi),英国女政治家、自由民主党大佬雪莉·威廉姆斯。贵为首位女首相,在国际舞台上叱咤风云,但撒切尔夫人更看重母校的承认。1985年,铁娘子风头正劲,当她获知被母校提名荣誉博士,极为兴奋。但是牛津教职员大会表决时,左翼人士的抗议运动显出实效,结果319票赞成,738票反对,提案遭否决。母校的怠慢,令撒切尔暗自神伤。

学院饭堂是现代风格,可坐近200人。正餐时,它的红窗帘全都要合上,这是此地独有的规矩。同座的多是张器邀请的商学院同学。7点开始,从祷告到头盘到主食到最后甜品,加上席间聊天,2—3小时就过去了。在牛津读本科,若是三年制课程,共计72礼拜,加上所有周末不过504天。餐桌上的对话,应是牛津校历的一部分吧。

餐后，我们散步去礼拜堂。这个祷告场所，难得的是并无特定宗教色彩，不归属任何宗教或教派，也没有神职人员，天下宗教大同，在此汇合。录取新生时，萨默维尔不用宗教经文，唱诗班也是男女同台，这在牛津少有，也成就了这个学院特殊的仪式感。我们到学院边上的酒吧喝一杯，作陪的还有一对正读博士的中国夫妇，学生夫妻，得不攀比，苦中作乐，还得保持浪漫。银行户头即便仅剩下几百来个英镑，照样敢去泡电影院看戏，大不了周末打工挣钱。相信有能力养活自己，是独立生活的开始。吹着晚风，慢骑回学院。夜色很快隐没了街道的轮廓。有自行车，亮着灯，从我身边快速擦过去。宽街上，一男生在炫车技，表演双手脱把。

中国有把读书人称作知识分子的习惯。不过，读书并不会把人自动变成知识分子。出国前，二十多岁，对读书生吞活剥的年代，对鲁迅、陈寅恪、胡适等前辈是憧憬的。虽然他们是很不同的读书人，崇敬者如我只是寻求精神上的依托，黑暗中一豆光亮。留学的日子，杂书倒是读了不少。有一阵子，爱读罗素，他身上的标签很多，哲学家、数学家、逻辑学家、历史学家、文学家、诺贝尔文学奖得主。他的语言是我最为推崇的，简约、纯净，平和且温暖，最地道的英语。他语言的纯粹或来自他对数学与逻辑的尊重，一字是一字，一句是一句。他对情爱的态度是随心而行，一生七恋，五次成婚。1961年，这位毕生的和平主义者、89岁高龄的罗素因煽动公民反核武器遭起诉,法官好心通融让他免受牢狱之罪,只要他承诺从此奉公守法,罗素拒绝,入狱七天。他是世袭贵族,祖父曾两度出任英国首相,这些都没有影响他纯真的心智,他眼里一生有光。

90年代末,我应邀去剑桥大学圣约翰学院参加萨义德(Edward Said)教授的讲习班,主题是"文化帝国主义",他的研究领域之一。主办方是21世纪基金会,一个旨在促进世界各地青年领袖沟通的非政府组织。十多位学员来自亚、欧、非,都是基金会的研究员(Fellow),加上基金会主席、英国前驻埃及大使威尔(Michael Weir)爵士和秘书长约翰。萨义德教授从纽约飞过来,我带上伦敦书架上所有他的书前往。事先学员们被悄悄告知,教授已确诊血癌,正接受治疗,容易疲倦,别让他受累。

他穿着件灰色上装,显得有点大,或与他放疗后消瘦有关。两次闭门研讨的细节,已无印象,唯有记忆的是他暗淡色的脸上,深凹的眼眶下,一双追索的眼睛,直逼内心。

2003年,萨义德在纽约去世。一年后的8月4日,伦敦书评举办他的追思音乐会,在巴比肯中心,由他的好友、犹太裔指挥家巴伦博伊姆(Daniel Barenboim)执棒他们共同创立的交响乐团——西东管弦乐团(West Eastern Divan Orchestra)。记得不卖票,邀请的多是他的故旧。我匆匆赶往,跟主办方介绍了自己,他们匀出一张票来。在我身后不远的观众席上，是以色列驻英大使和阿拉法特巴解组织的伦敦代表。那晚，他们坐在了一起。他是个古典音乐迷，年少时住在耶路撒冷黎巴嫩和开罗，开始浪迹天涯，听的却多是西洋古典。他说一口纯粹的英式英语和同样纯粹的阿拉伯语，心灵在东西之间游走。

伦敦桥恐怖袭击事件遇难者现场。记者为现场而存在。

2017年6月7日　周三
牛津—伦敦　晴和

　　英国报章头版，刊登伦敦桥袭击案第三名袭击者扎格巴（Youssef Zaghba）的照片。《每日镜报》（*Daily Mirror*）报道，22岁的扎格巴去年试图从意大利去叙利亚参战，被警方抓获。他对意大利警员明确表示，"我要成为一名恐怖分子"，意警方随之将信息通报给英国。《每日电讯报》称，扎格巴是摩洛哥裔意大利公民，他虽在受控名单上，仍获准进入英国，并伙同另外两人发动了恐怖袭击案。意警方表示，英国军情六处和军情五处早已获知关于扎格巴的情报。《泰晤士报》称，意大利将其资料上传给了与英国情报机构共享的反恐数据库。同时引述英国情报部门来源，称英方对欧洲情报的准确性一直存疑，不常使用这一数据库。

　　《独立报》引述该报民调：75%的受访者同意工党领袖科

尔宾的判断：英国积极介入阿富汗、伊拉克及利比亚战争，导致现在面临严重的恐怖袭击威胁。

天未亮，免了早餐，直奔汽车站去伦敦。明天是英国大选投票日。中午上海第一财经与东方卫视邀我做选情直播分析。对此次大选，我的直觉是，工党尚无力对保守党构成颠覆性冲击，保守党仍将胜出，但议会多数席位将削弱。

自特朗普意外当选，英国公决意外脱欧，太多"意外"正改写政治常态，"二战"之后的地缘政治秩序正开始瓦解。离上届大选仅两年、公投才一年，英国又提前大选（Snap Election）。脱欧后，卡梅伦"引咎"辞职，交棒梅姨。数月前她还信誓旦旦否认任何提前大选的可能性。她决定提前大选，底线是相信自己会赢。全英上下因脱欧而分裂，伦敦尤甚。吃惊的是，一个月前保守党仍领先20%，近日民调已将两党距离缩短到几个百分点。我显然忽视了民众对保守党的不满。我在牛津市政厅对社会主义党团的发问，看来低估了草根力量。

大巴穿城而出。除了零星竞选广告，一路全无大选迹象。一是选举早已是常态，二是跟民间的政治冷感有关联，三是几大政党的政策向中间靠拢，面目雷同。街上，我看到一些学生在为工党拜票。宿舍窗上有"Vote Labour"的标语。牛津校方去年发给学生一封电子邮件，有关脱欧公投的。校方鼓励学生投票，参与公共事务。艾什教授是欧洲研究权威、坚定的欧洲主义者。他自掏腰包买了500个甜甜圈(甜得发腻,女生最爱)奖励投票学生。他说,英国不能离开欧盟,如同皮卡德里(Piccadilly Circus,伦敦市中心一景,也是地铁枢纽)离不开伦敦。最后英国还是签下了与欧盟的离婚状。

车到伦敦,直奔圣詹姆斯公园的直播间。一财与东视在那里有工作室。理解英国人不容易。作为岛国,它总觉得与欧洲大陆分属两个世界、两种思维。固执、自我、实用、高傲,有时又极为多疑。比如脱欧公投,很多人觉得卡梅伦的决定草率、愚蠢,他深信英国不会倒向脱欧,否则他不会自断政治前程。历史上最早用公决解决国家的重大选择,是在17世纪的瑞士。作为直接民主最极端的表决方式,公投邀请所有选民投票,决定一国重大抉择,或改变一国宪法具体条款。公决的英文 referendum,源自拉丁语 plebiscita(平民决议),代议民主制是重要前提。若公决不慎,则如同玩火,关键在它赋予激烈的公民情绪某种合法性,并会放大和激化。放大的公民情绪,可能使公决失去焦点,到底公决什么?美国开国元勋之一的总统麦迪逊(James Madison)曾批评"直接民主只是多数人的暴政"。对公投的另一派激烈批评,基于它容易被独裁者利用:希特勒(1936)、墨索里尼(Benito Mussolini,1934)、马科斯(Ferdinand Marcos,1973)、朴正熙(1977)、佛朗哥(Francisco Franco,1947)都是善用公决的高手,擅长把压迫性政策打包成公共议题,刺激民众激烈的情绪,以公决固化为大众意愿或意志。现任牛津荣誉校长彭定康，退出政坛前，曾任保守党主席、香港总督、欧盟外交专员。2003年一次访谈中，他说，"公民表决是糟糕的，是对威斯敏斯特（议会政治）的蔑视，就像我们上次大选时那样。如果你就某一议题公决，政客们在选战时会说，我们不打算讨论这个问题，不需要讨论这个问题，留给公决吧。上届大选中，有关欧元（Euro）几乎没有讨论。公决根本上是反民主的。总体而言，政府只是在自己心虚时，才会公决"。

两档直播持续了一小时，中国媒体最关心英国是否再爆冷门。我觉得，最可能的极端状况是hung parliament（悬浮议会），即一党在大选中未取得多数议席无法组阁，必须寻求它党支持，组成联合政府。做完节目，坐地铁到伦敦桥，去6月3日博罗集市大爆炸案现场，8人遇难，48人受伤。这是平时去FT上班的必经之路。从伦敦桥地铁站出，穿过博罗集市，拐过教堂，前面是残存的古罗马城墙和地牢博物馆（从不敢进去），再往前即是泰晤士河畔的FT大厦。为保证中国读者一早能读到最新内容，FT中文网伦敦编辑部同事全年上夜班，下午4点开始，半夜12点更新出版。收工后，有时得小跑步，赶末班的地铁或火车。如果出版推迟，报社安排出租车送回家。据可考历史，这个集市已有上千年历史。现在是伦敦出名的食材天堂，名厨和美食家在此出没。

出地铁站，前面就是警戒线，三位警察正值勤，很低调。

难以相信这是震惊世界的爆炸案现场。我问，集市何时重新开业。答，还得几天，刑事调查及整修正在进行中。过去三个月，英国已接连爆发三起恐怖袭击事件，不好的兆头。

平时正午时分，博罗集市人气最盛。附近的白领、外国游客在一个个露天摊位前集合，捧着刚出炉的各式热食，站着，或坐在街沿享受午餐，狼狈得可爱。我偶尔也去，要个现烤的牛肉汉堡，看着上乘的牛肉慢慢地翻、煎透、出油，夹进烤得金黄松软的全麦面包，咬下第一口。

忽听得口号呐喊，地铁站方向涌出一大群人来，包着头巾，蓄着胡子，是穆斯林。有的手捧鲜花，有的举着标语，领头的几位是长者。我随着他们朝伦敦桥方向走。从标语看，他们前来祭奠大爆炸的死难者，谴责杀戮。凶手来自他们的社群。在桥尾的拐角，他们停下。这是一位遇难者倒下的现场。在由数米宽鲜花堆起的花坛前，伊斯兰、基督教、天主教、犹太教、佛教等宗教领袖站成一排，先后演说，抗议暴力，呼吁种族团结。伦敦警方、消防局、救护车急救部门前来向死者献花。

手机没电了，地铁站旁有 Pret A Manger 快餐厅，里面坐满了咖啡客。我拦住一位女店员，表示手机要充电，忘带数据线了，请她帮忙。她轻声说，你先坐，我去找。在地下层，找到一个电源插口。几分钟后，她拿来数据线。见我走不开，她问我想喝点什么。我给她钱，请她代买一杯大的拿铁。她摆摆手，说不用的，店里请（on the house）。在伦敦住了近 20 年，这样的温情常有。伦敦比不上巴黎高贵华美，但它有细节、值得慢慢品味。一个伟大的城市，最后留下的就是细节。喝完咖啡，充了电。我上去找她道谢，还充电线。她说了声"My pleasure"，又去忙了。

坐车回牛津，等车的人不少。在伦敦居不易，连律师、医师等高薪阶层都买不起房。很多人选牛津为家，是因为房价适中，有乡村风情，好学校多，上班单程一小时左右，适合早出晚归。今晚，忠民又约我去埃克塞特正餐，我在他那儿蹭饭最多。最近院长不在，正餐就委托他主理。我们先去院士客厅小喝几杯。10 多种烈酒，从威士忌到朗姆到白兰地。院士们悄声说着话。他主理的饭局，高效务实，7 点半准时开始，啪嗒敲下惊堂木，辅以最短的拉丁祷词，就开吃了。有些院长的祷告较长，学生都在焦虑等待"阿门"两字。高桌一声阿门，上下齐呼阿门。我读了一整天书，加上来回骑车，饿极，一不小心吃得太快，差点最先光了盘。一看状况不对，我只能采取拖拉战术，慢慢消耗仅剩的几口。知道我从中国来，桌上避免不了谈中国事。无论褒贬，世界的餐桌上，再离不开中国。

回学院途中，有男生骑车，后边行李架上坐着一女生，抱着他后腰。有行李架的自行车，英国很少，以前中国全是，看了亲切，想起 80 年代初的复旦园，自行车是运送女同学的唯一交通工具。

那时，交谊舞会刚在大学悄悄解冻，只有少数同学先跳起来，一有空就练三步、四步，女生不够，就抱个男生，实在没有男生合作，就抱个宿舍的暖水瓶。那个年头，我们绝大多数的男生都把追女同学的精力用在了自己身上。

每到周末，中央食堂（现已消失）二楼大厅是水门汀，学生会同学撒上滑石粉，白花花一层。舞池（中心地带）里，插蜡烛似的布满了人。那时，女生稀缺，厚脸皮的男生，见到心仪的女生，开始在脑子里计划。印象中，外文系女生最多。一曲终了，一曲又起，邀舞不断，很少空档。若女生实在周转困难，男生们不得不自己搭档，解决配置问题。那时校学生会文娱部部长最牛气，主宰着校园的娱乐和文化，还有比粮票更紧缺的舞票。有时官方舞会散尽，一些高年级或研究生同学觉得不过瘾，转入地下，到教室继续。因为怕警觉万分的保卫部大哥查哨，不敢开灯，就点上白蜡烛（避免黑灯之嫌），门缝塞满了纸，不让光亮、声音泄漏。小教室的舞会，多半通宵。如果半夜散场，撞见保卫部手电筒是大概率事件。一晚冬时节，近大考，某小教室有个舞会，舞曲有约翰·斯特劳斯（Johann Strauss）的，也有克莱德曼（Richard Clayderman）的。在高度的紧张与兴奋中，我们终于撑到拂晓。天色开始发青，放风的同学回来报告，说辛劳的保卫部大哥累了，应已安睡。我们各自推出自行车，每人后座上带一个女生，迷糊中，把女生送回宿舍。校园还没醒，大草坪有露气。一路上，一个车队，没人说话，只记得空气清冷，呼气成霜。水泥地上，车胎嘶嘶的摩擦声。好事的男生，不时拨弄自行车的响铃，刺破尖厉的灰蒙天空，像是炫耀我们的存在。

大卫·丁布尔比（David Dimbleby），1938年出生于新闻世家。这位BBC最老资格的电视记者，主持《提问时间》（Question Time）和英国大选特别节目各长达25年。2016年脱欧公投日，78岁的他工作了通宵，在直播现场几乎失声。老兵不死。

2017年6月8日　周四
牛津　阴雨

今天，英国大选投票日，各大报章亮出立场。《卫报》头条报道保守党梅姨和工党科尔宾最后拉票。科尔宾的照片比梅姨大得多，由支持者簇拥着，梅姨只是单人头像；《每日镜报》指责梅姨一再说谎，并表示英国不能再忍受保守党背弃承诺，鼓励选民投工党；《太阳报》严厉攻击科尔宾，用他名字（Corbyn）中的"垃圾桶（bin）"做文章，并历数十大罪状，呼吁支持保守党；《每日快报》引用博彩公司 Ladbrokes 的广告：梅姨大选后继续当英国首相的赔率是1赔20，冷门，暗示保守党在大选中失去多数议席而无法独立执政的可能性甚高；《独立报》根据其最新民调，认定保守党将取得压倒性胜利。

在历史上，保守党的执政记录在所有政党中是最高的。以

19世纪为例,托利党(保守党)执政57年,自由党22年,辉格党18年(19世纪中叶,辉格党与其他一些政党合并,更名为自由党)。20世纪的记录是,保守党执政52年,工党24年,自由民主党10年,联合政府14年。

早餐后,骑车去自行车铺。今天是新车第一次保修,店里说,下午4时可取。回程时,下起雨来。据历史数据,天气好坏对大选日的投票率影响很大。若遇雨、雪,一般对保守党有利,对工党则是坏消息。以前工党支持者拥有私家车的比例比保守党低,天气不好,出门投票率就低。工党不得不组织义工接送选民。现在的问题是,很多支持工党的老人生活窘迫,碰到坏天气,也难出门投票。

依照英国选举法,若本人不能亲往投票站投票,可委托一位有投票权的公民(Proxy)。每位选民可受理两次委托,原则上必须提前至少六个工作日申请。另一途径是通信投票,大选委员会提前把选票寄给你,选后再将选票寄回票站。下午路过莫德林学院侧门,那里有个投票站,陆续有学生、居民进出。据最新民意调查,这次年轻人的投票率会高于以往。保守党长达8年的财经紧缩,得罪了年老及年轻人两大基本盘。工党承诺,如果当选,可能减免大学生学费。十年前,本土学生念大学还是学费全免,现在每年学费已在3000—3500英镑之间。保守党会因此付出代价。

拐进一家旧书店,进去方知它专卖基督教书籍,旧版的圣经、新约旧约、讲经本、知名教会领袖的传记。我对宗教始终好奇,但自小强直的无神论教育彻底影响了我对宗教的体验。记得刚到莱斯特读书,当地教堂为外国新生举行欢迎仪式,在埃文顿路上那家教堂。牧师名字已忘,长着影星般刚毅的脸,眼神深邃。教友介绍,牧师原是英国皇家空军轰炸机飞行员,经历与切谢尔相仿,"二战"中参与了对柏林、慕尼黑的空袭,得过勋章,但战争屠戮的阴影与负罪感如幽灵般挥之不去。战后他考进剑桥大学神学院,成了牧师。"二战"后,许多战功卓著的英国军人进了神学院,作为余生的救赎。

那晚他穿过拥挤的人群,与我寒暄。得知我从中国大陆来,他说给你介绍一位朋友。不时他领回一位白发的英国太太,介绍说,"这位女士在中国住过多年,你们聊聊"。老太太一口苏格兰口音,父亲是苏格兰长老会牧师,20世纪20年代受教会指派到中国传教,妻子随行,去了大西北甘肃。她在甘肃出生,由中国奶妈拉扯大,现年近80。突然,她说起中文来,一口标准的国语,略带西北口音。我难以掩饰惊讶。她说那时甘肃女子的文盲率极高,也不会说国语,于是父母把她送到北平教区学汉语,学成后又回到甘肃,为中国妇女扫盲。这是我第一次见到中国教科书中写到的传教士。她说他们全家1952年离开了大陆,从那之后,就很少见到大陆的中国人了。

晚上去伍斯特学院看话剧,莎士比亚的《科利奥兰纳斯》(*Coriolanus*),受商学院中国学生的邀请。这是他们"人文视角下的领导力"课程（"Leadership: Perspectives from Humanities"）的教学剧。这出戏在莎翁悲剧中最冷门，也是其晚年最后一部罗马悲剧，很少公演。剧里有位叫马歇斯的共和国英雄、大将军，他因战功显赫被封科利奥兰纳斯，但他性格多疑，脾性暴躁，冒犯了罗马城民，最后遭放逐。被逐后，他投靠敌人伏尔斯人，带头围攻罗马，后接受其母劝说放弃攻城。但因背叛了伏尔斯人，最后遭处死。文学界对此作品评价迥异，却成了商学院的宝贝。

又是一场学生演出。他们身穿古罗马的白袍，男角横挎红色胸带，女的系红巾于腰间。一台近三小时的莎剧，对白很重，至少要排几个月，没有语言根基，演不下来。其中出演科利奥兰纳斯的母亲伏伦尼娅、元老来尼涅斯、科妻维吉尼丝的演员都有激情表演，不定就有新辈的休·格兰特、艾玛·汤普森。这台戏很耗体力，他们握着长矛铠甲呼啸而过时，急促的喘气都清晰可闻。

看完戏，大选投票也快截止。从1988年至今，我经历了7次英国大选：1992年、1997年、2001年、2005年、2010年、2015年、2017年。英国不是地球上最有效率的国家，但在选举和权力交接上可谓典范。投票在一天内完成，前后15小时。投票站早上7点开门，晚上10点关门，票箱封存。英国自1802年起举行大选，五年一次。根据英国选举法，法定年龄18岁即有合法投票权。英国大选也可称为议会选举，选的是每个选区的国会议员，英国共 650 个选区，每个选区选一位国会议员，哪个党获得国会的多数议席，即赢得大选，执政组阁，该党党魁则自动成为首相。

每逢大选，大小政党都在选区推出自己的候选人，但有望胜出的仍是几个大党：保守党、工党、自由民主党。英国作为世界上第一个议会民主国家，以选举决定权力分配和制衡。英国的投票站，很草根，多半设在小学、教堂、社区中心、村公所、酒吧等公共场所，也有极个别设在选民家中。投票站内，有不少隐秘的小隔间，供选民画圈。画圈用的笔，原则上由投票站提供。在将选票投入票箱前，选民须向选举官出示选票。每票有专用号码，不会重复。当日投票一结束，选举官将黑色票箱的扣子锁死，候选人的助选人员可选择在票箱外加注密封印，以防舞弊。而后票箱由选举官护送至当地开票所。晚上 10 点投票截止，若仍有选民在排队，投票站会适当延长时间，让所有在场选民完成投票。

大选之夜，于我都是不眠夜，那是英国新闻界及新闻生产的盛大阅兵。自 1979 年开始，BBC 英国大选的通宵直播都由资深新闻人大卫·丁布尔比（David Dimbleby）主持，已连续 11 次。出身记者世家，其父理查德·丁布尔比是"二战"中名重一时的英国战地记者，也是 1965 年丘吉尔国葬直播的主持人，其弟乔纳森也是名记者广播主持人。BBC 长达 10 小时的大选直播是英国人的集体记忆，在国家重大事件或危机时，

BBC 是英国人的"在场"。新闻学院、政府学院的学生若研究英国政治和选举，BBC 大选直播是经典参考。除王室加冕、国葬之外，大选是 BBC 介入资源、人员最多的直播，历经数月演练，整合最新数字模拟技术，把选战报道变成一台惊心动魄的英剧。

晚 10 点整，全国票箱贴上封条，丁布尔比开始大选直播。直播点分布在唐宁街 10 号首相府、国会以及英国几十个主要城市和郡，特别是政要所在选区。我没去酒吧，宿舍没电视，就在网上看直播。熬到午夜 1 点，选情大抵明朗起来：工党表现好于预期，梅姨则赌错了局，所有保守党大佬都拒绝了 BBC 的采访邀请。脱欧一年后，英国政治再陷僵局。梅姨不会马上辞职，她吊在那里。又过一个多小时，选情定局。虽然保守党勉强获胜，但已失去议会多数席位，悬浮议会出现了。梅姨要组阁，就必须获得某个小党支持组成联合政府，否则无法执政。

最后结果：650 席中，保守党得 318 席，丢 13 席。工党得 261 席，增 29 席。

英式的权力交接，可用"残忍"形容。历史学家谢尔顿（Anthony Sheldon）爵士专门研究唐宁街 10 号。他说，选举是个残酷的提醒，提醒他们还是普通人，仍需要搬家。1997 年 5 月英国大选，布莱尔领导的新工党大胜，把保守党逐出了首相府。权力交接必须在大选结果宣布后数小时完成，以让新首相进驻。美国的总统交接需要两个多月，英国只一天。当年把你送入首相府的搬家公司，今天又帮你打包运回老家。政治永远是短暂的。如果选情胶着，在任首相的打包撤退工作可能早就悄悄开始。英国公投脱欧后，卡梅伦不久辞职，自己动手，搬出330个纸箱。好的政治，看似残酷，愿赌服输，尊重任何结果。不少落选的大臣、议员，当天即告失业，要么退出政坛，另谋生计，要么咬咬牙，五年后再搏一次。

又撞见学院的黑猫，完全摆平在院门前。我尾随它，想拍几张特写，它不乐意，一会儿扭头，一会儿钻树丛。它很独立，但不友好，走累了，索性躺在石板上休息，淡绿色眼珠，爪子收得紧紧的，片刻间，它放松了，全身躺下，肚皮朝上，表示信任你了。若说性格，猫可能最接近知识分子，与牛津剑桥风水契合。

狗应该不是理性之物。它对人的忠诚，有时很盲目。恰因愚忠，成就了狗。那天我们在船上，两只狗从岸上跳水，拼命朝我们游，像是要保护我们。

2017年6月9日　周五
牛津　阴雨

早餐前，用电推刀理了头，它已跟着我旅行两年。2015年在香港大学客座时，同校任教的钱钢兄（《唐山大地震》作者）听说我要下山理发，花100港币。他说，你这头还要100元，太浪费。他指着自己刨得锃亮的脑袋说，他每天自己修理，已好多年。我说担心剪不好，阴阳头。他笑说，肯定没问题，你这几根毛，去理发厅，太奢侈。几星期后，他从上海归来，送我一个电剪子，我开始自理。

昨天下午，取回保养好的自行车，路过莫德林桥下，有家店专卖传统戏服和各式道具。我进去转转，发现角落里有个纸盒子，里面有一大摞牛津学院的老明信片，都已泛黄：新学院、莫德林、三一、林肯、基督教堂、墨顿、圣约翰、圣体。女主人说，这都是半世纪前印的，原先自己收藏，现在不想要了。我挑了数十张,每张 50 便士。

伦敦老友王坚,相识已有近 20 年,前些年在牛津郊外买了个小庄园,紧贴着泰晤士河一条支流。出国前他是个小提琴手,太太 Alice 是英国人,在中国做外教,两人好上了。定居英国后,发现音乐家太多,养家糊口不易,他决定下海做生意,张罗中英之间的投资、并购。他有三千金,都富音乐细胞,父亲的基因。家里来客人,随时可凑个四重奏。一直想去他的牛津庄园看看,约好下午见。

我们打出租车到他村子。王坚领着两条拉布拉多犬迎接。房子周围,是刚绿起来的麦地。庄园内,两栋房子,都是百年老屋。我最感兴趣的还是他家草地前那条河。岸边,他搁了条船。我想趁黄昏前去河里划船,在河面上看日落。我们先在草地上跟狗玩。狗生性喜欢捡东西。一根树枝、一个盘,主人抛出去,狗儿一定忠实地捡回来,气喘吁吁,放你跟前,双眼直勾勾盯着你,乞求你再抛一次。

两狗是母女,名叫 Oscar 和 Frida。见我们有划船的意思,它们兴奋得双腿直抖,毫无目的来回疯跑,嘴上衔着的树枝咬得更紧。船不大,我们蹲下身上船,坐定。我坐船头,隽喜欢划桨,在中间。王坚抛开缆绳,船漂往河中央。初夏已到,岸边草木浓密起来,水面上流动着绿光,两狗亢奋,在岸上追着我们,跑跑,停停,像是守护主人。突然索性扑腾下了水,先沿着浅滩跑,溅起晶亮的水花。船至河道最宽处,狗儿觉得主人走远，就扑通下来，极标准的狗刨式，朝船游来，紧贴在船边。我们小心地划桨，生怕打着它们。划了不到 10 分钟，隽喊起来，河的另一端，百米外，伸向河面的绿荫下，一只白天鹅正在戏水，仰着头。太远，分不清公母，但从优雅的颈脖看，应是只美丽的母天鹅。我想立即掉转船头去拍天鹅，王坚说不必，它不会走的。

前行，经过岸边一户户人家，都是年代各异的大房子。这条邻里共享的河道，狗儿最自由，有僭越的特权，从一家串到另一家，通行无阻。再往前划，河道开始变窄。不远处，芦苇丛中闪出一只黑天鹅。我们加快划桨，想靠近天鹅，拍几张照片。只见它一扭身，就隐入芦苇丛中了。船被水草缠上，只能转头往回划，几次不慎划至岸边撞上河堤，再用桨推开，越到河面中央，感觉越安全。河面低垂的柳叶擦面而过。上了岸，两只狗儿盯着我，还没玩够，只能再陪它们玩一会。我们移至河畔的一个甲板，我从狗儿嘴里卸下树枝，它们早等不及，口水嘀嗒，忘我地盯着我的手，它们在猜你发力丢掷的方向。我用力扔出一次，其中一只跃入水中，毫无难度地叼上岸来。一上岸，在我跟前放下树枝，而后尾巴与身体狠狠一甩，正是逆光，迸发出晶亮的水珠，慢慢变成水雾，淋我一身。我投掷了十多下，胳膊已不听使唤，向狗儿请假，去吃下午茶。

今天周末，商学院中国学生刘德平邀请晚上去他家吃火锅，共七八个同学。他太太陪读，孩子刚出生不久，租了外面公寓，单身同学常去他家蹭吃。人多桌子有点小，大家挤在一起，看着火锅汤慢慢煮沸，已觉得满足。牛肉、羊肉、虾、肉丸子、豆腐、新鲜菜蔬，满满一桌子。当年自己留学时，最美好的记忆，多与聚餐有关。对中国人来说，最重要的是胃先得弄舒服，借用李泽厚先生的话，中国人相信吃饭哲学。

这张合影，动静有点大。北京郊区蒲公英农民工子弟学校第一张师生合照。事先与校长周密计划，在课间 10 分钟内完成。我和 Tommy 趴在屋顶上工作。在这群生活在边缘的贫苦孩子身上，我找回了教育的力量与尊严。五百多位师生，后排有郑洪校长。

2017年6月10日　周六
牛津　晴

头条消息：特蕾莎·梅大选失利，英国报章今天做术后解剖。

《独立报》标题："梅恋栈不放权"。报道说，梅姨在灾难性误判后，备受孤立，但仍坚持留任。党内有声音要她年内下台，也有人支持她继续执政。《每日电讯报》称，保守党资深人士昨晚议论是否撤换她，担心她已权威尽失，无力统领脱欧谈判。《每日快报》则意见相反，认为梅留任恰是为了脱欧。《太阳报》的标题永远直白，甚至残酷，指梅姨"已完蛋（She's had her chips）"。消息说，保守党高层认定，该党大选表现极差，梅不能继续党的领袖和首相职务，但又担心如果马上改选或让工党科尔宾渔翁得利，决定半年至一年后更换领袖，先展开脱欧谈判。《卫报》笔下无情，形容特蕾莎·梅

"从傲慢到蒙羞"。不过,梅昨天接受采访时,为提前大选的豪赌失败公开道歉,将选择与北爱尔兰民主统一党合作联合执政。《每日镜报》称未来的联合政府是"疯子结盟"。北爱尔兰民主统一党(DUP)政治上极右,反对同性婚姻和堕胎。

想起1997年5月2日凌晨,44岁的布莱尔率领新工党,以压倒性优势击败保守党。那晚我看了通宵大选直播。刚过半夜,选情已明朗。天蒙蒙亮,布莱尔入主唐宁街。电视上,他笑得合不拢嘴,接受支持者的欢呼。败选的保守党首相梅杰(John Major)已腾出首相府,冰箱里给他留了瓶香槟。凌晨,天色发蓝,隔着正在直播的电视,都能感觉伦敦空气的跳动。政治家都相信自己将开创新世纪。十年后,布莱尔辞职下台,离开唐宁街时,已两鬓斑白,眼袋深垂。所有的政治都以流泪而终。

王坚来微信,说狗儿昨天和我玩得太累,破例未能起床,一直大睡,前所未有。一早在花园读书。一对年轻夫妇带着女儿在学院玩,没有比平静、无忧的生活更令人享受的了。中午门房找我,说有件东西要我去取。打开信封,是我挂在脖子上的钱包,内有博德利图书卡,还有不到100英镑现金,全然不知何时何地丢的。我问是谁捡的,要去致谢。门房只说是学院的一个女生,没留名字。

下午读书。傍晚,新学院本科生的花园晚会。大草坪上,三三两两,六七堆学生,半躺半坐。刚精剪过的草坪,到了一年最绿的时辰。突然,学生们都站起来了。我走过去看,原来是发冰激凌。学院的传统是,大考前学生会要给一年级新生买冰激凌,提振士气,甜品减压。

去礼拜堂听当日弥撒 Evensong,全名是 Evening Song,晚祷的意思。1928 年,新学院正式开始晚祷。祷告的真髓是静默。不同的文化,静默方式不同。小时候练习书法,人很快就能安静下来,成年后方知这是静默。后来没时间练了,人就急躁许多。我享受任何能让我静下来的地方,无论教堂、山林、乡间,哪怕冥想几分钟,暂将世俗、杂念挡在外面,那一刻内心清冽而纯粹。在 BBC 工作时,上下班有时从霍本(Holborn)地铁站下,出站就是一座小教堂。若不赶时间,我常溜进去,在后排坐上五分钟清空自己。一门之隔,外面就是喧嚣尘世。这几年,常去美国休斯敦休假。在博物馆区,有个罗斯科小教堂(Rothko Chapel),是一个冥想空间,呈不规则八角形,设计者是美国抽象派画家马克·罗斯科(Mark Rothko),就是世界上"画方块"最有名的那位。我去过两次,墙上是他的作品,室内光线黯淡,他的色块作品似有光亮透过画布,凳子不多,我就在地上打坐。因为理念冲突,这位俄裔的艺术家与原来的设计师痛苦分手。遗憾的是,教堂落成还是在罗斯科身后,根据他生前的设想还原。

晚上,牛津自然史博物馆有讲座"音乐和大脑",可惜错过了。

身在牛津，我时而想到北京郊区的蒲公英学校，一个专为农民工子弟开设的民办初中，经费均通过慈善公益募集捐助。它坐落在大兴区西红门镇上，一个混杂的城乡接合部，创办人是郑洪博士，一个留美海归，原是地质学家，后改学教育学。蒲公英是她全部的教育梦想与实验，也是那些农民工子女的救赎。

常驻北京时，我和妻子曾去那儿帮忙，做点义工。回中国 6 年，听到最多的是成功学的激励，还有"不要输在起跑线上"。但对这些从小跟着父母背井离乡的孩子，他们根本就不知道何为起跑线，早已输了人生。郑洪每年招收的学生，小学毕业考 3 门加一起，多半不够百分。她不甘心让孩子们就这样输了，她定的校训是"自信、乐群、求真、创造"。我和儿子曾陆续用了几个月时间拍摄记录校园生活。学生们都住读，宿舍虽简陋、冬寒夏热，不少孩子到了周末仍不愿回家，因为家里更是难以想象的窘迫。有的女孩子周末回家，父亲就得住露天的棚屋。

我曾随郑校长家访来自河南的一对农民工夫妻。他们住在一个蔬菜园旁挖出的泥屋里，坐在捡来的破沙发上。妻子不识字，只能在家。因为不避孕，他们已有 8 个孩子。我问丈夫，孩子都在哪儿出生的？他憨厚地指指后边的小黑屋。我说，谁接生？他说，河南老家有个接生婆，请她帮忙。临产时，算准时间，就请她出来，从没去过医院。家境赤贫，父亲教育孩子说，穷是他们自己家的事，怨不得别人，只要自己吃苦，一定会有翻身那天。郑校长说，这家孩子出了好些模范生，几乎都得过奖学金。家长念校长和学校的好，常常悄悄用板车给学校食堂送蔬菜。这位父亲的笑让我心酸。

美术课上，老师让孩子们回家画父亲的手，最后拼成一幅巨大的壁画，上面多是因苦力变得粗糙的手、受伤变形的手、残疾的手。孩子们画自己贫穷的生活处境，在艺术中获得慰藉。学校规定每个学生必须学会一件乐器。第一次见到小提琴，有的孩子捧着这件美物入睡。我听过两次他们的圣诞音乐会，观众眼里都闪着泪光。校长告诉孩子，贫困不可怕，读书明理，自尊自信，人生会有光明出路。

每年都有美国名校的学生到蒲公英学校做义工，短则几个月，长则一年，就住在学生宿舍，教英语，辅导体育。校长告诉我，也有不少中国名校上门表达过支持的意愿，事后再无音讯。一些有意捐赠的机构，来学校考察一天后，却改变了主意。他们说，看到这里的孩子穿戴整洁，礼貌得体，脸上都很干净，应该不需要捐款了。这让郑校长哭笑不得。令她欣慰的是，蒲公英学校已有一名学生被哈佛录取，攻读教育。那天我为师生们拍全校合影，正受腿伤治疗的校长坐着轮椅赶来。我看到的是陶行知的影子。

一所大学，如果沿河傍水，那是造化。其实西人也讲究风水，只是比喻不同罢了。

2017年6月11日　周日
牛津　晴

一清早，陪隽去基督教堂草甸（Christ Church Meadow）散步。从长墙街到高街，左拐朝莫德林桥，过马路，穿过墨顿学院门口，即是草甸的入口。它对牛津的意义，相当于伦敦的海德公园或纽约的中央公园。草甸由基督教堂学院所有，白天向公众开放。散步过多次，走满一圈，逾三公里。草甸属湿地，沿查韦尔河而行，有时发大水，会有各种动物出没。现在你邂逅最多的是牛群，应了牛津之名。草甸开阔，布满视野，清晨多是跑者，加上狗主和狗。狗儿喜好自由，满地撒野。草甸太大，主人们仍给它们系上项圈，牵着，也避免和其他狗儿起恋情或冲突。岸边，一大群野鸭懒得很，在初阳下栖息，等天鹅飞上岸，它们才探头望望。若让狗放飞，可以想象它们一定热衷追逐鸭鹅，直到半空中飘满了羽毛。草甸曾是19世纪热气球飞行的热门场地。1784 年，英国第一位热气球飞行家詹姆士·塞德勒（James Sadler）就是自此升空的。1785 年，他带着一位叫温纳姆（William Windham）的托利党政治家飞行，也是在这里。温纳姆是国会议员，以雄辩出名，也是埃德蒙德·伯克的好友。

查韦尔河上，已有划船者。Punt，方底船，不易操控，长长一篙，需平衡和技巧，知易行难。若想完全享受，就出钱让牛津学生代劳。若自我感觉良好，想省钱，就冒点风险自驾。前方，两条船远远靠近。水位稍高时，查韦尔河最美。漫至河面，又无一丝风，草甸与水相连。船渐靠近，慢慢切开静如明镜的河面，生出涟漪。前面的船，是四五个男女学生，或坐或躺，船头站着一位，一篙一篙，往后撑去，半躺的女生，最浪漫。他们的船错划到了岸边，垂柳的枝条遮住他们的头，河面上起了笑声。另一条船划近。河道窄，技术也勉强，还是撞上了，大家一片欢呼，动手解围。交通事故疏解后，各奔自己的路。小道右侧，有座短木桥，离水面 3 米，据说是牛津学生大考后非官方庆祝的另一跳水点。

牛津的圣公会修道院基因，意味着管教森严。培养上帝的仆人，自然要有规矩。院墙里紧绷，学生们就到院外寻刺激。与剑桥相似，牛津历史上流传着学生抗拒院规的恶作剧。草甸中央围起一个巨大的牧场，放养着上百头牛，具体什么种，无从查考。既然在牛津，养牛不会犯大的错误。牛生性温顺，还喜欢跟人相处。它们靠近木栅栏，摇着牛尾，打着照面，不知它们彼此是否认识。一头牛突然躁动起来，追逐另一头牛，用角顶来顶去，我们是异族，也无从判断严重性，最多瞎猜。查韦尔河上，野鹅叫声一片。一定是头鹅下了命令，天空降落一大片。它们飞得太快，降落时来不及刹车，鸭子们只能在湖面上紧急迫降，有点像我滑雪的窘态。在河面上重重地拍打着翅翼，身后刷出长长的涟漪来，在岸边恰好打住。见我在岸边不走，天鹅们条件反射，以为有好吃的，便从远处向我集体行进。我忘了带面包，只好向它们道歉，赶快溜走。鹅们很功利，也扭头游走。

基督教堂学院，像一座横卧大草甸的古堡。初夏，草籽漫生长。风吹过时，草甸翻起一阵阵细浪，滚动着流去。再往前走，就是佛里桥（Folly Bridge）。那是游船的上岸处。坐游船的多半是老人，他们有的是时间。若腿力不济，游船是上策，有阳光，有茶，有午餐，坐看两岸风景，听钟声鸟鸣。最远会把他们带到 Port Meadow（港口草甸），来回得要小半天。从查韦尔河驶到运河，河道瘦窄，只能慢慢漂流。英国的老人，很自立。盎格鲁-撒克逊民族没有中国人的赡养传统，视独立生活为生活基本要义。年轻时他们不赡养父母，等到年迈时也不会期待儿孙养老。这叫公平交易。不少中国朋友不太愿意在英国终老，包括我在内，怕抗不住那份孤独。常在家边上的超市看到不良于行的老人，拖着购物车，跌跌撞撞的样子，怕日后就是他们这个模样。老年，最易丧失尊严。

中午，到高街上 Quod 餐厅用午餐。这是牛津市中心最有名的餐厅，与 Old Bank Hotel 一体。原先是银行，后来成了一家高档旅馆，底层是餐厅。窗外就是圣玛丽教堂，我们在后花园坐下。这两天是毕业典礼，旁边几桌，听得出是出席毕业典礼的家人。前面一大桌，十多位，喝着酒，是个犹太家庭，三代人。犹太民族，和汉族相似，最看重成就，喜悦都在脸上。犹太家庭极看重血脉延续，不把生儿育女仅看作家庭私事，而是为了维系这个数千年来备受迫害的倔强民族。我在纽约有个犹太女性朋友，耶鲁医学院毕业，生了四个孩子。每生一个，她都说这是为犹太民族的壮大。多生一个，民族就多一份生存延续的可能。

接老友张军短信，要我给复旦经济学院校友杂志写一篇周有光先生纪念文章。他病愈后出任经济学院院长。有光先生 40 年代末由美返国，曾在复旦经济系执教。去年有光先生去世当天，我正在他 111 岁的生日座谈会上，武康大楼下面的大隐书局。他的外甥女感伤地说，刚去北京看过舅舅，他眼里无神，已没了期待。中午聚餐时，微博上消息传来，称有光先生已于凌晨去世，但他的外甥女正和我们共进午餐，似乎全然不知。我的第一反应是恶作剧，即与澎湃新闻总编辑刘永钢通话，得知信源可靠，已多方核实。这个老顽童直到人生最后一刻，还如此潇洒、幽默，与我们在他的生日开了个玩笑，同日出生，同日离场。两年前有光先生的忘年交、友人马国川陪我去他家，闲聊近一小时。他耳聋得厉害，我不得不往他耳朵里喊话。告别时，我突然悟出他说的"长寿就是硬道理"。

自跨入 50 岁门槛后，特别是某日在博物馆被小女孩喊作爷爷后，我低落过几天。今天想到有光先生，情绪好了许多，自己还未活到他的一半。下午继续写作、读书。黄昏去学院礼拜堂晚祷。今天人不多，这几日累了，弥撒时打了个盹。希望上帝不会介意。

晚上去超市购物，牛奶、面包、鲜果汁、饮料。店内多是刚下课的学生。进门一侧，放了一大筐苹果，旁边有块牌子："孩子们陪你购物，我们请他吃水果。"好的营销总与人性相关。

晚餐到乔治街上的泰餐厅。我点了青咖喱牛肉，隽点了青咖喱虾。餐后散步回学院，路过宽街，书店拐角，还是那个流浪女子，跟前放着露宿的毯子。可惜今晚没有食物送她，只得向她摆摆手，我的歉意。

到万灵学院，第一印象是其不愿被打扰的高冷。我最想看它闻名天下的图书馆，可惜不得见。中国曾有风雅极致的藏书楼，比如老家宁波的天一阁，明代嘉靖年间范钦所建，除了珍本典籍，还是一座园林。

2017年6月12日　周一
牛津　阴冷，空气中有雨

预约的书已到，今天在博德利待了一整天。牛津现有藏书1200万册，为全英第二大图书馆。如果把装满书的书架连起来，可延绵120英里，从牛津一直排到伦敦。

老爸将在下周抵伦敦，先到牛津住一周。下午有点困，去对面万灵学院走走。在牛津所有学院中，它最神秘。它不收任何本科生，只有院士。一旦学生被万灵接受，也立马成为院士，并得到长达7年的聘约。几次路过，想进去看看，吃了闭门羹。门卫很矜持，告诉我必须严格在规定时间入场。人是犯贱的动物，门庭越高，好奇心越重。除周六外，万灵每天下午2点到4点，免费。因时间窗口短，更让人觉得门禁森严。1438年，亨利六世为学院颁了特许状（The Charter），由当时的坎特伯雷大主教（Archbishop of Canterbury）具体经手，同时邀国王成为创始人之一。一个学院，没几条古怪规矩，自然不成体统。比如这里每隔100年会举行一次野鸭仪式，时间是每个新世纪元年1月14日。错过一次，三代人都过去了。订规矩的人一定很自信。届时院士们举着火把，高唱野鸭之歌，高椅上坐着野鸭爵士，寻觅传说中建院时受惊的巨鸭。猎鸭途中，一个个手持木条，定是奇观。为传说中的野鸭打造神话，也只有牛津吧。

查了万灵学院官网的院士履历，研究可谓多元：18世纪英国讽刺文学，印度佛教，古希腊早期宗教及岛屿社会，病毒感染的演化。因为不招学生，只收院士，万灵学院也成为牛津院士体系之最，名目繁杂，比如：

Examination Fellows 考试院士

Post-Doctoral Research Fellows 博士后研究院士

Senior Research Fellows 资深研究院士

Extraordinary Research Fellows 杰出研究院士

Two-Year Fellows 两年制院士

Official Fellows 正式院士

Fifty Pound Fellows 50英镑院士（与体重无关）

Distinguished Fellows 杰出院士

University Academic Fellows 大学学术院士

Visiting Fellows 访问院士

万灵的院士中，自我感觉最好的应是Examination

Fellows，即通过考试入选的院士，相当于中国科举。万灵笃信考试，它的卷子号称世上最难、最怪诞离奇，无法复习准备。学院虽小却有钱。2014年底，万灵学院基金有2.8亿英镑（27亿人民币）。因它不招学生，少了一大块学费收入，因此，以总收入排名它反而不高，排在18、19位。

离闭馆还有20分钟。门房说，时间不多了，只能逛一下了。我最想看它的图书馆，以考德林顿（Christopher Codrington）命名。他是万灵学院院士，生在英国海外殖民地，做种植园，几乎与备受争议、毁誉参半的南非殖民者罗德齐名。发达后，给学院捐了个图书馆，包括价值6000英镑的书，再加上1万英镑现金。近年，牛津人对校史上深重的殖民印记颇有反省，特别是学生。但这毕竟是拽着自己头发飞离地球的事，解剖的每一刀，都痛及历史的根。

走在它方庭的回廊，仿佛与世隔绝。杰出校友包括建筑家、圣保罗大教堂设计者雷恩，哲学家以赛亚·伯林（他先在新学院做院士，后考上万灵）。

万灵的考试制度，即便按牛津传统，都嫌古怪。院试每年一次，在9月，连考两天，共四门。其中两场必考，两场自选，每场三小时，自选三题作答，涵盖Classics（古典学，牛津最传统的科目之一）、文学、政治、法律、历史、哲学、经济。古典学，加试希腊语与拉丁语。最出奇的，还是万灵独有一功的"一字"（single word）作文：考场上，考生从信封抽出一纸，纸上一字，就是作文题目了。1994年是"Miracles"（奇迹），2004年是"Integrity"（正直）。其他科目考题，也举几个例子：

"Should the European Union be concerned if the price of carbon allowance under its emission-trading system fall to zero"（经济学，2013）；

"Can the U.S. President be strengthened without weakening the separation of powers"（政治学，2013）；

"Is there a defence of good consideration in the law of unjust enrichment？"（法学，2013）。

万灵的考试制一直是遭嘲笑与抨击的对象。2010年，现任院长维克斯教授（Prof John Vickers）对"一字作文"主持了院内辩论，最后决定取消。

傍晚如约到院士楼，见大管家（Butler）哈桑。哈桑的职责是服务院士。平时他总是一身黑西服，礼貌地打招呼，楼下是院士客厅。楼上，院士书房兼沙龙。他是埃及人，中学毕业后，考取酒店管理。毕业后，在一家五星级酒店当领班。七年前，新学院要雇个管家，他应聘成功。他让我联想起电影《布达佩斯大酒店》的大管家H，得体、有分寸。他比H矜持，不张扬，固守本分。我今天拍摄他的日常工作。今晚院长请客，他正在检查桌签。晚上喝什么，他不能一人做主，得听院长和管酒窖的院士。

晚上，商学院王润飞同学邀我和隽去贝利奥尔学院用正餐。他本人在圣凯瑟琳学院，以一年中吃遍牛津所有学院正餐为己任。初次见面时，他已吃了近30个学院。今晚他请贝利奥尔同学帮忙订的。几年前到牛津讲座，记得曾到此用正餐，吃什么早忘了。

草坪上都是学生。贝利奥尔自诩培养服务公共生活的学生。比如在International Baccalaureate（IB，一个设在日内瓦的跨国教育基金会）、英国自然保护基金、工人教育协会、裁减核武器运动、国际大赦这些机构背后，都有贝利奥尔人的影子。墙上挂着的肖像中，有三位英国首相：瘦弱的阿斯奎斯（H.H. Asquith）站着，手按在报纸上，一位自由党人，很多具有自由主义色彩的法令都是他任内通过的，也在他任内英国介入"一战"。麦克米伦，保守党人，"一战"中三次负伤，丘吉尔的爱将，伊登（Anthony Eden）内阁外交大臣、财政大臣。1957年苏伊士运河危机中，他接替伊登，成为最后一位生于维多利亚年代的首相。画像上，爱德华·希思戴着深蓝夹花领带，眼神严峻，注视左前方，手中的笔悬在半空，旁边是首相的红色文件包，身后是他在牛津就读时获得的运动奖杯。他还是个专业水准的音乐发烧友，客串指挥过交响乐团。

据说，餐厅里原来有幅英国政治家乔治·寇松（George Curzon）的肖像，因为学生强烈要求拆掉殖民者罗德座像，去年这幅油画悄悄消失了。乔治·寇松曾任英国驻印度总督、外交大臣。他的肖像在餐厅挂了几十年。学院解释那幅画做维护去了。

大学食堂，总是学生津津乐道或吐槽的话题。润飞吃遍学院正餐，已是权威。他统计正餐均价在 8—10 英镑。但差别很大。三一比圣约翰贵一倍，圣体最便宜，仅 5 英镑。最贵的，是凯洛格学院。吃正餐，规矩不少，与时俱进。暂记于下：

1. 用餐时，特别是有院士在场，用电子设备是粗鲁的。

2. 独自枯坐，不参与交流，是"反社交"行为（Anti-social）。

3. 勿在高桌离席前退席。

4. 中途上厕所，不礼貌。（建议尿片？）

5. 有学院明令禁止硬币游戏。起源于 13、14 世纪，聊天时悄悄把 1 便士硬币投入对方酒杯。如果杯中有酒，则需一口闷完。若将 2 便士塞入酒瓶，对方则干掉整瓶。因瓶口稍小，需将硬币事先加工，稍加弯曲，工程系学生专利。

6. 预订正餐后缺席，罚款。

7. 不穿学袍，可能禁止入场（企图穿拖鞋混正餐，可能得逞）。

8. 左手边的面包才是你的。右边的，是别人的。

贝利奥尔学院每周只供一次正餐（14.50 英镑），埃克塞特每周两次（13.50 英镑），最慷慨的是基督教堂学院，每晚 Formal，仅收 2.25 英镑。基督教堂是蹭饭爱好者的必争之地，每学期有两次正餐可邀外边客人，先申请，再摸彩，人头费25英镑，据说标准接近米其林（对此我将信将疑）。圣体学院每周两次，10—15英镑可打发。有几个不知名的学院，靠美食打招牌。比如，哈里斯曼彻斯特学院、赫特福德的正餐，一周两次。据说很神秘，所有窗户关闭，满堂烛火闪烁；基布尔学院也算正餐大户，一周三次。第一年，正餐算必修课，学生必须到场。当然也有例外，比如瓦德姆学院不设正餐，但有嘉宾晚宴，每学期两次，且免学袍。牛津是国中有国，各自为王。

罗宾和他主宰的花园。这位靠传统吃饭的古典学家还是很"反潮流"的。

2017年6月13日　周二
牛津　晴好

　　早餐，邂逅安德鲁·朗姆斯敦先生（Andrew Lumsden），温彻斯特大教堂的音乐/合唱总监，英格兰最大的主教教堂之一，位于汉普郡温彻斯特。温彻斯特与坎特布雷合唱团，几乎代表英国宗教音乐与合唱的最高水准。安德鲁说，他和新学院的缘分始于幼年。父亲戴维爵士（Sir David Lumsden）曾是此地院士，也是首席管风琴师。安德鲁在剑桥就读，拿的是唱诗班奖学金，毕业后做过圣约翰学院的助理管风琴师。1959—1976 年间，他在牛津任教就在新学院，调教合唱团 17 年，声誉日隆。

　　我早年去过温彻斯特大教堂。那天，也有唱诗。音乐在此已回响了近千年。合唱团全部为男生，包括 22 个男童，12 个成人。每周唱诗八次，也录唱片，开音乐会、去海外巡演。

它还有女声合唱团、室内合唱团、青年合唱团、儿童合唱团（7—14岁）。

温彻斯特自公元7世纪开始办学。合唱奖学金的学生都在同一所教会学校就读。除学习常规课程，最主要的是音乐：练唱、乐理、音乐史，再加一门乐器。我问安德鲁，教会对考合唱团的孩子有何经济支持，他说，寄宿学费可优惠40%，作为奖学金，一般提供5年。我问，孩子变了声，要退学吗？他笑笑说，如果变声，当然就不能唱了，会很可惜。若孩子本人和家长愿意，教会将继续履行承诺，提供奖学金资助，为孩子提供合唱以外的音乐训练，比如乐器。

哈桑叫来他的助手G，相当于领班。他是印度人，个子不高，腼腆，极有礼貌，一杯一碟间，可察觉他做事认真，唯恐不周。哈桑正让他擦拭学院的银器。哈桑说，银器表面易变黑，空气中有硫，有些食品如鸡蛋、菜蔬有硫化氢，银器使用后要赶快洗净。先用苏打水去黑，再用全棉的布涂上专用擦亮剂保养，不能堆放，只能散放在专设的库房。

英国人自嘲自己的饮食，但绝对是餐具大国。在"文革"中长大，思想与物质的赤贫，我们早已习惯了粗鄙，一把万能的重磅切肉刀，包揽了厨房所有粗细活。古中国曾有过让西人称羡、仿效的精致生活，茶道、园艺、烹饪、餐间仪礼。某日去博物馆，惊喜见到祖先吃螃蟹用的八珍银器，蟹的每一部位都由特制的精细工具伺候，惊讶了半天。

"一战"时，上牛津的仍多是蓝血贵族。战争爆发后，新学院几乎空巢，800多名学生和教职人员奔赴前线。学院空置后，英军进驻作为军事指挥部。时任院长斯普纳（William Spooner）仍经常与奔赴意大利、希腊战场的学生通信。不少学生揣着《维吉尔》和《荷马史诗》进入了战壕，共228名新学院师生阵亡，包括四位杰出的年轻院士。

礼拜堂的前厅，墙上有块碑，纪念"一战"中阵亡的三位德国学生，包括一位德国王子。他们是作为敌方在与英军交战中遇难的。获悉死讯后，院长把他们加进了校友阵亡名单中。一位美国人到访，认为此举不爱国，给新闻界通风报信。为此新学院遭到舆论指责。斯普纳这样回复媒体："这几位德国人为自己国家而战，没什么不光彩的。其中一位是在救援受伤战友时身亡的。把憎恨带到另一个世界，既不会让我们变得更爱国，也不会把我们变成更好的人。"1929年，学院正式决定对三位阵亡德国学生立碑纪念。

1958年，新任院长说："'一战'后，或许是惨重的牺牲带来上帝的仁慈，新学院步入了历史上最辉煌的时期。斯普纳也成为当时牛津最杰出、最受敬重的院长。"如果学生像庄稼的收成，"一战"后的几茬尤为强壮。新学院贡献了三位内阁大臣，诺林顿学术排名始终在全校前列，合唱团成为牛津的骄傲，校内许多运动队由新学院学生出任队长。

到花园老地方读书。阳光刺眼，只得把木椅拖到背阴的一棵大树下。这棵树,"二战"前的老照片里见过,不知它确切的树龄,至少上了百年,树盖几乎遮蔽了四分之一的草坪。仰头看,树叶层叠,光点闪烁,从风的间隙钻进来。几只黄雀在脚边来回跳跃,忽而跳到脚边,又弹跳回去,在逗趣。我没机会如此近距离端详过它们,长得标致。我用手机抓拍一张,它们察觉有异动,愣了下,倏地飞走。

下午骑车去 Oxfam 旧书店,已来过至少 10 次。见到陌生的店员,他们都是义工,每周帮忙一次。书架上有一册精装书 *Oxford University Roll of Service*,心想这与牛津学生参战有关吧,果然。1920 年克拉伦顿(Clarendon Press)出版,牛津大学出版社的前身。此书记录了"一战"(1914—1918)期间,牛津学生、教职人员入伍、军种、受伤以及阵亡的完整名单,共 683 页。书中提到,"一战"期间,共有 14561 名牛津学生和教职人员加入英国皇家陆、海、空军。名录按学院排列,每位服役者有单独词条:姓名、学院、学位、专业、入伍时间、部队番号、军衔、开赴战区/国家、受伤或阵亡时间。20 世纪,虽科学昌明,却遭遇前所未有的大屠杀,人类进入热兵器时代。"一战"是人类历史上死伤最为惨重的战争:各国交战兵力高达 7000 多万人,军人阵亡 1000 多万,受伤 2000 多万,祸及全球人口 13 亿,加上遇难的平民,死亡总人数高达 8000 万。

此书要价 10 英镑,我买下。它让我想到有关精英和荣誉的问题。荣誉靠牺牲与担当背书。"一战"中,牛剑学生的阵亡人数是所有英国大学最多的。"二战"期间,新学院有数百学生出征,宿舍都空了。英国的传统是,贵为王室应身先士卒。女王在英国民众心中的威望,与她及其子女在国家危亡时刻挺身而出有关。1982年,安德鲁王子在海军服役。福克纳群岛战争爆发,他奔赴前线。女王坚持要他在"无敌号"航母上参战。他作为海王直升机飞行员随"无敌号"远征,完成反潜战,甚至充当过吸引敌方的"诱弹"。蓝血传统强调特权是荣誉,更是责任与义务。威廉王子(Prince William)大学毕业后入伍,成为英国皇家空军搜救直升机飞行员。哈里王子军校毕业后,从军十年,两度前往阿富汗前线。2007年,因其行踪和作战位置被媒体暴露,只得从阿富汗提前返国。

与牛津中国中心主任 Rana Mitter 教授有下午茶。以前见过多次。他是印度裔,剑桥拿的硕士与博士,主攻中国近现代史,当过剑桥辩论会主席,现任牛津政治与国际关系教授,也是圣十字学院(St. Cross)院士、副院长。2015年当选英国国家学术院(British Academy)院士。与美国相比,英国的中国研究并不强。他是近年来不多的少壮学者,几年前有专著出版,写中国抗战,风评不错。他刚从中国访问回来,谈及中国大学的热闹与浮躁。我说,浮躁已是常态。中国的大学教师,忙于申请经费、报销,各种评奖得毛遂自荐,"智库"又剥走所剩无多的时间。一个个"研究"项目庞大无比,教授们身不由己。

下午罗宾有课，与他约好黄昏碰面。趁日落前，与他聊聊他的FT专栏。他在背后喊我，还是那身花呢西装，他耐热性强，烈日下倒是不出汗。他刚跟学生讲完贺拉斯的《诗艺》。大学时读过贺拉斯，古罗马诗人、批评家，也是古希腊美学的继承者。

他歉意地说，人很累，最多聊15—20分钟。我说行，就去他最喜欢的那片花园。他1946年出生，今年已71岁。他几乎拥有英国精英最完美的履历：伊顿毕业，考入牛津莫德林学院，攻读古典学。导师是克洛伊（Geoffery Croix），英国古典史学家，信奉马克思主义。但罗宾与导师的政治立场与史观大相径庭。70年代初，他大学毕业，先留在母院莫德林做院士，几年后获聘伍斯特学院古典学讲师。2014年罗宾荣休，新学院年刊上有篇纪念文章：当年他拿到伍斯特聘书后，曾被一位资深院士叫去谈话。老院士说，虽然他履历很好，不过有件事学院并不欣赏，那就是他（年纪轻轻）已有专著出版，这并非学院想要的。老院士提醒他，讲师的职责是教学生，启发学生的求知欲，写书不是主业。有同事说，他在牛津见识过两个真正享受讲课的同事，其中就有罗宾。1997年，他当选新学院院士，接的位子正是他导师，马克思主义者克洛伊的。罗宾的成名作是《亚历山大帝》(*Alexander the Great*)。后来，美国导演斯通（Oliver Stone）拍摄同名传记片，就聘他担任历史顾问。他还趁机混了个马塞多尼亚骑兵的小角色。他口无遮拦，语不惊人死不休。2014年他在一篇专栏中说，生来做女人是他恐惧的噩梦。在评论一个花卉展时，他写道，女人穿衣服应该像冲得进去的城堡。激怒了女权主义者，牛津学生会的妇女权益代表指责他性别歧视。最尴尬的还是他女儿、女权主义者玛莎·福克斯（Martha Fox），也是莫德林学院毕业生，lastminute.com 旅行网站的创始人之一，已被女王封爵。

过去多年，我常读罗宾的 FT 专栏。因喜欢养花但又没长出绿手指，我好奇一个古典学家如何变成一个明星园丁。边看花圃，他郑重地告诉我，他应该是全世界持续写作最久的专栏作家。第一次见面，他就跟我说过此事。1970 年专栏开始，从未间断，整整 47 年，没落下过一期。有一回印刷机出了问题，差点坏了他的最高纪录。没想到，外表随意、口无遮拦的他，做事竟如此自律、守诺。一人单挑半世纪的专栏，确是里程碑。

他指着花坛上一片紫色花丛，"从中学起，我就喜欢养花，当时在伊顿住校。周末一回家，我就泡在花园里，种这种那"。几个春夏秋冬过去，他已接触了很多花草。他出生于一个英国上流社会家庭，住在乡村，家有大花园，雇专职园丁打理，很多园艺知识都是园丁教的。他至今无法理喻为何很多人讨厌园艺。无论作为古典学家，还是园艺作家，他都是彻头彻尾的怪咖，在政治正确为上的主流社会，他的言论显得突兀、不搭调。与循规蹈矩的园艺作家不同，除了花草、气候、土壤、季节播种，他更是个借花草说事的高手，常与园艺界的正统唱反调，或明嘲暗讽。比如他从不相信园丁只能靠天吃饭。他曾透露，一只上了岁数的老獾把他的花园刨得一塌糊涂。于是他在花生上撒了些抗抑郁症药 Prozac 药粉。很快，他的花园安静下来了。对罗宾，人们爱憎鲜明，喜欢或厌恶他，都因为他不从众，不随波逐流，我行我素（I don't give a fig）。

以前每隔几年，学院要花钱从外面请来树医（树外科医生，Tree Surgeon）为每棵大树体检，定治疗方案。他执掌花园后就把为树体检的事停了。在他看来，树与人同，多少都会有病，正常。古典学家从事园艺，至少有一个优越条件，对所有植物花卉的拉丁学名信手拈来。他领我去城墙边上的花坛。罗宾让我帮忙为他在花园前拍几张照，说是有个意大利杂志要发表他的专访。他说，作为园艺院士，他的职责就是决定花园长什么样。一到冬天，所有当季的花草都得除根，再播新种，等待春天开放。14 世纪建院时，当时的牛津市长有言在先，新学院必须保存好这部分城墙。政府当局每三年实地检查一次。届时，市长和当地名流会到学院走一圈，看城墙是否还在。

罗宾说，他一生喜欢五样东西：荷马笔下的古希腊、维吉尔（Virgil）和贺拉斯、园艺、猎狐、女人。他特别厌恶电视上的园艺节目，一个好花园哪像铺一张新地毯那么简单。花园有生命，得耐心，慢慢来，日晒雨淋迎风御寒，手上一定要有脏泥巴。大家都热衷漂亮的花园，但却不愿动手。

半世纪前，他开写 FT 专栏时，全英国向公众开放的私人花园仅 50 处，现在已有 3800 处。他认定，文化不同，园艺一定有别。1965 年，他还是中学生，暑期跑去慕尼黑植物园，跟着首席园丁、德国植物学家沙赫特（Willheim Schacht）当学徒。沙赫特出身艺术世家，曾是保加利亚国王鲍里斯（Boris Ⅲ of Bulgaria）和斐迪南（Ferdinand I of Bulgaria）一世皇家花园的私家园丁。罗宾相信，气候、品位、时尚决定了不同的园艺风格，比如东方园林更强调象征意味。他打理自家花园，已有六十年，喜欢生长中的生命。他家花园种了阿莉西亚花（Ariccia），一种小黄花，每朵有 5 个小黑点。随着花谢，黑点就隐身了。他的想法很有趣，但常常走极端。比如，他认为学校都应该上园艺课，远比宏观经济学重要。他相信古典学与园艺花木之间灵性相通。在他的母院莫德林，有一株高至三层楼的古紫藤，坐在它的浓荫下，读西塞罗（Cicero）或贺拉斯，一定完美而神圣。

我见过他穿着西服浇花的照片，觉得有点违和。但我敢打包票罗宾不是假园丁，西装是他的工作服。真让他系上花工的围兜，那才叫作假。我问他，学院有这么大花园，花和植物怎么选配？他答：学院里，女院士太少，我就多种几种女性命名的花，平衡一下。他说话总有反讽的味道，骨子里的。自黑与冷幽默搅和在一起，一道复杂的色拉。他指着一丛玫瑰，是他栽下的，叫"惠灵顿夫人"（Lady Wellington）。他告诉我，花园应该像一顿好的晚餐，至少要有四道菜，开胃菜、头盘、主食和甜品。

虽喜欢花，但我不是灵巧的花工。伦敦家的花园，我经手的花有些夭折，但也种活过许多，比如百合（Pink Lily）、金银花（Honey Suckle）、牡丹（Peony）、郁金香（Tulips）。种得最好的，是月季。失利多次的是茉莉，试了几年，再不敢种。回母校复旦新闻学院教书，最喜前后有草坪和花园，这在中国的大学难得。后花园边上，有一长排老紫藤缠绕，花开时紫气弥漫。可惜前边是停车区，学生和同事用得不多。大学，本是思想花园。当下国人买房子，总想把室内面积扩到最大，很少考虑留白。植物、花卉、小径、草坪、木椅长凳，才是呼吸、放松所需。下学期，回学院做义工。有朝一日，中国大学也有罗宾这样的学者园丁，手上有泥，精通古希腊文明。

新学院回廊。人在一瞬间被感动,常在不经意处。因为换瓦,回廊石窗上挂上了极普通的本色麻布。微风中,它缓缓上飘,似乎处于失重状态。那一刻,一切恰到好处,才有惊喜。

2017年6月14日　周三
牛津　晴

上午去拉德克利夫阅览室，预约的书都到了。仍回老地方，三层那个角落。中午去圣伯纳学堂（St Benet's Hall），商学院辛有琛同学邀我午餐。牛津获皇家特许状的6个学堂中有圣伯纳。1897年建院，由天主教基金会捐资，以让神职人员有机会研习宗教之外的学科。现在的学生多半与教会无涉，可选读各类学科，对宗教信仰也无要求或限制。学堂中，仅少数是天主教神职人员。现任院长是位神学家。2016年才向女生开放。那年对牛津有里程碑意义，所有学院和学堂向女生全部开放。

圣伯纳学院很小，沿街，仅一栋楼，本科生不到50人，研究生不到20人。据说在牛津它是学生满意度最高的学院之一。这里是同餐制，无高低桌之分，信奉团契精神，一条长餐桌搞定。小辛同学引我入餐室,都已坐满。对我的到来大家很热情,不少同学过来招呼。此地的规矩是,对到访的任何客人,要隆重介绍。这里鼓励"席间交流"(Table Fellowship)。天主教这一传统始于13世纪,鼓励神父们聚餐时交谈、辩论问题。其他学院的院长很少与学生共餐,但在圣伯纳是常态,院长相信平等主义。因为餐桌就这么些位子,学院也从不考虑扩大招生。神父走到我跟前寒暄。20世纪70年代前,学院只招神职人员。赚钱和募款并非神父们的长项,学院几乎无力建立基金。

餐后,我们去后花园散步,很像一个大宅子的家庭花园。地下层,有个电脑室。若用"三个世界"理论划分牛津,圣伯纳应是第三世界小国。马路对面,就是圣约翰学院,牛津最富的学院之一。上帝知道圣伯纳的来历和使命,抑制物欲,打造它精神的富有。

读报,摘录几条:

《卫报》:欧盟告诉梅姨,英国还可以放弃脱欧决定,但时间不等人。

《泰晤士报》头版:一位曾做过牛津院士的亿万富翁,散步时遭放养的牛群袭击,不治身亡。(《泰晤士报》也在小报化?)

读《环球时报》总编辑胡锡进的短文。标题是:"自己选的主义,跪着也要舔完"。

晚上，我和隽去花园小坐，大毛巾可铺草地，鲜草莓、鲜奶油、音箱、耳机。等天暗了，后花园更繁茂了，满地开的小菊花。我最喜在草地上打赤脚，幼年在乡下喜欢上了泥土。那时秋天，抢收抢种，每天下午要给表哥表姐田头送点心，喜欢赤着脚在田埂跑，脚底觉着温暖。烈日下，泥土烤焦了，两脚烫得蚂蚱跳。我们聊着天，太阳落在城墙背后，几只黑鸟飞来。天上的云，如蓝色的棉絮，一点点撕开。太阳西落，黑影一步步向草坪压过来，光与阴影的边界，竟如此分明。年轻的园丁，正开着红色锄草机从方庭过来，准备收工。

我跟隽提起当年莱斯特的朋友，想找时间重返故地与他们重逢。隽说起她在物理系的好友、比比教授的助理郝丽。隽写博士论文的最后阶段，我已在伦敦工作。看她连夜工作，三餐不匀，郝丽建议隽去她老爸那里住一阵，吃饭可有着落。郝丽老爸，我们都熟，退休前是个牙医，已八十出头。某晚，她已住进郝丽老爸家，打电话给伦敦的我，话筒那边，我察觉她的沉默与哽咽。原来，昨天从学校回来，途中有白人孩子朝她大喊"Ching/Ching/Ching"，一种对华人的蔑称。

我安慰她，住英国多年，是大学和导师把她保护得完美，以至于对英国产生错觉，忘了另一个世界的存在。90年代中叶，英国经济下跌，失业突升，一张外国面孔就是现成的发泄对象，特别在当地的白人蓝领聚居区，更何况是长得如此不同的东方脸。我对她说，我们很幸运，多记得英格兰美好的人和事。再说，我们对歧视并不陌生，伴随着各种歧视在上海长大：对浦东的歧视，对"乡下人"的歧视，对"下只角"的歧视，对苏北人的歧视。我们对同胞的歧视，比起欧美，常常有过之无不及。

因为郝丽老爸的保驾，吃好睡好，隽有关计算物理的博士论文没任何磕碰，顺利通过答辩。她发现郝丽老爸有个习惯，入睡前必在床头放上一整套干净的衣服，天天如此。后来才知，因他年事已高，又是一人独住，女儿也只能每周探望一两回。为防万一，他每晚都准备着清晨不再醒来，为怕家人慌乱，自己先备好最后离开的衣裳。隽将此事告诉我时，我沉默很久。3年后某日，郝丽电告，父亲已经走了，隔了一天才发现，仪容安详，葬礼已举行，只是通知我们一声。在英伦的日子里，我们珍藏了许多英国朋友。他们是最好的英国。

路过院门，发现长达一年的回廊换瓦工程今天终于完工。仨工人正用独轮车搬工具、管子，装进巷子口的卡车上，堵了大半个巷子。学院大事记又增一条："2017年6月14日，回廊换瓦工程竣工。"依照惯例，每隔70—80年换瓦一次，两三代人轮上一回。制度的维护与更新，大抵也如此。

1982 年。物理楼前，复旦大学合唱团合影，我在某个边缘角落。原照是彩色的。那时进口彩色胶卷稀缺。一位留美的学长回国时带回两个胶卷。这是我们最早的进口彩色照片。

2017年6月15日　周四
牛津　晴

　　读新闻的人都知道，标题越短，事件越大。一早得知，昨半夜伦敦肯星顿区一幢高层居民楼发生火灾，至少12人确认遇难。这是英国近年死亡人数最多的火灾。更糟糕的是，仍有数百居民下落不明。

　　肯星顿是高尚住宅区，但其北部有较大一片公租房区。格伦菲尔大楼（Grenfell Tower）就是一座低收入工薪阶层的公租房，内有500多位居民。《每日电讯报》头版是整栋大楼烧得通红的巨幅照片，"等着发生的灾难"（"Disaster waiting to happen"）。照片上，这幢24层的大厦从底层一直烧到最高层，夜空都红了。警方说，"失火可能与建筑外墙材料有关"。中央政府与伦敦市难辞其咎，国会应独立调查。

　　老爸要来牛津住一周，原本打算在学院订一间客房。院长好意,坚邀老父亲入住他的院长客房,平时接待贵宾之用。公寓与院长家相连,独门进出,抬头可见万灵学院的钟楼。

中午,应约旁听学院合唱团排练。合唱指挥是罗伯特·奎尼,本院音乐院士。11点,我悄悄推门进去,在后边坐下。早餐时跟罗伯特常碰面,但彼此说话不多。他是学院的管风琴师,也是合唱团音乐总监、指挥,牛津音乐系副教授。他还是一位管风琴独奏师,擅长演奏巴赫(Johann Sebastian Bach)、埃尔加(Edward Elgar)、瓦格纳和勃拉姆斯(Johannes Brahms)的管风琴作品,开过巴赫作品独奏会。作为管风琴奖学金得主,他毕业于剑桥国王学院,主攻音乐,毕业后在威敏大教堂当过音乐总监助理、威斯敏斯特教堂副首席管风琴师。威廉王子与凯特(Kate Middleton)婚礼上的管风琴就由他演奏。2014年,他接任爱德华·希金伯特姆(Edward Higginbottom),出任新学院合唱团指挥。爱德华任职四十年后荣休,留下一个音色独特、名闻全球的合唱团,录制了100多张唱片。罗伯特上任伊始明确表示,他的合唱团音色会变一些,因为他和爱德华风格不一。他说,若没有差异,倒是件怪事。

新学院合唱团中午排练。下午4:30下午茶,通常是三明治加糕点,合唱团男童须穿学袍出席。5:15,到礼拜堂与大学的合唱学者彩排。6:15,晚祷开始,每周六次。2014年,他把合唱团带到梵蒂冈,教皇是座上宾。

十多位学生在场排练,年龄 10 岁左右。排练室中间,是架三角钢琴,背景白板上画满了五线谱,维多利亚时期的老式课桌围成一个六角形区间。罗伯特正就某个小节讲解,并领唱示范。他的教法很视觉,手势、表情丰富,甚至夸张。若对声音不满意,他会立即打住,重来,再重来。日复一日,他在打磨自己想听到的声音。见外人在场,小学生也有开小差的,不时朝我张望。时至 12 点,散课。出了排练房,列队前往新学院附中午餐。

下午陪隽去基督教堂学院,门口已排近百人等着进门。门票 8 英镑。自从《哈利·波特》电影霍格沃兹那场盛大宴会后,这里成了全牛津最热门的景点。门卫身着中世纪服饰,客气地请我们入内。基督教堂学院建于 1546 年,近 500 年来成就卓然,成为最有光环的牛津学院之一。它地位特殊,是一个主教教堂所在地,院长是神职人员。2016 年,学院基金为 4.5 千亿英镑,仅次于圣约翰学院。这里出了十三个英国首相(居牛剑学院之首),以及英王爱德华七世(Edward Ⅶ of England)、荷兰威廉国王二世(King William Ⅱ of the Netherlands)、十七位英国大主教、哲学家洛克等。很多人或许不知,19 世纪初年,英国选国会议员,牛津大学有特权选自己的议员(剑桥大学也是),与牛津市分开。1827 年牛津大学选出的议员罗伯特·皮尔(Robert Peel)是基督教堂毕业生。竞选时,他坚决反对天主教参政。当选后,他立场大变,最后在他的努力下，国会通过了罗马天主教法案。皮尔为此丢了牛津教职后，全身心投入政治，并成为历史上风评最佳的英国首相之一。对他的反叛，牛津一直记着，学院也从不挂他的肖像。

今天好天气，正在大考的学生在草坪旁聊天。他们穿得正式，学袍、系领带，别着白色康乃馨，刚考完，正与几位穿T恤衫、西装短裤的游客聊天，服饰的反差滑稽，分属两个世界。隽穿了件红夹克，蓝天下也合适。喷泉少水，几乎见了底。草坪刚剪过，像苏格兰方格裙，一深一浅，随风起浪。

沿 Bodley Tower 楼梯往上走，就是餐厅了。它是基督教堂学院保存最完好的创始建筑。直到19世纪中叶，仍是牛津学院中最大的饭堂。1870年，基布尔学院兴建餐厅时，使了个坏，据说比基督教堂的老餐厅长了整整一米，破了纪录。我进了饭厅，游客正在烛光下漫游，有些昏暗。在英国吃饭，图的就是仪式感，牛津更是。基督教堂学生每天分两轮晚餐，随意选择。一顿正餐，得穿学袍，另一顿没约束，可脱学袍。墙上，都是历史上与学院有关的要人，有伊丽莎白女王、亨利八世（Henry Ⅷ of England）。尽头是一张高桌。在基督教堂学院，所有人都是"学生"：院士、学者是"大写学生"（Students 的 S 为大写），小写则代表学生。

我去纪念品店买瓶院名酒。基督教堂学院是牛津学院中唯一自办礼品店的。店里挤满了孩子，是一个中国中学生游学团,30多人,初中年龄。孩子们很兴奋,在哈利·波特纪念品专柜转悠。我正排队付酒钱,中国孩子们从队伍中穿梭,有些直接跑到收银员那里插队。我轻轻拍了拍一小男生,"小朋友,知道排队吗?"他一愣,说了声对不起,排队去了。他们手里多是大面额的英镑。店员问有无零钱,孩子们听不懂,我去帮着翻译。他们来自山东,游学一次,好几万人民币。孩子们聪明,家庭条件优渥,小小年纪就有见识,羡慕他们。

出了基督教堂学院,我们往佛里桥走。桥头有出名的天鹅酒吧。趁阳光好,坐下喝一杯。岸边,坐满了人。天鹅人来疯,见人多,来来回回游,漫无目的,只是给大家助兴。佛里桥畔有一栋怪楼——考德威尔城堡(Caudwell's Castle),多年前来牛津,撞见这栋面目奇异的建筑,再忘不了。它建于1849年,主人考德威尔(Joseph Caldwell)是会计师,性情古怪。建筑外墙可见不同时期的窗户,还有石膏雕像,墙面上半部,灰砖砌成,红砖镶边,下半边则用石材砌成。落成后,这栋"四不像"的怪咖建筑很快吸引了好事的牛津学生,经常上门惹事。某日,一位学生被考德威尔用枪打伤。法庭认定学生有错在先,构成"骚扰"判考德威尔无罪。

晚上7点,与邻居Jimmy共进晚餐。再去"烧酒",他毕业考已结束,下个月就要去伦敦麦肯锡咨询公司上班,当分析师。今晚庆祝他毕业,要了5道菜:清蒸鲈鱼、豆腐、炒面、青椒土豆丝、椒盐排骨、喝了四瓶青岛啤酒。今天才知,他还练举重，当过牛津举重俱乐部主席。前几天，院长随口告诉我，Jimmy 父亲曾是英格兰银行（英国央行）首席经济学家，万灵学院现任院长。交往了一学期，他只说父亲在牛津教经济，从未提及万灵院长的事。前些年，FT 总裁请我帮忙，收一个德国实习生，我答应试试。他已学了多年中文，希望到中国留学。我让他写篇短文，意外发现他文言文也有根底，大喜过望。后来他去云南做人类学研究，最后到哈佛。我一开始就知道他父亲是德国内阁部长。我从未提及，他也未吐露半字。

《卫报》前总编辑、牛津 LMH 院长拉斯布里杰。他离任时,《卫报》信誉日隆,但财务上巨亏。2013 年,他发誓实现一个愿望:捡起 16 岁时抛弃的钢琴,每天挤出 20 分钟,练习肖邦《第一叙事曲》。年终,他在家里举行了 10 分钟独奏会。

2017年6月16日　周五
牛津　晴

中午赶去LMH（Lady Margaret Hall），与现任院长、原《卫报》总编辑阿伦·拉斯布里杰做访谈。LMH，牛津第一个女子学院，1878年建院，纪念亨利七世（Henry Ⅶ of England）国王的母亲玛格丽特·博福特（Lady Margaret Beaufort）。整整一世纪后，改为男女同校。英国人做事，以慢出名。知名校友有巴基斯坦总理贝娜齐尔·布托、英国内阁大臣戈夫（Michael Gove），还有FT同事、专栏作家凯拉韦。

院长办公室走廊区，墙上是各时期的学院旧照片、油画。阿伦迎我进去。大办公室，足有60平方米，前半间办公，后半间会客。跟他在冬季达沃斯邂逅过多次，从没深谈。上个月已见过面，今天就直奔正事。他是《卫报》战后历史上任期最长的总编辑，整整 20 年。他年岁不大，早已是前辈。自 1821 年《卫报》创刊，迄今共 10 任总编辑。创始人斯科特主持笔政 57 年。儿子刚接任 3 年，不幸在温德米尔游泳溺死。总编辑 20 年任期，在《卫报》是个均值。

1995 年 7 月他接到总编辑任命，脑子里首先闪出的一句话，"千万 / 千万别把这花瓶给砸了！"在他任上，《卫报》改版，引进瘦身的"柏林版"，成为数字新闻第一代弄潮儿，为调查报道打开一片新天地，包括英国政客汉密尔顿（Neil Hamilton）案、艾特肯（Jonathan Aitken）案、英国警察总署案、维基百科全书泄露案。2013 年，更有对美国前情报分析师斯诺登（Edward Snowden）独家访谈，激怒白宫。

离任时，他写了《告读者书》，其中他说到一个故事："出任总编辑后不久，一家对手报纸的总编辑邀我午餐。对手说，如果他休假一天，他的六个副总编辑每人都会根据自己的办报想法各自行事。如果我休假一天，《卫报》仍会自动出版。"可见《卫报》传统之深厚，倚靠的是共识与同人文化。任何一门职业，都会在你的行为、习性、语言、性情、好恶上留下印记，有的浅表，有的深刻，有的铭心。优秀的媒体及记者，深知其作为是公共职责，耳朵直竖，五官关注八方。他们好动、易自以为是，内心敏感不安、好胜且乐于竞争，地盘保护意识强烈，有成名的欲望。

阿伦顶着蓬松的头发，一如既往，不温不火。我问他，他卸任时,《卫报》虽在业界声望卓著,但财务上已巨损多年。他坚持网站不收费,有遗憾吗?决定对吗?

我的问题或许过于直白。2014年,阿伦辞去《卫报》总编辑后,《卫报》报主——斯科特基金会任命他为下一任基金会主席,2015年9月正式上任。候任的一年中,对他的反对声日增,包括来自《卫报》新任总编辑和其他高层。很多业内人士认为,2015年《卫报》亏损高达8500万英镑,总编辑应承担责任。新总编辑上任后,已裁员250人,可能还得缩减。在很多人看来,以《卫报》之影响力,未能像FT、《纽约时报》、《泰晤士报》及时推出付费墙,是阿伦之罪过。他觉得付费墙与创始人斯科特的开放新闻观背离。网上内容应免费,是他的信仰。

当年,斯科特之子约翰(John Russell Scott)决定把《曼彻斯特卫报》放入一个基金,把报纸从他的私产剥离出去。他去咨询日后成为丘吉尔司法大臣的西蒙斯(Gavin Simonds)。西蒙斯开玩笑说,看来你是在与英国法律作对(repugnant)。放弃产权,这在英国实在太难了。

晚上,商学院埃里克教授邀我去他学院布雷齐诺斯正餐。餐前,是一位院士的退休酒会,再度领教牛津版即席演讲的智慧、狡猾、绵里藏针,以及言语间的幽默戏谑与游戏。

格伦菲尔大楼火灾现场。这张照片是火灾后两周拍摄的。周边街区笼罩在悲哀的沉默中。拍照时我被误认作游客,两名当地市民上前挡住我的镜头,希望我尊重他们的感受。

2017年6月17日　周六
牛津　晴

英国各大报章继续报道示威者上街，抗议政府对西伦敦公屋大厦火灾处置不当。《每日镜报》头版两幅照片。一幅是首相梅姨探访火灾受害者时，有警员贴身保护。另一幅是女王探望生还者，与社区居民交谈。

《泰晤士报》称"梅姨昨晚在火灾现场受到愤怒群众奚落，在警员保护下离开"。《独立报》网站报道，目前已证实30人死亡，很多尸体永远不会被找到。

《卫报》新闻，对格伦菲尔大楼火灾的愤怒已蔓延至伦敦街头。《每日电讯报》报道，工党激进分子"劫持"了抗议示威，冲击地方政府，有人因涉嫌恐怖活动遭警方拘捕。该报头版指责科尔宾支持者在社交媒体散布"假新闻"，夸大死亡人数。《太阳报》报道，愤怒的示威者说这场火灾是"谋杀"，政府官员"手上沾满鲜血",是"杀人凶手"。

刚过7点,草皮上躺着四五个学生,其中一位认识,他说大考完了。还有一位提个空酒瓶,想必已彻夜狂欢过。朝霞一出,他们醒了。下午老爸抵伦敦,我们提早去希思罗机场接机。老爸这代人不幸,大半辈子荒废在无休止的政治运动中。当国家回归正常和平静时,人生已过半。父辈这代人有个习惯,或许与从不停息的政治运动有关,容易焦虑。不论回家,戏院碰头,还是餐馆吃饭。若外出,总是很早出门,早到,印象中他从没有迟到过。若你没在约定时间出现,即便只晚10分钟,他也会心神不宁。后来学得一个教训,凡与老人有约,一概故意说得晚些。若晚上6点去看他,就说6点半、7点。他们的"不准时",仅指"晚到"。早到,他们总高兴,不会受批评的。

1985年冬,毕业留校不久,我与中文系高晓岩等学生去新疆考察。绿皮火车,从上海出发到乌鲁木齐,总长4000公里,途中经停上百站,72个小时,票价70多元,差不多是我大学助教一个月的工资。从乌鲁木齐坐大巴,翻天山,去伊宁和霍尔果斯边防。因天山雪崩,断了交通,我们困在了北疆,通信中断。等公路恢复,回到乌鲁木齐,比原计划晚了6天。火车抵上海老北站已近半夜,我胡须倒立,俨然流浪汉,裹着军大衣,拖着行囊,上公交车回家。下车后,一位夜行的三轮车工人好心,让我把行李放他车上。半夜,路灯下,远远地只听得有人叫我名字,试探的口气。我怕是幻觉,再仔细听,正是老爸。我回了他一声，一瞬间他没应答。为人父母的煎熬，是在那一刻猛然感悟的。老爸的语气很复杂，释然、责备，更有听天由命的惘然。谢过三轮车工人，父子俩背着行李，在寒冬的午夜回家。他说，知道天山雪崩的事，也托人向新疆方面打听了，未查到我们的行踪。到了家，灯亮着，病中的母亲还醒着。见到我，她说真以为这次你回不来了。原以为她会狠狠骂我，她却放下了。每临大事不慌张，是母亲的气质。她说，过去一周老爸每晚都去我可能下车的公交站等候。末班车后，寒风中又失望而归。我自己为人父后，这种痛楚与焦虑愈加强烈，这是轮回。等他出关时，我想起1988年我出国时，老爸写了封长信，让我随身带上，包括十条戒规，从身体、学习、财务、思想、做人都涵盖了。这封信的原件我一直留着。十年前父母婚庆时，我把"十戒"装了画框，送给他们留念。

因他已85岁，近来犯过痛风，妹妹让航空公司备了轮椅。既有安排，不坐不礼貌，他只得坐着轮椅车出来，肢体有些尴尬。上海登机时，他平生第一次升到商务舱，一路睡过来，像得了个大奖。车到牛津，送他入住院长的客房，老爸狠狠赞美了一番。洗了个澡，说要休息了。他的卧室，是个14世纪的修道士小屋。不到几分钟，已传出隆隆鼾声，节奏均匀，伴有风箱鸣叫。我用手机录了十多秒，作为证据，不然他不会承认。怕他晚上有事，我没回宿舍，就在客厅沙发上睡了。

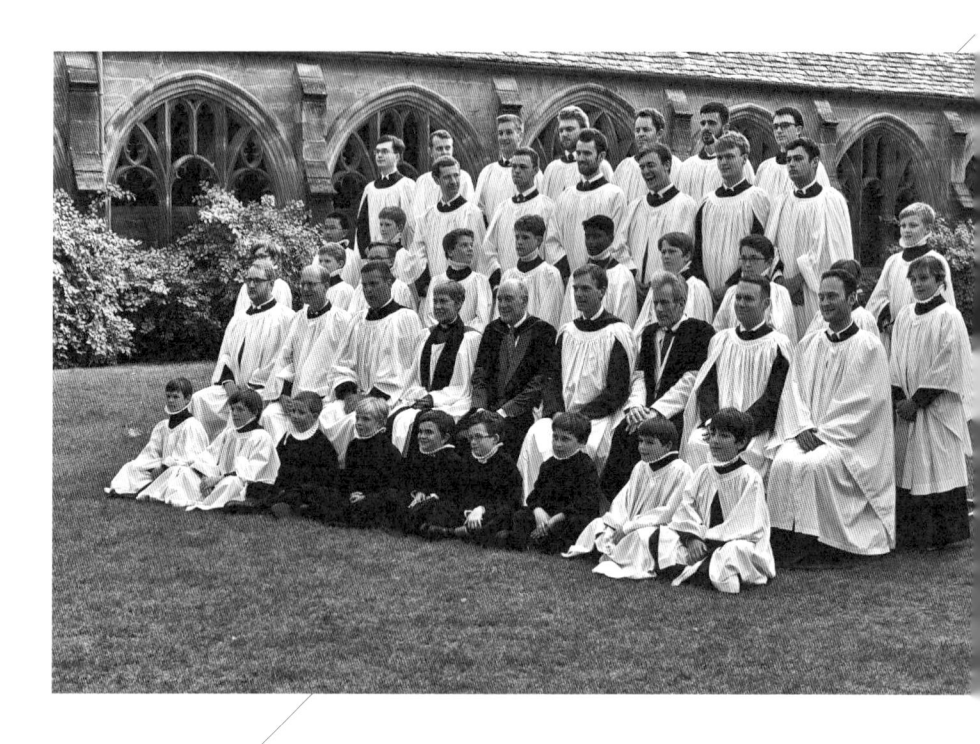

唱诗班年度合影。期末，学院的古城墙前，专业摄影师频频出入，每个社团都在拍集体照。牛津习惯记录一切，保存记忆。不记录，何为历史。

2017年6月18日　周日
牛津　晴

《星期日泰晤士报》称，多达12名保守党议员对梅姨发出最后通牒，要她未来10天内证明其领导力，否则下台。《星期日邮报》称，梅姨正在两线作战，以挽救其政治生命。《观察家报》引述前首席消防官的话说，格伦菲尔大楼火灾发生前曾多次要求与政府紧急会面，加强防火条例，但石沉大海。《星期日快报》(Sunday Express)称赞英女王"以冷静震撼全国"。报道说，今年91岁的女王在生日致辞中呼吁国民一心，面对悲痛，坚定信心，重建生活。《星期日镜报》(Sunday Mirror)头版刊登威廉王子深情拥抱火灾幸存者的照片，称他是"富有同情心的王子"。警方称，火灾死难者已升至58人，还会增加。

清晨，老爸起得早。天色渐近明澈，日出还潜伏在最后一刻。我陪他在学院周边散个步。巷子里仍是空的，攀墙而出的紫藤，微风中颤动，最是自由，开得也放肆。大自然跟前，语言最无力，沉默倒是合适的敬意。上大学起，我一直喜欢做一种练习——"文字速写"，在现场记录所见及五官的感受：街头人流、餐厅、集市、海上日出、山峦黄昏，找个角落，静静观察15分钟，记录色彩、光线、声响、人的神态、对话。这几年，每年去旧金山半月湾堂兄王旭、冯雪山夫妇家小住，给大海写了不少速记。最喜欢观察黄昏的海浪：光线击在滚动的海浪上，进出刺眼的光，由远及近，色彩、明暗、光线、形状、声响，几乎每秒钟都变幻、组合，呈现更庄严的影像。观察大自然，意识到她的美幻短则几秒一去不返。半生学文字，始知语言之珍贵、之局限。

老爸在万灵学院墙外拍照，这是他近年最享受的事情。母亲卧病三十多年，捆住了他的出行。即便出外，也心思不宁。3年多前，母亲去世，父亲原先紧绷的生活节奏突感空落起来。我提醒他，母亲走了，可以安心旅行了。

母亲在梦中出现过多次，我无力释梦。每次她来，毫无预感，不知因果，不告而来，不辞而别。有时会说话，有时梦是彩色的。母亲是在元月寒冬的晚上去世的，享年75岁，在上海仁济医院。病魔纠缠了她三十多年，最后二十年完全卧床，我没想过她能撑持这么久。她是小学教师，年轻时她曾以独特的汉语拼音教学法获得美誉，获周恩来、陈毅的接见。

因为家境破落，母亲上了有国家补贴的速成师范。她有音乐天分，歌声很美，自学了手风琴和钢琴。小时候，家里有架破旧的黑色风琴。节假日，家里来客人，母亲最喜欢弹奏中国和俄罗斯民歌，或和老爸即兴来个二重唱。卧病后，因为服用激素，她的骨关节彻底变形，十指萎缩成一团，但她仍坚持着家里的传统，打开琴盖，弹几首曲子。实际上她硬是用扭曲的拳头一个个击出音符，让大家快乐。每当此时，我都躲在暗处，不忍卒看。

母亲慷慨、仗义、公道，颇有人缘。我有一位从未见过的叔叔，年轻时患肺结核夭折，多年的医疗费全都挂在父亲名下，每月从工资上扣还一部分。曾听亲戚说，还没正式婚礼，母亲已在帮父亲还债，每月工资中扣除 10 元，一直到我八九岁全部还清。1961 年他们结婚时，正是"三年自然灾害"。身为机关干部，老爸去崇明岛围海造田，冬天就睡在海滩的棚子里。听他说，最后回上海时，母亲到公平路码头迎接。他的见面礼是四五个积攒下的大饼，已被风干，硬邦邦，中间挖个洞，穿在一根草绳上，腰上系着另一根草绳，像是红军两万五千里长征，言语间英雄气息浪漫。成婚前，他送了母亲一件洋气的纯毛呢大衣，差不多花了两个月薪水。"文革"开始后，这件深咖啡色大衣太时髦，显得小资，母亲不敢再穿。小学二年级，我在母亲任教的学校就读，每天跟她走路上班。冬寒渗透骨心，她想起了箱底的大衣，糊弄我穿上，可途中保暖。母亲个子虽小，大衣在我身上还是过了膝，常惹得路人好奇打量，甚至神秘一笑。我觉着奇怪，多次问大人，他们听罢大笑，方知男女衣服纽扣有别，女生在左边，男生在右边。我有关纽扣的常识就是这样来的。

父亲的为人，都写在照顾病母的三十多年里。我常自问，自己做得到吗？某年老爸到伦敦小住，饭后刚上高中的儿子与爷爷掰手劲。儿子在学校打橄榄球，却输给了爷爷，觉得不可思议。我告诉他，奶奶起身、洗浴、出门上车，爷爷经常要抱起她，练出了腕力。每次出席朋友的教堂婚礼，听到牧师让新人起誓，无论贫富，无论病患，彼此相爱照顾，直至永远，我就想起父亲和母亲。

母亲去世，我安排了她的葬礼。在她去世前多年，我已开始考虑她的后事，接受死亡，最后告别，免得措手不及。她去世后，不断有丧葬公司联系我，要求承办葬礼。他们发来的悼词模板，实际上是一份填空表格，我欲泪无语，多少死者被这种低俗肉麻的粗鄙文字打发走了。我早已决定，母亲的葬礼上没有哀乐，不摆放花圈。只有鲜花和她喜欢的音乐，她生前的亲戚、友人。我跟老爸说，母亲一生磨难但坚强，我们应赞美她的生命。回国多年，去过多次追悼会，发现今日的殡仪馆已是另类社交场合，嘈杂、喧哗，悼词多是官式文章千人一面。几年前，我在龙华殡仪馆向一位尊敬的大学前辈道别，因为送花圈的领导名单过长，最后居然挤掉了家属的悼文。

母亲葬礼上,是她生前最喜欢的七段音乐,有肖邦(Frédéric Chopin)、莫扎特、柴可夫斯基(Pyotr Tchaikovsky),有中国和俄罗斯民歌,最后是苏格兰民歌《友谊地久天长》,朋友团聚时她必唱的。我跟朋友说,多年前我开始一个有趣的作业,给自己的葬礼选曲目,不少是古典音乐曲目。每隔一段时间,更新一次。有时更新曲目,有时更新指挥、乐团或演奏家。最后难得完美一次。

葬礼开始前几分钟,我被大理石上鲜花滴落的水珠滑倒,右膝盖整个着地,顷刻血肿,无法挪步。我想母亲好开玩笑,或是什么事让她不乐意,想惩罚我一次。她的讣文是我写的,提及诸多逸事,她的才华、慷慨、好强、幽默,以及她的固执与病中的臭脾气,场内几次掠过轻轻的笑声。在她灵前,没有撕心裂肺的悲号,有家人,有友人,有音乐,有对生命的崇敬。我对父亲说,母亲生前,我们都尽了全力,身后就不存任何遗憾,好好送她上路就是。我从不相信来世。走了,就永远不会再见到。念想就好。

前不久,母亲突然又出现在梦中,细节已忘,即兴写下几段歌词,抄录如下:

母亲在的时候

昨夜我梦见母亲

她追出家门
要我多加一件外套
明天外面会很冷

母亲在的时候
她唠叨得很
母亲在的时候
我早回家不让她等

昨夜我梦见母亲
她认真地说
在异乡对人要友好
工作不要太急太猛

母亲在的时候
我不把烦恼放心上
母亲在的时候
我不好意思逞能

昨夜，梦见母亲
她戴上了红绒线帽
你们活着真好

梦想也会成真

母亲在的时候
我们从没拥抱
母亲在的时候
我们不会变老

不到6点,我领老爸到博德利广场,仅三两白鸽立在鹅卵石上。一有旅行,老爸就兴奋,近十年,我的年假一半用在与老爸同游世界,自认是一辈子最值得的决定之一。半个月的旅行,他至少有3个月的兴奋周期。成行前一个月,他制订计划、查资料、阅读、备行装、静养身体,保证最佳健康状态。旅行中,他总是最佳状态,无论体力、胃口,还是兴趣指数,加上每天铁打不动的10条微信。旅行结束后一个月,回忆途中见闻,整理照片、视频录像,快乐仍在延续。我有个未经科学证明的假设,旅行既挑战老人的体能,也刺激其免疫力和幸福指数。据我观察,他的心理低谷一般在旅行后四至五个月出现,症状如下:呼吸声加重,长吁短叹频率增加,说话若有所思。每每这时,我已接收到密电码,下一次远行的集结号必须吹响。

80岁后,为他出国订机票时常有麻烦,一些国内航空公司怕担责,要求医生出具旅行证明。我跟航空公司说,这就为难医生了，老人是否适合旅行，家人清楚，有旅行保险，自己担责。只要他走得动，100岁也能出行。体验过母亲和其他长辈的病痛，与其陪在病榻旁，不如趁早陪他多看看世界。

跟老爸介绍博德利图书馆。我考大学前，他提议我考图书馆系，为政治运动担惊半辈子，他希望我安稳，不希望我读新闻。偶读英国诗人菲利普·拉金（Philip Larkin）的诗，发现他曾泡在博德利编过诗集。他从牛津圣约翰毕业后，除了写诗，一辈子大半的生命在图书馆度过。60年代末，他受邀编选《20世纪英国诗集》，先定了300多位英国诗人名单，用了四年半的时间，通读他们的作品，而后再选出他最喜欢的。很长一段时间，他每天早上10点到博德利，在最高层的某张书桌上，享受诗歌之美。

一早，胡舒立带着财新国际的李昕到访。因我宿舍太小，就借花献佛，请她们到老爸客居的院长公寓小坐。异乡邂逅老友，总是愉悦的。上午安排舒立拜会一墙之隔的院长。去院长家前，我邀她在学院草坪上坐坐。舒立精力过人，一边经营财新，一边还是中山大学新闻传播及设计学院院长。她对我从FT辞职表示不解，论年龄应该退在她之后。我说该做的都做了，最好急流勇退。坐在草皮上，她很放松，感叹学院生活之美。"最危险的女人"，也向往避风港。做严肃新闻，是个陀螺，只有使劲抽它，才能持续。几年前与她在伦敦见面，晚餐未毕，她不得不回房间赶稿，修改当期社评。中国还有这样的记者、总编辑,是幸事。我带上舒立一行去 Miles 家。对这位"中国最危险的女人",他早有耳闻,一见如故。

中午 BBC 老同事聂伟亮(Alan)带妻子 Deborah 到牛津看我。Alan 与我同龄,原在中国国际广播电台(Radio Peking)英文部做记者,后考上 BBC,同在伦敦布什大厦做广播。在英国,最反映中产阶级与知识界趣味的恰恰是广播。对电视,他们则颇有抗拒。英国有精雕细分、品位精致的电台。BBC 老同事中,有些家里并无电视机,或把电视机置于暗处,而收音机则到处可见,客厅、厨房、洗手间、卧室。对特别喜欢的电台,比如 Radio 3 和 Radio 4,就常年开着,如同背景。有幸在各类媒体工作了一遍,最私密、有个性的还是广播。广播对你所求无多,比起后来的科技,出身卑微,制作成本低,却让你身心一体,特别是自处的孤独时光。与广播相比,电视就霸道、粗犷得多。

陪伟亮到学院走走。微风蹭着城墙而过,树梢颤动。声响再细微,也难逃过广播制作人的耳朵。做广播久了,对声音极敏感,听力比常人发达许多,轻缓、节奏、语音、语调、音色、口音、声响。我常做盲听练习,闭上眼睛几分钟,聆听环境与自然,辨别各种声响,大自然如此精微,最美妙的立体声。人的嗓音,与指纹相同,最独特、也最难仿冒,且是性格最无情的泄密者。做广播或电视的另一个职业病,是估算时间。直播节目所赐。猜时间,常玩的游戏,做直播更学会了放大时间。开播前的 30 秒钟无限漫长。

下午,路过回廊花园,学院合唱团正在合影。院长坐在中间,唱诗班的男童和成人都身着白长袍、红领结。唯独指挥罗伯特背后多了红绶带,风中舞起。牛津对合影有严格的规矩,逢事必有记录,方有历史。

中午请伟亮夫妇到高街上吃泰国餐,加上老爸、牛津几位留学生。或因年纪大,老爸无时差。我鼓励他说,如果身体允许,至少陪他旅行到 90 岁。现代医学发现,人的正常生理年龄可活到 120 岁。这几年,我在老爸身上做"激励与免疫力"实验:具体来说,就是推迟服老的心理年龄,鼓励他心安理得地做一些"不合年龄"的事情,比如适度的国际旅行,适当的夜生活(比如音乐会、电影),市内独立出行,多与朋友网上社交,尝试新的爱好。

牛津有不少非洲学生。他们喜感，他们刻苦，不想辜负自己，更不愿辜负故乡。

2017年6月19日　周一
牛津　晴

《每日邮报》头版报道格伦菲尔大楼大火后惨状，犹如"地狱"。报道透露，首相宣布向受害的家庭先发放 5500 英镑紧急援助金。地方政府及相关承包商可能面临过失杀人指控。《泰晤士报》报道，火灾善后工作混乱。一些家庭被安置在数百英里以外。英国政府效率如此之低，百姓有权愤怒。

从门房取回近期牛津学生周报《查韦尔报》。该学生报，编辑财务独立，1920 年由宾尼（Cecil Binney）等学生创办，已近百年。所谓独立，即它不依附于任何组织，包括牛津学生会，完全自筹资金。

这期内页有篇调查报道，事关牛津学生的社交生活，涉及较普遍的吸毒现象：将近 20% 的学生在校期间曾在夜总会等社交场合吸食毒品。记者微服私访了三个学生出没最多的夜总会，从洗手间、门把手、洗手池、水龙头等部位取样。化验发现，"The Cellor"和"The Bullington"两家都验出可卡因遗留。另一家热门酒吧"Purple"保持了清白。2012年，英国学生网站 student.com 曾做民调，发现54%的英国大学生尝过违禁毒品，吸食大麻最常见。因可卡因最易留下痕迹，使它成为毒品检测时最常用的替代品。在英国，拥有可卡因可判七年有期徒刑。若贩毒，则为终身监禁。

牛津学生夜总会人气榜出炉：第一名 Dark End，第二名 Bridge，第三名 Cellor。超过20%的牛津学生不泡酒吧，抱怨牛津夜生活"乏味"。三分之一的学生每周泡酒吧一次。每周泡两次的不到四分之一。1%的学生每天都泡酒吧（我很想结识他们）。不少学生对夜总会的门票很不满，贵的8英镑，一般在5英镑。一品脱啤酒4英镑，也比其他学校贵了不少。比如在布里斯托读书，一品脱啤酒只需2.40英镑。一些学生喝得频繁，加上喝混酒，一醉方休。67.7%的学生承认，到牛津上学后比以前喝得更多。24.1%学生坦白，夜总会喝酒后曾在街上呕吐。

牛津学生，功课压力大，导师每周布置两篇作业。历史上，牛津曾以社交生活乏味闻名。现在的学生酒量看涨，对论文的灵感与质量不知作用如何。另一版上，有篇随笔，作者是位即将毕业的女学生。三年结束，她有临别忠告（我简译如下），"还有不到两周，我将正式结束在牛津的最后一学期。过去三年，我兴奋过，焦虑过，也发怒过，也曾对着梦幻般的牛津穹顶感到百无聊赖。我不清楚自己是如何魔术般变出那些论文的。现在一切将结束，我内心是矛盾的。不管多矛盾纠结，牛津是个永不停息的地方。兴奋变成无聊，无聊又转回兴奋。一篇论文危机刚过，下周论文的恐惧卷土重来，片刻的安宁又被打碎。现在这一切都将停止，我不知该作何想。作为英语系毕业生，我所有的考试在第四周已结束，允我有足够的时间，回味我的牛津经历，思索下一个未知的终点。"

黄昏。院长约我去他家。今天他约了十多位医科生在他花园喝啤酒，他们刚完成大考。几乎每周都有学生上门做客，这是院长职责之一。日落前，牛津的巷子里，突然宁静下来。礼拜堂顶上，鸟儿纹丝不动，以为是石刻的神兽。

晚上陪父亲去晚祷。他是无神论者，也是个老合唱团员，喜欢唱诗班的无伴奏合唱，和声有神性。他在剑桥听过国王学院合唱团。无神论者，也有敬畏之心。敬畏即宗教感，与生俱来。

牛津船屋的女主人。小时候，黄浦江上有简陋的船屋。其实，居所无一定之规。有的老人习惯以五星级酒店为家，有的已在数千人的国际邮轮上住了五六年，签下遗书，终老在大海上。

2017年6月20日　周二
牛津　晴和

与老爸出国，最怕出事。小事故有过几次，受害的都是他的牙齿。一次在伦敦过斑马线，走得太急跌倒，敲落门牙半颗。为破相他痛心不已，回国后花了不少钱补上。另一次，是在柏林小摔。究其原因，都怪我走路过快，给了他压力。

下午4点，带隽、老爸去Port Meadow野营。Port Meadow，中文叫"港口草甸"。从牛津城开车前往，经杰里科（Jericho），到Walton Well Road。见一酒吧，会享受的英国人已开饮，再往前走，就见了运河。港口草甸，是片原始草原，一千多年里，仍保持着公元10世纪的生态原貌，按照法令从未耕作。如果真有处女地，这块占地160公顷的原野就是了。

运河很窄，水不深。岸边泊靠着一长列的船屋（Boat House）。那条蓝色船屋很长，近十米，白窗帘，舱内想必设施齐全，像个漂亮公寓。见我们目光好奇，年轻的女主人打开白色船窗，穿着件黑背心，招呼我们。她在这条船屋上已住四年。问她习惯吗？她笑笑说，喜欢的话，就习惯。牛津实在太贵，一套极小的公寓，就要30多万英镑，买不起。如果没钱，又要享受牛津，住船屋或是个出路。住船屋，先得有船，新晋的船民多半从老船民那里买条旧船。买旧船，除了便宜（两三万英镑可买一条不错的船屋了），已有执照，也有码头或停泊点。船屋可移动，大点的可漂泊出海。大部分时间，船屋是不动产，只是锚在运河的岸上。不时有骑行者穿行河畔，撅着车铃。乡间道窄，我们贴在边上，放他们过去。他们笑着回敬谢意。到了英格兰乡间，人们不再拘谨，光线、气场都松软下来，任时光流淌。

　　黄昏凑近，草原上空，太阳周边裹上了一层橘色。我让妻子带老爸先走，我停步记录夕阳色彩变化。由橘黄、深黄到浅红，光晕越来越大，每隔数秒，如同滤色镜，一片片翻过去。前方有座吊桥，看木桩的暗色已有年头，用来控制水位，给船屋放行。再走几十步，三两家船主在岸上唠嗑，70岁的光景，正尽兴，旁边蹲着一条黑白德国牧羊犬。见有人来，狗最亢奋，蹦得两脚离地。高个子老头，穿灰T恤，戴英式黑礼帽，开腔说话，台词很长，像在演戏，不知道哪家贵族公学出来的。今天这么High，是放开了。我问主人，狗在船上快活吗。他说，快活！反正白天都在岸上撒野。

再朝前走，我预感进入敏感地带。一位仙风道骨的长者迎面走来，银发披肩，胡须比泰戈尔（Rabindranath Tagore）还长，从两颊垂下来。他穿深色T恤，脚下围着若干面目惊瘟的猫（惊得我来不及数），警觉地注视我们。他的船俨然运河上的巨无霸，近20米长，船舱略向岸边倾斜。船尾是巨幅油画，影影绰绰，看得出是欧洲常见的广场与教堂。老头见我们走近，口中念念有词。我们互打招呼。他自我介绍，说是上帝把地球托付给了他，他是大帝。我知趣地点头，表示同意。船边，六七只天鹅正打盹，极肥。身旁有两只小天鹅，睡不醒。许是搅了它们的梦，一头冲向我，露出叉人的凶相。前面又是一座桥，桥洞下，一幅精致壁画，墨绿色墙面，一匹神性的马，四朵玫瑰盛开。

这里是草原的入口，船屋渐渐隐去。我们慢慢走向通向草原的高坡。到坡顶，地平线上坐着半枚太阳，玫瑰色，第一次见。太阳中心，是一圈奶黄，被赭红色包围着，光晕一层层稀释开去，才调成玫瑰色，越往外，玫瑰色越淡。云很低，很快拉成一抹粉红，覆在暮色成烟的草原上。

应该至少一小时前进草原的，在船屋那里耽搁了。天正黑下，最后走得出去吗？老爸不是主动打退堂鼓的性格，对我们的决定向来绝对忠诚。隽小声抱怨我误了时间，但又不愿无功而返。历史证明，她读地图比我可靠，方向感也准。此时，头上粉红的云已遭驱逐，低悬而过的已是暗蓝的云，像是在染坊里染过，又紧紧地拧过，现出深浅不一的褶皱。小径旁，有一对小情人，坐在草丛中细语。在此谈情说爱，得有天荒地老的诗意。隽打前站，老爸中间，我殿后。行程至半，老爸已无声响。我从他的肩部看出他累了。他一累，右肩就扛起，左肩下垂，有点喜感。三人行，已无言语。眼前荒野笼罩，星辰淡淡浮现，不远处的湿地映出暗暗的光亮。两万五千里长征，兴许就如此。我起头唱个歌，鼓舞士气，但无人响应，要在平时，老爸一定是积极的。千年荒原，太阳一落，就像关掉了地暖，地皮顿时凉下来，风吹上脸，微寒。光线已回收殆尽，仅剩天幕上丁点残喘的火星子。以前看康斯特勃（John Constable）的英格兰自然风情，无论田园还是荒野，总觉朦胧黯淡，过于乡愁，眼前我看到了他的实景与色彩。作为19世纪英国最伟大的风景画家，康斯特勃毕生只画故乡英格兰，连苏格兰和威尔士都从未踏足。天已黑，我们默默地走，都不言语，只是眼望前方，祈望地平线上尽早闪出一星灯火。终于有隐隐的光亮，忽闪忽灭。我们松了口气。离目的地还有至少三公里，盯着灯火，开始看到远处田野上的草垛。我们走出草甸时，天已全黑。

我们去那家酒吧消歇，酒吧名叫"The Plough Pub"。觉得耳熟。我有些纳闷，习近平主席访英时与卡梅伦首相喝了一杯，不就是在"The Plough Pub"吗？我先进了门，不是周末，有点冷清，才仨客人，两先生，一女生，散坐在不同角落，各自独享。我问酒保，这是中国习近平主席来过的酒吧？酒保显然不关心国家大事，一脸雾霾。坐角落的女士轻轻走来，说："先生，你说的那家是同名酒吧，也在牛津，开车20多分钟。你要去吗？"我谢谢她，表示已太晚，这次不去了。

我在吧台等啤酒，一位七十开外的白胡子老头凑近来，一脸笑意，气色红润，耳边夹着助听器。他问我，是不是中国人？我说从上海来，他端着酒，背靠在吧台上，与我聊天。他在香港住了很多年，80年代，开始跟中国人做生意，特别跟上海有缘分，有很多故事。他没想到中国变化如此之大，特别是上海。老爸和妻子坐在外边，我把他们请进酒吧内，互相介绍。他在餐巾上留下地址、电话、电邮，说如果下次回牛津抽空再喝一杯。借着酒劲，草甸跋涉的疲惫与紧张已释然。夜已深，天蓝得有些不真实，星星落满苍穹，希望这片荒原还有下一个千年。

莫德林学院，荣誉博士典礼后的下午茶。想起莫德林毕业的王尔德，他要是在场，会炫耀出什么名句？"我们谁也忍受不了和我们有同样毛病的人"？

2017年6月21日　周三
牛津　晴和

今天英国气温升至摄氏34度，为1995年以来最持久的高温。

老爸多半夏天到伦敦小住，白天他坐地铁自己玩。用他的话，只要找到地铁站，一定能找回家。有个特别节目，我一定自己陪他，那是去皇家阿尔伯特音乐厅听BBC Proms（伦敦古典音乐逍遥季）。这个世界上规模最大的古典音乐节，始于1895年，1927年BBC接管，至今已122年。难以置信的是，Proms在一战和二战中都没有中断，包括纳粹德国猛烈轰炸伦敦的1940年和1941年。每年夏天7月至9月，近100场古典音乐会，众多一流的交响乐团、世界级指挥和独奏家，外加少量BBC委制的现代曲目。在伦敦生活的近20年间，我是Proms的忠实追随者，且是最廉价座位 Arena 的爱好者。作为普罗大众的音乐季，它把阿尔伯特音乐厅中央区（最靠近乐团和演奏家）划为廉价票区，票价5—10英镑，没有座位，观众站着，也可躺下，甚至还享有其他现场"犯规"的特权，对着装也无特别要求。有欧洲大陆的粉丝，每年夏天回伦敦度年假，一住3个月，就为听 Proms 音乐会，一场不落，持续四十年。这些年，听全了世界上最好的交响乐团，最杰出的指挥家，但最伟大的还是伦敦观众：有第一次到现场聆听交响乐的孩童，有出5英镑买站票在顶层回廊，随带厚厚总谱来听瓦格纳的，有数十年订全套季票的。2013年7月29日，周一，我正巧回伦敦 FT 总部出差。那晚，Proms 上演瓦格纳歌剧巨作《尼伯龙根的指环》最后一部《众神的黄昏》，70岁的巴伦博伊姆执棒柏林国家歌剧院交响乐团。为完成这部史诗，瓦格纳投入26年。1876年，为纪念全剧四部首次完整上演，瓦格纳的忠实粉丝、巴伐利亚国王路德维希二世（Ludwig Ⅱ，King of Bavaria）专门兴建拜罗伊特剧院，从此世界音乐史进入下沉乐池阶段。

我提前两小时赶去排队，如愿买到10英镑的中央站票。听歌剧，我相信最便宜的座位，常常有最好的音色，比如阿尔伯特大厅顶层回廊，有时才几英镑。全场6000多个座位和站位，当晚一票难求。全长4小时40分钟，当满头流汗的巴伦博伊姆送出终曲的最后一个音符，他的指挥棒悬在空中久久不落，长达10秒。整整七层观众席，6000多人，在他的指挥棒下,完全静默,没有一声咳嗽与杂音,时间凝固了。我站在那儿肾上腺素直冲,周身涌动无以形容的愉悦。巴伦博伊姆始料未及,破例即兴向听众发表感言:"你们和我们乐团刚才一起经历的,我梦中都无法想象这是可能的。我们之间,乐团和你们公众之间的神圣连接,不仅依靠我们,也靠你们。你们带给我们如此难得的沉默寂静。你们宁静、异乎寻常地聆听,在你们面前,我们只有敬畏。"

常驻北京这几年,仍偷闲去听音乐会,但五味杂陈。不少中国的音乐厅已是国际标准,但乐团水平远在国际水平之下,且票价太高,喜欢音乐的消费不起,不喜欢的多有赠票,就在下面打瞌睡了。偶尔有世界一流乐团光临,一张票要价七八千元,合一千多美元。最要命的,还是观众无厘头、拍照、录像、现场解说、塑料袋作响、手机铃声,对任何指挥和演奏家都是极大的冒犯。观众行为不当,自己也是共犯的一分子。对乐章之间鼓掌,我看不必太势利,普及知识就好。人生中有古典音乐就多一个庇护所。可惜严肃音乐在中国很难生存。过去多年上海东方艺术中心的古典乐、芭蕾、合唱曲目,遍邀欧美名家有国际水准,但应者不多,只能演一场赔一场。

刚过凌晨5点,我陪老爸去巷子里散步。万灵学院院墙边上那株紫薇正在怒放。我同他出游,一般晚睡、早起。那两段时间最宁静,一个城,都是你的。记得陪他去威尼斯,我们常常早睡,待半夜出门,旅客已归酒店,水城才显原形。一叶贡多拉,从密如蛛网的水桥下暗暗穿过。夜已深,摆渡人伴着桨声,哼着情歌。如果月色好,明晃晃像街灯。偶遇同道的夜游者,彼此会意一笑,擦肩而过。

学期要结束了,上午9点半骑车去商学院向图法诺院长道别。正好他在。我们喝茶,谈及中国人近几十年商业意识爆发,对财富的追逐,对国际商学院或是福音。问题是,教授们真的理解中国人的物欲,对财富的直觉,以及他们曾为财富而遭受的劫难吗?

北京、上海的出租车司机,正是中国式谋生的极端写照。他们通常连续出车16小时以上,困了就在车内打盹,甚至在车里过夜。仔细留意中国公共空间的商业广告(机场、餐馆、电梯间、电线杆、厕所、建筑外墙、高速公路沿线),几乎每一寸可售的公共空间都被广告牌剥得干干净净。

今天是牛津校历上重要一页,一年一度荣誉学位授予仪式ENCAENIA(应读作 ENCENIA,出自希腊语,原意是庆贺再生),就在谢尔登剧场。友人肇东除了在数学系担任兼职研究员,还慷慨捐款。今天他受邀出席典礼,邀我作为他的客人出席。一开始,这个典礼在圣玛利亚教堂举行。1670年,移至谢尔登剧场。1760年后仪式逐渐成形,延续至今。

典礼11点整开始,我和肇东提前入场。中世纪打扮的校吏邀我们入座。照规矩,每年荣誉学位典礼,得在三一学期(Trinity Term)第九周的星期三。谢尔登剧场不大,六七百个座位。出席者有牛津各学院院长、校内名流、各系博士生代表，一律着学袍出席。仪式放在剧场是合适的，整个仪式就是一幕古装戏剧。新晋荣誉博士入座。他们已在对面神学院大厅签了荣誉博士名册。11点整，在号声中，现任牛津校长彭定康坐上金色宝座，以拉丁语宣布仪式开始，Public Orator（校方宣读人）隆重介绍每位荣誉博士，也用拉丁语。最后由校长一一授予。出乎意料的是，议程中并没有荣誉博士代表致辞、演说。

今年共七位杰出人士被授予荣誉博士学位。

荣誉法学博士：

斯蒂文森博士（Bryan Stevenson），一位哈佛毕业的黑人律师，有点奥巴马的影子，现任纽约大学法学教授，致力于挑战美国刑诉制度中对黑人、穷人以及儿童的不公平判决。1989年，他创立EJI非营利组织，迄今已成功地为115位死刑犯赢得改判、推迟执行或释放。显然，他是荣誉博士的热门人选，已获得25所大学的荣誉学位。

荣誉法学博士：

雪莉·威廉姆斯（Shirley Williams），一位知名的英国政治家。毕业于牛津，攻读PPE（政治、哲学和经济学），是历史上牛津大学工党俱乐部首位女主席。年轻时，曾任《每日镜报》和《金融时报》记者。从政后，历任工党议员、教育大臣。1981年，退出工党，组建英国社会民主党（SDP），出任党魁。退出政坛后，前往哈佛教书、做研究。她是1930年生人，今年八十有七，已步履艰难。在生命的黄昏被母校授予荣誉，自是快事。同是萨默维尔学院毕业，另一位女政治家、撒切尔夫人就无缘得到母校的嘉勉。

荣誉文学博士：

达顿教授（Robert Darnton），历史学家、图书馆学家。哈佛毕业后，获罗德奖学金到牛津攻读历史，获博士学位。曾任《纽约时报》记者，后在普林斯顿任教近40年。退休前，任哈佛图书馆馆长。他开拓了历史研究中的人类学方向。他是为数不多对电子书、网络出版和互联网有浓厚学术兴趣的历史学家。美国"国家人道奖章"（National Humanity Medal）得主。

荣誉文学博士：

佛兰克·盖里（Frank Gehry），建筑师，被誉为建筑界的毕加索，也是一位解构主义大师。生于多伦多，南加州大学建筑系毕业后，去哈佛学城市规划。之后成立自己的建筑行，他的出名主要是因为他给自己盖的私宅，在加州圣莫尼卡。1989年，获得最重要的建筑大奖——普利兹克奖，正式进入国际视野。他的成名作有：西班牙毕尔巴鄂的"古根海姆博物馆"、洛杉矶迪士尼音乐厅、巴拿马城博物馆、巴黎路易威登基金会艺术中心。2011年，年逾八十的他，重回母校任教。

荣誉科学博士：

布朗沃德教授（Eugene Braunwald），心脏病学家。1929年生于维也纳，在美国完成医学院基础教育。现任哈佛医学院教授。1984年成立急性心肌梗死冠状动脉造影研究小组，对心脏病起因与风险做了系统临床实验，更新了美国和国际心脏病治疗规程。他也是首位入选美国国家科学院的心脏病专家。

荣誉科学博士：

施泰兹教授（Joan Steitz）。分子生物化学家。就读哈佛时，她是首位进入诺贝尔奖得主詹姆斯·沃森（James Watson）教授实验室的女研究生。她毕生研究RNA，也就是核糖核酸，遗传信息的重要载体。目前她在耶鲁大学任教，其实验室对核糖核酸结构和机理研究有突出贡献。美国国家艺术与科学院院士，曾获美国国家科学奖。

荣誉音乐学博士：

韦尔教授（Judith Weir），作曲家。毕业于剑桥大学音乐系。其歌剧作品包括 *The Black Spider*, *The Consolations of Scholarship*, *A Night at the Chinese Opera*, *The Vanishing Bridegroom*, *Blond Eckbert* 和 *Armida*。2014年出任主管英国王室音乐事务的"Master of Queen's Music"。

在彭定康向七位荣誉博士一一授勋时，我在想一个问题：教育的荣誉与最高使命是什么？今年的荣誉博士多半有哈佛背景，容易给人象牙塔里孤芳自赏的错觉。不可否认的是，它褒奖的是人类的终极向往，对公共服务、公平正义的不懈追求，对科学昌明改善人类生存状态的嘉勉。教育之本不是资本，不是富裕，不是权力，不是物欲，而是对拓展未知的杰出贡献。散场前，依照数百年延续至今的传统，典仪官报告过去一年牛津大事记，并感谢所有捐款人，激起阵阵笑声。整个仪式不到50分钟。

荣誉博士典礼的第二幕，是移步至咫尺间的万灵学院午餐。这一传统已持续一百多年。到万灵学院午餐，一是距离近，不过百步，二是它有个极具仪式感、惊为天人的图书馆，可用作宴会厅。1438年，它为英法百年战争期间牺牲的亡灵而建。六百年下来，铸就了低调的极致。我们裹在各色流动的学袍中，缓缓离开谢尔登剧场，步入万灵极少开启的院门。今天，牛津是名副其实的冠盖云集，学袍盛筵。学院门口，我见彭定康与太太被不少老相识堵住聊天。他是老牛津，熟门熟路，回归故土。

与这位昵称"肥彭"的末任港督，我有过交集。博士毕业后，我曾是一家非官方机构的研究员，彭定康是董事会主席，每年与他有聚叙或研讨。英国的政客，内心或傲慢，但外表多不敢张狂，不敢拒人千里之外。他们深知，政治于他们，每五年一个命门。无论首相、大臣，一朝落选，次日即告"失业"。选举民主设置的游戏规则，常让政客们尴尬，但选民也不见得满足。时间长了政治冷感日起。

见到彭定康，闪过几件他的旧事。2007年夏，香港回归十周年。英国媒体有密集报道和回顾,他自是最重要的见证人。我跟他约了个访谈,"与 FT 共进午餐"。他邀我去他伦敦西南部家中小坐,再去附近一家法餐馆午餐。他家离伦敦植物园(Kew Garden)不远,一栋双联(Semi-detached)维多利亚年代的两层小楼客厅、走道上堆满了书。我们喝茶,聊他离开香港后的生活,特别是出使欧盟外交专员的经历。去餐馆的路上,刚拐过巷子,只见他夫人玛丽购物回来,两手三四个袋子。东西重,她身体都有点倾斜了。见到丈夫,她停了几步,与我客气地打招呼,关照老公几句,就往家赶。英国做官,并非养人的差使,满足的是政治抱负,特权与薪酬并不多。首相年薪 15 万英镑,已包括其作为国会议员的一份薪水。国会议员年薪刚过 7 万英镑。媒体时有爆料,有些议员、政客贪小便宜,报销时虚报假账,最后灰头土脸辞职下台。英国的所有公职中,港督或是待遇最丰厚,特权也最多。1992 年,身为保守党主席的彭定康为梅杰首相连任助选成功,但在自己选区惨败,断送了政治生涯。末任港督一职是梅杰对彭定康的补偿。在港六年,等到 1997 年 7 月 1 日零时五星红旗升起,米字旗落下,一夜间变为平民。

在西方以政治谋生,除了神经需钢铁般坚韧粗壮,还得擅长自嘲。1999 年新年聚会,有朋友知道我与彭定康相识,怂恿我请他在中国邮政发行的香港回归首日封上签名收藏。我犹豫,觉得不妥,但想到他惯于自讽,决定一试。见面时,没等我说完，他已签下四张香港回归首日封。几年后的另一个场合，同一张首日封上又多了前首相布莱尔的签名。

我见彭定康有空闲，上前跟他打招呼。他刚动了心脏手术，瘦了不少，"肥彭"已名不副实，是好事。他好美食，香港六年，更难挡美食的致命诱惑。他告诉我，他又有一本新书出版，书名是 *First Confession*，提醒我买一本，而后拍拍我的肩膀，进去午餐了。

过去一百多年，牛津荣誉学位典礼午餐都在万灵学院的考德林顿图书馆（Codrington Library）。我是首次入内。它始建于1716年，1751年落成，在世界图书馆建筑史上有一席之地。考德林顿毕业于万灵学院，是个书虫，也是个藏书狂人。临终前，他把祖上在巴巴多斯种植园积攒的家产与现金几乎全数捐给母校。他的遗嘱是建一个图书馆，使他的藏书有永久安身之地。

这是我见过的最庄严的图书馆。天顶是土黄色石膏雕板，暗绿色书架沿狭长走廊一字排开，严实地嵌进墙体，现有藏书近十九万册，三分之一出版于1800年前，存有大量手稿，还有圣保罗大教堂的设计大师雷恩的遗容面模、T.E. 劳伦斯（T.E.Lawrence）的遗物。中间书架前，有一尊大理石雕塑，正是考德林顿本人。为今天的午餐，所有核桃木书桌及座椅都被移走。座位表上，有五张长桌，共二百多位宾客，校长和各学院院长只标明职位，不入名字。正中间的主桌，72人的巨型长桌，两侧各 35 位客人，桌头与桌尾各坐一人。所有长桌，铺有洁白桌布，中间由橘色、黄色小花篮隔断。英国虽非美食之国，但用餐礼仪是极致。

彭定康及夫人，数位荣誉学位得主及家人都在主桌。围绕主桌，东南西北四个角上，各摆一长桌，每侧 15 人，桌头桌尾各一人。荣誉学位得主散坐在各桌。我和肇东与施泰兹教授同在 B 桌。邻座是牛津数学、物理及生命科学的学部长（Mathematical，Physical and Life Science Division）。他原是帝国理工学院（Imperial College）副校长。我说，历史上剑桥在科学上远远强过牛津，牛津又在人文和贡献首相上压过剑桥，一年一度的划船竞赛则各有输赢。他笑笑说，牛津与剑桥最近这些年都在变。比如，牛津的数学研究正在超越剑桥。

午餐后的节目，是莫德林学院下午茶，开放度大了许多，牛津教师都可自由出席，不穿学袍也行。执行校长与她先生在草坪上迎接宾客。午后烈日，怕暴晒的人们躲进阴凉的回廊，喝着 Pimm，一种夏天的鸡尾酒饮料。我突然想起奥斯卡·王尔德，1878 年于此地毕业，一个享乐的唯美主义者。想象 19 世纪这样的夏天。王尔德说过，摆脱诱惑的唯一方法就是服从它。除了诱惑，我可以抵抗任何东西。恍惚间，长发披肩、略微发福的他缓缓走过。手中一杯 Pimm 鸡尾酒。

阿尔巴尼亚是我们这代人的集体记忆。中国勒紧裤带捐给"山鹰之国"水电站、钢材和日常用品，阿尔巴尼亚回赠《海岸风雷》这样的故事片，成为我们童年的快乐。"我代表人民判处你死刑"的台词，家喻户晓。

2017年6月22日　周四
牛津　晴

两天前，又去伍斯特学院散步，拐进一家旧书店"Last Bookstore"（"最后一家书店"），居然啃出一套阿尔巴尼亚共产党领袖恩维尔·霍查（Enver Hoxha）有关中国的政治日记 *Reflections on China*，英文版，厚厚两册，一千多页。据前言介绍，1962年起霍查开始口述政治日记，由秘书记录。所谓政治日记，只涉及国务和政治、外交，不涉及私人生活。这套书收录了霍查1961—1977年政治日记中所有与中国相关的章节。我的少年时代，霍查的名字如雷贯耳。阿尔巴尼亚，山鹰之国，欧洲的一盏明灯，海内存知己，天涯若比邻。电影开场，阿尔巴尼亚是新闻简报里出现频率最高的国家之一。

2008年冬，我照例前往瑞士达沃斯采访世界经济论坛年会。一天，我在主会场二层回廊的小桌上写稿，周围是流动的各国领导人。一会儿有人在我桌边站定,问我可否坐对面的空椅。我正忙,没抬头,示意可以。抬眼时,读到他的胸牌:×××,阿尔巴尼亚总理。这让我兴奋起来。我立马放下手上的活,与他交谈起来。他名叫萨利·贝里沙（Sali Berisha）,曾是心脏外科医生,一位穆斯林,1992年阿尔巴尼亚实现民选,他当选首任总统。现在又出任总理。

我说,我在中国出生长大,有很多阿尔巴尼亚的记忆,还在少年宫接待过阿尔巴尼亚劳动党贵宾。我告诉他,小时候只记得中国源源不断给阿尔巴尼亚提供物资,从吃的穿的,到建设水电站、发电厂、足球场,而中国人自己在勒紧裤带过苦日子。不过阿尔巴尼亚电影比中国的好看。他笑得有点尴尬。一位有明星相的年轻人走到跟前。总理连忙把我介绍给他,让他记下我的联系方式,以后邀我访问地拉那云云。我以为小伙子是他助理。总理介绍这是阿尔巴尼亚外交部长。儿时的破碎记忆,居然这样被捅开了。

下午跑去图书馆查书目。我们这代人对书是带有神经质的,每到书店,心速加快,脑门冒汗,兴奋与焦虑混杂。童年时,除了在乡间听过鬼故事,没听过安徒生童话、格林兄弟童话,没读过应读的小人书。我的童年是在二十多年后为儿子讲临睡故事时补偿的。

有一位复旦同学,与我同期留英。他转学到剑桥,读经济学。当年中英友好奖学金很丰厚,但国家决定留存一大半资助更多学子留英,我们每月实得200多英镑。伦敦、牛津、剑桥三地,生活成本略高,每人多得几十英镑。某周末,我回剑桥看他,见宿舍书架上有几本新的精装百科知识全书。英国书贵,动辄十多、二十英镑,穷学生多从图书馆借阅,或买二手书,轻易不购新书。他分期付款每月购一册。聊至深夜,他说已下决心先通读百科全书,再做博士研究,"我们这代人,不懂音乐,不懂艺术,不懂植物学,不懂天文气象。知识人应有的基本常识,我们都缺乏。如果对这个世界没有最基本的了解与感知。如何做专业研究?!"

我感受到他对知识的敬畏甚至内心的颤抖。我们这代人的宿命。即便幸运如吾辈,得以远渡重洋,赴欧美留学,但心智上我们是残疾的。我们侥幸考入大学,所谓专业收编了我们,糊住我们身上的千疮百孔。我们比英国科学家斯诺所批评的、被"两种文化"拦腰斩断的还不如。学科学,舍弃人文。学人文,又抛弃科学。除了"专业",我的内心常陷入空虚。

20世纪80年代的访问学者,凤毛麟角,通常在欧美待一年。除了实验室、机房,很多人与当地文化几乎隔绝。与中国同学合住、说中文、做中餐、中午带饭,几乎不和同事泡吧,只要能省的则全省了。很多同学没去影院看过电影(票挺贵,要六七英镑),没听过音乐会,没享受过一出莎士比亚。他们年近中年,首次出洋,这是最委屈自己的一代中国知识分子。奖学金虽微薄,但兑换成人民币(英镑乘以15)还是笔巨款。

出国航班上，他们已拟好购买家电大件的清单。他们必须挣足了钱，把清单上所有东西带回中国。

读博士的，待四五年，心态好些。刚到英国，我和妻子商量，我们不存钱，够用就好，实在不够，就周末打工，反正合法工作时间。底线是，我们得感受英国人的日常生活。我们尽量节俭，去市中心露天集市买菜总是徒步走上半小时，回程时大袋小袋，才坐公交车。周末我们常去艺术影院看黑白片，有时专找便宜的夜场，也看过几场怎么听都听得稀里糊涂的英国话剧。妻子和儿子特别喜欢黑色幽默恐怖片，当喜剧看，笑得前仰后合。或因童年在乡下听鬼故事受过惊吓，我看得魂不附体。如果留学没在我们的生命体验上留下痕迹，留学就是一幕假戏。既来异国留学，就得带回一些好东西。

留学，是潜意识的身份政治。留学他国，异土成为第二故乡，留英多亲英，留美多亲美，留德留法多亲德亲法。外国学生在中国留学，也如此。"亲"字重在身份与文化上的亲近、认同，人性使然。这种特殊情结，也常让我们对"第二故乡"的批评更激烈、毫不留情。我们自认有这个权利。

几年前,我拿出老爸几幅习作作为蒲公英农民工学校募款。梵志捐了两万,挑了幅素描。收到原作后,他说了句:"画得好啊,我赚了!"

2017年6月23日　周五
牛津　晴

　　昨外出晚餐，老地方遇到几位流浪者。读过一份非政府机构的报告，其中提到英国流浪人口，一小部分已是永久状态。他们不回家，也拒绝入住慈善机构或政府提供的住宿点，漂泊一生。如何在街头帮到他们，在我家并无共识。我的做法最简单，就近给他们买个快餐，比如麦当劳、肯德基。若没时间，就放点零钱走人。我承认，这样做既让他们饱餐一顿，更为减轻自己的负罪感。妻子的做法是买好食品送他们，多半也是快餐。底线是不给钱，怕他们买烟或大麻。常驻北京时，我们住东三环。某晚散步，一对青年男女上前求助，说是丢了身份证，无法找工作，住不了酒店，也没饭钱，当晚要赶回A省老家。我们领他俩到附近超市买吃的，他们很挑剔。买了吃的，又说要打车费，还有南站住宿费，才察觉上当。每次被骗当然郁闷，但以世上无家可归者总比骗子多聊以自慰。儿子的处理，则完全不同。他的理论是，既然行善，就得给对方选择权，给他们现金，让他们自由支配别人的好意，可买食物，也可买烟抽。他的假设，一个麦当劳套餐，大概能抵御 3—4 小时饥饿，一包便宜的 20 支香烟可抗饥饿一整天。我无法判断此说有无科学依据，至少他信。

不过，Tommy 的自信，于我并不都是好消息。他的风险偏好远远超出我心脏的承受度，中学时，他是校橄榄球队的边锋，以速度见长，但体重吨位差些，重伤多次，肩胛内已打上数枚钢钉。上大学时，他喜欢上了蹦极。在香港大学交换时，他曾邀请我去澳门电视塔观礼，目击他从 233 米的亚洲第一高蹦极跳下，我谢绝了。从现场录像看，他是背对着一跃而下的，背景里是一群日本少女的刺耳尖叫。更要命的是，某日正在非洲远足的他发来邮件，说正在津巴布韦，少有的主动联络，心想一定是钱包空了，或者被偷了，需要货币增援。他说，他边旅行，边勤工俭学，钱没问题，想告诉我的是，订了维多利亚瀑布的世界第三高蹦极点，高度 111 米，从一座铁桥上下落。我回复，跳完就好。他补充说，还没跳，是明天。我悲愤交加，问他为何要在跳之前通知我？！（我一般不用惊叹号）不残酷吗？

中午坐大巴到伦敦。先去唐人街午餐，虾仁云吞面。拐进考文特花园（Covent Garden）的伦敦交通博物馆。住伦敦多年，从没进去过。伦敦地铁建于 1863 年，世界上第一条地铁线。上海第一条地铁线通车已在一个多世纪后,远比祖师爷伦敦摩登、宽敞,但没伦敦注重细节与品位,比如巴掌大小的伦敦地铁图,像发行邮票一样,每隔一季度有新款设计,附上更新信息。一个城市是否宜居、优雅,多在不起眼的细节中。不期而遇的小惊喜,其愉悦足以支撑一天的劳作。

手工艺区,有个木工摊位,我被一个原木的红苹果吸引了。年轻的摊主说,红苹果是老爸在家里作坊做的,先选对纹理对路的上好原木,用车床一层层刨去,木纹自上而下,漆色也恰到好处,活脱一个真苹果,爱不释手。价格不贵,15英镑,想买下,可惜没带现金,摊主不收信用卡,作罢。

下一站直奔皮卡迪利的皇家艺术学院(RA, Royal Academy of Arts),今天是"伦敦印刷品原件年展"("London Original Prints Fair")闭幕日。中国毕昇的印刷术比西方早400年,但近代印刷文明的里程碑还得从德国金匠古登堡开始。大部分陈列的展品都明码标价,来自英国、欧美50多个收藏机构、画廊和印刷工坊。展品中有伦勃朗(Rembrandt)、马蒂斯(Henri Matisse)、惠斯勒(James Whistler)、毕加索、霍克尼(David Hockney)等名家的版画精品。印刷术改变了我们对文明的存在感,也改变了承载文明与思想的介质,并使大众传播成为可能。没有印刷品,人类的近代史将无从呈现。展览中,有一幅苏维埃早期的宣传画,"A Worker Sweeping Criminals Out of the Soviet Land"("把犯罪分子扫出苏维埃大地"),作者列别捷夫(Vladimir Lebedev),一位从沙皇晚期过渡到苏维埃新政权的新潮画家、视觉艺术家、漫画家、插画家、结构主义的实践者。十月革命胜利后,他在苏维埃"动员和宣传部"(Agitprop)专门设计宣传画。画面上,米色的背景,一位身着蓝色时髦工装的工人,正用扫帚把三个五颜六色的坏分子从他脚边赶走。不像工人,扫帚的头是红的,把是黄的,坏人体态卡通可爱,色彩与表达完全没有阶级斗争的火药味,却残留温情与浪漫。列别捷夫1891年生于彼得堡,赶上沙皇时代的尾巴。新政权建立后,深谙宣传的列宁急需艺术家为新政权服务,一代艺术家面临人生与艺术的突变,音乐、艺术、戏剧、文学、电影、诗歌。马雅可夫斯基(Vladimir Mayakovsky)、拉赫玛尼诺夫、肖斯塔科维奇(Dmitri Shostakovich)、康定斯基(Wassily Kandinsky)、马列维奇(Kazimir Malevich)、叶赛宁(Sergei Yesenin)、阿赫玛托娃(Anna Akhmatova),都在革命的漩涡中兴奋、挣扎,以求新生。

看到列别捷夫的画,我想到友人、画家曾梵志。100年前,列别捷夫这一代画家抖落沙皇时代的余烬,转身到了列宁的革命画室,没有选择。40年前,梵志这辈学画青年开始从人体和人性学起。他进美院读书,前后考了三年。这几年,我常去他北京望京的工作室做客。梵志的话不多,在画室,说话更少。他抽雪茄,我喝茶。我最放松的,是做一个隐身人,坐在地上看他作画。关上画室的门,他就把外面的世界彻底隔断了。他享受画布、颜料的庇护。外面,是面具世界。他不喜欢面具,但不得不无奈接受,故创作了"面具"系列。不过,令他深恶痛绝的"面具"成就了他的艺术和国际名声。这个带有自传式忏悔的系列,面具几乎成了他的标志。他痛恨标签。近10年,即便买画的订单不断,拍卖价格高居不下,他拒绝再画任何"面具"。2014年,巴黎卢浮宫邀他以德拉克洛瓦(Eugène Delacroix)名作《自由引导人民》为母题创作一幅作品,并一起陈列。那阵子我常去他画室,一坐就是半天。为了这个展,他画了三幅,都是两米乘六米的大作品,画室内搭了高高的脚手架,油画颜料都用大脸盆调兑。当他用拖把大小的画笔往画布上涂抹色块时,我开始体验画家强劳力的一面。过了几天,又去看画。他臂膀已抬不起来,只能歇了。他画室里,有不少他的早期作品。他告诉我,他最在意的是他大学三年级的学生作品《忧郁的人》。1992年,穷困潦倒的他以500元卖了出去。不过他一直念叨那幅画的下落。20年后,该画又露面,他以1000万人民币将它买回。我曾问他,为什么不再画一幅?他叹口气说,绝对画不出,那个感觉没了。

　　大英帝国的历史虽与中华不在一个量表上,但因其博物观念与收藏癖,短短五百年,俨然已成"文明古国"。英人对考古、文物、珍玩与艺术品的痴迷,常令我感叹。大英博物馆、V&A(维多利亚与阿尔伯特博物馆)的重要特展,门票多半在开幕前三个月订完，甚至得提前半年预订。1973 年，大英博物馆有中国出土文物展，这是中国出土文物首次在西方国家展出，由《泰晤士报》集团筹办。当时，中英刚升格为大使级外交关系（在这之前是代办级）。有记载，所有门票提前 9 个月订购一空，成为当年的文化事件。一国一城，对艺术最重要的激励来自有品位的观众。

大英博物馆现有藏品 600 万件，其中中国珍藏 2 万多件。1990 年代初，某天去大英博物馆。一个展厅入口，放了一个中国周朝的青铜大鼎，有半人高，鼎口覆有一块有机玻璃，中间有孔，观众可投币入鼎，为博物馆募款。我觉不妥，留言请大英博物馆停止这种做法，尊重中华宝物。半年后再去，鼎已不在，应该是物归其所了。

我就读的莱斯特大学，有个国际知名的博物馆系。友人、台湾同学张誉腾当时就在那里读博士，后来出任台湾自然博物馆馆长。他的博士论文有关罗伯特·郇和（Robert Swinhoe，1836—1877）。此公是 19 世纪英国博物运动的重要人物。1861 年至 1866 年间，他曾两次到台湾，任驻打狗（现高雄）副领事，但他"不务正业"，几乎把所有时间用于收集动物特别是鸟类标本，完成了"台湾鸟兽类"的编目。台湾现有鸟种，三分之一以上是他首先发现并公之于世的，被誉为东方鸟类学之父。在外交官和博物学家两个身份中，他用外交官职务之便，成就了鸟类学家的抱负。高雄打狗山上，还有当年英国领事馆的红砖官邸。沿古老步道下山,郇和蜡像坐在山石上,穿着野外装,身旁蹲着几只好奇的山猴。当时,走动最多的台湾同学还有现任政大传播学院教授冯建三、荣休教授罗文辉。后来建三介绍我与在伦敦大学读博士的郭力昕相识,都成了对岸的挚友。

伦敦，路过查令十字街。人行道上，女孩踩着滑板从远处过来。我放缓速度，她仍保持原速。我挡在她面前，抓拍她的反应。喜怒哀乐的表达，孩子最纯粹、自然。时不时，我们得回归童年。他们是成年人的老师。

2017年6月24日　周六
牛津—伦敦　细雨

　　牛津客座最后一天。早起收拾行李。昨晚又听捷克作曲家斯美塔那的《伏尔塔瓦河》，柏林爱乐，卡拉扬指挥，12分23秒。情绪低落时，常听这首曲目，说不出特别的原因。第二乐章尾声在灿烂与奔腾之后，乐队似乎歇息在河滩上，音乐渐弱，弱到只有弥留之际的呼吸声和心跳，生命之火将在顷刻间幻灭。猛然，两声和弦强击的鼓声，中间屏息，而后乐团以洪荒之力，终结全曲。

　　离别总有伤感，我没让中国同学送行。只是一学期买下的书装满了两个小行李箱，老爸也帮我推行李，从长墙街走去高街，等前往伦敦的车。老爸有些累，一路打瞌睡，伴随不轻的鼾声，幸好车上都是学生，要么戴着耳机，要么听惯了重金属音乐，毫无察觉。车抵伦敦终点维多利亚车站，叫了辆 Uber，几分钟就上了车。

回到伦敦家中。居然有些陌生,那是客居的漂泊感。三年前,我们回国,将两只家猫正式移交邻居领养,并续了它们的猫寿医疗保险。没想到,我们进门不久,它们就在后窗晃悠,想回老家来。黑白的叫本尼,棕色的叫杰瑞。它们是同胞弟兄,十多岁了,猫步已拖沓。虽是同族,两猫性情不同。本尼憨厚,有修养,从不伸爪子,与我亲近。记得有三四回,我出差回家,它跑来相迎,引我到后花园,察看它猎获的战利品,老鼠和小鸟。另一次,居然干掉了一只小狐狸,自己也有轻伤。我问过猫专家,据说这是猫对主人表示忠诚。不过,它对我的忠诚并不绝对,常有疏漏。我对它的关怀也时好时疏,怪不得人家。杰瑞是只黄毛,生性极其敏感。自从有次犯错误被我拍过一下屁股后,与我结下梁子,总是若即若离,那么多年,居然还没释怀。它的修养较差,家里吃饭,它会站起身来,爪子扒在桌边,要吃的,且屡教不改。不过也有优点,它比本尼有脑子,有事会把它找回家。我把它们领进屋,但家里已没有猫粮。它们在家里逛一圈,喵喵叫,很失望,吵着要出门。

黄昏,我去超市,在家门口邂逅久违的女邻居,带着她的小儿子,一个低能儿,唐氏综合征患者。好几年不见,我过去给他一个熊抱。邻居是爱尔兰人,虔诚的天主教徒,已生养三个子女。十多年前,我和妻子散步时碰到她。她告诉我们,她又怀孕了。不过,医生查出胎儿有唐氏综合征,或先天愚型(中国也有译为舞蹈病的)。孕期尚早,完全在流产的法定时间内(20个星期)。她说,她和丈夫已决定把孩子生下来。我们很吃惊,心情复杂,还是祝愿了他们。那晚,我和妻子难以入睡,讨论到半夜。如果此事降临到我们身上,我们的选择呢?会把孩子生下来吗?

北京奥运会后,我频繁到北京出差,通常住在长安街上的建国饭店,中国开放后最早的五星级酒店,贝聿铭设计。连续两年,我都邂逅一批特殊的欧洲游客,他们都领养了中国孩子。据说,领养的申请手续长达3—4年,甚至更长且花费昂贵。每年暑假,例行的"寻根"之旅,父母带着他们回故土中国。从外表看,他们最不像来自一个家庭,父母和孩子完全来自两个世界。每天早餐,我特地坐在他们的近桌。领养的孩子中,女孩居多,一些有残疾。他们说一口流利的英语,在与父母亲昵、讨价还价。他们的年龄十岁上下,中国只是遥远的度假地。每次看到这些孩子,我心里总充满纠结。我们能这样去爱吗?

宗教,是个神奇的东西。童年时,我唯一称得上与宗教相关的经历,发生在上海虹口公平路一个漆黑的阁楼上。那是"文革"中期,我的小阿姨患重病,只能找人家把表妹寄养了。那是个天主教家庭,解放前先生是神甫,"文革"时早已失业,头上有历史反革命的帽子,只能靠打黑工和照看孩子谋生。我和母亲时而抽空去看表妹。那个阁楼巨大,足有五六十平方米，中间能直起腰来，几乎完全在黑暗中，是没电，还是供不起电灯，我不清楚。阁楼里，到处堆着杂物，甚至拾荒的东西。上楼的木梯子晃得很，吱嘎作响。小时候，我非但不怕，还觉得惊险。我永远的印象是黑暗中那盏摇曳的煤油灯，那位神甫先生的微笑，居然那么安宁满足。这是我童年记忆中最难忘、最无解的笑容。当年，我觉得他和妻子应该是世界上受煎熬的人行走在苦路上。先生脸型清瘦，感觉很久没刮胡须，仍穿着件黑的牧师服，领子上有个带子系着。一旁，他的妻子，姓姜，我记得，也总是眼含笑意。他们奔波在苦路上，背了沉重十字架。微笑拯救了他们，也让我在残酷的岁月有丁点温暖的记忆，黑暗中灿烂的微笑，伴我一生。

　　读过一个笑话：两个爱尔兰修女开车出行，汽车没油了。车在离加油站100米处停下。后备厢里，有个透明的塑料筒，四周贴有"小便"字样。她们用这个桶加上汽油，走回车，把油灌进油箱。正巧，一位农民开着拖拉机路过，见此情景大惊失色。他对修女说，你们的宗教我不敢妄加评论。要说信仰，你们俩真是没治了。（完）

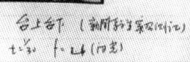

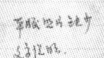

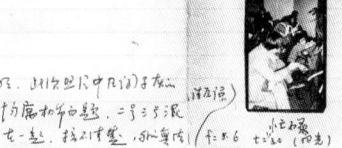

作者大学摄影作业本，1982年。我对摆拍向来抵触，崇尚自然主义，老师对此很包容。这页作业上，有苏步青、周谷城、朱东润、陈从周、王个簃等前辈出席复旦书画展。时隔30多年，已成历史影像。

鸣谢

这本书，写的是牛津日志，更是我的生命记忆。我要感谢我的亲人、前辈、朋友。没有他们，我难以存在。母亲已去，父亲健在。他们给了我生命，我以此书回报。谢谢妻子毛隽、儿子 Tommy，写作中的我，常有冒犯，谢谢包容，让我沉浸宁静与孤独。

在牛津的一学期，我客居在 1379 年建校的新学院（New College），得到杨名皓（Miles Young）院长诸多照应。他还为本书作序，至为感激。谢谢牛津商学院（Oxford Said Business School）图法诺（Tufano）院长、中国事务主管曹隽小姐促成我牛津之行。

感谢在牛津结识的年轻朋友，中国的、英国的，有些会在此书中露面。读 PPE（哲学、政治学和经济学）的何流同学是我的牛津向导。不过，牛津的古董书展是我带他去的。

我很感激以下朋友和家人，在出版前阅读文稿，并指出错误,提供修改建议:李剑阁、邱翔钟、许知远、张维迎、罗振宇、周成刚、虹影、老愚、卫哲、王昉、叶铮、钱忠民、王肇东、何流、朱蓓静、张器、姜钦峣、杨博闻、张锡康、毛隽、毛晨、张弛。也请刚去美国读哲学的外甥华天择读了初稿,试探一下我是否有能力与新世纪出生的一代沟通。当然,书中的任何错误都由我承担。

写作与孤独相伴,对家人并非福音。这次修订,是在美国休斯敦的家中,正值新冠疫情猖狂,只能自我隔离在家。一家人在一起,已很久没共度如此长的时间。谢谢休斯敦的复旦老同学贺红扬、罗铮夫妇,特别是他们赠予自己花园的栀子花、蜥蜴、树蛙、三七叶、马兰头,给我带来快乐和温暖。还有邻居友人许建章医生,谢谢对我和家人健康的照应。谢谢复旦校友萧红学姐,护送我到弗洛伊德葬礼现场采访。

我从小自立,做菜不差。疫情期间,我主要的贡献是专煮茶叶蛋,前后消耗近300只,除自享外,分送当地朋友。配方经我多年实验而成。哪天不想动脑动笔了,若我在复旦后门摆摊卖茶叶蛋,相信一定是世上最好的茶叶蛋(之一),足以养老。这点自信,我有。

谢谢张健、徐杰两位友人的帮助,协调书中的黑白照片。谢谢劳子殷同学认真编辑了人名索引。谢谢朱蓓静通宵达旦为我此书所作的校对。谢谢赖芳泽、程思茜同学的帮助。

书中收录了两幅插图:大画家韩辛大病初愈,专为本书创作水粉画一幅，是我骑单车穿行牛津小巷的情景，我很喜欢。另一幅插图，出自BBC老同事聂伟亮（Alan）之手。我在牛津时，他来新学院玩过，画的是我在学院后花园那条木椅上阅读。他的艺术天分，直到他光荣退休后才发现，实在是对艺术的不敬。

最后，我要感谢上海人民出版社社长王为松对我的鼓励与耐心。此书原定2019年出版，因我不满意，把书稿压到现在，欠了稿债。谢谢资深出版人陈季冰出任本书特约编辑，他的审读深刻、有见地，我定稿时受益颇多。特别谢谢本书责任编辑楼岚岚，她的效率、直觉、专业、认真令我印象深刻。也谢谢另一位编辑许苏宜，协调流程。我可能属于给编辑添麻烦的作者。最后一些改动，但愿对书稿质量有所补益，为此增加了她们的工作量，表示歉意。

张力奋
2020年5月　休斯敦
新冠疫情自我隔离中

时隔 35 年的两张合影：2019 年 11 月，我和 6 号楼 332 寝室的老同学再聚复旦曦园，一个不少。左起：谢炯、刘家俊、方雄、吴晟炜、崔开宇、张力奋、赵磊。他们多半还在新闻圈。当年站着的 3 位，后来都发型动荡，成了光头。大概是站得高了些，风必摧之，刮跑了。

附 录

信从牛津来

王昉

读力奋发来的《牛津笔记》初稿时,我戴着口罩,捧着电脑,坐在望京的一家咖啡馆里。彼时,北京突发第二波疫情。残存的侥幸被扑灭。世界已经翻篇,我们已身处"疫后"新纪元。那两天里,我流连于书中的牛津校园不愿脱身,那里有如茵的草坪,高耸的尖塔,有唱诗班的晚祷,还有年轻学霸骑着自行车,后座搭着女伴,在古老的巷间呼啸而过。此刻读来,那就像是一个古典的"疫前世界"的吉光片羽。

这本书是力奋三年前在牛津客座数月间的游历笔记。以牛津为圆点,他纵横于历史与现实、东方与西方、个体与时代之间。读完,我意犹未尽,给他发了条短信:"就好像赴了一场满是有趣的人、回忆、故事、书、展览、珍玩、美食、建筑和音乐的盛宴。我读到了一部个人史、一部家庭史、一部牛津史、半部英国传媒史和半部保守主义思想史!"

我们在生命中，大约总会遇见几个人，旁观他们的人生，你会慨叹自己的日子太过平淡甚至贫乏。作为我的师兄兼老友兼前 boss，力奋就是这样一个人，好像不怎么用力，就活得充盈多彩、浑身都是故事。在阅读的过程中，我意识到，这种丰富，首先就源自他对一切美好事物的博雅趣味，和并不随年岁而消减的好奇心。力奋曾在英伦生活逾二十年，拿到博士学位，服务顶级媒体，怎么说也是位资深知英派，但年过半百回到牛津，还是好奇心爆棚，洋溢纸面。不出几天，他开始像个真正的牛津人一样踩着自行车穿街走巷、到各个学院蹭饭、和舍友们一起泡吧、四处探访那些古老建筑里的隐秘角落。他的兴趣点庞杂又出人意料。在书里，你不会读到浮光掠影的"打卡"游记，也不会收获这所英国名校的升学攻略；反之，你能读到牛津各个学院的建院历史、风流或凄婉的校友轶事、考试条例、古怪礼仪、建筑风格、花花草草、银行账户趴着多少盈余、酒窖里还剩多少陈酿。这本书，就好比一本关于牛津的色声味俱全的百科全书。

这也是一本关于人的书。书中提到了七百多个人物，多数是牛津历史上的师生校友，还有媒体人群像，有新朋，更有故交。书是日记体，通常以当日新闻或牛津见闻开头，闪回之间，作者开始在脑海中打捞这些人物的片段往事。力奋在前言中说，所谓宏大叙事，只是日常生活的记忆之墓，他选择记录真实而零碎的生命记忆。这让我想起最近听过的一个讲座的题目：再不回忆就忘了。力奋写人是高手，尤其是那些曾在某些时刻影响和塑造过他的人，文字是静水深流不动声色，但暗潮汹涌能震出人眼泪。在所有这些人物中，给我留下最深印象的，是一位戴瑞克。他是典型的英国单身汉，博学、阴郁、严厉。长达四年的时间里，他在自家客厅中辅导力奋英语，会一遍遍喝令"Stop! Stop! Lifen, Say it a — gain!"我不知道已经故去的戴瑞克是否曾经意识到，他怎样影响了这位初到英伦的中国学子，不仅是因为他把雅思考试垫底的力奋调教出一口地道的伦敦音，更因为在维多利亚街上的那个客厅里，他向他第一次细述古希腊、苏格拉底和罗马斗兽场，将一个成长于禁书焚书的残酷年代、自觉"心智畸形"的年轻人，迎入一个不曾中断、正常审美、气象万千的智识世界。

如果说趣味与好奇心可以后天养成，那么在营建有趣的人生这件事上，力奋有一个无法模仿的先天优势——他是个八十年代人。这既指他实际的求学年代，更指他的精神气质。没错，这代人的青少年岁月在饥饿和贫瘠中度过，如力奋所说，仿佛总是"在革命的废墟上喘息"。但我无比羡慕他们。我总觉得，只有体验过废墟的人，才会有"广求知识于寰宇"的急切，也才会倍加珍视人类知识之庄严、教化之斯文、习俗之精巧、文化之多元。相比于我们这些成长于富足年代的晚生后辈，是最初的贫瘠让他们变得丰富，是跌宕成就了他们的有趣。

在我认识的人中，力奋绝对是"anglophile（亲英派）"头一位。他的英伦范儿，绝不停留于他对软呢帽、背带裤和细格围巾的喜爱，也不停留于他已经内化得相当不错的英式幽默和自黑。书中对英国社会多有细致入微的描摹，主要关于三个层面：英国人的国民性格、英式制度传统，以及英国传媒业。

对英国人的性格，力奋有多段精妙得令人哑笑的观察，比如："英国人热衷谈论的日常话题有三类：天气、做菜还有狗。对天气和做菜，他们是宿命论者，深知毫无能力掌控，索性就停留在谈论的美学层面，至少没什么严重后果。对狗，英人有真实的生命体验，所以我只向他们请教关于狗的问题。"再比如，他回忆起FT老同事布里坦爵士，在82岁退休时的告别演讲上，如何通篇是典型的英式自黑："他说他从小就不喜欢体育（Sports），其实他对任何以's'打头的运动都不在行。他在自嘲一生未婚的性冷淡。"

对英国人最擅长的制定游戏规则这件事，力奋有时抱着一种被amused（逗乐）的心态，比如在他观察牛津校园里那些古老而傲娇的礼制时。而对那些奠定了现代文明基石的英式制度发明，他又是诚挚的学习者。他列数英国人发明的各种现代制度和组织，比如伦敦皇家学会、劳埃德保险、大英图书馆、大英博物馆、童工法、托马斯库克旅行社、国家信托、牛津赈济会、BBC、工会合法化、女性投票权、英国全民医保。他推崇贯穿了英国五百年历史的治国理念——相信社会的自发力量、小政府大市场、对私产与隐私的保护、政府与公民以及社会各阶层之间的契约精神。几年前他就曾撰文呼吁中国从英国保守主义思想中汲取智慧，很快被"商榷"。几年间，中国社会氛围又已大变，他能收获的听众恐怕只会更少。

对于英国媒体，力奋多年来有精深研究。他是 BBC 国内部聘用的第一位来自中华人民共和国的公民，先后服务 BBC 和 FT 这两家老牌媒体二十余载，对人对史都如数家珍。书中有许多英国"名记""名编"们的趣闻轶事，让同是媒体人的我读得津津有味。着墨最多的是他最敬重的专栏作家雨果·杨（Hugo Young）。这支英国当代新闻史上最出名的笔杆子，写了近四十年政治专栏，广结政要显贵，却又"永远与权力保持距离"。读到这一段时，我想起了几年前力奋与我的一次对话。我们共事十二年，他对我的提点自是无数，但那次让我印象最深。那晚加班到夜深，三里屯一条背街的小巷里，我们走出一家刚打烊的餐厅。晚餐时他兴致颇浓，提及他记者生涯中游走于多国政商学界的采访往事。我羡慕他总能采访到一些最难搞定的官员。他放慢脚步，用英语说了一句，"Always keep a distance—from the regime（永远与权力保持距离）"我一怔，指着脚下追问了一句，"This one？Or any one？（这一个，还是任何一个？）"他答："Anyone!"

专业新闻媒体上，新闻和言论是界限分明的两种文体，新闻关乎事实，言论关乎价值。力奋大约很开心能在这本书里打破这一壁垒，在大段细节白描中传递情绪与判断。看得出，他情绪最为复杂的时刻，总是事关他的身份认同时。比如他说，在中国和第二故乡英国之间，他总似"在两个世界的边缘，亦内亦外，身份错乱，多有苦恼"。面对来自故土的同胞，包括牛津校园里雀跃喧嚣的中国游客、仍然满口长城故宫四大发明的到访官员，当然还有条件优渥、不带任何历史包袱的新时代中国留学生，他也总有一种爱恨交织的无措感。最打动我的，是他对2008年8月8日的一段记忆。那天是北京奥运开幕日，下午，力奋在天安门广场停留两小时，没做采访，只是静观与感受。

"那里有来自全国各地的同胞，口音不同，陌路相逢首都。我注意到，他们彼此都异乎寻常地客气，喜悦写在了脸上。家有喜事，每个人都希望自己能体面、礼貌，做最好的自己。"

此刻遥想那日情景，我再一次涌上隔世之感和对那个"疫前世界"的哀婉。这场疫病就像一个巨大的隐喻。我们还找得回当日那种真诚的友爱、谦逊的喜悦、彼此相连的热切吗？但是，回想这本书中那几百人的故事，它们无一不在展示人性中光亮的部分。这种光亮让牛津得以延续千年生命，也让本书的作者得以走出少年时代的荒蛮，徜徉于人类智识的圣殿。所以，也许越是在这样如晦的时刻，越是要继续做最好的自己，保持那份光亮。正如英国人最喜欢说的那句话：Keep calm and move on（保持冷静，继续前进）。

（作者为FT中文网资深编辑）

当我们在谈论牛津时，到底在谈些什么
——读《牛津笔记》

赵从旻

十几年前，曾经有过一次在香港行山的经历，走了五六个小时。所谓的山与北京的相比并不高和险峻，距离市区也不远，记得最后因为走错路，还绕到了小榄监狱附近。印象深刻的记忆是：山上有很多设备和设施是第一次见到，比如为防止暴雨期间山石倾泻而覆在山体上的大网兜、各种醒目的紧急状况的救险信息提示、山径沿途一个个临时落脚休息点的位置设定和各种配置，每个设施都处理得坚固、实用、不易损坏，既不破坏地理和山体环境，又很人性化和细腻周到，有些已经超出了当时的认知，而且据观察，有些设施可能从来都没有使用过。

同行的朋友介绍说：这些都是英式管理的痕迹，严谨又有细节。

以书的名义消解误读、偏见与浅见

2017年，原英国《金融时报》FT中文版创刊总编辑、BBC国内部聘用的第一个来自中国的媒体人、专栏作家、现任复旦大学新闻学院教授张力奋先生，受邀在英国牛津大学客座研究一学期。他把这一学期自己的研学活动和各类放空自己的生活内容：读书、看报、写作、泡图书馆、逛旧书店、听音乐、散步、交友、泡吧、晒太阳等一一实录，并勾连过往的历史与现实，以笔记体的方式串成了一本无法归类的"四不像"的《牛津笔记》。

书里的内容纵横交错、穿插闪回，信息量也比较大，有一些也许我们看过却没有"看到"的内容。70余篇笔记，700多个人物，虽有"历史上的当天"的要闻，但并不着墨于世界和个体的宏大叙事，这些仅是时间背景的存在和写作线索的由头。作者用微小的细节、准确的数据和一个个值得被记录和被提及的个体的素描画像，甚至边边角角的视点、感知和记忆，公共议题与私人感悟融合交织，构成了一个有温度、鲜活的私人记忆读本。

《牛津笔记》既是一本带有数据、考证的碎片记录，又是一个兼具一定研究性质的文化随笔，也是一个因每天而存在的前新闻记者和克制的专栏写作者运用职业视角，以写作本身对抗新技术和新媒体形成的信息的"无序、泛滥和粗鄙"，为了坚持和遵循当代新闻人只在"真相面前低头"的戒律。

在介于新闻专业和泛文化属性的写作中,作者用形式感弱化了内容和线索的庞杂细碎,这样会让读者阅读起来不致形散和吃力:相关图片、每天的英国要闻、重点世界大事、自己的研学笔记、与之相关的历史片段和私人记忆。作者用牛津城的塔尖、院墙、方庭、礼拜堂、高桌餐厅的社交与闲谈和牛津的街头、餐厅、绿荫、公园座椅及那一抹越过头顶的阳光,在教堂的和声和管风琴的回声与安宁中,描摹出一座"冻龄古城"的前世今生。

因为是上市不久的新书,并不知道卖了多少册,是不是畅销,有没有上榜也没太关注,但总觉得"误读"与"偏见"常见于我们的生活,而知识和文化的"浅见"与"残缺"更是我们这些以"速读"带来"速朽"的自以为是的现代人已然躲不开的硬伤。能够让更多人看到并理解这本书里的内容,而不仅是媒体人、文化人圈、出版圈里的谈资和肯定,才是其不是新闻信息、不是专栏文章,而是一本主题"书"的意义所在。

蜜色的牛津,仪式与规制

牛津素以精英教育著称,精英范有时是在异于常人的仪式中显现出来的,比如牛津学生考试时需要穿学袍,学校认为考试是一件庄重的事情,统一服装的仪式感会带来庄重感,穿上学袍对有作弊冲动的学生的心理也有抑制的提醒。考试时学袍的领口还应别上鲜花，期许带来好运。一般会是康乃馨，第一天是白色的康乃馨，中间几天是粉色的，最后一天需是深红色的康乃馨，依次递进，学以致深，讨个好彩头。

"知识分子最看重仪式感和精神的体面"，有关牛津的精英和古典气质，散落在书里描写的一个个场景和细节里，书里提到牛津有句广告语是："天生的至高无上感"，阅后对照，甚是精确。

对比一些数据看出，牛津人还擅长"把一切仪式感转化为资本、特权和等级"。虽为同一所大学，但已有800多年历史的牛津捐助制度让38所学院和6所学堂，因学科定位、历史渊源、人脉资源之不同，得到的捐助款项、校友资源、知名度、影响力差异甚大，学院之间的贫富悬殊、地位尊卑、各学院对比的荣耀与寒酸，恐怕只有牛津人自己知道。

观察每个学院的差异、知识分子的矫情与较劲，或繁或简，虽是点滴，却是书里的一个个趣味点。那些让牛津人很陶醉自得的仪式和规制，无论是实用所需还是炫耀、做作，别人喜不喜欢，在意不在意，都在牛津各学院的院墙里一直存在着。

仪式感和等级感的注重并不意味着牛津对教育本身就来得虚张声势，对学习和考试的重点是思考、思辨以及相应的能力培养，是眼界、是趣味，还是只是考试分数的高低，这一切都在牛津整体的教育体系中可据可考，延之有年。

英式的精英教育，不是高高在上的虚浮和述而不作，除了学业知识传授的本身，还以塑造人的性格这样的实际培养为重点：接受和应对失望和挫折，甚至失败。老师会让学生知道："世界不属于你，你也不是自己的法官。"有位从事数学教育的院士，他带博士生从不让学生做过于挑战的数学难题（数学难题攻而久之不破者居多，这样可能一辈子都毕不了业）。这个老师认为博士阶段，只是一个人研究生涯的开端，主张学生选择有一定难度的课题即可，如期完成学业，顺利毕业才是重点。博士毕业后首先要安顿自己的生活，人有一生的时间去做高难度研究，造化如何看自己了。

作者曾去一个院史档案处查阅资料，负责档案管理的是一个历史学博士，书中这样描述："她带了一大串钥匙，打开一道古老暗门，她领着我沿螺旋形的石阶往上移。台阶窄且陡。她拧亮灯说，毕竟是14世纪的老楼，石阶已松动，轻易不让上去，越少惊动越好。我掂量了她手中的钥匙串，足有好几斤重。最长一把，足有十多厘米。见我拍照，她说别拍钥匙。这些古钥匙，用了几百年，得保密。"……

这些"越少惊动越好"的古典建筑，这一大串14世纪的古钥匙，对这些古建筑和古钥匙的态度，牛津人为呵护这些人类遗存的文明，制定了相应的规仪，让人肃然。

当年在不知列宁背景的情况下，编号为A88740的列宁的阅览证却一直保存在大英图书馆里……

对历史和文明守护的自觉担当是牛津人精英意识里很自然的一部分，对规制的创建与遵从也应是精英们之所以是精英的佐证。

"午后的光,透过镂空石窗射进来。打在浅栗色的砂岩上,调成了蜜色。"……这是牛津莫德林学院的礼拜堂里一个寻常日子的瞬间。

蜜色的牛津,足够醇厚。

他们是最好的英国

牛津大学的学院制是灵魂,人们看重学院的出身,其次才是专业,至今各学院仍像一个个"部落",以其独有的语言、传统、惯例,进行知识和智慧的角力。

人是社会观察中最重要的样本对象,在勾勒一个大致样貌的"牛津"时,各学院里有个性的牛津人是书里最生动、最鲜活的部分。这些与牛津有关的牛津人,都让牛津,甚至英国有了不一样的生命意义。

这些人里既有英国的各任首相和政要,亦有名士、明星、学者、教授,精英的牛津人,甚至在为铭记一个普通花匠所作贡献而定制的花园座椅上,致辞的文字都如此别致、真诚:"他侍奉学院的花园,如同侍奉他的信仰。"

精通古典学的怪咖罗宾院士,既享受传道授业解惑的师职,又可以坚持FT专栏写作长达47年不间断,同时还是一个辛勤、专业的有独到见地的花园园丁。穿着西服浇花,"手上有泥,精通古希腊文明"。

执着并能享受讲课的乐趣与罗宾院士年轻时收到牛津大学伍斯特学院古典学讲师聘书后,一个老院士的约谈有关,老院士告诫他:虽然他的履历很漂亮,但是有件事学院并不欣赏,那就是年纪轻轻就有专著出版。讲师的职业是教书,是负责启发学生的求知欲,写书不是讲师的主业。

长期自律的专栏写作,让罗宾可以享受口无遮拦、我行我素的观点表达(甚至因为其观点的惊世骇俗而引来轩然大波);手里摆弄的园艺花木在他眼里则和古典学灵性相通,专栏里也会有园艺的内容,看似写花花草草,实则是在写人、写世道:"上了年龄,就得学聪敏,不要太相信所谓的规则和原则。最好的园丁,是70岁的脑瓜,加上30岁精壮的身骨。"

怪咖,其实一点不怪。

已经去世的牛津人、毕业于牛津贝利奥尔学院的《卫报》首席政治专栏作家雨果·杨(Hugo Young),在世时一周撰写两篇政治时评专栏。同行对他的评价是:"他从不用他的写作取悦总编辑、报业主、政客或文官。他甚至不取悦他的读者。"去世前的48小时,时任首相布莱尔还在致电慰问雨果·杨,而雨果·杨的最后一篇稿件却依然是在批评布莱尔的施政问题。好恶分明的雨果·杨,可以在评论里犀利剖析,但他与权力和权力人却永远保持清醒和距离,同时还把政客和公众人物看作对等、公平、守约、一诺千金,严守游戏规则。

他会因为要了解政情内幕而时常与政要、法官、外交官午餐,午餐时从不当场失礼,进行文字记录或录音,会面后他会立刻根据记忆把谈话纲要整理出来，原汁原味地作为档案留存。经30年的累积，这些档案和秘闻蔚为大观。遗嘱中雨果·杨特别要求遗嘱执行人：因为有君子约定，这个个人留存的历史秘档必须销毁，不得见天日。

去世后，他的遗嘱执行人和英国新闻界同仁都觉得甚为可惜，决定就秘档处理，征询所有被记录的当事人的意见。结果，数百位仍在世的当事人，包括多位首相，均签字同意公开秘档，向雨果·杨致敬，这就是轰动英美政坛的《雨果·杨秘档》（Hugo Young Papers）（2008年出版）。

雨果·杨的曾经存在，让世人看到什么是做人的高度。

《牛津笔记》里还有这样的牛津人：

"Coca-Cola"在早年被译成拗口的"蝌蝌啃蜡"，是旅居英伦的华人文学艺术家蒋彝先生将它精彩地译成信达雅又朗朗上口的"可口可乐"，而蒋彝的域外"画记"系列，更是中国人诗书画一体的文雅荟萃，《牛津笔记》的书名对应蒋彝的《牛津画记》，想必应也是作者的一种致敬方式。

面对自己的知识结构"残缺"的复旦留英博士，发誓要先读完百科全书，再研究专业，节衣缩食也要买下每一册百科全书："我们这代人，不懂音乐，不懂艺术，不懂植物学，不懂天文气象。知识人应有的基本常识，我们都缺乏。如果对这个世界没有最基本的了解与感知，如何做专业研究？"

那个毕生走在边缘的专栏作家，人生的日落时光，依然调皮如初；那个负责BBC配选片头和背景音乐的音乐家西蒙，在一家"伟大的机构"里默默服务……

"在英伦的日子里,我们珍藏了许多英国朋友。他们是最好的英国。"

"慢变"的英国与快进的"中国年代"

30年间学习、工作、生活在中英两国之间的作者,同一个时空下,面对的一个是"慢变"的英国,一个是"快进"的中国,在不断的切换对比中,理解、恍惚、困惑、释然、犹疑,各种情绪夹杂。

"英国显然属于缓变型社会,特别是它的精英阶层和知识界。""慢变"应该是源自根基的坚实和自信。作者通过考据得出的结论是:"对近现代社会影响最大的制度安排,英国的出品最多。"印象深刻的是书里介绍的"国家信托"(简称NT,国家名胜古迹信托基金),基本摘要如下:

这是个成立于1895年的全球最大的自然与建筑遗产保护组织。自20世纪初,英国议会分别于不同年代通过一系列法案(1907、1919、1937、1939、1953和1971)向其赋权,使其真正执行保护自然、环境和历史遗产的职责,特别是禁止售卖或抵押应永久保护的建筑和土地。按照章程规定,NT名下的所有建筑、山川、林地、河流、自然景观,必须严格保持其原有风格和用途,严防商业或地产资本侵蚀,并向会员与公众开放。

据统计，100多年里，NT已拥有英国近1300公里海岸线，近2500平方公里的土地，500多座历史建筑、古迹、城堡、自然保护区、私家花园、岛屿、荒原，还有将近100万件各类收藏，包括古董和艺术品。

作为全英最大的慈善和非政府组织，NT的运营是不以营利为目的，其收入来自会员年费、门票、景点纪念品及餐饮。目前（应该是指2017年）NT账上有现金和金融投资12亿多英镑。NT会员的个人年票是64.8英镑，家庭年票（4人）114.6英镑，NT的终身会员则是1605英镑。会员可以自由出入任何英国的NT景点……

这样完整的、各维度的体系和制度设定及成熟完善的市场化运作机制，以现在人类的认知、眼界和操作能力，的确没有理由和能力去做更好的变化。

维持现状，是英国人的理想国，就像英式下午茶一样不可撼动。他们信奉印刷文明，坚持生活的恒定不变。英国人相信时间，相信自然的演化，也因此传统的英国人对新奇的新鲜事物大多拒斥。一个让人大跌眼镜的例子就是：在彩色电视机问世半个多世纪的今天，英国至少还有6000多个家庭购买黑白电视执照，而伦敦这样的国际大都市就占了1300多个。

这种已带有保守固执意味的掩耳似的坚持"传统"，是不是有些荒诞？

在作者曾经供职的FT，英式语言风格的"硬核、清晰、严谨、机趣、幽默"今天也依然坚守以不变应万变，虽然作为每天刷新信息的媒体人,他们也常常自黑自己是个过气的国家……

即便如此,在这样的"慢变"社会里难道就不认可中国的"快进"吗?作者在文字的闪回对应中,也让我们看到了这样的场景和局部结论:

在一次爱丁堡大学演讲现场,作者向与会的当地的学者、商人、学生等各种背景的百余人进行调查,问有多少人使用微信,结果显示居然有六成人在使用微信。作者恍然:"维多利亚时代,英国民间热衷东方的中国茶、丝绸、瓷器和皇家园林,现在轮到腾讯的微信。"……

2017年的一场牛津辩论社(世界上历史最悠久、名声最大的辩论社,创立于1823年,也是政治家的历练之地)的辩题是:有关中国的海外影响力。最终正方取胜:"多数牛津人更乐于看到全球化的中国。"

这句话,今日读来,尤为唏嘘。

快进的"中国年代",30年的高速发展,走过来的人回首,弹指间,依然犹如梦境。

笔者和作者同在(甚至几乎同期的)复旦念过书,书里描绘的20世纪80年代复旦"自由且无用"的岁月光阴与精神气质,也勾起了笔者的记忆:

3108阶梯教室里耀眼的灯光与层层叠叠的人头,聚焦闪烁的眼神里一个个被打开的新世界。

复旦诗人傅亮总是穿着米色英伦范风衣、高竖领口走上讲台(或舞台)诵诗的造型感,有如今天的墨镜之于王家卫,至于写了什么,诵了什么,其实不重要。

数学家苏步青老校长的"数不清"与校园里经常可见的缓缓行走的物理学家谢希德先生,同在共同的记忆中,那个由学者、科学家这样的真知识分子担任校长的年代还是让学子们倍感骄傲和任性。

拥挤的学生宿舍里,邓丽君的歌声在单卡录音机里袅袅吟唱,柔软甜美地赢得所有人的喜爱。

周末食堂大厅里的交谊舞会上的男生女生们,亢奋与拘谨的神情同在脸上晃动,油腻的地面恰好让旋转的舞步有了行云流水的顺滑。

1984年相辉堂里里根总统的演讲,与当下今日世事的各种比对参照,仍被同学群里就各种细节和演讲内容的水准高低,津津乐道地回味着。

……但当年这些也只是象牙塔里的思想和精神的激荡与生涩青春的恣肆,那时的外面却是这样的:美元兑人民币汇率为1:2,中国大陆的人均GDP 250美元,台湾地区3225美元,是中国大陆的13倍,美国为39309美元,是中国大陆的157倍。

《牛津笔记》里作者书写对母校复旦的感受,除了情感的归属,似乎也试图在不经意间比较大学间的教育气质之不同。作者认为地处上海的复旦人"低调,相信专业主义,对仕途为官似乎兴趣缺乏。即便政治上有野心,身段还软、腼腆,不至于穷凶极恶。图书馆要占座,讲座总是爆满,文理之间亲密无间,即便那时根本没什么博雅教育。复旦人喜欢赶点时髦，但不到张扬的地步。"而对现已居于域外的复旦人："美国知名大学大陆背景的终身教授中，复旦校友最多，至少说明复旦人的心思不那么活络。"

1986年为迎接香港回归，香港船王包玉刚奖学金设立（1987—1997），作为中国历史上规模最大的留学计划，包玉刚家族斥资1400万英镑，中国政府1400万（当时的巨资），英国政府出资700万。奖学金设定了三类留学身份：博士研究生、访问学者、高级访问学者，其中70%是科学、工程，25%社会科学与人文科学，5%医学……

这样的数字和学科比例，百废待兴的中国急需"快进"的决心和阶段性战略布局可见一斑。

作为幸运地走出国门、西进求学的第一批人，作者坦陈，30年间同处两种语境和文化的复杂心绪："没有邓小平打开国门，我们早被草草牺牲。我们的内心分裂而功利，贫穷的阴影，竞争的残酷，成名的驱动，我们在东西方的搅拌机里挣扎。我们潇洒宣告自己是自由灵魂，又难以摆脱狭隘民粹。我们缺乏定力，在东西方两个世界中时而打架，时而调情。"

快进速度的"中国年代"里，作者能够在客场的位置全局观察：国人潜意识里常有冲动："渴望世界为自己叫好"，但这种急于证明自己和表白的渴求有时会掩盖了"理性的、文化的、资本的、规划的"的清醒思考和判断，而这样的思考和判断恰恰正应存在于发展中的中国的方方面面。

书里有一个读了很让人觉得自己"浅见"的小例子：作者和家人一起推着轮椅上的母亲在法国艾菲尔铁塔下排队购票参观，队伍长达百余人。工作人员见到他们，走过来请他们一行免票并优先从特殊通道进去，轮椅上的母亲免票和不必排队，可以理解，随行家人推送随行也可以理解，但免票就有些不好意思了，心理上有"蹭票"之嫌。工作人员见了则进一步说明：为了鼓励残疾人能够更多地走到户外，更多地接触文化和艺术，政府对协助成行的家人、亲友均予以免票的奖励……

有关公众权益和利益的法案、条例的制定，是否做到深度、细致的研究和考量，很重要的一点衡量标准就是：尽力予所有人以尊严。

2008年中国的奥运会成功举办，在欢腾的天安门广场上，作者并没有直接进行采访，他注视着一个个欢快喜庆的中国人，感受到：

"家有喜事，每个人都希望体面、礼貌，做最好的自己，给外人留下美好印象。这种自发的友情与团结，也常在遭受灾难或危机后出现。来往的人流，似有约定，小心呵护着这份温情，生怕不小心，坏了一个好梦。"

是啊，与世界连接，与人类共情的那些日子……

小心呵护着，这份温情，这个好梦……

（作者为现代出版社原总编辑）

张力奋谈新作《牛津笔记》：日常生活最能解剖一个社会的内在机理

郑诗亮

翻书党：想先和您聊聊《牛津笔记》这本书的写作缘起。您在书中谈到，您想记录此前去牛津客座时的见闻与思考。您在西方求学、工作相当长一段时间，让我好奇的是，在此之前，您是否有过进行中西文化的比较以及深层次探究的念头？

张力奋：其实到牛津去客座的那个学期只是给了我一个借口，让我把很长一段时间里一直想做的一件事情完成了。如你所说，与我的同辈人比较，我算是幸运的，我在中国有相当长一段时间的生活体验，26岁时有了离开上海、去英国留学的机会，相较于与我同辈的留学生，我又幸运地留在了英国，在重要的国际专业机构工作。这样一来，部分因为职业的关系，部分因为长时间生活在另外一种社会文化之中，我其实有了一个很难得的机会,自然而然地对曾经生活过的两种文化和制度作比较。如果将我迄今为止的生命切成两半,中西方正好一半一半。所以,我一直有一个想法,希望能够把过去几十年对中国和英国社会的感受,从文化、制度层面来总结一下。这倒不是说我要去写一本充满各类名词和理论的学术专著,而是试图从日常生活体验去看这两种制度和文化。我自己博士读的是传播学的社会学方向,我知道,即便在知识界,大家其实也怕谈所谓"文化",因为很可能大而无当。而我看问题的出发点永远是普通人的日常生活,即便是考察一个国家的中上层社会,我也躲不开对日常生活的思考,在我看来,这其实最能解剖一个社会的内在机理。不少比较挑剔的朋友读了《牛津笔记》以后,给了我不少反馈。他们的评价当然有一些溢美之辞,但是有些东西我觉得是非常到位的,比如我的前辈李剑阁先生提到,《牛津笔记》的写作惟陈言之务去,不系于陈言的牢笼。我对语言是一贯有自己的要求的,一旦这一点被清晰地指了出来,你会发现,在2020年的当下中国,这个问题是有意思,也是有意义的。

翻书党: 那么,您是怎么寻找到这样一种语言风格,或者说,是怎么有意地去锻造这种风格的呢?

张力奋: 倒不是说因为写这本书,我才开始寻找某种语言。其实,我的语言风格很早就成型了,甚至我对这个问题的思考,早在高中、大学就开始了,在同辈人里应该算是比较早的了。一个正常的社会应该有怎样的语言，我们应该用怎样的语言去思考，始终是一个困扰我的问题。所以从大学开始，我一直刻意地要求自己用接近于日常生活中使用的语言来讨论和思考。

翻书党： 您这番话让我想到了乔治·奥威尔（George Orwell）的名篇《政治与英语》，其中谈到政治因素对日常语言的破坏与伤害。

张力奋： 中国所存在的这方面问题，可能比"二战"前后的英国要严重得多。事实上，政治运动对一个国家的母语伤害有多么深，到目前为止，我们可能都还没有真正地认识到，比如日常语言的军事化，以及官方意识形态对日常语言的浸透。从语言的演化角度来看，我青少年时的那段历史时期，中国社会除了物质上的贫乏，可能影响最大的，还是语言对思维的禁锢和限制。所以，到了 20 世纪 80 年代，中国一个非常重要的变化，就是日常生活、日常行为和日常语言在恢复。我读大学的时候，就可以非常明晰地看到这样一种变化。比如，众多西方名著解禁了，某种意义上这是告诉公众，另外一种思维和表达是允许的。另外，虽然比较艰难，新闻语言也在逐渐恢复正常，包括当时的官方语言也出现了一种去标语、去口号的过程。所以，我写这本书的一个很重要的初衷，就是解决我自己的个体生命史中一个关于语言和记忆的问题：一个正常的社会应该有怎样的语言？这类正常的语言和我们思考的自由之间到底是怎样的关系？更进一步来说，从其他社会的演变过程中，我们能不能找到有益于中国社会生活正常化的地方？这对我来说是非常重要的。英国给了我一个非常难得的机会，它对我来说几乎可以算是第二故乡，我在那儿算是半个 native speaker，同时，我在中国的 26 年生活，又是一个永远抹不掉的印记。这两种文化之间的张力永远存在，每当我觉得在一个文化中可以安定下来，但另一个文化中总有些东西把我拉回来，逼着我去思考一些问题。

翻书党：刚刚聊了很多语言，您在 BBC 差不多工作了 10 年，后来又在 Financial Times 工作，并担任 FT 中文网总编辑。这种在英国媒体深入工作的经历，包括英国人讲究的那种平实、内敛的文风，对您产生了什么影响？

张力奋：这是个很好的问题。你提到 BBC，我认为 BBC 其实是一所最好的语言大学。记得当时英国朋友介绍我听 Radio Four，对英国的中产阶级而言，这个电台基本上永远都在背景里面。英国中产阶级的语言使用方式、思维表达的逻辑，都受到它的影响。那么，具体到文风问题，应该说，我青少年时代的文风，或者说我所向往的风格，可能跟英国知识界对语言的要求是比较接近的，所以，我到英国以后，倒没有觉得需要非常刻意地向过去的文体告别。比如说，在我的初高中时代，我就逐渐开始产生对形容词的厌恶，而且对使用成语非常反感。我相信我的高考作文的成绩是偏低的，除了厌恶那种

"标准"的文风之外,我更不喜欢关于所谓"立意"的统一要求。所以,这种"反叛意识"我很早就有了。我当时想,如果别的我做不到,一定要做到语言是干净的。现在拿出我大学时代的一些习作,可以比较明显地看到这一点,对官方出版物而言,这自然是"不登大雅"的。前段时间,我送了一本书给我的大学新闻采访写作课的老师,当时我是他的课代表。大学二年级的时候,他把我的第一篇习作推荐给了湖北教育出版社,编进了当时的一本全国大学生优秀作文。我又把这篇文章找出来看了一下,这恰恰是我最不喜欢的那种文字,而这样一个文本,其实给了我一个非常好的观察自己语言变化的机会,每一个字都是我写的,那么,我是怎么逐渐开始摆脱那种令人厌恶的习气的?我想,我们这一代人多多少少都经历过这样一个过程,但是我可能反思得较早一些。包括我现在带研究生,有的学生一开始不是特别习惯我的这种要求,我始终强调,干净的、能够准确地把事情描述清楚的文字,是我们思考的前提。我的英语水平其实在同辈人中最多只能算是中等,因为我小学读了两年俄语,我高考那一年,英语即便考 100 分,也只算 30 分。到了英国以后,因为对语言的焦虑,甚至使得我在短短两年间大量地脱发。这种焦虑来自一种落差:我对母语的理解和把握在同辈人中是比较超前的,而作为第二语言的英语水平又是低于平均值的。我对自己写的英文从来是不满意的,我的导师也很不满意,而我对中文文章的要求又一直是比较高的。我每天就生活在这样的挣扎之中。我在书中说到，我当时上课时连笔记都记不下来，记下一句话，老师已经说了五句了。好在我还可以努力给自己创造一个好的语言习得环境。我当时有意识地没有选择与中国同学一起住，而是决定和我太太搬出去住。这个选择的意义远远超乎语言，让我们更多地融入了当地的环境。虽然可能带来一些经济压力，但是我从来都认为，如果要融入另外一种文化，首先要去主动拥抱它。这可能跟我"文革"期间在浙江宁波老家乡下待过两年有关，那段时间对我日后无论是做田野研究也好，还是观察国外的都市和乡村也好，都是非常好的锻炼。我在那儿的时候是八九岁，至今回到宁波老家，还感到非常亲切，也能和老同学、老朋友自在地交流。我到了英国以后，发现英国的生活很快地跟我的童年经验对接了起来，虽然是一中一西两种文化，一个是上海附近的乡村，一个是万里之外的异国，但这种融入当地文化的心态是非常重要的。

翻书党：这方面有什么比较有趣的内容，是您书中没有写到的，您可以分享一下吗？

张力奋：比如说，1991 年，我正好碰上了英国 10 年一次的人口普查——英国的人口普查是全世界最早的，1800 年就第一次实行全国的人口普查。我当时在莱斯特郡，主动报了名，想去做人口普查员。我本以为我的申请肯定会被退回来，因为我是个外国人，各方面的条件都有欠缺。结果，他们面试了我两次,就同意了。当然,对我这么一个正在读博士的外国留学生,还是享受到很多优惠条件的。经过一个礼拜的培训,我分到了400户英国居民,我要在两周内,负责调查这400户人家,把厚厚的一本人口普查表填写出来。基本每天晚上我都在那几个街区里一家一家地跑,因为白天要上课。我接触到了很多单亲家庭,还有很多孤独老人。我至今记得很清楚,我第一次闻到老人长期居住的房间里那种特殊味道的感觉,因为他们很少出门,所以房间里有一种非常特别的,其实不太令人愉快的味道。一个人对气味的记忆是很强的,我每次嗅到类似的味道,就会想到这跟老人有关。类似这样的一些经历,一点一点地,让我这样一个异乡人慢慢融入了英国文化。有的同学可能觉得,几年以后博士到手,就会回国或者去别的地方,英国只是一个暂居之地。而我自己感觉,能有这样一个机会了解我从小就非常有兴趣的英伦三岛以及它的文化,无论作为一个个体,还是作为一个记者和研究者,这样一种实时的、亲历的体验,都是非常好的准备。

翻书党:《牛津笔记》最让我感兴趣的,是关于英国爱书人的记载。对英国社会普遍的对书籍的爱好,您怎么看?

张力奋:这也是一个很好的问题。我们可以先稍微看得远一点,从14、15世纪开始,德国的约翰内斯·古登堡(Johannes Gensfleisoh zur Laden zum Gutenberg)发明印刷术以后,印刷作坊其实在英国是比较普及的。像托马斯·霍布斯（Thomas Hobbes）、埃德蒙·伯克（Edmund Burke）、约翰·斯图尔特·密尔（John Stuart Mill）这样一批当时的公共思想家，他们的思想学说能够广泛传播，直接得益于有效地利用印刷作坊。所以，我们是不是可以这样假定，从此之后，这个传统就奠定下来了，英国有产阶级随后几百年间的阅读爱好，多多少少存在着某种世袭关系。霍布斯一生著述非常多，但是真正结集成书，是在他去世之后100年。因为他每写一篇文章，当晚写完，第二天一早就送到印刷工坊，印个几十份上百份散发出去，然后再写下一篇，可能根本没有想到要把它作为书籍保存下来，这是当时一个很成熟的流程。今天这些喜欢读书的英国人，可能他们的祖辈吃早餐的时候，桌上就摆着一份昨晚刚印出来的小册子。

或许，英国的这种阅读文化、英国人的这种阅读癖好，部分跟气候也有关系。因为英国的冬天日照非常短，如果我们能够检测维多利亚时代人们的精神状态的话，我相信冬天有相当一部分人可能处于某种抑郁状态。这个时候，家里有一个火炉、一本书，就可以熬过漫长冬夜了。这与狄更斯笔下的英伦中产阶级的生活状态也是比较合拍的。还有一点，英国人多多少少是有社交恐惧症的，这种社交恐惧症有时候会给你带来一种错觉，尤其是你与英国人初次见面的话，会觉得他们比较冷漠、孤傲，甚至有些怪异。这里面多多少少是不是跟当地的气候，或者食物也有点关系？如果食物好一点的话，是不是他们的社交习惯会更加开放一点？至少有很多美食可以谈。英国是近代报业最发达的国家——当然，现在只保留了一丝余绪，那么小的英伦三岛，竟然能够容纳如此多的报纸，在20世纪六七十年代，日发行量超过100万份的报纸几乎可以达到两位数，这是今天难以想象的。在公共场合，一份报纸对社恐的英国人来说是最好的"挡箭牌"。他们把报纸看作麦克卢汉所说的"人体的延伸"。我在英国做学生的时候，坐伦敦地铁有个坏习惯，爱看别人的报纸，他们对这种行为是很不高兴的，会觉得我侵入私人空间了，往往会非常有礼貌地用肢体语言来提醒我：你不应该这样做，你应该读你自己的报纸。

翻书党：您在英国的时候，比较喜欢去哪些书店呢？

张力奋：你可能知道，牛津有一家规模非常大的新书店叫blackstone，四层，这个我经常去。但是，我从学生时代开始，就养成了主要逛旧书店的习惯，因为英国的书很贵。牛津的旧书店不能算很多，但是任何一个中等以上规模的英国城市，一定会有几家Oxfam——中文译作"牛津赈济会"。20世纪60年代，整个非洲面临大饥荒，英国的NGO就发起了解救非洲难民的全国募捐。因为募捐的规模极大，等大饥荒过去以后，还留下了很多钱和物资，他们以此为基础，成立了Oxfam。在几乎所有城市的商业街上都会有一到两家慈善商店，英国家庭会把一些平时已经不太会用，但是质量成色都比较好的东西捐给慈善商店，无论是衣服还是日常用品，其中最大的一部分是书。Oxfam 的店里，一般会有几个柜子都是书，而有些 Oxfam 的书多到整个店里全部都是，就叫 Oxfam bookstore。在伦敦有一些，在牛津也有一些。我平时逛得比较多的就是牛津的 Oxfam。

　　为什么旧书店卖的书，看上去数量不多，但是你老会去？因为它的书的流动性极大。你可以想象一下，在牛津这样一个地方，很多学者可能每天都会收到很多用来审阅的样书，他看完以后，觉得不想写书评，家里的书也已经很多了，不会留存，但是他也不会卖掉，一般就会把书捐出去。英国的书店往往可以看到不少比较老的书籍，这有点像我们中国。一个历史悠久的国家，人们常常会在一些意想不到的地方挖出一些很有趣的宝物。英国就是这样一个收藏文化极其深厚的社会，所以产生了一个英文所说的"溢出效应"（Spill Over），东西实在太多了，总会有好东西冒出来。我一般一个礼拜会去同一家 Oxfam 三次，因为很近，我从图书馆看完书，就骑车去逛一圈。店里的书怎么排，我已经很熟了，一看就知道哪些是刚刚上架的新书。有时我还会直接去和店里的志愿者聊天，说这两架刚送来的、你们还没有处理过的书，我能不能先看一下。于是，我就成了第一个选书的人。有时能选出一些很好的书，他们帮我查一查，当场估个价，喜欢的话，我就直接拿走了。所以，淘旧书可能是一个比较独特的英国景象。英国的书店主人是极其敬业的，几乎对自己书店里的每一本书，都可以非常准确地告诉你在什么位置。

翻书党：您在书中也提出了对牛津大学作为一个生产精英的基地，在英国文明中的位置的思考。您觉得，对中国来说，牛津大学的这种精英教育会有什么启示？

张力奋：现在讲"精英教育"这个词，好像大家已经开始觉得有点政治不正确了。我自己也觉得，像牛津大学这样的教育，其实是很难在中国复制的。假定牛津设一个牛津大学上海分校，味道马上就不一样了。那么，牛津教育自身的特点是什么呢？一方面，他们会强调 meritocracy，这个词在中文里被翻译为"精英教育"，其实说的是依据可测试的量化标准来择优录取。这种精英教育是与贵族教育相结合的，而且年代越晚，精英教育的成分越重。目前牛津、剑桥的录取比例大概是 15∶1。为了进入牛津读书，你的家庭必须在你年龄很小的时候就有意识地做准备，如果等到高中再去熟悉牛津的教育风格，那就太晚了。另一方面，他们会强调"责任教育"，牛津所培养的精英是与社会责任挂钩的，他们想得很简单：既然这个社会让你进入终生拥有特权的阶层，你就需要比别人付出更多。我举个例子，我的书里也提到了，我曾淘到一本牛津在第一次世界大战时参军和阵亡的将士名录，光牛津一个学校就去了 16451 个学生，几乎就空巢了，因为大家都觉得，国家已经处在危亡之际，必须为国效力。虽然现在看来，世界进入热兵器时代之后，上战场等于赴死。从这一点可以看出，他们对自己所受的精英教育赋予自己的特权,以及要求自己的付出,是有心理准备的。还有一点,牛津真的希望自己培养的学生能够超乎狭隘的国家以及所谓的地缘政治,比如我在书里提到,我所在的是牛津的新学院(New College),"二战"时,英国对德国一宣战,新学院所有的德国学生就很快离开了牛津,回到自己的国家。不久就有消息传来,回去的德国学生有三个参了军,死在了战场上。当时新学院的院长几乎每天都会收到来自前线的自己的学生的伤亡报告,他收到这三个德国学生的报告之后,把他们的名字一起加到了英国的阵亡学生名单之中。有一个美国的教授当时正好在牛津,看到之后大为不满,上书给英国一份很著名的报纸,说在两国交战的情况下,牛津居然会发生这种敌我不分的事情。这位院长为自己辩解说,任何一个年轻人为自己的国家战死并不是一件耻辱的事,再说了,难道我们把所谓的敌和我分得那么开,会使这个世界变得更好吗?等到"二战"一结束,他就在新学院的教堂里专门立了一块碑,纪念这三个德国学生。他所要强调的是,国与国之间的仇视、战争,最后都是要消减的,在知识和教育面前,别的东西其实都不重要。就这一点而言,我觉得牛津在历史上能够成为一个人文重镇,它培养出那么多重要的政治家、思想家,是有道理的,他们希望自己培养的人才的意义远远超出英伦三岛。所以,牛津新学院的人非常感激当时的院长。战后,新学院一度成为牛津各项指标最好的学院,它不是一个工党或者是保守党的大本营,而是非常平衡、多元、包容,并且在日常生活中身体力行这些价值。我相信当时的院长所做的,就是一个非常好的注解。

另外,类似牛津这样的精英教育,不仅限于少数学校,其实英国有很多好大学,而国人可能因为现在成功学的影响,比较多地关注某几所大学。比如说我太太的专业是计算物理,在莱斯特大学研究物理,这所学校在英国150所大学中排名大概在前20名,但是它的物理学、天文学和宇航专业的排名跟牛津、剑桥是一样的,甚至他们对欧洲航天计划的介入程度可能比牛津、剑桥还要深。这种情况跟中国不太一样,中国基本上是马太效应,资源集中在极少数顶尖大学手中。我觉得一个大学最宝贵的是,在4年的时间内,能让一代人中的精华在一个多元的思想环境中得到锻炼。我书里也提到,一个夏天,牛津各个学院会上演不知多少出古希腊的剧目,这些与课程没有任何关系,为了演出一台戏,排练所要付出的时间会超过任何一门课程。可是,让这些孩子拥有这种自主性,让他们认为出演戏剧才是一个大学应该要有的经历,可能比拿一个 first degree honor 还要重要,这才是大学之所以为大学的意义所在。大量的业余兴趣活动,最后能够催生一批非常了不起的人物。英国人一般会觉得,你要当一个好的莎士比亚戏剧演员,去戏剧学院4年读出来,太没劲了,你就得从业余剧社小打小闹起来,像艾玛·汤普森(Emma Thompson)、休·格兰特(Hugh

Grant）那样。这就是大学精神。另外，有一点需要特别提到，牛津大学有着很好的大楼，不单单是牛津大学，英国很多好的大学几乎都有很好的大楼。梅贻琦先生那句名言，"所谓大学者，非谓有大楼之谓也，有大师之谓也"，在国内流传很广，我对梅先生非常尊重，但是我们也要考虑到，他是在抗战的颠沛流离中说的这句话，处在当时的条件下，当然是不可能建大楼的。事实上，大楼对大学太重要了。所以我说，如果中国有着很多二三流大学，却连一幢好的楼都盖不起来，这是罪过。绝不要把大学里的大楼仅仅看作是砖和水泥的混合物，我们的情感、理念、价值、生活方式都寄托在这上面，如果牛津现在没有很多老建筑，那是立不起来的。过去20年，中国大学的楼造了很多，但是恐怕没有几栋在建筑史上留得下来。这是一件可怕、可怜的事情。一栋楼建了以后，至少要立个200年。如果从现在开始，哪位大学校长能够在自己的任内立起一两栋留得下去的楼的话，那是会青史留名的。

（作者为澎湃新闻记者）

人名索引
以汉语拼音字母顺序排列

A

阿巴多，克劳迪奥（Abbado, Claudio）	282
阿卜杜拉二世（Abdullah II, King of Jordan）	336
阿彻，杰弗里（Archer, Jeffrey）	082
阿赫玛托娃，安娜（Akhmatova, Anna）	466
阿库福-阿多（Akufo-Addo）	341
阿斯奎斯，赫伯特（Asquith, Herbert）	087, 390
埃尔加，爱德华（Elgar, Edward）	411
艾略特，托马斯·斯特尔那斯（Eliot, Thomas Stearns）	011（正文）
艾森巴赫，克里斯托夫（Eschenbach, Christoph）	282
艾什，蒂莫西·加顿（Ash, Timothy Garton）	204, 353
艾特肯，乔纳森（Aitken, Jonathan）	418
爱德华八世（Edward VIII of England）	303
爱德华七世（Edward VII of England）	412
爱德华三世（Edward III of England）	068
爱新觉罗·溥仪	002, 003
爱因斯坦，阿尔伯特（Einstein, Albert）	100
安德鲁，保罗（Andreu, Paul）	253
安德鲁王子（Prince Andrew）	304, 305, 398
安南，诺埃尔（Annan, Noel）	199

安妮女王（Queen Anne of Great Britain）	098
奥弗莱厄蒂，休（O'Flaherty, Hugh）	182
奥斯本，乔治（Osborne, George）	082
奥斯汀，简（Austen, Jane）	191, 308
奥特利乌斯，亚伯拉罕（Ortelius, Abraham）	226
奥威尔，乔治（Orwell, George）	075, 220, 245, 247, 274, 502

B

巴伯，埃里克（Barber, Eric）	132
巴达维，杰伊纳布（Badawi, Zeinab）	217
巴丁，约翰（Bardeen, John）	229
巴尔斯顿，戴克（Balsdon, Dacre）	132
巴尔扎克，奥诺雷·德（Balzac, Honoré de）	191
巴赫，约翰·塞巴斯蒂安（Bach, Johann Sebastian）	411
巴克兰，威廉（Buckland, William）	199
巴伦博伊姆，丹尼尔（Barenboim, Daniel）	349, 447, 448
柏拉图（Plato）	087, 143, 220
包信和	072
包玉刚	023（自序），012, 498
鲍勃	179, 180, 181, 182
鲍德温，斯坦利（Baldwin, Stanley）	050
鲍狄埃，欧仁（Pottier, Eugène）	031
鲍尔，彼得（Bauer, Peter）	273

鲍尔斯，爱德（Balls, Ed） 247

鲍里斯三世（Boris III of Bulgaria） 402

贝多芬，路德维希·冯（Beethoven, Ludwig van） 099, 201, 211, 270

贝里沙，萨利（Berisha, Sali） 459

贝利奥尔，约翰·德（Balliol, John de） 087, 390

贝伦森，伯纳德（Berenson, Bernard） 293, 294

贝聿铭 470, 473

本恩，托尼（Benn, Tony） 321

比比，约翰（Beeby, John） 227—229, 407

毕加索，巴勃罗（Picasso, Pablo） 103, 317, 451, 465

毕昇 465

宾尼，塞西尔（Binney, Cecil） 436

波特，毕翠克丝（Potter, Beatrix） 328

伯顿，理查德（Burton, Richard） 058

伯恩斯坦，伦纳德（Bernstein, Leonard） 282

伯克，埃德蒙德（Burke, Edmund） 090, 381, 507

伯林，以赛亚（Berlin, Isaiah） 199, 235, 300, 388

勃拉姆斯，约翰内斯（Brahms, Johannes） 411

博德利，托马斯（Bodley, Thomas） 096

博福特，玛格丽特（Beaufort, Margaret） 417

博拉，莫里斯（Bowra, Maurice） 199, 202

布拉德利，弗朗西斯·赫伯特（Bradley, Francis Herbert） 202

布莱德利，林恩（Brindley, Lynne） 335

布莱尔，托尼（Blair, Anthony）	032, 058, 080, 104, 257, 258, 366, 375, 455, 492
布劳（Blaeu）	226
布里格斯，阿萨（Briggs, Asa）	246
布里坦，里昂（Brittan, Leon）	273
布里坦，塞缪尔（Brittan, Samuel）	187, 272
布托，贝娜齐尔（Bhutto, Benazir）	321, 417

C

蔡照明	225
曹隽	066, 343, 476
曹雪芹	232
查尔斯王子（Prince Charles）	154, 155, 304
柴可夫斯基，彼得（Tchaikovsky, Pyotr）	429
陈朝华	225
陈丹青	225
陈立夫	142
陈敏恒	008
陈佩斯	076
陈瑞宪	039
陈珊珊	242
陈思和	066
陈婷	225

陈婉莹	086, 087, 089, 090
陈望道	042
陈毅	242, 426
陈寅恪	096, 348
程介未	008, 009, 015, 318, 335
储安平	259
崔健	100
崔占峰	072, 327

D

达顿，罗伯特（Darnton, Robert）	451
达尔文，查尔斯（Darwin, Charles）	232
达玛泽，马克（Damazer, Mark）	341
戴安娜王妃（Princess Diana）	011, 305
戴高乐，夏尔（de Gaulle, Charles）	026, 156
戴克，保罗（Dacre, Paul）	208
戴瑞克	215, 218—223, 482
戴维爵士（Sir David Lumsden）	394
道金斯，理查德（Dawkins, Richard）	087
Deborah	433
德拉克洛瓦，欧仁（Delacroix, Eugène）	467
德里达，雅克（Derrida, Jacques）	008
德梅隆，皮埃尔（de Meuron, Pierre）	286

邓丽君	076, 295, 497
邓小平	序007, 075, 076, 151, 166, 214, 295, 498
狄德罗，德尼（Diderot, Denis）	191
狄更斯，查尔斯（Dickens, Charles）	232, 507
丁布尔比，大卫（Dimbleby, David）	360, 365
丁布尔比，理查德（Dimbleby, Richard）	365
丁布尔比，乔纳森（Dimbleby, Jonathan）	015, 016, 365
丁景唐	292
董乐山	055
董亚芬	152
杜林海	225
杜鲁门，哈里（Truman, Harry）	026
段刚	225
朵噶·彭措饶杰	048

E

恩格斯，弗里德里希（Engels, Friedrich）	113, 157

F

法耶兹，多迪（Fayed, Dodi）	305
樊启淼	074
范内，查尔斯·威廉（Vane, Charles William）	108

范钦 383

范长江 340

梵高，文森特（Van Gogh，Vincent） 317

方慧兰（Freeland，Chrystia） 247

菲利普亲王（Prince Philip） 139，140

斐迪南一世（Ferdinand I of Bulgaria） 402

费巩 136

费曼，理查德（Feynman，Richard） 316

冯建三 469

冯雪山 426

佛朗哥，弗朗西斯科（Franco，Francisco） 354

佛朗西斯夫人（Lady Frances Anne Vane-Tempest） 108

弗格森，亚当（Ferguson，Adam） 002

弗里德曼，米尔顿（Friedman，Milton） 274

弗洛伊德，西格蒙德（Freud，Sigmund） 130

福克斯，罗宾·兰（Fox，Robin Lane） 038，081，310，393，399—403

福克斯，玛莎（Fox，Martha） 400

傅聪 011，248

傅雷 248

傅亮 052，326，496

傅斯年 096

富布赖特，威廉（Fulbright，William） 336

G

盖茨，比尔（Gates, Bill） 027
盖里，佛兰克（Gehry, Frank） 451
甘地，英迪拉（Gandhi, Indira） 347
高尔斯华绥，约翰（Galsworthy, John） 343
高更，保罗（Gauguin, Paul） 317
高冠钢 009
高乃依，皮埃尔（Corneille, Pierre） 279
高尚全 286
高晓松 100
高晓岩 009, 052, 422
戈尔巴乔夫，米哈伊尔（Gorbachev, Mikhail） 158, 264
戈尔丁，威廉（Golding, William） 082
戈夫，迈克尔（Gove, Michael） 417
格莱斯顿，威廉（Gladstone, William） 321
格兰特，休（Grant, Hugh） 280, 339, 343, 344, 364, 512
格雷厄姆，阿拉斯泰尔（Grahame, Alastair） 202
格雷厄姆，肯尼斯（Grahame, Kenneth） 202
葛饰北斋（Hokusai） 316, 317
龚选舞 142
龚宇 225
辜鸿铭 002
古登堡，约翰内斯（Gutenberg, Johannes） 122, 268, 465, 506

谷牧	010
顾刚	009, 052
顾赛芬（Couvreur, Séraphin）	241
顾执中	296
管金生	246
郭力昕	469
郭树清	074, 286
郭嵩焘	196

H

哈贝马斯，尤尔根（Habermas, Jürgen）	133
哈里王子（Prince Henry）	011, 154, 398
哈利法克斯勋爵（Earl of Halifax, Edward Wood）	014
哈利特，斯蒂芬（Hallett, Stephen）	289, 291, 336
海顿，约瑟夫（Haydn, Joseph）	130, 210
韩旭	074
寒竹	090
汉密尔顿，尼尔（Hamilton, Neil）	418
郝丽	407, 408
何斌	009
何东	074
何刚	225
何江涛	225

何力	224—226
何流	016（序），051，053，054，091，117，476，477
荷加斯，威廉（Hogarth, William）	022
荷兰威廉国王二世（King William II of the Netherlands）	412
贺拉斯（Horace）	038，399，401，402
赫顿，威尔（Hutton, Will）	058，256
赫尔佐格，雅克（Herzog, Jacques）	286
赫塞尔廷，迈克尔（Heseltine, Michael）	321，336
黑格，威廉（Hague, William）	321
黑格尔（Hegel）	202
亨德尔，乔治（Handel, George）	211
亨利八世（Henry VIII of England）	413
亨利六世（Henry VI of England）	068，386
亨利七世（Henry VII of England）	417
亨利三世（Henry III of England）	087
亨特，罗伯特（Hunter, Robert）	106
侯赛因，阿塔（Hussain, Athar）	074
胡克，罗伯特（Hooke, Robert）	178
胡适	002（再版代序），348
胡舒立	432
胡锡进	406
胡耀邦	012
华生	074，286
华盛顿，乔治（Washington, George）	027

怀特海，亨利（Whitehead, Henry） 087

黄翔 225

黄煜 263, 264

黄佐临 296

惠斯勒，詹姆斯（Whistler, James） 465

霍布斯，托马斯（Hobbes, Thomas） 043, 049, 050, 065, 066, 116, 122, 250, 328, 507

霍查，恩维尔（Hoxha, Enver） 458

霍夫斯塔特，罗曼（Hoffstetter, Roman） 130

霍华德，特雷弗（Howard, Trevor） 221

霍金，斯蒂芬（Hawking, Stephen） 058

霍克，鲍勃（Hawke, Bob） 057

霍克尼，大卫（Hockney, David） 465

霍梅尼，鲁霍拉（Khomeini, Ruhollah） 217

霍奇金，多萝西（Hodgkin, Dorothy） 347

J

基布尔，约翰（Keble, John） 235

Jimmy 041, 056—059, 063, 064, 173, 174, 414, 415

基辛格，亨利（Kissinger, Henry） 091

吉布斯，詹姆士（Gibbs, James） 098

吉勒里，雷纳（Guillery, Rainer） 270

姜钦峣 300, 331, 447

蒋介石	142, 281, 295
蒋彝	230, 236, 493
杰斐逊，安（Jefferson, Ann）	186
杰克逊，托马斯（Jackson, Thomas）	266, 327
金立佐	074
金日成	289, 290

K

卡恩斯，休（Cairns, Hugh）	202
卡拉扬，赫伯特·冯（Karajan, Herbert von）	248, 471
卡梅伦，戴维（Cameron, David）	027, 082, 083, 173, 174, 353, 354, 367, 443
卡斯雷子爵（Viscount Castlereagh, Robert Stewart）	107
凯恩斯，约翰（Keynes, John）	058
凯拉韦，露西（Kellaway, Lucy）	040, 285, 417
凯宁，乔治（Canning, George）	108
恺撒，盖乌斯·尤利乌斯（Caesar, Gaius Julius）	220
坎贝尔，菲利普（Campbell, Philip）	227
坎特伯雷大主教（Archbishop of Canterbury, Henry Chichele）	386
康德，伊曼努尔（Kant, Immanuel）	143, 202
康定斯基，瓦西里（Kandinsky, Wassily）	466
康斯特勃，约翰（Constable, John）	443
考德林顿，克里斯托弗（Codrington, Christopher）	388, 455

考德威尔，约瑟夫（Caldwell, Joseph） 414

柯里芬，尼克（Griffin, Nick） 323

科恩，保罗（Cohen, Paul） 315

科尔，赫尔穆特（Kohl, Helmut） 026

科尔宾，杰里米（Corbyn, Jeremy） 030, 032, 033, 034,
193, 204, 361, 374, 421

科拉尔，亚诺什（Kollar, Janos） 314

克拉克，肯（Clarke, Ken） 321

克莱德曼，理查德（Clayderman, Richard） 358

克里奇罗，汉娜（Critchlow, Hannah） 307

克林顿，比尔（Clinton, William） 058

克鲁普斯卡娅，娜·康（Krupskaya, N.K.） 157

克洛伊，杰弗里（Croix, Geoffery） 399

孔伟 226

孔祥东 111—113

孔子 241

寇松，乔治（Curzon, George） 390

奎尼，罗伯特（Quinney, Robert） 069, 411, 412, 434

L

拉赫玛尼诺夫，谢尔盖（Rachmaninoff, Sergei） 221, 281, 466

拉金，菲利普（Larkin, Philip） 432

拉什迪，萨尔曼（Rushdie, Salman） 217

拉斯布里杰，阿伦（Rusbridger, Alan） 194, 257, 416, 417
拉特尔，西蒙（Rattle, Simon） 282
拉辛，让（Racine, Jean） 270, 278, 279
莱维，大卫（Levy, David A. L.） 287
赖兰兹，乔治（Rylands, George） 199
朗姆斯敦，安德鲁（Lumsden, Andrew） 394
劳埃德，约翰（Lloyd, John） 142
劳伦斯，托马斯·爱德华（Lawrence, Thomas Edward） 455
劳瑞，休（Laurie, Hugh） 280
劳森，奈杰尔（Lawson, Nigel） 247
老安/安德烈·卡瓦祖蒂（Andrea Cavazzuti） 127
勒庞，玛丽娜（Le Pen, Marine） 044, 057
雷本，大卫（Raeburn, David） 333
雷恩，克里斯托弗（Wren, Christopher） 155, 388, 455
雷默，萨克斯（Rohmer, Sax） 197
黎峥 225
李尔庭（Ridding, John） 210
李谷一 076
李泓冰 041
李嘉诚 039
李健 100
李，迈克尔（Michael, Li） 322
李普曼，沃尔特（Lippmann, Walter） 297
李权 073

李世默	090
李叔同	294
李斯摩格，威廉（Rees-Morgue, William）	256
李昕	432
李亚	225
李岩	225
李泽厚	372
里德，托马斯（Reid, Thomas）	002
里德，约翰（Reed, John）	158, 159, 247
里恩，大卫（Lean, David）	221
里根，罗纳德（Reagan, Ronald）	026, 147, 151, 152, 497
里根，南希（Reagan, Nancy）	152
理雅各，詹姆斯（Legge, James）	011, 012, 238, 240, 241
厉鼎铭	209
利特维年科，亚历山大（Litvinenko, Alexander）	034
梁联朝	093, 096
梁启超	340
梁永安	052
列别捷夫，弗拉基米尔（Lebedev, Vladimir）	466
列宁，弗拉基米尔（Lenin, Vladimir）	026, 032, 153, 155—159, 341, 466, 490
林行止	209
林周勇	225
刘道玉	008

刘德平	371
刘丰	225
刘民权	074
刘芍佳	074
刘永钢	383
刘锚楠	074
流沙河	283,284
龙应台	086
龙永图	242
楼光来	096
卢瑟福，欧内斯特（Rutherford, Ernest）	199
鲁宾斯坦，阿瑟（Rubinstein, Arthur）	099
鲁斯，亨利（Luce, Henry）	250
鲁潼平	142
鲁迅	124,346,348
鲁育宗	133,227
陆谷孙	152
陆治	294
路德维希二世（Ludwig II, King of Bavaria）	441
路易斯，克莱夫·斯特普尔斯（Lewis, Clive Staples）	115
伦勃朗（Rembrandt）	465
伦西，罗伯特（Runcie, Robert）	082
罗宾逊，迈克尔（Robinson, Michael）	206
罗德，塞西尔（Rhodes, Cecil）	058,202,337,338,388,

	390, 451
罗奇，肯（Loach, Ken）	341
罗斯科，马克（Rothko, Mark）	376
罗素，伯特兰（Russell, Bertrand）	056, 144, 174, 348, 349
罗文辉	469
罗振宇	225, 477
洛克，约翰（Locke, John）	202, 412
间丘露薇	331

M

马达	294
马蒂斯，亨利（Matisse, Henri）	465
马国川	384
马戛尔尼，乔治（Macartney, George）	226
马科斯，费迪南德（Marcos, Ferdinand）	354
马克龙，埃马纽埃尔（Macron, Emmanuel）	044, 045, 057, 169
马克思，卡尔（Marx, Karl）	138, 144, 156, 157, 158, 194, 399
马勒，古斯塔夫（Mahler, Gustav）	099, 281
马列维奇，卡济米尔（Malevich, Kazimir）	466
马思聪	330
马图南	200
马雅可夫斯基，弗拉基米尔（Mayakovsky, Vladimir）	466

马泽尔，洛林（Maazel, Lorin） 282

玛丽/林颖彤（Mary Lavender St Leger Patten） 454

麦迪逊，詹姆斯（Madison, James） 354

麦基，布莱恩（Magee, Bryan） 143

麦克格里格，尼尔（MacGregor, Neil） 316

麦克莱恩，伊恩（McKellen, Ian） 280

麦克米伦，哈罗德（Macmillan, Harold） 014, 087, 390

麦克唐纳，特雷弗（McDonald, Trevor） 217

麦奎尔，丹尼斯（McQuail, Denis） 263, 264

曼德拉，纳尔逊（Mandela, Nelson） 156

毛隽 476, 477

毛泽东 104, 159

梅，菲利普（May, Philip） 177

梅，特蕾莎（May, Theresa） 018, 026, 027, 030, 044, 063, 080, 102, 103, 169, 177, 204, 208, 353, 361, 366, 374, 375, 406, 421, 425, 513

梅杰，约翰（Major, John） 375, 454

梅特兰，弗雷德里克（Maitland, Frederic） 199

梅贻琦 039, 513

门德尔松，费利克斯（Mendelssohn, Felix） 211

弥尔顿，约翰（Milton, John） 067

米德尔顿，凯特（Middleton, Kate） 411

米利班德，埃德（Miliband, Ed） 235

米特，拉纳（Mitter, Rana） 398

莫泊桑（Maupassant） 191

莫里哀（Molière） 279

莫里斯，詹姆斯（Mirrlees, James） 074, 162

莫奈，克劳德（Monet, Claude） 317

莫扎特，沃尔夫冈（Mozart, Wolfgang） 100, 201, 211, 290, 429

墨索里尼，贝尼托（Mussolini, Benito） 354

默多克，鲁伯特（Murdoch, Rupert） 257

默克尔，安格拉（Merkel, Angela） 095

穆斯卡特，约瑟夫（Muscat, Joseph） 095

N

拿破仑三世（Napoleon III） 156

拿破仑一世（Napoleon I, Napoleon Bonaparte） 108

奈尔 179, 180

内格尔，托马斯（Nagel, Thomas） 235, 236

尼克松，理查德（Nixon, Richard） 026

尼禄（Nero） 220

聂耳 302

聂伟亮（Alan） 433, 478

牛顿，艾萨克（Newton, Isaac） 005, 028（自序）, 064, 178, 232

牛文文 225

纽曼，约翰·亨利（Newman, John Henry） 199

诺兰，彼得（Nolan, Peter） 074

O

欧尔班，维克多（Orban, Victor）	336
欧里庇得斯（Euripides）	278, 280

P

帕里斯，马修（Parris, Matthew）	256
帕帕佐普洛斯，马力欧（Papadopoulos, Marios）	270
派克，格里高利（Peck, Gregory）	181, 182
潘明	052
潘石屹	074
彭布鲁克勋爵（Earl of Pembroke, William Herbert）	335
彭定康（Patten, Chris）	014, 338, 355, 450, 452—456
蓬皮杜，乔治（Pompidou, Georges）	026
皮尔，罗伯特（Peel, Robert）	412, 413
朴正熙	354
浦熙修	296
普京，弗拉基米尔（Putin, Vladimir）	026
普拉斯，西尔维娅（Plath, Sylvia）	279
普莱斯顿，彼得（Preston, Peter）	207, 208
普赖斯，柯蒂斯（Price, Curtis）	053
海森堡，沃纳（Heisenberg, Werner）	123
普利策，约瑟夫（Pulitzer, Joseph）	247, 297

Q

齐白石	*317*
钱钢	*369*
钱基博	*132*
钱其琛	*294*
钱学森	*316*
钱忠民	*072,073,133,227,357,477*
钱锺书	*049,072,097,132,135,136*
乔石	*294*
乔伊斯,詹姆斯(Joyce, James)	*047*
乔伊特,本杰明(Jowett, Benjamin)	*087,199*
乔治,劳合(George, Lloyd)	*135*
乔治四世(George IV of the United Kingdom)	*304*
切谢尔,雷诺德(Cheshire, Leonard)	*176,179—182,363*
秦朵	*074*
秦绍德	*052*
丘吉尔,温斯顿(Churchill, Winston)	*026,033,105, 123,135,323,365,390,419*
邱翔钟	*208,477*

R

让斯利,哈德威克(Rawnsley, Hardwicke)	*106*

S

撒切尔,玛格丽特(Thatcher, Margaret) *004, 012, 026, 027,*
 058, 075, 175, 247, 257, 273, 347, 451
萨克,哈里(Sacher, Harry) *014*
萨克雷,威廉(Thackeray, William) *135*
萨义德,爱德华(Said, Edward) *024, 345, 349*
塞德勒,詹姆士(Sadler, James) *381*
赛德,瓦菲克(Saïd, Wafic) *021(自序), 024, 025, 082,*
 322
桑托斯,胡安·曼努埃尔(Santos, Juan Manuel) *171*
沙赫特,威廉(Schacht, Willheim) *402*
莎士比亚,威廉(Shakespeare, William) *019, 047, 097, 129,*
 152, 202, 216, 232, 296, 363, 460, 512
邵飘萍 *340*
施密特,赫尔穆特(Schmidt, Helmut) *026*
施泰兹,琼(Steitz, Joan) *452, 456*
史蒂文斯,丹(Stevens, Dan) *280*
史量才 *340*
史密森,詹姆斯(Smithson, James) *336*
司汤达(Stendhal) *191*
斯宾诺莎,巴鲁赫·德(Spinoza, Baruch de) *191*
斯蒂文森,布莱恩(Stevenson, Bryan) *448, 450*
斯科特,查尔斯·普雷斯特维奇(Scott, Charles Prestwich) *194,*

	257, 418, 419
斯美塔那，贝德里赫（Smetana, Bedrich）	100, 248, 471
斯密，亚当（Smith, Adam）	001, 002, 087, 191
斯诺，埃德加（Snow, Edgar）	054, 055, 159
斯诺，查尔斯·珀西（Snow, Charles Percy）	021, 460
斯诺登，爱德华（Snowden, Edward）	418
斯帕罗，约翰（Sparrow, John）	199
斯普纳，威廉（Spooner, William）	396
斯特劳斯，约翰（Strauss, Johann）	358
斯通，奥利弗（Stone, Oliver）	399
宋丽娜	074
宋美龄	142
苏步青	042, 152, 475, 497
苏格拉底（Socrates）	143, 144, 220, 482
孙中山	196
索福克勒斯（Sophocles）	331, 333
索普，珍妮弗（Thorp, Jennifer）	268, 269

T

泰戈尔，拉宾德拉纳特（Tagore, Rabindranath）	442
泰勒，艾伦·约翰·珀西瓦尔（Taylor, Alan John Percivale）	115
泰勒，伊丽莎白（Taylor, Elizabeth）	058
谭其骧	152

汤普森，艾玛（Thompson, Emma）	280, 364, 512
汤普森，马克（Thompson, Mark）	342
汤因比，阿诺德（Toynbee, Arnold）	087, 256
汤因比，珀丽（Toynbee, Polly）	256
汤之敏	074
陶行知	378
陶哲轩	315
特朗普，唐纳德（Trump, Donald）	006（再版代序）, 032, 044, 353
特雷弗-罗帕，休（Trevor-Roper, Hugh）	293, 294
铁托，约·布（Tito, Josip Broz）	026
Tommy	026（自序）, 194, 205, 209, 212, 302, 373, 464, 476
图恩，埃里克（Thun, Eric）	082, 278, 419
图法诺，彼得（Tufano, Peter）	025, 449, 476
图斯克，唐纳德（Tusk, Donald）	139
托宾，詹姆斯（Tobin, James）	274
托尔金，约翰·罗纳德·鲁埃尔（Tolkien, John Ronald Reuel）	336

W

瓦格纳，理查德（Wagner, Richard）	012, 411, 447
王尔德，奥斯卡（Wilde, Oscar）	054, 115, 445, 456
王光亚	242

王坚	370, 371, 375
王凯	225
王丽丽	289, 291, 336
王润飞	390, 391
王澍	040
王韬	011（再版代序）, 002, 238, 240—242, 340
王维	009, 294
王旭	426
王芸生	296, 340
王肇东	073, 099, 449, 456, 477
威尔，迈克尔（Weir, Michael）	349
威克利夫，约翰（Wycliffe, John）	087
威克姆，威廉（Wykeham, William）	015, 068, 173
威廉姆斯，雪莉（Williams, Shirley）	247, 347, 450
威廉王子（Prince William）	398, 411, 425
威廉一世（William I of England）	220
韦尔，朱迪斯（Weir, Judith）	452
维多利亚女王（Queen Victoria）	304
维吉尔（Virgil）	401
维克斯，约翰（Vickers, John）	389
维拉尼，塞德里克（Villani, Cédric）	315
维特根斯坦，路德维希（Wittgenstein, Ludwig）	144, 174
维瓦尔第，安东尼奥（Vivaldi, Antonio）	100
卫礼贤（Wilhelm, Richard）	241

卫哲　　　　　　　　　　　　　　　　246，477

温家宝　　　　　　　　　　　　　　　302

温纳姆，威廉（Windham, William）　　381

沃，伊夫林（Waugh, Evelyn）　　　　076，328

沃德，威廉·乔治（Ward, William George）　262

沃尔夫，马丁（Wolf, Martin）　　081，247，272，273

沃诺克，杰弗里（Warnock, Geoffrey）　328

沃森，詹姆斯（Watson, James）　　　452

吴伯凡　　　　　　　　　　　　　　　225

吴声　　　　　　　　　　　　　　　　225

伍德，维多利亚（Wood, Victoria）　　242

伍兹，奈瑞（Woods, Ngaire）　　285，286，329

武伟　　　　　　　　　　　　　　　　263

X

西蒙斯，加文（Simonds, Gavin）　　419

西塞罗（Cicero）　　　　　　　　　　402

希德勒斯顿，汤姆（Hiddleston, Tom）　280

希尔，奥克塔维娅（Hill, Octavia）　　106

希尔伯特，戴维（Hilbert, David）　　315

希尔顿，伊莎贝尔（Hilton, Isabel）　242，256

希金伯特姆，爱德华（Higginbottom, Edward）　411

希金斯，克里斯托弗（Hutchins, Christopher）　256，257

希门尼斯，蒂莫莱翁（Jimenez, Timoleon） 171
希区柯克，阿尔弗雷德（Hitchcock, Alfred） 048
希区柯克，莫德（Hitchcock, Maud） 048
希思，爱德华（Heath, Edward） 087, 390
希特勒，阿道夫（Hitler, Adolf） 122, 123, 181, 323, 324, 354
习近平 443, 444
夏青 318, 335
肖邦，弗雷德里克（Chopin, Frédéric） 248, 416, 429
肖斯塔科维奇，德米特里（Shostakovich, Dmitri） 466
萧伯纳（Shaw, George Bernard） 023
萧乾 340
谢尔顿，安东尼（Sheldon, Anthony） 366
谢希德 042, 152, 497
辛杜查兄弟（The Hinduja brothers） 154
辛普森，沃利斯（Simpson, Wallis） 303
辛有琛 405
休谟，大卫（Hume, David） 001, 002, 191
休斯，泰德（Hughes, Ted） 279
休伊特，詹姆斯（Hewitt, James） 154
徐铸成 294, 296, 340
许海峰 076
许宁生 072, 073
郇和，罗伯特（Swinhoe, Robert） 468, 469

Y

亚当斯，格里（Adams，Gerry）	004
亚胡达，迈克尔（Yahuda，Michael）	074
亚里士多德（Aristotle）	038,087,203
颜其德	333
杨博闻	177,178,313—315,477
杨海峰	225
杨名皓（Young，Miles）	016（序），018（序），053,114,433,476
杨宪益	136
杨，雨果（Young，Hugo）	255—259,484,492,493
叶赛宁，谢尔盖（Yesenin，Sergei）	466
叶圣晗	051,053,054,123
叶铮	009,051,477
伊登，安东尼（Eden，Anthony）	390
伊丽莎白二世（Queen Elizabeth II）	044
伊丽莎白一世（Elizabeth I of England）	089
于扬	225
余光中	163
余永定	074,286
俞大维	096
俞大絪	096,136
俞大缜	136
雨果，维克多（Hugo，Victor）	316

约翰逊，鲍里斯（Johnson, Boris） 082, 085, 087, 148,
253, 256, 340, 402

约翰逊，哈里（Johnson, Harry） 274

约翰逊，乔（Johnson, Jo） 247

约翰逊，塞缪尔（Johnson, Samuel） 216, 334, 336

约翰逊，西里亚（Johnson, Celia） 221

Z

曾梵志 466

曾国藩 096

扎格巴，优素福（Zaghba, Youssef） 352

詹金斯，罗伊（Jenkins, Roy） 014

张伯伦，内维尔（Chamberlain, Neville） 014, 026

张刚 225

张军 383

张力奋 012（再版代序）, 027（自序）, 196, 210, 218, 478,
479, 487, 500—503, 505, 506, 508, 510

张明敏 076

张器 300, 331, 347, 477

张涛 225

张维迎 074, 286, 477

张小国 010

张欣 074

张永宁	336
张誉腾	468
郑洪	373, 377
郑靖伟	225
仲伟志	253
周恩来	104, 426
周培源	316
周有光	383
周长新	010
朱蓓静	136, 300, 331, 477
朱丹	330
朱德	104
朱德付	225
朱九思	008
朱学东	225
祝建华	263
庄士敦(Reginald Johnston)	003
庄子	284
邹凡扬	292, 294
邹韬奋	340

图书在版编目(CIP)数据

牛津笔记:典藏版/张力奋著.—上海:学林出版社,
2021
ISBN 978-7-5486-1709-9

Ⅰ.①牛… Ⅱ.①张… Ⅲ.①日记-作品集-中国-当代 Ⅳ.①I267.5

中国版本图书馆 CIP 数据核字(2020)第 242535 号

特约编辑　陈季冰
责任编辑　许苏宜
封面设计　今亮后声

牛津笔记(典藏版)
张力奋 著

出　版	学林出版社	
	(200001　上海福建中路193号)	
发　行	上海人民出版社发行中心	
	(200001　上海福建中路193号)	
印　刷	上海雅昌艺术印刷有限公司	
开　本	890×1240　1/32	
印　张	18.25	
字　数	35万	
版　次	2021年3月第1版	
印　次	2021年3月第1次印刷	
ISBN 978-7-5486-1709-9/I・231		
定　价	108.00元